TOM ABRAHAMS

KREUZZUG

BAND 1

DER ANSCHLAG

ENDZEIT-THRILLER

LUZIFER
VERLAG

Überarbeitete Ausgabe
Originaltitel: CRUSADER

www.luzifer-verlag.de

Umschlag: Michael Schubert | Luzifer-Verlag
Übersetzung: Sylvia Pranga
Lektorat: Manfred Enderle
Printed in Germany

Dieses Buch wurde nach Dudenempfehlung (Stand 2023) lektoriert.

ISBN: 978-3-95835-697-9

Bibliografische Information der Deutschen Nationalbibliothek:
Die Deutsche Nationalbibliothek verzeichnet diese Publikation in der Deutschen Nationalbibliografie; detaillierte bibliografische Daten sind im Internet über http://dnb.d-nb.de abrufbar.

Für Courtney, Sam und Luke
Die Lichter meines Lebens

Die Menschen schlafen nachts friedlich in ihren Betten,
weil harte Männer bereitstehen, um
für sie Gewalttaten zu begehen.

RICHARD GRENIER

1

TAG DER DETONATION
90 MEILEN VOR DER KÜSTE VON ALABAMA
GOLF VON MEXIKO

John Beck stand am Rand des Monsters und sah auf den aufgewühlten Golf hinaus. Der graue Himmel verschmolz mit dem kriegsschifffarbenen Ozean, sodass die Linie des Horizonts unmöglich zu erkennen war. Nicht weit von ihm ging ein Regenvorhang nieder. Es streckte sich weit aus und beeinträchtigte seinen Blick auf die Küste, die sich etwa neunzig Meilen entfernt in den Golf schob. Der Vorhang breitete sich aus, als er sich näherte, also ob unsichtbare Hände ihn auf beiden Seiten auseinanderziehen würden. Die Vorhersage stimmte. Dies war der Anfang eines üblen Wetterzyklus.

Und das war nicht das Schlimmste.

Wegen des Sturms wurde seine Heimreise wahrscheinlich abgesagt. Der Transporthubschrauber, der die Belegschaft von der Ölbohrinsel abholte und zurückbrachte, würde bei diesem Wetter nicht fliegen. Aus seinen drei Wochen vor der Küste würden mindestens drei Wochen und ein Tag werden. Oder auch zwei.

Was immer es auch sein würde, es war zu lang. Beck kniff die Augen gegen den Wind zusammen und leckte sich Salz von den Lippen. Er bemühte sich, in dem trüben Licht ihr Bild zu sehen. Millie. Sein Mädchen. Sie war fast sechzehn und Becks Ebenbild. Sie hatte Becks nachdenkliche Augen, sein feuriges Temperament und seinen Kampfgeist.

Er lächelte, als die ersten schweren Regentropfen auf seinen Helm trommelten, und er an sie dachte. Er sah sie, wie sie mit einer Steinschleuder auf eine Tanne schoss, oder, noch besser, einem Jungen, der zu frech wurde, gegen das Schienbein trat.

Millie war der Grund, warum er immer noch auf der Ölbohrinsel arbeitete. Sie wollte zum College gehen. Im Gegensatz zu ihm hatte sie das Potenzial für einen Bürojob, bei dem sie sich nicht die Hände schmutzig machen musste. Eines Tages würde sie gutes Geld verdienen. Das Mädchen war brillant. Und die Art, wie sie ihn ansah, wie sie ihn stolz machte, war besser als alles auf der Welt. Wirklich alles. Das war die Arbeit hier wert. Wenn nur ihre Mutter ihn immer noch so lieben würde, wie es Millie tat.

Beck war ganz in Gedanken versunken gewesen und hatte das beständige Rattern und Knarren der Tiefwasser-Bohrinsel so ausgeblendet, dass er zusammenzuckte, als sich eine schwere Hand auf seine Schulter legte. Seine Muskeln spannten sich an. Aus einem Reflex ballte er die Hände zu Fäusten, drehte sich um und sah seinen Zimmergenossen, Gabe Vazquez.

»Himmel, Gabe. Willst du, dass ich einen Herzanfall bekomme?«

Gabe rückte seinen Schutzhelm zurecht. »Tut mir leid, Bruder. Ich wollte dich nicht erschrecken. Aber ich wollte dich wissen lassen, dass der Hubschrauber heute nicht kommt. Das Wetter ist zu rau. Wir stecken hier für mindestens weitere vierundzwanzig Stunden fest.«

Beck runzelte die Stirn. Enttäuschung breitete sich in ihm aus. Er schüttelte den Kopf. »Das habe ich mir schon gedacht. Aber ich hatte noch Hoffnung. Es war ein langer Turnus.«

Gabe zeigte in die entgegengesetzte Richtung des Helikopterlandeplatzes, zu den Wohnquartieren. Er machte einen Schritt in diese Richtung. »Warum kommst du nicht rein, Bruder? Der Wind hier ist höllisch. Es wird Starkregen geben. Und da wir gerade von Herzanfällen reden, das Mittagessen ist fertig. Es gibt Käse-Makkaroni mit Maisbrot.«

Beck wandte sich wieder gen Norden. Ein heftiger Windstoß traf ihn. Er schmeckte Salzwasser auf seiner Zunge und wischte sich die Feuchtigkeit aus den Augen. Es war ein stechend kalter Wind. Ein Teil von ihm hoffte, den Hubschrauber hinter dem Regenvorhang auftauchen zu sehen, trotz aller Gegenbeweise. Als nichts passierte, drehte er sich wieder zu Gabe um.

»Käse-Makkaroni klingt gut«, sagte er. »Mir wäre Brunswick-Eintopf lieber, aber im Augenblick ist mir jegliche Hausmannskost recht.«

Gabe schob die Tür auf und hielt sie für Beck offen, bis er über die Schwelle getreten war. Die Tür schloss sich hinter ihnen, und das Rauschen des ständigen Golf-Windes wurde durch die allgegenwärtige Vibration der Bohrinsel ersetzt.

»Hey«, sagte Gabe. »Die gute Nachricht ist, dass uns Überstunden angerechnet werden. Die werde ich brauchen, wenn ich eine Frau finde, die mich ertragen kann.«

»Warte ab, bis du und diese tolerante Frau Kinder habt. Dann wird das Leben wirklich teuer. Dann brauchst du Überstunden, willst sie aber nicht machen. Dir ist die Zeit dann lieber als das Geld.«

»Da wir gerade von Kindern sprechen, wie geht es Millie? Bricht sie immer noch alle Herzen?«

»Jeden Tag. Ich soll nach Tuscaloosa fahren und sie bei ihrer Mutter abholen, wenn ich zurückkomme. Das muss ich wohl absagen. Oder zumindest verschieben. Ich rufe sie nach dem Mittagessen an.«

»Es ist eine Schande, dass Debbie sie nach Tuscaloosa mitgenommen hat. Das ist ein gutes Stück von Mobile entfernt. Hast du daran gedacht, umzuziehen?«

»Nein«, sagte Beck. »Ich bin lieber an der Küste, wenn die Firma mich braucht. Ich übernehme zusätzliche Arbeit, wenn ich kann. Wenn ich da oben wäre, würde es schwieriger sein.«

»Ergibt Sinn«, sagte Gabe. »Es ist aber trotzdem schade.«

Beck polterte die Metalltreppe hinunter, seine Stiefelsohlen fanden auf den erhöhten Profilen Halt. Ihre Stimmen hallten wider, als sie über Familie und Kosten sprachen. Drei Treppen später erreichten sie die Etage, auf der sich die Küche, der Fitnessraum und das Fernsehzimmer befanden.

Der Geruch nach zu lange gekochter Pasta erfüllte den Raum, genau wie Stimmengewirr, das von den festen Oberflächen widerhallte. Andere ertränkten ihre Sorgen bereits in der kohlenhydratreichen Mahlzeit, nach der man dringend ein Schläfchen brauchte.

Beck wartete, bis Gabe an ihm vorbeigegangen war, dann traten beide in die Kantine. Sie war wie eine Cafeteria eingerichtet, mit einem Tresen an einer Seite des großen Raumes. Den Rest des Platzes beanspruchten lange Tische mit Bänken davor.

Ein Mann mit dem Spitznamen *Goose*, den er wegen seines langen Halses bekommen hatte, setzte ein Glas mit süßem Tee ab und schob sein Kinn Richtung Beck vor. Er leckte sich über die Lippen, bevor er sprach. Nichtsdestotrotz trieften seine Worte vor Sarkasmus, was offensichtlich beabsichtigt war. »Hey, JB. Hast du das mit dem Hubschrauber gehört? Wir stecken hier fest, Mann. Heute kommen wir nirgendwo mehr hin. Da musst du die Verabredung mit deiner Tochter wohl absagen. Zu schade, Mann.«

Beck mochte es nicht, mit ‚Mann' angesprochen zu werden, und er mochte Goose nicht. Er war ein Unruhestifter. Vielleicht lag es an dem langen Hals, aber der Mann steckte seine Nase immer in Angelegenheiten, die ihn nichts angingen. Er betrog beim Kartenspielen und verriet immer das Ende von Filmen, die er bereits gesehen hatte. Goose hatte Spaß daran, andere unglücklich zu machen, und war schmieriger als das Produkt, das sie unter dem Ozeanboden hervorholten.

»Ich habe es schon gehört«, sagte Beck. »Eigentlich wollten sie dich zurückschwimmen lassen, aber du steckst so voller Scheiße, dass du auf den Grund des Golfes sinken würdest.« Er ging weiter, ohne auf eine Antwort zu warten.

Die Männer an Gooses Tisch lachten über seine verbale Spitze. Denn in Wahrheit mochten sie Goose auch nicht. Doch auf einer Tiefsee-Bohrinsel, wo die Quartiere eng und die Arbeitstage lang waren, sparten die meisten Männer ihre Kräfte.

»Du bist nicht so witzig, wie du denkst, JB«, rief Goose. »Und du bist genauso hässlich, wie deine Frau glaubt.«

Das Gelächter hörte auf. Im Raum wurde es totenstill. Beck stand am Ende der Schlange, die auf das Essen wartete, und schloss die Augen. Seine Kiefermuskeln spannten sich an, und er dachte über seine Möglichkeiten nach.

»Und deine Tochter«, sagte Goose und provozierte ihn weiter, »sie ist *fast* volljährig, oder? Nur noch ein oder zwei Jahre? Aber was sind schon ein paar Monate unter Freunden, was?«

Gabe Vazquez legte eine Hand auf Becks angespannten Bizeps. Er trat dicht an ihn heran und flüsterte: »Lass es sein, Bruder. Er ist es nicht wert.«

Beck drehte den Hals, bis es knackte. Er spannte die Finger um das leere Essenstablett in seinen Händen und verstärkte den Griff, bis seine Knöchel weiß hervortraten. Das Blut stieg ihm in den Kopf, und er kämpfte gegen die Wut, die in ihm aufwallte. Die Dämonen kamen an die Oberfläche und sagten ihm, dass er Gabe ignorieren und Goose in seine Schranken weisen sollte. Die Dämonen waren mächtig. Sie waren alte Freunde. Er ignorierte sie vorerst.

Er öffnete die Augen. Sein Zimmergenosse sah ihn mit einem bittenden Ausdruck auf seinem gebräunten Gesicht an. Beck atmete tief durch und ließ ein Lächeln aufblitzen. Er sprach laut genug, dass alle im Raum ihn hörten. »Du hast recht, Gabe«, sagte er. »Goose ist ein Gänschen, das den Job nur bekommen hat, weil sein Onkel Daddy dafür gesorgt hat. Ohne Schaubild kann er seinen eigenen Arsch nicht finden.«

Beck hielt das Tablett mit einer Hand, während er mit der anderen auf die Pfanne mit Käse-Makkaroni hinter der Scheibe zeigte. Er lächelte den Koch an und bat um eine Portion. »Nicht zu viel, bitte.«

Der Koch tauchte eine Kelle in die orange-gelbe Pasta und griff nach einer Plastikschüssel. Bevor er die Portion hineinfüllte, schoss sein Blick über Becks Schulter. Seine Augen weiteten sich, und er trat zurück.

In der Reflexion der Scheibe nahm Beck hinter sich eine Bewegung wahr. Ohne sich umzuwenden, drehte er die Hüften in eine Richtung und schwang das Tablett in die andere. Das flache Ende traf auf Gooses Kehle.

Der dünne Mann griff sich an den Hals, hustete und keuchte. Seine Augen traten hervor und er schnappte nach Luft.

Beck trat einen Schritt auf Goose zu und schwang erneut das Tablett. Dieses Mal war es eine schnelle Aufwärtsbewegung, und die hintere Seite traf Goose am Arm und einer Seite seines Gesichts. Dadurch verlor er das Gleichgewicht und stolperte gegen einen der Tische. Beck zeigte kein Erbarmen, sondern ging wieder auf ihn los.

Er trat mit einem Stiefel auf die Stiefelspitze von Goose und hielt ihn so fest. Adrenalin schoss durch seinen Körper. Beck beugte sich ruhig vor und sprach seine Warnung mit tiefer, gelassener Stimme.

»Wenn du jemals wieder etwas über meine Familie sagst, ist es dein Ende. Hast du das verstanden? Ich werde dafür sorgen, dass du verschwindest.«

Goose wimmerte und beugte sich von Beck weg. Er keuchte etwas Unverständliches.

Beck verlagerte sein Gewicht auf den Fuß, mit dem er Goose festhielt und wiederholte: »Hast du das verstanden?«

Goose zuckte zusammen und grunzte: »Ja, ich habe es verstanden.«

Beck löste den Druck und trat zurück. Er drehte das Tablett in seinen Händen und ging zurück ans Ende der Warteschlange. Der Koch reichte ihm seine Schüssel Käse-Makkaroni, wobei ein kleines Lächeln um seine Mundwinkel spielte.

»Danke«, sagte Beck zu dem Koch und ging zum vorderen Ende der Schlange weiter, wo ein weiterer Koch stand. »Maisbrot, bitte.«

Der Koch benutzte einen Pfannenwender, um ein Rechteck des süßen Brotes von der Platte hinter dem Tresen zu nehmen und es auf Becks Teller zu legen. Er zwinkerte Beck zu und flüsterte: »Das hat er verdient.«

Beck nickte kurz, dankte ihm für das Brot und nahm sich ein Glas Tee. Er pfiff ein Lied der Band *The Heavy*, das er durch Millie kannte, weil sie darauf bestanden hatte, ihre Musik in seinem Truck zu spielen. Er kannte den Titel des Songs nicht und erinnerte sich nicht richtig an den Text, aber er war in seinem Kopf hängengeblieben.

Aus dem Augenwinkel sah er, dass zwei von Gooses Kumpels sich um ihn kümmerten. Beck setzte sich zwischen Gabe und ein anderes Crewmitglied namens Radio. Keiner von beiden sah von seinem Essen hoch, als Beck sich auf der Bank niederließ.

Als er sein Besteck aus der Serviette rollte, bemerkte Beck, dass Goose sich ihm näherte. Er ignorierte den rotgesichtigen Aufwiegler so gut es ging und trank einen Schluck von seinem Tee. Er war zuckersüß und schmeckte herrlich.

Goose stützte die Hände gegenüber von Beck auf dem Tisch ab, er zitterte entweder vor Wut oder vor Verlegenheit, oder beidem, und presste eine vorhersehbare Warnung hervor. Beck krümelte das Maisbrot in die Käse-Makkaroni und verrührte die klebrige Mischung.

»Das erzähle ich meinem Cousin«, sagte Goose. »Und wenn er es hört, bist du weg, JB. Weg. Auf keinen Fall wirst du noch eine einzige Schicht auf dieser Bohrinsel bekommen. Oder auf irgendeiner anderen Bohrinsel vor der Küste Alabamas. Das verspreche ich dir.«

Beck füllte seine Gabel mit der Mischung und schaufelte sie sich in den Mund. Dann hob er den Kopf und sah Goose in die Augen. Er kaute langsam und wohlüberlegt, mit geschlossenem Mund und gleichmütigem Gesichtsausdruck.

»Hast du mich gehört, John Beck? Dieses Mal bist du zu weit gegangen. Ich habe von dir und deinem Temperament gehört. Die Leute reden über deine Dämonen. Die können dich jetzt ebenso gut in die Hölle zerren, Mann, denn für dich wird es keinen besseren Platz mehr geben, wenn mein Cousin mit dir fertig ist.«

Beck ließ mehrere Sekunden vergehen und wartete, bis Goose blinzelte, dann schluckte er seinen Bissen.

»Ist das alles?«

Goose riss den Kopf zurück, als hätte Beck zum Schlag gegen ihn ausgeholt. Dann lachte er nervös. Als niemand mit ihm lachte und keiner etwas sagte, schlug Goose mit den Fäusten auf den Tisch und stürmte aus der Kantine. Seine beiden Kumpane folgten ihm.

Als die Tür sich hinter ihnen geschlossen hatte, atmeten alle im Raum gleichzeitig durch und die anderen nahmen ihre Gespräche wieder auf.

Gabe stupste Beck mit dem Ellbogen an. »Das war nicht klug, Bruder. Du hättest die Sache auf sich beruhen lassen sollen. Er hat Verwandte, die bei dem Unternehmen hohe Stellungen haben. Sie könnten dich entlassen.«

Beck tauchte die Gabel in seine Schüssel.

»Das könnten sie, aber sie werden es nicht tun. Die Bohrinsel ist ein Elefant, aber sie ist alt. Ihr Betrieb ist speziell. Du weißt das, sie wissen es. Sie benötigen alle erfahrene Hilfe, die sie bekommen können.«

»Da hat Beck nicht unrecht«, sagte Radio. »Und mal ehrlich, wer gibt schon gerne zu, dass er mit einem Essenstablett verprügelt worden ist?«

Die drei lachten. Gabe trank seinen Tee aus und wischte sich den Mund mit der Serviette ab. Er gestikulierte mit seinem leeren Glas in Richtung der beiden anderen Männer. »Ihr habt beide gute Argumente, aber unterschätzt nie die Macht des Blutes. Ganz besonders im Süden.«

»Du rennst bei uns offene Türen ein, Gabe«, sagte Beck.

Radio nickte. »So ist es.«

Gabe schüttelte den Kopf und lächelte. »Weißt du was, Radio?«

»Was denn?«

»Beck könnte lügen, und du würdest es beschwören.«

Radio runzelte die Stirn. »Das stimmt nicht.«

Gabes Miene spannte sich an, die Belustigung verschwand. »Es stimmt doch. Und was auch stimmt, ist, dass Goose im Gefängnis gesessen hat. Er ist ein schlimmer Kerl.«

Beck hörte auf zu kauen. »Viele von uns waren schon im Gefängnis, Gabe. Was soll das heißen?«

Gabe schluckte. Er schüttelte den Kopf und gestikulierte, als ob er damit auslöschen könnte, was er gesagt hatte. »So habe ich das nicht gemeint, John. Was ich meinte, ist …«

»Ist auch egal«, sagte Beck. »Was passiert ist, ist passiert.«

Gabe beugte sich vor. »So sehe ich das auch. Aber er ist *nicht* mit dir fertig. Der Kerl ist nachtragend. Er wird es dir heimzahlen, auf die eine oder andere Art.«

Beck aß den Rest der Mischung aus Käse-Makkaroni und Maisbrot und räumte seinen Platz auf. Er nahm auch die

Tabletts von Radio und Gabe mit. Sie fragten, ob er Kartenspielen und einen Film sehen wollte. Die beiden wollten immer Karten spielen und Filme schauen. Sie waren nach beidem süchtig. Er lehnte ab, wie er es normalerweise immer tat.

»Ich muss die Verabredung mit meiner Tochter absagen.«

2

TAG DER DETONATION
90 MEILEN VOR DER KÜSTE ALABAMAS
GOLF VON MEXIKO

Becks Schlafraum ähnelte eher einem Kleiderschrank als einem Zimmer, aber er genügte. In diesem Raum tat er nie mehr als schlafen, sich umziehen und den Laptop benutzen, den er sich mit Gabe Vazquez teilte.

Er lag auf seinem Zwillingsbett, ließ die Füße über den Rand der Matratze hängen und lehnte an der Wand. Die Verbindung war langsam, aber für einen Video-Chat passabel.

Der Avatar seiner Tochter lächelte ihn aus der Mitte des Displays an, während er darauf wartete, dass sie seinen Anruf annahm. Beck wollte gerade aufgeben, als sie sich meldete. Ihr Haar war nass, und sie hatte dunkle Halbkreise Mascara unter ihren dunklen Augen. Aber ihr Lächeln war so strahlend wie immer.

»Hey, Dad. Tut mir leid. Ich komme gerade aus der Dusche.«

»Kein Problem, Millie. Es ist schön, dich zu sehen. Aber du hast ein Paar blaue Augen. Hast du dich wieder geprügelt?«

Sie kicherte. Es war das Kichern eines kleinen Mädchens, das vor ungebremster Freude barst, und Beck lachte. So gut er seine Tochter auch kannte, sie war dennoch ein Rätsel. In einem Augenblick schien sie an der Schwelle zur Frau zu stehen, im nächsten überzeugte ihn ihr Benehmen oder Verhalten, dass sie noch eine Vorschülerin mit Zöpfen war.

Sie rieb sich mit einem Handtuch das Haar, fuhr sich mit den Fingern hindurch, und er bemerkte, dass ihre limettengrünen Fingernägel frisch lackiert werden mussten. Sie warf das Handtuch aus dem Aufnahmebereich und nahm das pinkfarbene, elektrische Klappmesser, das er ihr zum Valentinstag geschenkt hatte. Sie säuberte sich mit der Klinge die Fingernägel.

»Was ist so lustig, Dad?«

»Du.«

Millie drehte und wirbelte das Messer mit einem Geschick, von dem er nicht gewusst hatte, dass sie es besaß. Sie liebte dieses Messer.

»Warum ich?«, fragte sie.

Er tippte auf die Lautstärketaste auf der Tastatur. »Du bringst mich zum Lachen, Kleine. Das ist alles.«

Millies Blick schweifte vom Bildschirm ab, sie runzelte die Stirn. »Warum rufst du an? Solltest du nicht im Hubschrauber sitzen?«

Er seufzte, runzelte die Stirn und schaffte es nicht, seine Enttäuschung zu verbergen. »Ja, das sollte ich.«

»Aber du bist es nicht.« Es war gleichzeitig eine Frage und eine Feststellung. Sie klang wie ihre Mutter.

»Nein. Es zieht ein Unwetter auf, und der Helikopter kann nicht fliegen. Ich sitze hier fest.«

»Für wie lange?«

»Ein oder zwei Tage. Es hängt davon ab. Es tut mir leid, Kleine. Ich wollte diesen Film wirklich sehen.«

Sie schürzte die Lippen. »Oh, ich verstehe. Es geht um den Film und nicht darum, deinen Lieblingsmenschen auf der ganzen Welt zu sehen?«

Beck schüttelte den Kopf. »Natürlich nicht. Ich …«

»Dad, das war ein Scherz. Ich …«

Millies Gesicht erstarrte in einer peinlichen Miene mitten im Satz. Aus den Lautsprechern kam Statik, die Farben des Bildes veränderten sich, und das Signal war unterbrochen.

Der Bildschirm des Video-Chats wurde schwarz, in der Mitte erschien eine Nachricht:

Ihr Gespräch wurde beendet.

Wollen Sie noch einmal anrufen?

Beck strich mit dem Finger über das Touchpad am unteren Ende der Tastatur des Laptops und bewegte das Richtungssymbol über den Bildschirm zu dem Wort JA. Er drückte auf die Taste des Touchpads, und die Anwendung baute die Verbindung wieder auf. Es klingelte mehrere Male, bevor der Versuch abgebrochen wurde. Die App fragte ihn, ob er es noch einmal versuchen wollte. Er tat es, mit demselben Ergebnis.

Beck versuchte noch sechs weitere Male, anzurufen. Es kam keine Verbindung zustande. Frustriert öffnete er die E-Mail-Anwendung, und er gab Nutzernamen und Passwort ein. Sein Account öffnete sich, und er schrieb eine neue Nachricht.

Hey Kleine,
ich habe versucht, dich wieder anzurufen, nachdem die Verbindung unterbrochen wurde, aber ich kam nicht durch. Das tut mir leid, und mir tut es auch leid, dass ich unsere Verabredung heute Abend absagen musste. Zwei Filme, wenn ich zurückkomme? Ich rufe dich an, sobald ich gelandet bin. Ich hoffe, dass es morgen klappt. Halt die Ohren steif und grüß deine Mom von mir. Ich liebe dich, Millie, und kann es nicht abwarten, dich zu sehen.
Dad.

Er überprüfte zweimal die Rechtschreibung, machte zwei Korrekturen und schickte die E-Mail ab. Dann öffnete er eine neue Nachricht. Seine Finger schwebten über der Tastatur, als er überlegte, was er schreiben und was er *nicht* schreiben sollte. Letzteres war schwieriger als Ersteres. Diese Dämonen waren so schlecht darin, diskret zu sein und verführten Beck oft dazu, Dinge zu sagen, die er später bereute. Er löschte viermal die Nachricht und schrieb sie neu, bevor er damit zufrieden war.

Hi Debbie,
ich wollte dich wissen lassen, dass ich auf der Bohrinsel festsitze. Schlechtes Wetter. Ich habe schon mit Millie gesprochen, doch die Verbindung wurde unterbrochen, und ich konnte das Gespräch nicht beenden. Es scheint okay für sie zu sein. Ich glaube, ich bin enttäuschter als sie. Ich habe ihr gesagt, dass ich sie anrufe, wenn ich in Mobile lande. Das wird hoffentlich morgen der Fall sein, aber ich kann nicht sicher sein. Wenn ich die Möglichkeit habe, einen Video-Chat zu führen, bevor ich fliege, werde ich das tun. Wenn nicht, teile ihr bitte meine Pläne mit. Ich habe ihr eine E-Mail geschickt, aber du neigst dazu, deine Nachrichten häufiger zu checken als sie, außer sie sind auf Snapchat. Eine Antwort ist nicht nötig. Ich wollte nur sicherstellen, dass ich an alles gedacht habe.
Bis bald,
John

Beck überprüfte erneut die Rechtschreibung, nahm vier Korrekturen vor und verschickte die E-Mail. Erst dann atmete er durch. Ihm war nicht bewusst gewesen, dass er die Luft angehalten hatte. Das machte Debbie mit ihm. So war es schon immer gewesen. Sie raubte ihm in guten wie in schlechten Zeiten den Atem.

Er checkte seinen E-Mail-Account auf ungelesene Nachrichten, fand keine, die ihn interessierte, und schloss den Laptop. In dem Augenblick, als er ihn zuklappte, sah er Gabe im Türrahmen ihres Zimmers stehen. Seine Wangen waren gerötet, Schweißtropfen glitzerten auf seiner hohen Stirn, und sein Haar klebte ihm an den Schläfen. Er lehnte sich gegen den Türrahmen und redete, als wäre er gerade einen Marathon gelaufen.

»Hey, Bruder«, sagte er. »Das musst du sehen. Es ist absolut seltsam. Es ist wie etwas aus einem meiner Bücher.«

»Was für Bücher?«

»Die über Post-Apokalypsen. Du weißt schon, die, die ich auf meinem Tablet lese.«

»Was ist es denn?«

»Die Telekommunikation. Radio sagt, dass er so etwas noch nie gegeben hat.«

Beck stand auf und warf den Laptop auf das Fußende der Matratze. »Ich dachte, du würdest Filme schauen und Karten spielen«, sagte er und folgte Gabe in den schmalen Flur. »Warum ist er in der Kommunikationszentrale?«

Gabe stützte sich an der Wand ab, um das Gleichgewicht zu halten, als sie sich durch den Irrgarten der Flure wanden, die sie hinauf auf die Plattform führten und zum Kommunikationszentrum im Kontrollturm auf der gegenüberliegenden Seite der Bohrinsel. Schweiß lief ihm die Wangen herunter und durchtränkte sein Shirt.

»Er hat einen Alarm bekommen. Eher einen Befehl, Bericht über die Telekommunikation zu erstatten. Ich habe ihn begleitet, weil ich nichts Besseres zu tun hatte. Als wir dorthin kamen, war alles …«

Beck sah Gabe über die Schulter an, während sie eine Treppe hochgingen. »Es war was?«

Gabe schüttelte den Kopf und stieß erschöpft den Atem aus. »Du musst es sehen. Es ist schwierig zu erklären, Bruder.«

»Jetzt mache ich mir Sorgen«, sagte Gabe, und Beck öffnete die Tür zum Deck.

Kalter Wind schlug ihm ins Gesicht, als er nach draußen trat. Die Temperatur war um zehn Grad gefallen, seit er zum Mittagessen hineingegangen war. Starker Regen strömte in einem scharfen Winkel herunter, vom Wind in die Diagonale geblasen, und stach wie winzige Nadeln in sein Gesicht. Es erinnerte ihn an einen Hurrikan, der auf die Küste zukam. Und dann begriff er, dass Gabe nicht schwitzte, sondern vom Regen klatschnass war.

Beck stemmte sich gegen den Wind und hob einen Arm über den Kopf, um seine Augen vor dem stechenden Regen zu schützen. Seine Stiefel hafteten an der rutschigen Oberfläche des nassen Decks, als er auf die nächste Tür zueilte. Gabe schob sich hinter ihm herein und zog die Tür zu.

»Mann«, sagte Gabe. »Das war schlimmer als beim ersten Mal.«

Sie gingen Seite an Seite den Flur hinunter, der zum Aufzug führte. Beck fuhr sich mit den Händen durchs Haar und schüttelte den Regen von seinen Fingern. »Ich muss zugeben, an deiner Stelle wäre ich nicht gekommen, um mich zu holen. Ich würde bei diesem Wetter nicht rausgehen, wenn es nicht unbedingt sein muss.«

Gabe sah ihn verwirrt an. »Ich weiß nicht genau, was du mir damit sagen willst, Bruder, aber gern geschehen.«

Beck drückte auf den Knopf des Aufzugs. Die Türen öffneten sich, und sie traten hinein.

»Danke«, sagte Beck. »Ich weiß es zu schätzen. Ich denke, ich will damit sagen, dass du ein besserer Mensch bist als ich, Gabe.«

Gabe lächelte. »So weit würde ich nicht gehen. Ich glaube, du würdest dasselbe für mich tun.«

Beck lachte, als sich die Türen öffneten. »Ich habe dir gerade gesagt, dass ich nicht dasselbe für dich tun würde, Bruder.«

Gabe zuckte mit den Schultern und ging mit ihm die kurze Entfernung zu einer Tür, auf der KOMMUNIKATION stand. Es handelte sich um einen modernen Raum, ganz im Gegensatz zu der alternden industriellen Umgebung im größten Teil der Charybdis. Hochauflösende Flachbildmonitore bildeten eine Videowand an einem Ende des Raums. Sie hingen über einem geschwungenen Schreibtisch, der an die Kommandozentrale eines Raumschiffes erinnerte. Zwei Stühle mit hohen Lehnen, wie sie PC-Spieler benutzten, standen vor den Monitoren. Plaketten auf den Displays zeigten Verbindungen vor der Küste und an Land an. Die küstennahen Verbindungen waren zwischen Oberflächen- und unterseeischen Bildern aufgeteilt.

Beck war erst einen Augenblick im Raum, als er das Problem erkannte. »Was zur …«

Einer der Spieler-Stühle drehte sich herum und zeigte Radio. Die Stirn hatte er in tiefe Falten gelegt. »Beck«, sagte er. »Was machst du hier?«

Beck tauschte einen Blick mit Gabe. Radios besorgter Blick wanderte zwischen ihnen hin und her.

»Ich habe ihn hergebracht«, sagte Gabe. »Wir stehen nicht im Weg rum.«

Radio verengte die Augen und drehte sich wieder zur Monitorwand um. Es war offensichtlich, dass es nicht viel für ihn zu tun gab.

Die Anzeigen vor der Küste schienen in Ordnung zu sein. Aufnahmen von Kameras, die an mechanischen Schlüsselpunkten der Bohrinseln installiert waren, waren kristallklar. Verschwommenere, aber erkennbare Videos vom Grund des Ozeans und darunter gaben dem Betreiber einen Echtzeitblick auf die Verschalung, den Meeresboden und das Dichtungsstück. Neben den Bildern waren farbige Statusangaben zu sehen.

Die andere Hälfte der Anzeigen war schwarz. Die Bildschirme waren eingeschaltet, zeigten aber nichts an. Doch das ausgehende Kommunikationssignal war stark.

»Was geht hier vor?«, flüsterte Beck Gabe zu.

»Alles an der Küste ist tot«, flüsterte Gabe zurück. »Nichts funktioniert. Keine Kommunikation, kein Signal. Es ist, als hätte irgendetwas die Kommunikation auf einen Schlag unterbrochen.«

Auf seinem Platz bemühte Radio sich, das Problem zu finden. »Wir fliegen hier blind. So etwas habe ich noch nie erlebt. Hast du irgendetwas, Ed?«

Ed war der andere Kommunikationsspezialist. Er schüttelte den Kopf und gestikulierte beim Reden wild mit den Händen. »Nichts. Ich habe gar nichts. Verdammt noch mal. Ich war hier. Die Kommunikation funktionierte normal. Ich habe sogar mit Nancy an der Kontrolle über das Wetter gescherzt. Sie beschwerte sich über die Überstunden der Crewmitglieder, die auf der Bohrinsel festhängen. Dann bricht sie mitten im Satz ab, und ich höre nur noch Statik. Und dann ist Nancy weg. Ich sehe hoch, und alles ist weg. Ich …«

Die Tür hinter Beck schwang auf. »In Ordnung«, sagte Hugh Castor, der Geschäftsführer der Bohrinsel, dröhnend. »Alles unnötige Personal raus hier. Sofort. Das gilt für euch, Beck und Vazquez.«

»Okay, Boss«, sagte Gabe. »Wir haben uns gefragt, was hier vor sich geht. Wir alle …«

Castor hob eine fleischige Hand. Der Mann war über eins-neunzig groß, hatte wie Leder gebräunte Haut und war so kahl wie eine Billardkugel. Ein dichter, drahtiger Schnurrbart wucherte unter seiner breiten Nase und verbarg seine Oberlippe. »Ich bin mir des Problems absolut bewusst, Vazquez. Was ich will, sind Antworten. Und ich will, dass du und dein Zimmergenosse verschwinden. Ich bin sicher, dass ihr anderswo etwas zu tun habt.«

Beck ging zur Tür, und Vazquez begleitete ihn zum Aufzug. Sie schwiegen beide, während die Kabine nach unten fuhr. Becks Gedanken rasten, sie drehten sich um Millie. Wenn alle Kommunikationssysteme an der Küste ausgefallen waren, was bedeutete das? Ging es ihr gut?

Als die Türen des Aufzugs auseinander glitten, marschierten die beiden den kurzen Flur entlang und wieder hinaus in die Kälte. Der Regen rauschte wie ein dichter Vorhang herunter. Die kalten, schweren Tropfen klatschten Beck ins Gesicht. Sie waren jetzt größer als die stechenden Kügelchen vor ein paar Minuten.

Er war auf halbem Weg zu den Wohnquartieren, als ein Dröhnen das Trommeln des Regens durchschnitt. Beck schirmte die Augen mit einer Hand ab und blinzelte zum Himmel hoch. Drei Militärjets tauchten aus den dunkelgrauen Wolken auf, schossen über den Himmel und drehten Richtung Küste. Einen Moment später folgte ein weiteres Trio demselben Muster.

Das Militär hatte in Alabama sechs Einrichtungen. Die Air Force hatte in Montgomery eine Basis. Die Army hatte Posten in Dale, Bynum, Anniston und Madison. In Madison befand sich das Redstone Arsenal, und die Küstenwache hatte ein Flugtrainingszentrum in der Nähe von Mobile. Alle Einrichtungen führten das ganze Jahr Übungen durch, aber Beck konnte sich nicht erinnern, in der Umgebung von Charybdis solche Arten von Flugformationen gesehen zu haben.

Geblendet vom Regen wischte er sich das Wasser aus den Augen, als eine dritte Formation über seinen Kopf hinweg donnerte. Diese nahm eine andere Richtung. Sie flogen weiter auf den Golf hinaus, bevor sie sich nach Osten wandten. Beck war sicher, gesehen zu haben, dass zwei von ihnen Raketen abschossen. Die Kondensstreifen sahen aus wie Raketenabgase. Er blinzelte gegen den Regen an und glaubte, seinen Augen nicht trauen zu können.

Als sie in ihrem Quartier waren, blieben beide Männer stehen und starrten einander an. Beck fragte sich, ob er dieselbe verwirrte Miene hatte wie Gabe.

»Du hast das auch gesehen, oder?«, fragte Gabe. »Ich habe mir diese Jets nicht eingebildet, oder?«

»Nein. Ich habe sie auch gesehen.«

»Hör mal, ich bin kein Experte, okay? Aber mein Bruder ist bei der Air Force. Er ist Tonassistent. Weißt du, er tankt Flugzeuge in der Luft auf. Und ich glaube, die ersten beiden Gruppen waren unsere. Sie sahen wie F-35 Lightnings aus. Er hat mir Bilder von denen im Flug geschickt. Also bin ich mir ziemlich sicher.«

»Die dritte Gruppe war anders«, sagte Beck. »Sie sahen nicht wie unsere aus.«

Gabe schluckte. Er fuhr sich mit der Hand durch sein klatschnasses Haar. Keiner von ihnen hatte bei ihrem unklugen Gang zum Kommunikationszentrum seinen Helm getragen.

»Das waren Chinesen. Oder Koreaner. Ich glaube, die fliegen beide Chengdu J-20-er. Diese Dinger sind schnell. Sie sind größer und haben eine weitere Flügelspanne als die ersten beiden.«

»Ich habe gesehen, dass sie etwas abgeschossen haben«, sagte Beck. »Zwei von ihnen haben Raketen abgeschossen. Hast du es auch gesehen?«

Gabe zögerte. Er sah auf seine Stiefel hinunter, hob dann wieder den Kopf und nickte. »Ich habe es gesehen. Ich hatte gehofft, dass du nichts bemerkt hast und ich es mir nur eingebildet habe.«

»Mir ging es genauso«, sagte Beck.

»Was machen wir jetzt?«

Beck wusste nicht, was er darauf antworten sollte. »Gute Frage. Ich denke nicht, dass wir im Moment viel tun *können*. Ich schätze, dass der Boss bald eine Besprechung mit allen einberufen wird und …«

Der Deckenlautsprecher unterbrach ihn mit einem Signal. Wie aufs Stichwort schallte Hugh Castors Stimme wie ein tiefes Blechblasinstrument durch den schmalen Flur.

»Ich will, dass alle in die Kantine kommen. In fünf Minuten. Das ist ein Sammelruf für jegliches Personal, das außer Dienst ist. Das ist ein Sammelruf. Kantine. In fünf Minuten.«

Das Signal erklang erneut. Die Nachricht war beendet.

»Ich denke, das hat *diese* Frage beantwortet«, sagte Gabe.

Beck öffnete die Tür, um zur Kantine zu gehen. »Ich glaube nicht, dass er zum jetzigen Zeitpunkt mehr weiß als wir.«

»Stimmt, aber er wird uns eine Richtung weisen. Das ist besser, als untätig herumzustehen …«

»Hey, Leute. Wartet auf mich.«

Radio, vom Regen durchnässt, mit im Gesicht hängenden Haaren, beeilte sich, zu ihnen aufzuschließen. Er nahm seine beschlagene Brille ab und blinzelte. »Könnt ihr das glauben? So etwas habe ich noch nie gesehen. Ich meine, wir hatten schon vor diesem Kommunikationsproblem Ausfälle. Aber alles an der Küste? Gleichzeitig? Das ist absolut seltsam.«

»Warum bist du nicht mehr da oben?«, fragte Gabe. »Brauchen sie dich nicht?«

Radios Stiefel quietschten beim Gehen. Er zog an dem Stoff über seinem Schritt und zupfte seinen durchnässten Baumwolloverall zurecht.

»Nein. Ich bin außer Dienst, genau wie du, weißt du noch? Himmel, diese neuen Shorts ziehen sich verdammt noch mal hoch. Ich werde mich schlimm wundscheuern.«

»Hast du irgendetwas herausgefunden?«, fragte Beck. »Wer ist dafür verantwortlich? Vielleicht die Chinesen?«

Gabe warf ihm mit zusammengezogenen Brauen einen Blick zu.

Radios Stimme wurde eine Oktave höher. »Chinesen? Warum denn die Chinesen? Niemand hat irgendetwas über die Chinesen gesagt. Die da oben haben mich gerufen, weil sie dachten, sie würden etwas falsch machen. Ich habe alles überprüft. Man kann nichts machen. Die Kommunikation an Land ist verbrutzelt. Nicht an unserem Ende, an ihrem. Castor hat mir gesagt, dass ich in die Kantine gehen soll. Dann hat er den Sammelruf gemacht. Was ist denn mit den Chinesen?«

»Gabe und ich haben ein paar Kampfjets über uns hinweg fliegen sehen. Wir glauben, dass mindestens drei von ihnen chinesisch waren.«

Radio lachte. Es war ein nervöses Gackern. »Was meint ihr mit *Kampfjets*?«

Sie erreichten die Kantine, bevor einer von ihnen Radios Frage beantworten konnte. Sie hörten den Tumult, bevor sie die gedrängt volle Kantine sahen. Die Hälfte der hundertsechsundzwanzig Leute an Bord der Bohrinsel hatte sich in den Raum gezwängt. Die Männer drängten sich auf den Bänken, einige saßen auf den langen Tischen, andere lehnten an den Wänden. Alle waren in Gespräche vertieft. Außer Goose und seinen beiden Schlägern sah niemand auf, als Beck eintrat. Beck lächelte und winkte Goose zu, der ihn mit ausdrucksloser Miene ansah, bevor er sich abwandte und seinen Gefolgsleuten etwas zumurmelte.

Radio zupfte an der Schulter von Becks Overall. »Hey, was hast du mit Kampfjets gemeint? Das macht mir Sorgen. Ich habe nichts von Kampfjets gehört. Oder von den Chinesen.«

Das Trio fand einen freien Platz in einer Ecke in der Nähe des Kantinentresens. Beck lehnte sich an die Wand, verschränkte die Arme vor der Brust, überkreuzte die Fußknöchel und ließ den Blick durch den Raum schweifen. Er war ganz in Blau getaucht, die Farbe der feuerfesten Uniformen, die die Arbeiter während ihrer Schichten trugen. Das Licht der Deckenbeleuchtung fing sich in den Reflexstreifen auf ihren Armen, Schultern und Fußknöcheln. Eine einfarbige Version des modernen Unternehmenslogos erstreckte sich auf dem Rücken, ein dazu passender Aufnäher befand sich auf der Brust gegenüber dem Namensschild.

Wenn die Arbeiter sich in Massen versammelten, waren sie im wahrsten Sinne des Wortes nicht mehr voneinander zu unterscheiden. Doch Beck erkannte sie alle und kannte ihre Namen, abgesehen von zwei der Neulinge. Er dachte daran, dass sie alle an der Küste sein oder sich auf das Ende ihrer Schicht vorbereiten sollten. Stattdessen saßen sie wegen des Wetters hier fest und konnten nichts an dem ändern, was auch immer an der Küste passierte.

Seine Gedanken wanderten wieder zu Millie. Er stellte sie sich ohne ein funktionierendes Telefon vor. Er war nicht sicher, ob die Handys außer Betrieb waren. Nur weil die Videokommunikation nicht mehr funktionierte, musste das nicht heißen, dass alles durchgebrannt war. Doch wenn ihr Handy nicht mehr nutzbar war, musste sie durchdrehen. Kinder in ihrem Alter waren mit diesen Geräten verwachsen. Sie waren wie eine Rettungsleine, im übertragenen Sinn und buchstäblich. Sein Magen zog sich bei dem Gedanken zusammen, sie nicht kontaktieren zu können.

»Was hast du damit gemeint, Beck?«, hakte Radio nach und unterbrach damit seine Gedanken.

Beck atmete durch. »Was habe ich womit gemeint?«

Radio schnaufte entnervt. Seine Brille ließ seine Augen größer erscheinen, fast kindlich. »Die Kampfjets«, sagte er. »Du hast erzählt, dass da Kampfjets waren.«

»Ich habe nichts damit gemeint. Wir haben Jets gesehen. Sie …«

»Ihr habt sie auch gesehen?«, unterbrach ein Bodenarbeiter namens Rigby. »Diese Dinger sind gerast. Und sie waren laut.«

Rigby war jung, wahrscheinlich noch nicht einmal einundzwanzig. Er war ein Rotschopf mit vielen Sommersprossen, die ihn wie einen Mittelschüler aussehen ließen. Er war klein und dünn und hatte ein paar spärliche, erdbeerblonde Haare auf dem Kinn. Als Bodenarbeiter war es seine Aufgabe, den Bodenbohrer und die Geräte auf der Arbeitsbühne zu betreiben.

Mit großen Augen starrte Radio Rigby an. »Du hast sie auch gesehen?«

Rigby nickte. »Ich habe sie gesehen. Es waren einige. Sie waren laut. Ich bin überrascht, dass du sie nicht gehört hast. Sie waren kaum zu überhören.«

Radios Miene spannte sich an. Er ließ den Blick durch den Raum wandern, aber seine Gedanken waren mit etwas anderem beschäftigt, er suchte nach Antworten. Beck wusste nicht, ob er besorgt wegen der Bedeutung der Jets war, oder darüber, dass Radio sie nicht bemerkt hatte.

Die Lautstärke der unzähligen Gespräche wurde leiser, und Becks Aufmerksamkeit richtete sich auf eine Bewegung an der Tür der Kantine. Der riesige Hugh Castor stand im Türrahmen und füllte ihn fast ganz aus. Sein Schutzhelm schien zu klein für seinen Kopf zu sein. Sein kantiger Kiefer sah aus wie aus Stahl gegossen, und der eisige Blick des Mannes war Grund genug, seiner Führung zu folgen. Der Rest lag an seiner Vereisung.

»In Ordnung«, sagte er. »Beruhigt euch. Ich will, dass alle mich ansehen. Ich bin hier.«

Castor bildete mit Zeige- und Mittelfinger ein V. Er zeigte damit auf die versammelten Männer und dann auf seine eigenen Augen. Er wiederholte die Bewegung dreimal, bevor er einen Schritt in den Raum trat. Die Ärmel seines Overalls waren bis zu den Ellbogen hochgerollt und entblößten verblasste, farbige Tätowierungen auf seinen Unterarmen, die wahrscheinlich einen ähnlichen Umfang hatten wie Radios Hals.

»Ihr kennt mich«, sagte Castor. »Ich sage es, wie es ist. Wir haben eine Regel. Wir tragen keinen Mist rein oder raus. Habe ich recht?«

Zustimmendes Gemurmel schwoll an und erstarb wieder. Castor leckte sich über die Zähne. Er nahm seinen Helm ab und legte ihn auf einen Tisch in der Nähe. Die Männer teilten sich wie das Rote Meer, um ihm Platz zu machen.

Er rieb sich über den kahlen Schädel und schien gründlich über seine nächsten Worte nachzudenken. Seine Brust hob sich, als er einatmete.

»In Ordnung«, sagte er. »Ich werde es euch erzählen. Ihr werdet zweifellos Fragen haben. Aber es ist, wie es ist.«

Castor versuchte, Zeit zu schinden. Das sah ihm nicht ähnlich. Was immer er zu sagen hatte, ließ ihn zögern. Beck sah, dass die Muskeln um seine Augen herum zuckten. Die großen Falten in den Winkeln vertieften sich, genau wie die Linien, die zwischen seiner Nase und seinen geröteten Wangen verliefen. Er sah zu Boden, als er wieder sprach.

»Wir leben in einer Welt des Schmerzes, meine Herren. So einfach ist das, und auch so kompliziert. Eine Welt des Schmerzes.« Er sah auf und ballte die Hände an den Seiten zu Fäusten. »Wir haben keine Verbindung mit dem Hauptquartier. Überhaupt keine. Es ist, als wären sie alle verschwunden. Selbst die Datenspeicherung funktioniert nicht. Wir haben es sogar mit einem Notrufsignal auf dem Amateurfunk probiert. Nichts als Statik.«

Castor atmete noch einmal tief durch. Im Raum war es still, die Aufmerksamkeit aller Männer war auf den Boss gerichtet.

Beck hatte das Gefühl, dass ihnen die schlimmste Nachricht noch bevorstand. Er hatte recht.

»Wir haben allerdings Gesprächsbruchstücke gehört«, sagte Castor. »Wir wissen nicht, wer es war, weil wir erst mittendrin mithören konnten. Aber soweit wir verstanden haben, sind wir angegriffen worden.«

Radio platzte mit einer Frage heraus. »Wir, also wir hier auf der Bohrinsel?«

Unter normalen Umständen hätte Castor Radio dafür getadelt, dass er außer der Reihe eine Frage stellte. Er hatte Radio an das Protokoll und die Manieren erinnert und ihn wahrscheinlich während seiner Freizeit zum Küchendienst verdonnert. Aber nicht jetzt. Stattdessen schluckte er schwer, und seine Miene verhärtete sich.

»Mit wir sind die USA gemeint.«

Im Raum überschrien sich die Männer gegenseitig mit Fragen und Ausrufen. Manche schlugen mit den Fäusten auf Tische. Andere vergruben den Kopf in den Händen. Beck beobachtete alles, ohne eine sichtbare Reaktion, aber sein Magen zog sich zusammen. Eine Welle von Übelkeit überkam ihn, und seine Knie wurden weich. Was immer es auch für ein Angriff war, Millie steckte mittendrin. Anders konnte es nicht sein. Sonst wäre der Video-Chat nicht auf diese Weise unterbrochen worden. Adrenalin überflutete seinen Körper, gemischt mit Übelkeit, und Galle stieg seine Kehle hoch. Er unterdrückte sie und schluckte, zuckte zusammen, als die Säure seinen Magen erreichte.

Er hörte den anderen, die über die Bedeutung der Eröffnung des Bosses diskutierten, nur mit halbem Ohr zu. Seine Gedanken waren bei seiner Tochter und wie er zu ihr zurückkommen könnte, koste es, was es wolle. Er stellte sie sich vor, wie sie Angst hatte, weil die Welt um sie herum brannte. Wohin würde sie gehen? Was würde sie tun, um sich in Sicherheit zu bringen? Würde sie die Dinge tun, die er ihr beigebracht hatte, oder würden diese Fähigkeiten sich im Äther des plötzlichen Traumas auflösen?

Castors dröhnende Stimme brachte ihn in die Gegenwart zurück. Der Boss brauchte drei Versuche, bis im Raum Ruhe einkehrte. Mit erhobenen Armen, gerötetem Gesicht und hervortretenden Adern bellte er, um ihre Aufmerksamkeit auf sich zu ziehen. »Es reicht! Lasst mich ausreden!«

Im Raum wurde es wieder ruhig. Unbehagen hing in der Luft. Es drückte Beck nieder, als müsste er die Bürde allein tragen.

»Man sagt, dass sie unser Stromnetz getroffen haben«, sagte Castor. »Uns wurde gesagt, dass es nirgendwo mehr Energie gibt, von der Ost- bis zur Westküste.«

»Wer ist *man*?«, fragte Rigby.

»Das weiß niemand so genau.«

Jemand anderes hob die Hand und stellte eine Frage. »Was für eine Art von Angriff war es?«

Castor zuckte mit den breiten Schultern. »Die Art, die überall die Stromversorgung lahmgelegt hat.«

»Sogar in Texas?«, fragte ein Mann. »Texas hat nämlich ein eigenes Stromnetz.«

Castor strich sich über den Schnurrbart. »Sogar in Texas. Die Leute, die wir reden hörten, waren in Texas. Sie berichteten von einem totalen Stromausfall in Houston, und die Leute, mit denen sie sprachen, waren in Baton Rouge.«

»Das ist nicht überall«, sagte ein weiterer Mann. »Das ist nicht von Osten bis Westen. Wir können nicht wissen, wie es in Kalifornien, Florida oder New York ist.«

Andere murmelten zustimmend. Es wurde immer lauter, bis Castor sie wieder zur Ruhe brachte.

»Glaubt es oder nicht«, sagte er, »mich interessiert die Wahrheit über die Probleme an Land kein bisschen. Es ist egal. Was für mich wichtig ist, ist, dafür zu sorgen, dass alle hier auf der Bohrinsel in Sicherheit sind, bis wir evakuiert werden.«

Castor hob in vorsorglichem Bemühen die Hände, die unausweichliche Diskussion über diese neueste Eröffnung im Keim zu ersticken. »Unsere Vorräte reichen für zweiundsiebzig Stunden. Doch wenn die Probleme so schlimm sind, wie wir vermuten, wird die morgige Lieferung nicht eintreffen. Und dann haben wir achtundvierzig Stunden, alles herunterzufahren und zu verschwinden.«

Das war die Realität. Basta. Ohne die nächste Vorratslieferung würde sich die Lage an Bord der Charybdis schnell verschlechtern. Beck musterte die Gesichter der Männer, die sich in der Kantine versammelt hatten, und es war offensichtlich, dass das Leben auf der Bohrinsel bereits den Bach hinunterging. Er war nicht bereit, darauf zu warten.

3

TAG DER DETONATION
90 MEILEN VOR DER KÜSTE ALABAMAS
GOLF VON MEXIKO

Radio justierte die Frequenz auf dem Yaesu-Handgerät Dual-Band-Empfänger. Er tippte eine Reihe von Zahlen ein. Er trug einen Ohrstöpsel, der mit dem Gerät verbunden war, sodass die anderen nicht hören konnten, ob er fündig wurde.

Beck, Rigby und Gabe saßen auf Radios Bett, während er am einzigen Fenster des Zimmers stand. Es war ein kleiner, rechteckiger Raum mit blickdichtem Glas, das dazu diente, an sonnigen Tagen dämmriges Licht hereinzulassen, und bei schlechtem Wetter schummrig-graues.

Beck bemerkte, dass das Licht trüb und grau war. Regentropfen prallten auf das Glas und rollten daran herab. Das Wetter hatte sich nicht verbessert. Er fragte sich, was passieren würde, wenn es weitere zweiundsiebzig Stunden so blieb. Würden sie bei rauer See evakuieren? Er würde es tun. Ohne zu zögern.

»Kannst du sie hören?«, fragte Gabe. »Was sagen sie?«

Sich in Radios Zimmer zu versammeln, war seine Idee gewesen, nachdem er sie alle daran erinnert hatte, dass Radio in seinem Gepäck einen Handempfänger hatte. Er war für Notfälle gedacht, und er hatte vergessen, dass er ihn dabeihatte, bis Castor erwähnte, dass sie an Informationen gelangt waren, indem sie Übertragungen an Land abhörten. Er hatte nicht genug Informationen gehabt, um Becks Neugier zu befriedigen, und Beck hoffte, dass Radio es vielleicht schaffte, die Lücken zu füllen.

»Ich habe eine Zusatzfunktion«, sagte Radio. »Das heißt, dass ich auf allen Kanälen senden und empfangen kann. Ed, der Kommunikationstechniker im Dienst, hat nur die allgemeinen Funktionen. Er kann auf sehr vielen Kanälen senden und empfangen, aber nicht auf allen. Wir könnten Gespräche abhören, die er nicht empfangen konnte. Das ist es, was ich zu finden versuche.«

Er drückte eine weitere Reihe von Tasten. Ein Lächeln breitete sich auf seinem Gesicht aus, und er zog den Ohrstöpsel heraus. Sie stiegen mitten in das Gespräch von mindestens zwei Teilnehmern ein, die sich über ihren Amateur-Funk identifizierten. Sie benutzten für einen Teil ihrer Dialoge Codes, die Beck nicht kannte, aber er verstand genug von dem Gespräch, um das Wesentliche mitzubekommen.

Die erste Stimme knisterte vor Statik. *»Atombomben? Haben sie Atombomben abgeworfen? Müssen wir uns Sorgen wegen radioaktiven Fallouts machen?«*

»Es gibt keine Berichte über Pilzwolken oder große Explosionen«, kam die Antwort. *»Kein Fallout. Nur die Raketen, und dann sind die Transformatoren in die Luft geflogen.«*

Gabe rutschte auf dem Bett herum. »Kannst du eine Frage stellen? Ich meine, kannst du an dem Gespräch teilnehmen?«

Radio nickte. »Ich muss auf eine Pause warten, mich identifizieren, aber dann ja. Wie lautet deine Frage?«

»Ich habe tausende, aber wenn ich mit einer anfangen muss: Wer hat uns angegriffen, und wie?«

»Wir wissen, wie«, sagte Beck. »Mit diesen Jets.«

Gabe runzelte die Stirn. »Vielleicht möchte ich es verleugnen, aber wir können nicht sicher sein, dass diese Jets irgendetwas gemacht haben. Es könnte sein, dass wir nicht gesehen haben, was wir glaubten zu sehen.«

»Ich nehme mir das Recht, anderer Meinung zu sein.« Beck sah die anderen an. »Wir haben es alle gesehen. Chinesische Jets haben Raketen abgeworfen.«

»Welche Fragen sollen wir also stellen?«, fragte Radio.

Beck wies mit dem Kinn auf Gabe. »Frag, wer uns angegriffen hat, und wie. Auch wenn wir glauben, die Antwort zu wissen, weitere Informationen sind besser als gar keine. Wenn irgendjemand überhaupt eine Antwort darauf hat.«

»Okay«, sagte Radio. »Ich steige in das Gespräch ein, sobald es eine Lücke gibt. Ihr haltet den Mund, okay? Eine Minute lang kein Reden.«

Sie nickten zustimmend. Radio wartete auf eine Pause, drückte dann den Taster an der Seite des Empfängers und übertrug sein Rufzeichen.

»Kilo Alpha Four Victor X-Ray Zulu.«

Nach einer kurzen Pause antwortete eine der Stimmen. *»Wir haben eine Brechanlage. Hallo, Kilo Alpha Four Victor X-Ray Zulu. Sprechen Sie. Wo sind Sie?«*

»Kilo Alpha Four Victor X-Ray Zulu schließt sich an. Danke. Ich bin vor der Küste. Können Sie uns irgendwelche Informationen über den Angriff geben? War es überhaupt ein Angriff? Und wenn ja, wer war es?«

Radio ließ die Taste los.

Die Antwort kam sofort.

»Wir können Angriffe bestätigen.«

Als keine weiteren Informationen kamen, versuchte Radio es erneut. »Wo hat es die Angriffe gegeben? Und wer hat es getan?«

Die andere Stimme antwortete. *»Wir haben Berichte aus Kalifornien, Nevada, Texas, Florida, Georgia, Michigan, Illinois, Washington, DC und Pennsylvania.«*

»Wer war es?«, hakte Radio nach.

Eine dritte Stimme gesellte sich dem Gespräch hinzu und antwortete: *»Entweder die Chinesen oder Nordkorea. Vielleicht die Russen in chinesischen Jets. Das waren die Tarnkappenbomber. Sie haben mit EMP geladene Raketen abgeworfen.«*

»EMP?«, wiederholte Rigby.

Radio hielt einen mahnenden Finger hoch und drückte auf das Mikro. »Danke. Wie übertragen Sie?«

»Gute Frage«, sagte einer von ihnen. *»Mein Auto ist tot, mein Computer funktioniert nicht mehr, aber dieser Amateurfunk geht noch. Daraus soll man schlau werden.«*

»Ich bin in einem Bunker«, sagte ein anderer. *»Ein unterirdisch gebauter Faraday'scher Käfig.«*

Die erste Stimme meldete sich wieder. *»Sie sagten, dass Sie vor der Küste sind, Kilo Alpha Four Victor X-Ray Zulu? Wo vor der Küste?«*

»Auf einer Bohrinsel im Golf.«

»Eine Bohrinsel? Flachwasser oder Tiefenwasser?«

»Tiefenwasser«, antwortete Radio. »Ich bin an Bord der Charybdis. Sie ist von Interllayar Energy gepachtet.«

»Und Sie haben Energie?«

»Ja«, sagte Radio. »Bisher keine Probleme.«

»Da haben Sie Glück, Kilo Alpha Four Victor X-Ray Zulu«, sagte ein anderer Gesprächsteilnehmer.

Radio sah vom Empfänger hoch und blickte die anderen im Raum an. Er runzelte besorgt die Stirn, und er straffte die Schultern, bevor er das Mikrofon aktivierte. »Warum?«

»Wir haben gehört, dass viel von der Infrastruktur getroffen wurde. Raffinerien in Port Arthur, Texas. Speicher im Landesinneren. Die Steuerungen von Pipelines. Wir haben sogar von einem Kerl in Pennsylvania gehört, dass Hydrofracturing-Einrichtungen dort getroffen wurden. Sie wollen uns lahmlegen. Sie haben Glück, wenn es Sie nicht erwischt hat.«

»Danke für die Informationen«, sagte Radio. »Ich bleibe auf diesem Kanal und warte auf Neuigkeiten.«

Die anderen verabschiedeten sich auf angemessene Amateurfunker-Weise von Radio. Er legte den Empfänger auf seinen Schreibtisch und sah die anderen an. »Glaubt ihr, dass sie fertig sind?«

Beck beantwortete die Frage mit einer Gegenfrage. »Wer ist mit was fertig?«

»Die Chinesen, oder wer auch immer, mit den Angriffen.«

»Wer weiß?« Beck zuckte mit den Schultern. »Wahrscheinlich nicht. Wenn sie uns wirklich lahmlegen wollen, sind sie noch nicht fertig. Selbst wenn sie keine Atombomben abwerfen, schicken uns die EMPs ins Steinzeitalter zurück.«

»Was ist ein EMP?«, fragte Rigby. »Wie kappt es die Energie? Und für wie lange?«

Beck beäugte Rigby argwöhnisch. Wie konnte er nicht wissen, was ein EMP war und was er verursachte? Die anderen sahen ihn mit ähnlich skeptischen Mienen an.

Rigbys Wangen röteten sich. Er hob die Schultern bis an die Ohren. »Was denn?«

Beck beschloss, dem Jungen nicht noch mehr Unbehagen einzuflößen, als er ohnehin schon empfand. Es hatte keinen Zweck, auf seinem Unwissen herumzureiten. Stattdessen beantwortete er die Frage, wie ein Elternteil sie einem Kind beantworten würde, das aufrichtiges Interesse daran hatte, etwas Neues zu lernen.

»Ein EMP ist ein elektromagnetischer Impuls. Im Wesentlichen ist das ein Energiestoß, der Elektronik und alles, was ans Stromnetz angeschlossen ist, schmelzen lässt.«

Rigbys Miene hellte sich auf, als er es verstand. »So etwas wie eine Leistungsspitze?«

»Genau«, sagte Beck. »Aber so stark, dass es die Welt verändert. Was immer dieser Energiestoß vernichtet, ist für immer tot. Man kann es nicht reparieren.«

»Und das ist in Raketen?«

»Offensichtlich«, sagte Beck. »So etwas kann auch in der Natur auftreten. Die Sonne kann etwas ausstrahlen, das man koronalen Massenauswurf nennt. Er hat dieselben Auswirkungen wie ein EMP und stört Elektronik und Radiowellen.

Wenn er stark genug ist, kann er die Energieversorgung in großen Bereichen zerstören.«

Gabe schnipste mit den Fingern. »Darüber habe ich mal etwas gelesen. Es war ein Roman über einen Astronauten, der auf einer Raumstation festsaß, nachdem ein koronaler Massenauswurf die Erde getroffen hatte. Er muss herausfinden, wie er zur Erde zurückkehren kann, während seine Familie sich einer Realität ohne Energie stellen muss.«

Beck dachte an seine eigene Situation. Sie unterschied sich gar nicht so sehr von der in Gabes Buch. Er könnte ebenso gut im Weltraum festsitzen, wenn man seine aktuelle Lage bedachte. Und seine Familie, seine Tochter und seine Ex-Frau, mussten sich zweifellos einer plötzlich veränderten Realität stellen. Er musste so schnell wie möglich zu ihnen.

»Die Regierung warnt seit mehr als einem Jahrzehnt vor EMPs«, sagte Beck. »Sie hat Berichte herausgegeben, es gab Verfügungen des Präsidenten, und ich erinnere mich sogar daran, dass Präsidentschaftskandidaten während einer Debatte darüber geredet haben.«

Gabe nickte. »Das Thema ist bei Fans postapokalyptischer Fiktion sehr beliebt.«

»Was ist beliebt?«, fragte Rigby. »EMPs?«

Gabes Augen weiteten sich, als hätte er etwas an der Leine. »Ja, EMPs. Wisst ihr, es gibt alle möglichen Gründe für eine Apokalypse. Zum Beispiel Epidemien, Kriege, Zombies, Fluten, Asteroiden – solche Sachen eben. Und dann gibt es die Geschichten über EMPs. Niemand hat mehr Strom. Alle kämpfen ums Überleben. Wenn man bei einer der Online-Buchhandlungen recherchiert, sieht man es sofort. Romane über die Postapokalypse sind ein ganzes Sub-Genre, und die Leser sind loyal. Ich muss zugeben, dass mir diese Romane gefallen.«

»Wer mag es denn, über die Apokalypse zu lesen?«, fragte Rigby.

»Jeder«, sagte Gabe. »Mit unterschiedlicher Ausprägung. Das Ende der Bibel ist eine Apokalypse. Und wenn die Leute nicht vom Ende der Welt, wie wir sie kennen, lesen, dann schauen sie sich Filme darüber an. Netflix ist voll von dystopischen Filmen und Serien.«

»Wir weichen vom Thema ab«, unterbrach Beck. »Wir können später über Fiktion reden. Jetzt konzentrieren wir uns lieber auf die Realität und darauf, was wir wissen. Die Stromversorgung ist zumindest in einem Teil des Landes zusammengebrochen, und wir haben jeden Grund, davon auszugehen, dass das auch auf die Mobilnetze zutrifft. Wenn das zutrifft, werden wir hier morgen definitiv keinen Hubschrauber sehen.«

Radio hob eine Hand. »Oder ein Versorgungsschiff.«

Beck nickte. »Mal ganz abgesehen vom Wetter. Da draußen wird es immer schlimmer. Es ist nicht abzusehen, wann es aufhört.«

»Ich könnte die Wetterstation checken«, bot Radio an. »Ich kenne den Kerl, der momentan Schicht hat, ziemlich gut. Er würde mir die Vorhersage mitteilen und mir das Radar zeigen.«

Ein Blitz leuchtete vor dem Fenster auf, und ein lautes, zischendes Geräusch war deutlich zu hören.

»Dafür wäre ich dankbar, Radio«, sagte Beck. »Aber ich bin nicht sicher, ob es viel helfen wird. Noch nicht. Ich glaube nicht, dass uns der Boss bei diesem Wetter evakuieren lassen würde, außer es

wäre …«

Ein widerhallendes Dröhnen unterbrach Beck. Das Zimmer zitterte und wurde dunkel. Der Empfänger in Radios Hand, der im Hintergrund beständig Statik produziert hatte, wurde still.

»Was ist passiert?«, fragte Rigby. »Was ist gerade geschehen?«

Die Anspannung in seiner Stimme war in der Dunkelheit deutlich zu hören. Becks Puls beschleunigte sich, und eine Welle von angstproduziertem Adrenalin schoss in sein Blut. Für Beck war es beruhigend. Als ob ein hyperaktives Kind Amphetamine nehmen würde, um herunterzukommen. Notfälle ließen die Welt um Beck herum langsamer werden. Er nutzte die Energie, um sich zu konzentrieren und zu handeln.

»Bleibt ruhig«, sagte er zu den anderen. »Keine Panik.«

»Keine Panik?« Rigbys Stimme war hoch. »Das sagen die Leute nur, wenn man in Panik geraten *sollte.*«

Draußen war über das Trommeln des Regens und den Wellenschlag des rauen Golfs an der Bohrinsel das schwere Rauschen von Militärjets zu hören, die über sie hinwegflogen. Es war ein unverkennbares Geräusch, und einen Augenblick lang war Beck sicher, dass er den berauschenden Geruch von Treibstoff wahrnahm. Seine Vernunft sagte ihm, dass es psychosomatisch war.

»Sie haben uns getroffen«, sagte Gabe. »Sie haben eine EMP-Rakete auf uns geworfen.«

»Auf uns?«, wiederholte Rigby. *»Auf uns?* Was bedeutet das? Werden wir explodieren?«

»Bleibt ruhig«, sagte Beck gelassen. »Wir werden nicht explodieren. Aber ja, es scheint tatsächlich so, als hätten sie uns mit einem EMP getroffen.«

»Es könnte auch der Sturm gewesen sein«, sagte Radio hoffnungsvoll. »Nicht wahr, Beck? Es könnte auch der Sturm gewesen sein?«

Das UPS, eine unterbrechungsfreie Stromversorgung, hätte sich einschalten sollen, um die Lücke zwischen voller Energie und dem Notstrom des Generators zu überbrücken. Dadurch würde das Licht in der Kabine nicht eingeschaltet werden, aber die rote Notbeleuchtung sollte durch die offene Tür aus dem Flur hereinscheinen. Das UPS priorisierte notwendige Systeme, was die Evakuierungsbeleuchtung beinhaltete.

Kein UPS, keine Generatoren. Die Notstromversorgung war laut und dröhnte wie ein Panzermotor. Die Bohrinsel vibrierte unter ihrer Kraft. Beck spürte keine Vibration. Kein Rattern, kein Summen, keine Panzermotoren. Keine Notstromversorgung.

»Ich glaube nicht«, sagte er. »Wenn es der Sturm gewesen wäre, hätte sich die Notstromversorgung eingeschaltet. Doch die Generatoren arbeiten nicht.«

»Und was sollen wir jetzt machen?«, kam Rigbys Stimme aus einem anderen Teil des Raums.

»Wir bleiben eine Weile, wo wir sind«, sagte Beck. »Wir bleiben ruhig. Wir machen einen Plan. Denkt daran, dass es hier drin dunkel ist.«

Selbst das dämmerig-graue Licht, das durch das Fenster hereingefallen war, war praktisch verschwunden. Die Wolken draußen hatten sich verdunkelt. Der Sturm war über ihnen angelangt, und was vom Tageslicht übrig war, wurde von der Nacht verschlungen.

»Es ist im Augenblick nicht sicher, herumzulaufen«, sagte Beck. »Die anderen könnten in Panik geraten sein, und dann rennen viele in der Dunkelheit herum. Wir sollten ein paar Minuten hier bleiben, bis sich unser Puls beruhigt hat. Dann gehen wir an Deck und sehen nach, was los ist. Bisher gibt es keinen Hauptalarm. Also keine Evakuierung.«

Becks Augen passten sich an die Dunkelheit an. Vor ihm nahmen Formen Gestalt an. Er konnte Gabe und Rigby in seiner Nähe sehen. Rigby stand auf einer Koje. Rechts von ihm stand Radio am Fenster. Er hielt den toten Empfänger ans Glas.

»Haben mich alle verstanden?«, fragte Beck.

Gabe antwortete zuerst. »Ich stimme dir zu.«

»Ich auch«, sagte Radio.

In Rigbys Stimme war nur zögernde Zustimmung zu hören. »Ich bin dabei.«

Becks Gedanken rasten. Er dachte an die unmittelbaren Gefahren einer Bohrinsel ohne Energie. Die Charybdis hatte Störungssicherungen an Bord. Wenn die Anlage dunkel wurde und die Generatoren ausfielen, fuhr das System zurück und senkte den Bohrdruck. Pneumatische Antriebe, die dafür konstruiert waren, bei Energieverlust zusammenzubrechen, zwangen die Ventile, zu schließen und in eine sichere Position zu fahren. Das erforderte Zeit, aber es eliminierte im wahrsten Sinn des Wortes das Risiko einer Druckexplosion.

Regen trommelte gegen das Fenster. Möglichkeiten rasten durch seinen Kopf. Er entschloss sich für den besten Handlungsablauf.

»Wir gehen jetzt zu unseren Sammelplätzen. Wir müssen alle in denselben Bereich. Daran erinnere ich mich von der Übung. Ich wette, dass die anderen auch dorthin gehen.«

»Gute Idee«, stimmte Gabe zu. Er war wieder der Erste, der antwortete. »Sollen wir sofort gehen?«

Beck stand auf. »Jetzt ist so gut wie jeder andere Zeitpunkt. Gabe, du gehst voraus, ich bilde die Nachhut.«

Die anderen schoben sich an ihm vorbei. Sie gingen in den Flur und wandten sich nach links. Beck legte eine Hand auf den dicken Türrahmen und trat in den Flur. Die Dunkelheit desorientierte ihn. Obwohl er die Bohrinsel wie seine Westentasche kannte, veränderte das Nicht-Sehen-Können seine Tiefenwahrnehmung.

Er hatte zwei Schritte in den Flur gesetzt, als sich eine Hand fest auf seine Schulter legte und ihn zurückzog. Dann legte sich eine andere Hand über seinen Mund. Dicke, schwielige Finger kratzten über sein Gesicht, und er wehrte sich. Die Hand auf seiner Schulter glitt über seine Brust und griff unter seine Achsel. Der Angreifer zog Beck fest gegen seine Brust. Dann schlug etwas Hartes, Festes unter seinen Rippen in seinen Magen.

Es presste ihm die Luft aus den Lungen, und seine Sicht verschwamm. Zwei weitere schnelle Schläge in seinen Magen, und er lag schlaff in den Armen des Angreifers.

Becks Brust brannte, und sein nutzloses Schnappen nach Luft verstärkte seine Panik nur. Er fing an, Sterne zu sehen, und er war sich vage bewusst, dass sein erster Angreifer ihn zog. Seine Stiefelabsätze schleiften über den Boden. Und dann war er in einem anderen dunklen Raum und kurz vor der Bewusstlosigkeit. Der Angreifer ließ ihn fallen, und das dumpfe Geräusch einer sich schließenden Tür half ihm, sich auf seine Umgebung zu konzentrieren.

Speichel sammelte sich in seinem Mund, und ein Faden davon hing an seinem Kinn. Er konnte wieder sehen und atmete stockend ein. Beck lag auf der Seite, auf dem Boden eines anderen Raums. Männer beugten sich über ihn, der Geruch von Stiefeln mit Gummisohlen stieg ihm in die Nase.

Beck hustete. »Was zur …?«

Ein harter Tritt in seine Rippen brachte ihn zum Schweigen. Er grunzte und umklammerte seine Seite. Er biss sich auf die Zunge und keuchte. Es war offensichtlich, wer diese Dreckskerle waren, ohne dass sie ein Wort sagten. Er ächzte und schmeckte Blut im Mund. Er schluckte es und konzentrierte sich aufs Atmen.

Gooses Stimme erklang aus der Dunkelheit. »Denkst du, dass du etwas Besseres als ich bist?«

Beck kam auf die Knie, der Boden unter seinen Handflächen fühlte sich kalt an. Ein weiterer Tritt in seine Seite warf ihn um.

»Ich antworte für dich«, sagte Goose. »Du bist nicht besser als ich. Ich weiß alles über dich. Was du getan hast.«

Schmerz pochte in seiner Seite. Beck blieb auf dem Boden liegen. Wie viele Männer waren im Raum? Zwei? Drei? Er konnte es nicht mit allen aufnehmen.

»Du benimmst dich so arrogant, mit deiner perfekten kleinen Familie. Ich meine, sie ist gar nicht so perfekt, oder? Deine Alte hat dich doch verlassen? Sie hat begriffen, was du für einer bist?«

Wut kam in ihm auf und überlagerte den Schmerz. Beck ballte die Hände zu Fäusten und knirschte mit den Zähnen. Er spannte den Kiefer an. Blut sammelte sich in seinem Mund.

Gelächter von den billigen Rängen, zwei deutlich zu hörende Stimmen. Drei Männer – Goose und zwei andere.

»Weißt du, wir haben gewartet. Haben die perfekte Zeit abgepasst, um die Dinge richtigzustellen. Dann ist es passiert …« Goose schnipste mit den Fingern. »Einfach so. Der Strom war weg, und ich denke: ‚Das könnte funktionieren.' Ich hatte vor, dass wir warten, bis wir an Deck sind, weißt du? Dann sahen wir Leute aus Radios Zimmer kommen, und du warst der Letzte. Also haben wir unsere Chance genutzt. Boom. Es war, als wäre es Schicksal.«

Noch mehr Gelächter. Die Männer waren hinter ihm, in der Nähe der Tür. Außer Goose, der direkt vor ihm war. Es war dunkel, außer den gelegentlich aufleuchtenden Blitzen draußen. Das Unwetter hatte sich verschlimmert, die Blitze folgten dichter aufeinander. Oder vernebelte der Schmerz seine Sicht, seine Wahrnehmung?

Drei, vier. Fünf. Donner grollte über ihnen.

Becks Augen gewöhnten sich an die Dunkelheit, und er konnte besser einschätzen, wo genau die Männer sich befanden. Diese Schlafkabine war genau wie seine eigene. Alle diese Räume waren identisch, abgesehen von denen der Geschäftsführer, die Einzelzimmer hatten.

Er wusste, wo die Betten, der Schreibtisch und die Tür waren. Es war ein kleiner Raum, der sich wegen der Anzahl der Leute darin noch enger anfühlte. Beck hatte einen Plan.

»Das war eine spontane Entscheidung«, krähte Goose. »Also denke ich laut darüber nach. Ich wollte dich von ganz oben über Bord werfen. Aber jetzt kümmern wir uns gleich hier um dich.«

Ein weiterer Blitz leuchtete auf.

Eins. Zwei. Drei. Donner dröhnte.

»Sie werden merken, dass ich nicht mehr da bin«, brachte Beck hervor. »Sobald sie sich versammeln und merken, dass ich nicht da bin …«

Noch ein Tritt. Dieser verfehlte seine Rippen und landete stattdessen auf seiner Hüfte. Er traf auf den Knochen, was ihn erneut schmerzerfüllt grunzen ließ.

Goose beugte sich herunter. Sein Gesicht war nahe, sein schlechter Atem strich heiß über Becks Wange. Es war eine Kombination aus Käse und Nicorette. Beck unterdrückte den Würgereflex, während Goose die Zähne fletschte.

Konzentrieren. Konzentrieren.

»Es ist egal, ob sie merken, dass du fehlst, wenn du schon tot bist. Was wollen sie dann machen? Die Evakuierung wegen eines toten Mannes abbrechen? Nein.«

Ein Blitz zuckte auf.

Eins. Zwei. Donner krachte. Laut.

Speichel flog aus Gooses Mund, als er sprach. »Wir werden längst weg sein, wenn sie herausfinden, was mit dir passiert ist. Vielleicht fahren wir nach Tuscaloosa und besuchen deine hübsche Tochter.«

Beck spannte die Muskeln an. Er widerstand der Versuchung, zu handeln. Seine Zeit würde kommen. Bald.

Goose stützte die Hände auf den Knien ab und richtete sich auf. Er gab seinen Gefolgsleuten ein Zeichen, dass sie ihm helfen sollten. Sie kamen näher. Hände griffen nach ihm. Becks Nackenhärchen richteten sich auf. Er wartete und wappnete sich für einen weiteren Tritt in seinen Bauch, als ein Blitz aufleuchtete.

Das ist es.

Ein gewaltiger Donnerschlag dröhnte fast sofort. Es war ohrenbetäubend, markerschütternd und ablenkend genug, dass Beck die Gelegenheit bekam, die er brauchte.

Aus seiner Fetalposition zog er einen Ellbogen hoch und rammte ihn in die Nase eines von Gooses Kumpanen. Knorpel brach unter dem Schlag, und der Mann sank auf die Knie.

Dann stieß Beck seinen Fuß gegen das Knie des anderen Kumpanen. Der harte Tritt stieß das Knie unnatürlich nach hinten, und Bänder rissen. Ein Schrei durchschnitt die Luft und ging dann in ein Jammern über.

Ein Blitz leuchtete auf und entblößte Gooses vor Schock bleiches Gesicht. Er trat zurück, und der Schock verwandelte sich in Aggression. Er stürzte sich mit geballten Fäusten auf ihn.

Goose war nicht schnell genug.

Beck war auf dem Rücken. Er langte über seinen Kopf und griff nach den Beinen des Schreibtischstuhls. Als Goose versuchte, zurückzuweichen, schleuderte Beck den Stuhl auf ihn. Er traf Goose an der Brust und lenkte ihn lange genug ab, dass Beck ihm in den Schritt treten konnte. Als er traf, streckte er das Bein aus, bis ihn der Beckenknochen stoppte. Goose stieß ein unmenschliches Grunzen aus und fiel gekrümmt auf den Boden neben Beck.

Eine weitere Abfolge von Blitz und Donner zeigte Gooses schmerzerfüllte Miene. Er lag auf der Seite und hatte die Hände zwischen die Beine gedrückt. Beck richtete sich auf ein Knie auf und boxte Goose gegen den Kopf. Das Übelkeit erregende Geräusch wiederholte sich beim zweiten und dritten Schlag.

Becks feuchte Fingerknöchel schmerzten, und er holte aus, um Gooses zerschmettertem Gesicht einen weiteren Schlag zu versetzen. Die Dämonen drängten ihn, die Arbeit zu beenden. Sie jubelten in den dunklen Abgründen seines Geistes.

»Beck!«

Der Ruf aus dem Flur hielt ihn davon ab, einen weiteren Boxhieb auszuführen. Seine Hand pulsierte, Adrenalin durchflutete ihn. Sein Atem war schwer, Schweiß brannte in seinen Augen.

»Beck!«

Gabe stand in der offenen Tür. »Ist alles in Ordnung?«

Beck dehnte seine Hand und schüttelte den Schmerz heraus. Er benutzte Gooses reglosen Körper als Stütze, um aufzustehen. Er schwankte, weil er schwindelig war, aber Gabe stützte ihn.

»Verdammt, Bruder«, sagte Gabe. »Was zur Hölle?«

Erst jetzt nahm er das Stöhnen und Wimmern von Gooses Gefolgsleuten wahr. Beck schüttelte den Kopf und blinzelte Schweiß aus seinen Augen, um nicht mehr so verschwommen zu sehen. »Sie haben mir aufgelauert. Mich hierher gezerrt. Ich dachte, sie würden mich umbringen.«

»Du könntest ihn umgebracht haben«, sagte Gabe und sah zu Goose hinüber. »Komm, wir bringen dich hier weg.«

Goose war nicht tot. Sein verschleimter, raspelnder Atem erklang in der stinkenden Luft des Schlafraums. Radio und Rigby standen im Flur. Rigby schloss die Tür, und sie machten sich auf den Weg zum Deck.

Bei jedem Schritt schoss Schmerz durch Becks Seite. Er zuckte zusammen, zwang sich aber zum Weitergehen.

»Ich habe mich umgedreht, und du warst weg«, sagte Radio. »Ich meine, einfach verschwunden. Wir riefen nach dir, fingen an, in jedes Zimmer zu sehen. Es war verrückt.«

Becks Kopf hämmerte. Der Geschmack von Blut überwältigte seine Sinne. Er blieb stehen und schüttelte die Hände seiner Freunde ab. Er lehnte sich gegen die Wand und bemühte sich, dass die Welt um ihn herum zu schwanken aufhörte. Jeder Atemzug war leichter als der vorangegangene, aber er hatte immer noch Schmerzen. Er fluchte und spuckte etwas Blut auf den Boden.

Gabe legte ihm eine Hand auf die Schulter. »Ich will nicht sagen, dass ich es dir doch gesagt habe. Aber so ist es. Goose ist ein fieser Hurensohn …«

Der Sammelalarm erklang.

Es war das Backup-Signal, ein von Hand ausgelöster Alarm, der wie eine alte Luftangriff-Sirene klang. Ihr unverwechselbarer Klang modulierte Töne auf eine Art, dass man sich dabei einfach vorstellen musste, wie jemand danebenstand und die Kurbel drehte, um den Laut zu erzeugen.

Ohne etwas zu sagen, setzten sie ihren Weg Richtung Deck fort. Beck weigerte sich, irgendwelche Hilfe anzunehmen, und ließ diese neue Welle aus Adrenalin und Aufregung den Schmerz mildern. Sie stiegen die Treppe hoch. Rigby zog die Tür auf, und der Wind erfasste sie. Sie knallte mit einem heftigen Schlag auf, und der strömende Regen ließ sie kurz zurückweichen, bevor sie sich zusammenrissen und das Deck betraten.

Das Unwetter durchnässte sofort ihre Overalls. Die beißende Mischung aus Regen und Meerwasser blendete Beck vorübergehend, bis er den Kopf drehte und mit einer Hand die Augen abschirmte.

Ein Blitz zuckte über den Himmel und beleuchtete die dichte Ansammlung von Sturmwolken, die über den Golf zogen. Fast gleichzeitig dröhnte Donner. Das tiefe Geräusch hallte in Becks Körper wider, als er sich gegen den Wind stemmte, um zu seinem Sammlungspunkt zu kommen. Im

Licht der Blitze sah er, dass sich noch andere über das Deck kämpften. Ameisen, die aus einem überfluteten Hügel flohen. Niemand schien sich zielgerichtet zu bewegen. Der heulende Wind in Verbindung mit dem unbarmherzig trommelnden Regen übertönte fast das Jaulen der Sirene. Sie schien abzuschwellen, als wäre sie halb in dem rollenden Ozean unter ihnen verschwunden.

Seine Freunde blieben dicht bei ihm, und sie kämpften gegen den Sturm an, um zu ihrem Sammelplatz in der Nähe einer Reihe von Rettungsbooten zu gelangen, die am Rand der Bohrinsel aufgestellt waren. Ein Manager stand dort und hielt seinen Helm mit einer Hand auf dem Kopf fest. Seine andere Hand lag auf einem orangefarbenen Aktenkoffer aus Plastik. In dem Aktenkoffer befand sich das elektronische Notfall-Rufsystem.

Das System zeigte die Anzahl der Menschen auf der Bohrinsel an, die Anzahl derer, sie sich an den Sammelpunkten befanden, und die Anzahl jener, die fehlten. Es gab aktuelle Informationen zu jedem Rettungsboot, und ob jemand, der sich nicht an seinem Sammelpunkt eingefunden hatte, an einem anderen wichtigen Punkt der Bohrinsel zu finden sein könnte.

Ein Duplikat dieser Anzeige befand sich an jedem der Sammelpunkte, und ein großer Flachbildmonitor zeigte im Kontrollraum dieselben Informationen an. Zumindest sollte es diese Informationen geben.

Noch bevor der Manager den Hartplastikkoffer öffnete, wusste Beck, dass der Computer tot war. Selbst wenn er den EMP irgendwie überstanden hätte, würde seine Kommunikation nicht funktionieren.

Der Wind heulte. Er wirbelte über das Deck, und Beck musste sich mehrere Male gegen seine Kraft stemmen. Er hatte schon oft nachts Zeit an Deck verbracht, aber jetzt, in völliger Dunkelheit, war der Ort, an dem er die Hälfte des letzten Jahrzehnts verbracht hatte, ihm fremd, so als wäre er auf einem anderen Planeten.

Nur die matten Strahlen der noch funktionierenden Taschenlampen erinnerten ihn daran, dass er noch auf der Erde war. Taschenlampen. Irgendwie hatten sie den elektromagnetischen Impuls überstanden. Er hätte seine eigene aus der Schreibtischschublade mitnehmen sollen. Sie hätte ihm auch als Waffe dienen können. Doch angesichts des Hinterhalts hätte das Gewicht der Maglite in den falschen Händen auch zu einem anderen Ende führen können. Es war wahrscheinlich gut, dass er sie zurückgelassen hatte.

Der Captain des Sammlungspunktes, ein Mann namens Abercrombie, fummelte an dem Notfallsystem herum und schlug dann mit einem Fluch, den wegen des Sturms niemand hörte, den orangefarbenen Deckel zu. Er wischte sich mit dem Handrücken über den Mund und rieb sich mit den Fingerknöcheln das Wasser aus den Augen. Abercrombie wirkte so verloren, wie ein Mann nur sein konnte. Bis vor Kurzem hatten sie ein Kartensystem genutzt, um sicherzustellen, dass alle da waren. Wenn ein Besatzungsmitglied am Sammelpunkt eintraf, übergab er oder sie seine Karte. Es war eine einfache Möglichkeit, festzustellen, wer da war und wer nicht. Doch die Technologie hatte den Sieg davongetragen, und das Kartensystem wurde aufgegeben. Jetzt wäre es hilfreich gewesen.

Beck zählte Köpfe. Wenn sie den Vorschriften folgten, waren nicht genug Leute hier, um ein Rettungsboot zu Wasser zu lassen. Sie könnten vielleicht trotzdem evakuieren. Wenn es keine Möglichkeit für die Captains der Sammlungspunkte gab, zu bestimmen, wer da war und wer nicht, was sollte sie davon abhalten, so schnell zu fliehen, wie sie konnten? Es bestand vielleicht keine Gefahr von Explosionen, aber die Kälte würde ihnen früher oder später zu schaffen machen. Und der Sturm tat ihnen auch keinen Gefallen. Die Dunkelheit verstärkte die Anspannung und die Panik bei den Leuten, von denen er wusste, dass sie mühelos unter schwierigsten Umständen arbeiten konnten. Doch das hier war etwas anderes, und alle wussten es. Beck spannte seinen schmerzenden Kiefer an. Er ließ seine verletzte Zunge über die Innenseite seiner Wange gleiten, lehnte sich gegen den Wind, um das Gleichgewicht zu halten, und rieb sich mit den Fingerknöcheln den beißenden Regen aus den Augen. Es war ein sinnloses Bemühen. Der Regen war zu heftig, der Wind zu stark.

Die Sirene verklang, wodurch die Geräusche des Windes und des Regens noch lauter erschienen, während das Unwetter über der Bohrinsel tobte und die Männer versuchten, sich in Sicherheit zu bringen. Andere kämpften sich durch den Regen zu den Sammelpunkten, manche zogen gelbe Day-Glo-Schwimmwesten über die Köpfe.

In dem Moment, so als hätte er dasselbe gesehen, wies Abercrombie seine Gruppe an, die Westen anzulegen. Er reichte sie ihnen aus einem Behälter an Deck. Er tat es fast geistesabwesend, das Altgedächtnis leitete seine Handlungen, als hätte er das hier schon unzählige Male gemacht. Tatsächlich hatten sie alle das hier schon unzählige Mal gemacht. Regelmäßige Übungen an Bord der Charybdis erinnerten die Besatzung daran, was in einem Notfall zu tun war. Manchmal waren die Übungen ernst, und die Männer befolgten Befehle, als hätte es einen echten Unglücksfall gegeben. Bei anderen Gelegenheiten waren sie nur mit halber Aufmerksamkeit dabei, so wie Passagiere in Flugzeugen die Flugbegleiterin ignorieren, die Anweisungen bezüglich der Sicherheitsgurte, Rettungswesten und Notausgänge gibt.

Die Rettungswesten waren dünn und biegsam. Bis zum Gebrauch waren sie nicht aufgeblasen, und sie waren mit

Notfalllichtern ausgestattet, um die Sichtbarkeit zu erhöhen. Das Licht wurde aktiviert, wenn es mit Wasser in Berührung kam. Beck nahm seine Weste und bedankte sich bei Abercrombie, obwohl er bezweifelte, dass der Mann ihn über den heulenden Sturm hinweg hören konnte. Der Wind war stark, hatte mindestens die Stärke eines Tropensturms, und Beck hatte Mühe, das Gleichgewicht zu halten, während er Abercrombie bei seiner Pflichtausübung zusah. Vor Jahren war Beck Captain eines Sammelpunktes gewesen, daher verstand er den Ablauf und die Verantwortung. Er wollte die Verantwortung nicht haben. Nicht offiziell. Nach der Scheidung wollte er kaum etwas anderes als seinen Gehaltsscheck, die Krankenversicherung und Zeit, um seine zerbrochene Familie wieder in Ordnung zu bringen.

Als Abercrombie mit dem Verteilen der Westen fertig war, stemmte er die Hände in die Hüften und schrie über den Lärm und das Chaos, das auf der Charybdis herrschte, hinweg.

»Wir werden die Rettungsboote zu Wasser lassen!« Abercrombie legte die Hände um den Mund, um seine Stimme zu verstärken. »Ich brauche Hilfe, weil die Elektronik nicht funktioniert. Wir müssen sie manuell zu Wasser lassen.«

Beck erinnerte sich, dass die Rettungsboote mit Kränen an Deck befestigt waren. Um ein Boot loszumachen, zog ein Mannschaftsmitglied einen Stift heraus und benutzte eine elektronische Winde, um das Rettungsboot ins Wasser zu senken. Es gab eine manuelle Möglichkeit, aber die erforderte, dass jemand an Deck blieb und das Boot per Hand absenkte. Normalerweise konnten sie das Boot aus dem Inneren der Kapsel absenken. Ohne Elektrizität war das jedoch nicht möglich. Beck trat vor. Schmerz schoss durch seine Brust. Er spannte sich an, tat jedoch sein Bestes, um seine Verletzungen zu verbergen.

»Ich mache das«, sagte Beck. »Ich kann das. Du und die anderen, ihr könnt ins Boot gehen.«

Gabe hatte offensichtlich gehört, was sein Freund gesagt hatte, und legte ihm die Hand auf die Schulter. Er blinzelte gegen den Regen an. »Bruder, du solltest das nicht tun. Du bist verletzt. Du solltest ins Rettungsboot gehen. Lass mich das machen.«

Beck schüttelte den Kopf. »Gabe, wir wissen beide, dass ich sogar verletzt stärker bin als du. Lass es mich machen. Ich schulde euch etwas, weil ihr mir zu Hilfe gekommen seid.«

Gabe lächelte. »Wir haben dir nicht geholfen. Du hattest dich schon um diese Dreckskerle gekümmert, als wir kamen. Und du bist nicht stärker als ich. Außer natürlich, wenn du deine Willenskraft meinst. Du bist der sturste Mensch, den ich jemals kennengelernt habe.«

»Wie kommst du von der Bohrinsel runter?«, fragte Radio. »Wenn wir im Rettungsboot sind und du hier oben bist, was machst du dann?«

Abercrombie öffnete den Mund, um etwas zu sagen, ließ es dann aber. Sein Blick schoss herum, Regen tropfte von seinen Wimpern. Er schien verzweifelt nach einer anderen Möglichkeit zur Evakuierung zu suchen. Seine Augen weiteten sich, als hätte er eine Erleuchtung, dann verengten sie sich. Die Inspiration war verschwunden. »Mir fällt nichts ein.«

Beck wischte sich das Wasser aus den Augen und hob eine Hand. »Ich erinnere mich, dass es eine Art von Handbuch gibt. Es muss noch eine andere Möglichkeit geben, die Boote zu Wasser zu lassen.«

Abercrombie schüttelte den Kopf, sein Gewissen übernahm die Kontrolle über die Situation. »Jemand muss zurückbleiben. Ich bin der Captain des Sammelpunktes. Es ist meine Aufgabe. Ich weiß dein mutiges Angebot zu schätzen, Beck. Aber es ist meine Pflicht.«

»Wie machen das die anderen?«, fragte Rigby. »Es wird ja nicht so sein, dass alle sechs Captains an Bord bleiben. Machst du das?«

Abercrombie zuckte mit den Schultern. »Wisst ihr, bei den ganzen Übungen, die wir gemacht haben, haben wir nie darüber geredet. Doch es ist eine gute Idee. Wartet eine Minute, ich rede mit Castor. Er muss einen Plan haben.«

»Ich komme mit«, sagte Beck.

Abercrombie zuckte mit den Schultern und blinzelte gegen den Regen an. »Wie du willst.«

4

TAG DER DETONATION
90 MEILEN VOR DER KÜSTE ALABAMAS
GOLF VON MEXIKO

Man sah Hugh Castors Gesicht seine Anspannung an. Er hatte die Stirn in tiefe Falten gelegt. Eine Hand hatte er um eine Stützsäule gelegt, während er sich mit der anderen den Regen aus den Augen wischte.

»Ich will ehrlich zu euch sein«, sagte er. »Wir haben keinen Plan für diese Notfallsituation. Diese Bohrinsel hat eine Absicherung für ihre Absicherung. Aber ein elektromagnetischer Impuls, oder was immer das auch war, taucht in dieser Gleichung nicht auf.«

»Und was machen wir jetzt?«, fragte Abercrombie.

Er und Beck standen neben drei anderen Sammelpunkt-Captains, die sie auf ihrem Weg über das Deck rekrutiert hatten. Die fünf drängten sich um Castor herum, der jeden von ihnen mit dem Argwohn eines Boten ansah, der fürchtet, schlechte Nachrichten überbringen zu müssen.

»Hört mal«, sagte er. »Das ist für keinen von uns einfach. Ich weiß, was ich zu tun habe.« Castor zögerte und leckte sich Regen von den Lippen. Ein Nicken signalisierte, dass er sich für einen Weg entschieden hatte und keine weitere Diskussion dulden würde. »Ich muss hier bleiben. Wir können die Bohrinsel nicht ohne Aufsicht lassen. Es wird schon gutgehen. Ich bleibe, und vielleicht einer meiner direkten Untergebenen. Wir sorgen dafür, dass alle anderen evakuiert werden. Wenn das Wetter aufklart, entscheide ich, was als Nächstes zu tun ist. Aber ein Schritt nach dem anderen. Sind alle an Deck? Wissen wir, ob keine Besatzungsmitglieder fehlen und alle an ihren Sammelpunkten sind?«

Einer der Captains schüttelte den Kopf. »Das kann ich nicht mit Sicherheit sagen, Boss, aber ich weiß, dass drei meiner Männer nicht an Deck sind.«

Beck konnte sich denken, um wen es sich handelte. Castor nicht.

»Wer sind sie?«

»Goose, Shipley und Martin. Ich meine, es könnten noch ein paar andere fehlen, aber das glaube ich nicht.«

Castor musterte die anderen Sammelpunkt-Captains. »Sonst noch jemand?«

»Ich habe alle«, sagte Abercrombie. Die anderen bestätigten dasselbe.

»Wissen wir, wo sie sind?«

Die Captains schüttelten die Köpfe.

Beck stieß den Atem aus, sodass Regen von seinen Lippen sprühte. »Ich weiß es. Ich würde sie finden, aber ich brauche Hilfe, um sie an Deck zu bringen.«

Castor hob eine Braue.

Beck fuhr sich mit einer Hand durchs Haar und schüttelte dann die Nässe herunter. Noch ein Seufzen. »Sie sind in einem Schlafquartier. Einer von ihnen – ich glaube, es ist Martin – kann wahrscheinlich allein gehen. Shipleys Nase ist gebrochen. Seine Eier wahrscheinlich auch.«

»Und Goose?«, fragte Castor.

Das Brennen in den Blicken der Sammelpunkt-Captains war in dem kalten, beißenden Regen und Wind kein Trost. Beck verschränkte die Arme vor der Brust. »Er ist inzwischen wohl wieder bei Bewusstsein, aber er ist in schlechter Verfassung. Ich habe ihm in den Arsch getreten, nachdem er und die beiden anderen mich im Flur überfallen hatten.«

Castor spannte sich an.

Er straffte die Schultern und knirschte mit den Zähnen wie ein Mann, der kurz vor einer Explosion stand. »Ich habe keine Zeit für so einen dämlichen Schulhofmist«, zischte er. »Ich weiß, was in der Kantine passiert ist, Beck. Und wir reden darüber, wenn ich Zeit dazu habe. Im Augenblick will ich, dass du sie mit Abercrombie holen gehst.«

Abercrombie rief protestierend: »Warum ich?«

Castor starrte Abercrombie wütend an. »Weil ich dir gesagt habe, dass du es tun sollst. Nehmt auch Hawkins mit. Er ist ihr Sammelpunkt-Captain.«

Hawkins warf Beck einen bösen Blick zu, beschwerte sich aber nicht. Die drei trotteten über das Deck zurück zu den Wohnquartieren.

Als sie den Eingang erreichten, ließ Beck die anderen beiden vorausgehen. Als sie drinnen und aus dem Regen heraus waren, schüttelten sie sich wie Hunde. Hawkins stieß einen Finger gegen Becks Brust. Er war fünfzehn Zentimeter kleiner als Beck, hatte aber einen unglaublich breiten Brustkorb und hielt sich wie ein NFL-Linebacker.

»Mir gefällt es nicht, dass ich deinen Dreck aufräumen muss. Du bist ein Hitzkopf, Beck. Das warst du schon immer. Du handelst, bevor du denkst und ziehst damit andere mit dir runter.«

Hawkins hatte nicht unrecht. Beck konnte nicht argumentieren, und er entschuldigte sich auch nicht.

Manchmal brachten die Handlungen eines Mannes ihn in eine schlimme Lage. Manchmal brachte eine schlimme Lage einen Mann zum Handeln. Es war wie die Sache mit dem Ei und dem Huhn, und ganz egal wie viel Selbstreflexion Beck in den halbbewussten Stunden vor dem Schlafen oder während seiner langen Stunden auf den Straßen zwischen Mobile und Tuscaloosa betrieb, er konnte sich nicht entscheiden, was zuerst dagewesen war. Hatten die Umstände ihn zu dem gemacht, der er war? Oder hatte das, was er war, die Umstände hervorgerufen?

Wie dem auch sein, Beck stellte sich immer seiner Verantwortung. Er stand für seine Fehler gerade. Es lag nicht daran, dass er introspektiv oder erleuchtet war. Es war nur so, dass sie zu offensichtlich waren, um sie zu bestreiten.

Beck beschwichtigte Hawkins. »Ich kann dich verstehen.«

Er entschuldigte sich allerdings nicht. Das würde nie passieren.

Abercrombie hatte eine Taschenlampe dabei, deren Strahl er auf Hawkins richtete, der grunzte und den Flur entlangmarschierte, als ginge es in eine Schlacht. Seine breiten, kantigen Schultern schwangen zielbewusst.

»Komm schon«, rief er über die Schulter. »Du weißt, wo sie sind, Beck. Geh voraus.«

Beck beschleunigte seine Schritte. Er wollte ebenso wenig hier sein wie Hawkins und Abercrombie. Keiner von ihnen hatte eine Wahl. Er drängte sich an Hawkins vorbei und führte sie zu dem Raum, in den die Schläger ihn vor nicht einmal einer Stunde gezerrt hatten.

Der Lichtstrahl der Taschenlampe half, und Beck fand das Zimmer. Die Tür stand offen. Er ging hinein, sein langer Schatten fiel auf den Boden vor ihm. Hawkins blieb im Flur, während Abercrombie über seine Schulter spähte. Er ließ den Lichtstrahl durch den Raum gleiten.

»Bist du sicher, dass es hier war?«, fragte Hawkins. »Ich sehe niemanden.«

Zuerst war sich Beck nicht sicher. Doch es gab Beweise für den Kampf. Blut auf dem Boden, der beschädigte Schreibtischstuhl, der Geruch nach Schweiß und Blut. Aber weder Goose noch seine Kumpane waren da. Es erinnerte Beck an Slasher-Filme, in denen der Schurke tot zu sein schien, aber verschwunden war, wenn der Protagonist mit Hilfe zum Schauplatz zurückkehrte.

»Ich bin sicher«, sagte Beck. »Vielleicht waren sie nicht so schwer verletzt, wie ich dachte. Sie könnten jetzt an Deck sein.«

Hawkins stöhnte. »Toll. Was für eine Zeitverschwendung.«

Er und Abercrombie ließen Beck im Zimmer allein. Sie gingen durch den Flur zurück zum Ausgang, der zum Deck der Bohrinsel und zum wartenden Sturm führte.

Beck stand sprachlos in der Dunkelheit. Die Nation wurde angegriffen, das Stromnetz war ausgefallen, seine Tochter und seine Ex-Frau waren schutzlos, er saß mitten in einem Sturm auf einer Bohrinsel neunzig Meilen vor der Küste fest und beschäftigte sich mit einem persönlichen Streit.

Er lachte über diese Absurdität. Nur ein einziges dieser Dinge wäre genug, dass man ausreichend beansprucht war. Und er hatte alle gleichzeitig.

Er ging zu den anderen in den Flur, beeilte sich, um sie einzuholen, bevor sie die Treppe erreichten, und wappnete sich, wieder in den Sturm hinauszutreten. Seine nasse Kleidung klebte an ihm. Seine Stiefel, die nass waren und sich an seinen durchnässten Socken rieben, scheuerten Blasen in seine Fersen. Seine Brust schmerzte, sein Kopf hämmerte, und seine Rippen taten weh. Jeder tiefe Atemzug brannte, wenn er Luft holte.

Die beiden Sammelpunkt-Captains gingen mit geduckten Köpfen in den Regen hinaus, und eine salzige Windbö fuhr Beck ins Gesicht, als er nach draußen trat. Die anderen beiden eilten davon, doch er blieb stehen, um zu Atem zu kommen. In der Ferne durchschnitten Blitze den Regen und enthüllten Rettungsboote, die zu Wasser gelassen wurden. Zwei der sechs Boote wurden bereits bemannt.

Er schirmte die Augen gegen den Regen ab und entdeckte seine Gruppe. Abercrombie ging direkt auf sie zu. Hawkins trennte sich von ihm und ging zu seiner eigenen Gruppe. Keiner von beiden sah sich nach Beck um.

Beck war so auf die Gruppe konzentriert, dass er die dunkle Gestalt, die sich von links auf ihn stürzte, nicht sah. Sie traf ihn mit solcher Kraft, dass er aufs Deck fiel. Seine Schulter knallte auf die harte Oberfläche, und er stieß sich den Kopf an. Er schrie auf, als sich explosionsartiger Schmerz in seinen Rippen ausbreitete. Er sah Sterne, würgte und versuchte, wieder zu Atem zu kommen.

Schwindelig rollte er sich auf den Rücken. Dicke, vom Wind getriebene Regentropfen, blendeten ihn. Wie Nadeln stachen sie ihm in Augen, Nase und Mund. Beck versuchte, die Augen zu öffnen, konnte aber nicht. Hatte er das Bewusstsein verloren? Wenn ja, wie lange?

Er versuchte, sich zu bewegen. Sein Körper protestierte und reagierte nur langsam auf seine Anweisungen. Kälte machte seine Finger taub, und seine Ohren brannten.

»Du hast das letzte Mal Scheiße gebaut, Beck.«

Die Stimme kam von links. Oder war es rechts? War sie überall?

Zwei Hände, oder auch vier, griffen nach ihm und zerrten ihn über das Deck. Das Kratzen seiner Stiefel auf der rauen Oberfläche des Decks vibrierte in seinen Waden. Er versuchte, sich zu wehren, versuchte, nach Hilfe zu rufen.

Dann war er in der Luft, kopfüber. Das Deck drehte sich. Das Wasser hob sich an, ihm entgegen. Beck ging über Bord.

5

TAG DER DETONATION
90 MEILEN VOR DER KÜSTE ALABAMAS
GOLF VON MEXIKO

Die Rettungsweste pumpte sich sofort auf, das Signallicht blitzte an seiner Schulter auf. Beck schaukelte auf den wütenden Wellen und wehrte sich gegen das aufbrandende Wasser, das ihn trotz der Schwimmweste zu ertränken drohte.

Das eisige Wasser war wie ein Schock für seinen Körper und betäubte ihn. Wie ein elektrischer Schlag zwang es ihn, seine Sinne zu sammeln. Salzwasser brannte ihm in Nase und Kehle. Er spuckte etwas davon zurück in den Golf und beugte sich zurück, um zu der über ihm aufragenden Bohrinsel hochzusehen.

Das kalte Wasser minderte den Schmerz seiner Verletzungen. Für den Augenblick war das gut, aber bald würde Unterkühlung zu einer echten Gefahr werden.

Er rief nach Hilfe.

Der Sturm übertönte seine Rufe.

Beck schätzte, dass er zwanzig Meter von der Bohrinsel entfernt war, und er trieb weiter ab. Im Dunkeln war es schwierig, die Entfernung zu bestimmen. Die Perspektive war verzerrt. Es war ein Wunder, dass er bei seinem Sturz nicht in irgendetwas hineingekracht war, das ihn bewusstlos geschlagen hätte. Noch unglaublicher war, dass er den Aufschlag überlebt und sich nicht sämtliche Knochen gebrochen hatte, als er auf dem Wasser auftraf.

Mit klappernden Zähnen trat er Wasser und schaukelte auf den anrollenden, sturmgepeitschten Wellen. Er war sich seiner Umwelt so weit bewusst, dass er sich vor dem Ertrinken bewahren konnte, aber die Gefahr des Erfrierens war real.

Er hüpfte im Wasser und versuchte, das blitzende Licht über der Oberfläche zu halten. Doch je mehr er abtrieb, desto unwahrscheinlicher war es, dass jemand es sah.

Er fing an, gegen die Strömung zu schwimmen. Seine Beine stießen, seine Arme bewegten sich unter Wasser, um ihn voranzutreiben, oder zumindest zu verhindern, dass er noch weiter von der Bohrinsel abtrieb. Doch Charybdis kam nicht näher. Sie wurde kleiner. Das wurde Beck bewusst, als er plötzlich die gesamte, riesige Struktur im Blick hatte.

Bilder seiner Tochter kreisten durch seine Gedanken. Zuerst fasste er einen neuen Entschluss. Er musste zu Millie gelangen. Wenn er hier draußen starb, würden sie seine Leiche niemals finden. Sie würde mit der Überzeugung aufwachsen, dass ihr Vater sie im Stich gelassen hatte. Das durfte nicht passieren. Er würde nicht zulassen, dass es passierte.

Seine Abwesenheit hatte bereits Narben in ihrem jungen Leben hinterlassen. Falscher Ort, falsche Zeit. Monate hinter Gittern. Es war egal, wie jung sie zu jener Zeit gewesen war, oder wie hart er daran gearbeitet hatte, es wieder gutzumachen. Diese Wunde war tief.

Die kalte Luft erschwerte das Atmen. Kurzes, schwaches Luftholen schmerzte. Seine Gedanken schweiften ab, obwohl er versuchte, sich zu konzentrieren.

Die Ermahnung seiner lange verstorbenen Mutter erklang in seinen Ohren, als ob sie direkt neben ihm im Wasser wäre. Sie hallte wider und übertönte das Rauschen von Wasser, Regen und Wind.

»Wenn du etwas tust, was du nicht tun solltest, dann wird etwas passieren, was nicht passieren sollte.«

Sie hatte es ihm gesagt, als er ein rebellischer Teenager und ein starrköpfiger College-Student war, und ein weiteres Mal kurz vor seiner Anhörung. Mit geschürzten Lippen und einer Miene, die ihn verurteilte, hatte sie den Kopf geschüttelt und ihm gesagt, zu was für einer Enttäuschung er für sie geworden war.

Beck verdrängte diese Gedanken und die Stimme seiner Mutter aus seinem Kopf und versuchte blinzelnd, seine vernebelte Sicht zu klären. Er wehrte sich gegen den Drang, aufzugeben, aber er konnte den mütterlichen Tadel nicht abschütteln.

»Das ist deine Schuld, Beck. Deine Schuld. Wenn du nicht tust, was du tun solltest, passiert etwas, das nicht passieren sollte.«

Eine weitere Stimme gesellte sich zu dem Tadel seiner Mutter. Gabes Vorwürfe fügten sich harmonisch ein. Dann stimmte auch seine Ex-Frau in den Chor ein. Alle drei Stimmen sagten ihm, dass es seine Schuld sei. Wenn er Goose in der Kantine ignoriert hätte, wäre er jetzt an Bord eines Rettungsbootes. Er wäre auf dem Weg nach Hause.

Stattdessen wurde sein Körper von Erschöpfung ergriffen. Sein Kiefer tat weh, weil seine Zähne so sehr klapperten, er konnte seine Lippen, Finger und die Zehen in den Socken und Stiefeln nicht mehr spüren. Die ständige Schwimmbewegung wurde langsamer.

Die Stimmen summten in seinem Kopf. Sie hatten recht. Es *war* seine Schuld. Er hatte seine Lektion nie gelernt. Inhaftierung, Scheidung, Trennung von seinem Kind – nichts davon hatte ihn davon abgehalten, sein eigener schlimmster Feind zu sein.

Verwirrung drohte ihn zu überwältigen. Er schluckte einen Mund voll Meerwasser und würgte es wieder heraus. Er hustete und sprach laut. Zumindest dachte er, dass er redete. Vielleicht war es aber nur in seinem Kopf. Wie dem auch sei, es war laut genug, um seine Mutter und die anderen zum Schweigen zu bringen. Beck schwor sich, dass er seine Lektion lernen würde, wenn er überlebte. Er würde seine Dämonen und sein hitziges Temperament unter Kontrolle bringen, und er würde sein Leben der Aufgabe widmen, anderen zu helfen. Er sagte seinem Gott, dass Geduld eine Tugend war, die er sich aneignen würde, wenn er eine zweite Chance bekäme.

Beck war kein sehr religiöser Mensch. Er war es nie gewesen. Spirituell, ja, religiös, nein. Doch an wen konnte er sich am Rande des Todes sonst wenden?

Die Kälte verließ seinen Körper und eine seltsame, tröstliche Wärme strahlte von seiner Brust aus. Sein Puls verlangsamte sich, ebenso wie seine Atmung. Er schluckte noch einen Mund voll des Golfes. Seine Nase prickelte von dem Salzwasser. Sein zitternder Körper rührte sich kaum mehr, während der Sturm um ihn herum tobte.

War es real? War es eine Illusion? Da war noch ein blinkendes Licht im Wasser. Zwei sogar. Nein, drei. Sie kamen näher. Wurden größer. Die Lichter kamen auf ihn zu.

Er blinzelte und versuchte, einen besseren Blick durch den Regen zu bekommen. Da war es, ein Rettungsboot kam direkt auf ihn zu. Irgendwie mussten sie ihn entgegen aller Wahrscheinlichkeit gesehen haben, denn sie kamen, um ihn zu retten.

Mit neu erwachtem Willen warf er sich vorwärts und versuchte, sich in Richtung des Bootes zu bewegen. Als er sich näherte, wurde ihm klar, dass sie nicht auf ihn zukamen, sondern eher in dieselbe Richtung abtrieben. Wenn er die Entfernung nicht überwand, würden sie ihn nicht rechtzeitig erreichen.

Beck hatte schon zuvor Schmerz ertragen, sowohl körperlich wie emotional. Doch das hier war eine Feuerprobe, ein echter Test seiner Willenskraft. Mit rauen, brennenden Atemzügen schaffte er es, genug Kraft aufzubringen, um sich auf dem Weg des Rettungsbootes zu halten.

Genau wie er tanzte das Boot auf den Wellen. Sein Bug hüpfte auf und ab. Seine Lichter tauchten auf und verschwanden wieder, und mehr als einmal war Beck sicher, es aus den Augen verloren zu haben. Doch er klammerte sich an einen Rest Bewusstsein und kämpfte sich mit Gliedern, die er kaum mehr spürte, durchs Wasser.

»Ich bin hier. Hilfe.«

Der Ruf hatte wahrscheinlich nichts anderes zur Folge, als dass sich sein Mund mit Schaum und Sprühwasser füllte. Der Regen, beständig und hartnäckig, erschwerte es ihm, das Boot im Blick zu behalten. Es ruckte und bewegte sich fast unnatürlich auf dem Wasser. Dann wurde Beck klar, dass es nicht nur ein Rettungsboot war. Es waren zwei. Dann drei. Schließlich vier.

Wie Flugzeuge an einem dunklen, milchigen Himmel, die sich zur Landung aufreihten, blinkten die Lichter der Parade von Rettungsbooten. Keins von ihnen war auf dem Weg, um ihn zu retten. Sie trieben einfach auf den Wellen, genau wie er.

Beck fluchte. Er winkte mit den Armen und unterdrückte den Drang, in Panik zu verfallen und aufzugeben. Als seine letzte Energie fast verbraucht war, drang eine leise Stimme durch die Dunkelheit.

»Beck? Beck, wo bist du? Bist du das? Kannst du uns hören?«

Beck spuckte Wasser aus und bewegte die Arme in dem Versuch, seinen Oberkörper über die rollenden Wellen zu heben. Seine Lungen brannten, als er gerade genug Luft einsog, um ein letztes Mal zu rufen. »Ich sehe euch. Ich bin hier. Ich sehe euch.«

Die Antwort kam sofort. Die Stimme wurde lauter.

»Halt durch, Bruder. Halt durch. Wir kommen zu dir.«

Es war Gabe. Irgendwie hatte sein Freund ihn gefunden. Irgendwie.

Vielleicht verging eine Minute oder nur ein paar Sekunden. Die Zeit verging, aufgelöst in der Verwirrung der Rettung. Starke Hände zogen ihn in das trockene Rettungsboot. Beck konnte sich nicht konzentrieren, konnte die Augen nicht offenhalten. Sein gefühlloser Körper fing unkontrolliert zu zittern an, und er hatte überall Schmerzen. Drängende Stimmen redeten auf ihn ein, aber er konnte nicht unterscheiden, wer sprach oder wie viele es waren. Beck betete stumm. Es war mehr als ein Gebet, eher eine Danksagung. Er lebte und war unter Freunden.

Als das Zittern aufhörte und er wieder richtig zu Bewusstsein kam, setzte Beck sich auf. Seine Augen gewöhnten sich an das dämmerige Licht im Inneren der Schutzkabine des Rettungsbootes. Er lehnte sich gegen die Wand. Seine Rippen taten weh, aber sie waren nicht gebrochen, nur geprellt.

»Danke«, sagte er. »Ihr Jungs habt mir das Leben gerettet. Wie habt ihr mich gefunden?«

Gabe lächelte. Seine Zähne glänzten im trüben Licht. Obwohl es schwierig zu sehen war, war Beck sicher, dass das Lächeln gezwungen war. »Zuerst haben wir dich nicht gesehen. Zur Hölle, wir dachten, du wärst tot. Irgendjemand sagte, dass ein Mann über Bord gegangen ist, aber wir wussten nicht, wer es war. Zu dem Zeitpunkt gab es nichts, was wir hätten tun können. Als du nicht zum Sammelpunkt zurückgekommen bist, war mir klar, dass du es sein musstest.«

»Wir waren der Ansicht, dass Goose es getan haben musste«, sagte Radio. »Sein Gesicht war ganz zerschlagen. Doch er ist in ein anderes Rettungsboot gestiegen.«

Eine Weile sagte niemand etwas, und in der Stille erinnerte sich Beck daran, dass das Rettungsboot abtrieb. Kein Motor. Sie befanden sich in der Strömung und konnten in keine Richtung steuern. Beck spürte die Besorgnis der anderen. Er zählte die Männer im Rettungsboot. Gabe, Radio,

Abercrombie, Rigby und vier weitere. Es hätten mehr Leute an Bord sein müssen. Die Rettungsboote konnten mindestens ein Dutzend aufnehmen, in einem Notfall sogar doppelt so viele.

Beck leckte sich über die Lippen. Sie waren rau und von der Zeit im Wasser dehydriert. »Wo sind die anderen? Warum sind hier nur neun?«

»Meine Entscheidung«, sagte Abercrombie. »Castor war an unserer Station. Er war bereit, den Stift zu ziehen. Ich sagte ihm, er solle es tun. Es stellte sich heraus, dass die anderen einen Weg zu den übrigen Booten fanden.«

In dem Augenblick wurde es Beck klar. Er richtete sich an der Wand auf und sah Abercrombie mit zusammengekniffenen Augen an. »Du *wusstest*, dass ich nicht bei euch war. Du und Hawkins, ihr seid mir vorausgegangen. Und du dachtest nicht, es wäre merkwürdig, als ich nicht auftauchte? Besonders, da du wusstest, dass ein Mann über Bord gegangen war?«

Trotz seiner Erschöpfung spannte Beck die Muskeln an. Wenn er nicht so ausgelaugt von seinem Überlebenskampf im Golf gewesen wäre, hätte er sich auf den Sammelpunkt-Captain gestürzt und ihn hinausgeworfen.

Abercrombie hob die Hände vor das Gesicht und schüttelte den Kopf. »Ich weiß. Ich weiß. Es war falsch. Deine Jungs haben mich deswegen schon fertiggemacht. Aber ehrlich gesagt habe ich nicht darüber nachgedacht. Ich wollte nur von der Bohrinsel runter.«

»Wir haben das geklärt«, sagte Gabe und bestätigte damit Abercrombies Versicherung. »Glaub mir, Bruder, es tut ihm leid.«

Beck schluckte gegen den trockenen Knoten in seiner Kehle an. Was gab es dazu zu sagen? Hatte er nichts dazugelernt? Er brachte das Geschrei der Dämonen in einem Teil seines Hirns zum Schweigen und nickte. »Schon okay, Abercrombie. Du hast getan, was du für das Beste gehalten hast. Das Wichtigste ist, dass ich hier bin. Es ist alles in Ordnung.«

Überraschung breitete sich auf Abercrombies Miene aus. Ein Lächeln spielte um die Winkel seines seltsamen Mundes. »Danke.«

»Was machen wir jetzt?« Beck strich sich mit einer Hand durchs Haar. »Wir treiben einfach nur, oder? Wir haben keinen Motor?«

Mehrere der Männer schüttelten den Kopf und murmelten etwas über ihre heikle Lage.

»Also lassen wir uns vom Sturm treiben und sehen dann weiter?«, fragte Beck. »Wir haben doch Vorräte, oder?«

Abercrombie wies auf einige Behälter, die an einer Wand des Rettungsbootes befestigt waren. »Wasser und Lebensmittel für drei Tage. Tatsächlich reicht es länger, weil wir nicht voll besetzt sind. Vielleicht vier Tage.«

»Dann haben wir vier Tage, um zu entscheiden, was wir tun sollen«, sagte Beck. »Danach ziehen wir Streichhölzer, um zu sehen, wen wir als Ersten essen.«

Gabe lachte. Radio auch. Die anderen sahen einander an, lachten jedoch nicht. Beck glaubte, dass sie nicht wussten, ob er scherzte, und er beschloss, sie im Unklaren zu lassen.

6

TAG DER DETONATION + 2
GOLF VON MEXIKO

Das Rettungsboot roch wie ein verlassener Truck Stopp in Alabama im Juli. Es half nicht, die Klappe zu öffnen. Das schien den Gestank nur noch schlimmer zu machen, penetranter.

Der Sturm war vorüber. Wellen klatschten an die Seiten des Bootes, aber die Oberfläche war ruhig. Beck stand an der Öffnung und bemühte sich, frische Luft zu atmen. Während der Versuch zwecklos war, erlösten ihn der klare Himmel und die strahlende Sonne vorübergehend von der bedrückenden Klaustrophobie innerhalb des Rettungsbootes. Ihr zweiter Tag auf dem Wasser neigte sich dem Ende zu. Er glaubte, dass es nur noch ein paar Stunden bis zur Abenddämmerung waren.

Obwohl alle Boote innerhalb von Minuten zu Wasser gelassen worden waren, war jetzt kein anderes mehr in Sicht. Die neun Männer in diesem Boot waren allein, und er hatte keine Ahnung, wie weit sie von der Küste entfernt waren. In den vergangenen achtundvierzig Stunden hatten sie mehrmals große Schiffe gesehen, es aber nie geschafft, sie herbeizuwinken. Zweimal hatte Beck eine Leuchtrakete in den Nachthimmel gefeuert, jedoch ohne Reaktion.

Während der letzten beiden Tage hatte er bemerkt, dass sie nach Südosten drifteten. Mehr nach Osten als nach Süden. Mit ausreichend Zeit würden sie vielleicht auf den Florida-Keys ankommen. Oder auf Kuba. Die Keys wären nicht schlecht. Man brauchte keine Elektrizität, um bei

Sonnenuntergang mit einem Rum Runner anzustoßen. Er und Debbie hatten das auf ihrer Hochzeitsreise gemacht. Sie hatten sich Motorroller gemietet und waren auf der Insel von Bar zu Bar gefahren. Er verdrängte diese Bilder aus seinen Gedanken und konzentrierte sich wieder. Er erinnerte sich an eine Karte mit den leuchtenden roten Pfeilen, die er online gesehen hatte. Sie zeigten grob die Richtungen der Meeresströmungen auf der Erde an. Er glaubte, dass der Golfstrom sich ungefähr im Uhrzeigersinn bewegte, aber vielleicht erinnerte er sich nicht richtig. Es stürmten zu viele Erinnerungen auf ihn ein, als dass er sich sicher sein konnte.

Gabe gesellte sich zu Beck an die Öffnung. »Was denkst du?«

»Ich denke, dass alles nach Scheiße und Schweiß riecht.«

»Stimmt. Viel von dem Schweißgestank stammt wahrscheinlich von mir.«

»Da stimme ich dir zu.«

Die Männer lachten. Becks Rippen zwickten, schmerzten aber nicht mehr so sehr wie in der Nacht der EMP-Angriffe. So stressig wie das Treiben auf dem Golf ohne Richtung auch geworden war, die Zeit heilte die Rippen. Kleine Siege.

Sie waren dazu übergegangen, den Tag des Angriffs Tag der Detonation zu nennen. Abgekürzt D-Day. Radio informierte sie darüber, dass D-Day im Militärjargon tatsächlich einfach »Tag« bedeutete. Genau wie H-Hour einfach die Bezeichnung für Stunde war. Er sagte, dass der erste D-Day nicht am sechsten Juni 1944 in der Normandie in Frankreich stattgefunden hatte, sondern wahrscheinlich im Ersten Weltkrieg. Außerdem gab es in den Annalen der Militärhandlungen sehr viele D-Days.

Die anderen Männer hatten Radio nur ausdruckslos angestarrt, als er seine Geschichtsstunde gab. Als er fertig war, hatte Beck sich bei ihm für den Kontext bedankt.

»Es ist einfacher, wenn wir die Zeit ab dem Angriff rechnen«, sagte er. »Also ist heute D-Day plus eins.«

Den anderen gefiel es. Sie übernahmen es. Jedes Mal, wenn sie nach einer unruhigen Nacht in der Kabine aufwachten, verkündete einer von ihnen das Datum.

Das hier war der D-Day plus zwei.

»Wir haben noch genügend Essen, oder?«

Beck stellte die Frage, ohne den Blick vom Golf abzuwenden. Das Wasser war tiefblau, goldene Sonnenstrahlen wurden von der Oberfläche reflektiert. Die feuchte Luft war schwer, die Brise war leicht.

»Ja«, sagte Gabe. »Tatsächlich ziemlich viel. Wahrscheinlich reicht es noch für drei weitere Tage. Die Rationierung funktioniert. Das war eine gute Idee.«

»Ich weiß, dass einige der Jungs nicht damit einverstanden waren. Doch besser so, als dass es uns später leidtut.«

Beck schob sich auf eine Seite, sodass Gabe sich weiter in die Öffnung bewegen und sich die Sonne aufs Gesicht scheinen lassen konnte. Gabe atmete tief durch. »Allerdings macht es keinen Unterschied, oder?«

»Was?«

»Die Luft. Sie stinkt trotz allem. Sollten wir tatsächlich gerettet werden, werfen sie uns wegen dieses Gestanks gleich wieder über Bord.«

»*Dich* ganz bestimmt.«

»Ich bin überrascht, dass wir bisher noch nicht aufgegabelt worden sind«, sagte Gabe. »Das hier muss der meistbefahrene Teil des Golfs sein.«

Beck starrte aufs Meer hinaus. »Sollte man meinen. Aber denk daran, dass der Verkehr zusammengebrochen ist. Alle Schiffe, die auslaufen könnten, hängen vermutlich in den Häfen fest. Nur die Schiffe, die ohnehin auf See waren, sind noch unterwegs, und einige davon sind vermutlich vom Weg abgekommen, weißt du.«

Gabe atmete ein weiteres Mal tief durch.

Er rümpfte die Nase und stieß den Atem durch den Mund wieder aus. »Gutes Argument. Ich … Hey, siehst du das?«

Gabe wies auf den Horizont. Beck folgte mit Blick seiner Hand und suchte das Wasser ab. Zuerst sah er nichts, aber dann war er da. Ein Schimmer. Eine helle Reflexion flackerte wie ein gespiegeltes Licht. Er kniff die Augen zusammen und sah den Umriss eines großen Schiffes. Es war ein paar Meilen entfernt, aber nicht so weit weg wie die anderen, die sie versucht hatten heranzuwinken. Das Schiff war rot und hatte an der Seite einen weißen Schriftzug.

»Ist das ein Tanker?«, fragte Beck.

»Ich glaube schon. Oder ein Frachtschiff. Jedenfalls ist es eine weitere Chance. Wie viele Leuchtraketen haben wir noch?«

»Eine.«

Gabe runzelte die Stirn. »Was meinst du?«

»Wir stimmen darüber ab. Ich treffe die Entscheidungen nicht allein.«

Die Männer ließen sich wieder hineingleiten. Sie weckten die Schlafenden auf und wandten sich dann an alle.

»In Ordnung«, sagte Beck. »Da draußen ist ein Schiff. Wir müssen darüber reden.«

Mehrere Männer standen auf und gingen zur Klappe. Sie drängten sich um die Öffnung, zeigten und riefen.

Abercrombie saß auf seinem Plastiksitz. Seine geschwollenen Augen blinzelten über dunklen Ringen, die sich darunter gebildet hatten. »Was gibt es da zu reden?«, fragte er mit schwacher, müder Stimme.

Beck hob einen Finger. »Wir haben nur noch eine Leuchtrakete. Eine. Das war's.«

Die Männer kamen von der Öffnung zurück und setzten sich wieder.

»Es ist ein Frachtschiff«, sagte einer von ihnen.

Ein anderer widersprach. »Es ist ein Tanker. Das sind keine Container. Wenn es zu einem Hafen will, müssten auf dem Deck Container sein. Und da sind keine.«

»Ist das von Bedeutung?«, fragte ein Dritter. »Es könnte uns auf jeden Fall retten.«

»Leute«, unterbrach Beck, »wir müssen abstimmen. Wir haben nur noch eine Leuchtrakete. Wollen wir sie vor Einbruch der Dämmerung abschießen und hoffen, dass jemand auf dem Schiff sie sieht?«

Abercrombie lehnte sich zurück und rieb über die Stoppeln auf seinem Kinn. Die Stoppeln waren fleckig, als wäre ein Teil seines Gesichts allergisch gegen Haare. Er blies die Wangen auf und stieß die Luft aus. »Ich glaube nicht, dass wir eine Wahl haben. Wir haben die anderen Leuchtraketen nachts abgeschossen. Das hat keinen Unterschied gemacht. Wir können es ebenso gut versuchen. Ich weiß, wie lange wir es hier draußen noch aushalten.«

»Wir haben noch Lebensmittel für weitere drei Tage«, sagte Radio. »Wenn wir die Rationen halbieren, könnten wir sogar noch länger durchhalten. Wir sind unterwegs nach …«

»Das meine ich nicht«, unterbrach Abercrombie ihn. »Sieh dich um. Hast du mal versucht, durchzuatmen? Es ist bedrückend hier drin. Wir alle werden durchdrehen, wenn wir nicht bald hier rauskommen.«

»Wir sind stark genug, dass das nicht passiert«, sagte Gabe.

Abercrombie blinzelte. Er leckte sich über die aufgesprungenen Lippen. »Sind wir das? Sind wir wirklich stark genug?«

»Wir müssen uns konzentrieren«, unterbrach Beck sie. Sie konnten später über ihre geistige Gesundheit diskutieren. »Ja oder nein? Hebt die Hände.«

Es war einstimmig. Die Leuchtrakete sollte abgefeuert werden.

»Es wird erst in ein paar Stunden dunkel«, sagte ein Mann, der den Arm über den Kopf gehoben hatte. »Wenn wir so lange warten, ist das Schiff weg.«

Radio griff in die Kiste, holte die Leuchtpistole hervor und reichte sie Beck. »Sie ist geladen. Nachdem du es letzte Nacht versucht hattest, habe ich die letzte Patrone hineingeschoben.«

Beck nahm die Pistole. Er sah die anderen für eine letzte Bestätigung an und ging dann zur Klappe. Zwei Männer traten zur Seite, um ihm Platz zu machen.

Die Sonne stand jetzt tiefer am Himmel. Einige tiefe Wolken trieben über den Himmel und warfen Schatten auf das Wasser. Beck wandte sich dem Schiff zu, das von der Mittelsektion bis zum Bug lang und schmal war, wo eine Art Kolben ins Wasser ragte. Der Kolben reduzierte den Widerstand und erhöhte die Reichweite und Stabilität.

Am Heck des Schiffes erhob sich ein Kommandoturm mit der Brücke drei Stockwerke über das Deck. Sein gelber Radarmast ragte noch weiter in die Luft. Das Gehäuse war rot, der Turm, abgesehen von dünnen roten und blauen Streifen, weiß.

Beck hielt sich mit einer Hand an der Öffnung fest und streckte die andere in einem Winkel von fünfundvierzig Grad in die Luft. Er wandte den Blick ab, spannte die Pistole und feuerte. Sie schoss einen kleinkalibrigen Schuss ab. Das Geräusch hallte in der schweren Luft wider, und er spürte den Rückstoß in der Hand.

Ein helles, pinkfarbenes Licht glühte fast hundertzwanzig Meter hoch in der Luft auf. Es hing für einen Augenblick dort, bevor es vom Wind erfasst und langsam auf den Golf getrieben wurde. Das helle Licht verblasste nach ein paar Sekunden. Beck stand an der Klappe und beobachtete es, den Arm immer noch erhoben.

Zuerst passierte nichts. Es gab kein Zeichen, dass die Leute auf dem Schiff in der Ferne die Leuchtrakete gesehen hatten. Doch er hatte sie so gut positioniert, wie er konnte, hatte einen niedrigeren Winkel gewählt, um die Aufmerksamkeit der Crew des Schiffes zu erregen. Eine Minute später, als das Schiff keinen Hinweis darauf gab, dass man ihren Hilferuf bemerkt hatte, senkte er das Kinn auf die Brust und runzelte die Stirn. Er hätte bis zur Dunkelheit warten sollen. Ein anderes Schiff würde kommen. Doch sie hatten ihre Chance vertan, es herbeizurufen.

Er wandte sich ab, um sich wieder in die Kabine gleiten zu lassen, als das Horn des Schiffes laut dröhnte. Es war ein tiefer Klang, der an eine Tuba erinnerte oder an einen der vielen Christopher-Nolan-Filme, die Gabe ihn gezwungen hatte zu sehen.

Beck blickte auf. Die anderen standen von ihren Plätzen auf, Hoffnung breitete sich auf ihren großäugigen, erwartungsvollen Gesichtern aus. Selbst Abercrombies Miene veränderte sich von hoffnungslos zu erwartungsvoll.

Radio gesellte sich zu Beck an die Klappe. »Galt das uns?«

»Ich bin nicht sicher, aber ich glaube schon.«

Radio zog einen kleinen Spiegel aus seiner Tasche. »Ich versuche mal, das zu bestätigen.«

Beck zog sich zurück und machte für Radio an der Öffnung der Klappe Platz. Mit dem Spiegel in der Hand bewegte er sein Handgelenk in einem bestimmten Muster vor und zurück. Einen Augenblick später blitzte ein Licht auf dem Kommandoturm des Schiffes.

Radio bewegte noch einmal sein Handgelenk und schickte dem Schiff eine weitere Nachricht. »Sie sehen uns! Sie kommen zu uns! Wir sind gerettet!«

Die Männer jubelten. Radio strahlte. Beck legte eine Hand auf die Schulter seines Freundes und drückte sie. Dann musste er den Würgereflex unterdrücken. Die Bewegung der Männer in der Kapsel machte den Gestank noch intensiver. Es war gut, dass sie bald gerettet werden würden. Abercrombie war an einem Punkt angelangt, an dem er sich fragte, wie lange sie noch auf See überleben konnten.

7

TAG DER DETONATION + 2
GOLF VON MEXIKO

Die *Celsius Manila* war ein Öltanker, der hundertsiebenundvierzig Meter lang war. Er fuhr unter der Flagge der Marshallinseln, hatte eine Crew von fünfundzwanzig Mann und pendelte zwischen Anlaufhäfen in Brasilien und der Golfküste hin und her. Er war auf dem Weg vom Port of Itaqui der brasilianischen Stadt São Luis zu Lake Charles in Louisiana.

Beck saß in der Kantine des Tankers und trank eine Tasse bitteren Kaffee. Der Kapitän des Schiffes, ein Mann mit einem von den Jahren auf See runzligen Gesicht, saß ihm gegenüber. Er rieb sich mit einer Hand über den kahlen Schädel. Seine dunkle Haut war an den Ellbogen und an den parallelen Falten auf seiner Stirn aschfahl. Er hieß Cabral und sprach Englisch mit starkem portugiesischem Akzent.

»Ich wünschte, ich hätte bessere Neuigkeiten«, sagte Cabral.

Der Kapitän hatte vieles von dem, was Beck vermutet hatte, bestätigt. Es gab keine Kommunikation vom Festland der USA. Der wahrscheinliche Ursprung war ein elektromagnetischer Impuls, oder *Puls*. Der Blackout war zu weitgreifend, um von einer einzigen Detonation zu stammen. Auf dem Schiff hatten sie noch Energie, und ihr Satelliten-Internet funktionierte. Cabral hatte Recherche betrieben und gelesen, dass China die Verantwortung für den Angriff bestritt. Nordkorea schwieg. Russland verurteilte ihn öffentlich. Der Iran feierte ihn.

Der Weltmarkt brach zusammen. Der NYSE und der Nasdaq waren offline, und es gab keinen Handel. Euronext,

London und Japan Exchanges waren um zwanzig Prozent gefallen. Internationale Banken schlossen über Nacht.

»Ich denke, die gute Nachricht ist, dass alle Schulden, die Sie vielleicht hatten, ebenfalls verschwunden sind«, sagte Cabral. »Abhängig davon, wo Sie Konten haben, ist all ihr Geld verschwunden. Ersparnisse, Kredite, Schulden – alles. Wer immer auch in Amerika den Schalter umgelegt hat, hätte es auch gleich der ganzen Welt antun können.«

Was Cabral nicht sagen konnte, war, wie lange es keine Energie geben würde. Er hatte keine wirklichen Nachrichten über die Regierung oder das Militär der USA. Alles, was er sagen konnte, war, dass Neuigkeiten aus Amerika fast unmöglich zu finden waren. Alles, was er gelesen hatte, stammte aus Südamerika oder Europa. Er sprach mit den Händen. Beck bemerkte, dass der größte Teil des linken Zeigefingers des Kapitäns fehlte.

»Was ist mit Kanada?«, fragte Beck. »Irgendetwas von dort?«

»Nur, dass Menschen über die Grenze strömen und die kanadischen Behörden sie schließen. Sie können keine weiteren Flüchtlinge mehr aufnehmen.«

Beck ging hoch. »Flüchtlinge? Es waren doch nur, was, zwei Tage?«

Cabral hob die Hände. »So werden sie in den Nachrichten genannt. Nicht meine Worte.«

Flüchtlinge. *Amerikanische* Flüchtlinge. Das gab dem, was Beck in naiver Hoffnung für eine vorübergehende Krise gehalten hatte, eine ganz neue Dynamik. Die Menschen flohen, weil sie etwas wussten, oder dachten, dass sie etwas wussten, und zwar über die langfristige Instabilität der USA.

Er dachte zurück an die Tage nach den Unruhen im Kapitol und wie gespalten sich die Nation zu jener Zeit gefühlt hatte. Die Hälfte des Landes war überzeugt, dass der scheidende Präsident die Spaltung so angeheizt hatte, dass es zu der tödlichen

Belagerung gekommen war und er nie wieder ins Amt kommen sollte. Die andere Hälfte war sicher, dass der neue Präsident den zweiten Zusatzartikel widerrufen und das Land in einen sozialistischen Staat verwandeln würde. Beck hätte nicht gedacht, dass das Land noch tiefer sinken könnte als in jenen Wochen im Januar 2021. Er hatte Unrecht gehabt.

Beck hob den Becher mit beiden Händen an und nippte. Der Kaffee war fast kalt, und die große Portion Zucker schaffte es kaum, ihn genießbarer zu machen.

Cabral bemerkte seine Miene und lachte leise. »Es ist ein anerzogener Geschmack. Aber er macht – wie heißt das Sprichwort? Man bekommt davon Haare auf der Brust?«

Beck prostete dem Kapitän zu. »Das schafft er.«

»Sagen Sie mir, John Beck, was werden Sie tun, wenn wir den Hafen erreichen?«

Beck stellte den Becher auf den Tisch und strich mit dem Daumen über den Rand des weißen Porzellans. »Sagen Sie mir, Kapitän Cabral, warum Sie immer noch zu einem Hafen in den USA fahren, wenn es dort keine Energie gibt und Sie Ihre Ladung nicht löschen können?«

Cabral hob eine Braue. »Wir wollen es mit eigenen Augen sehen. Ich kann dem, was ich irgendwo lese, nicht trauen. Und meine Vorgesetzten wollen, dass es weitergeht. Also fahren wir hin.«

»Was ist mit Ihrer Crew?«

Ein strahlendes Lächeln legte Cabrals Gesicht in Falten und ließ seine dunklen Augen fast verschwinden. Beck fragte sich, ob die Falten und Linien von der Seeluft oder von seinem Humor kamen.

»Meine Crew macht, was ich sage. Ich bin der Kapitän. Das wissen sie.«

Beck verdrehte die Augen. »Okay, ich verstehe. Aber ernsthaft, ist es okay für sie, dass Sie dorthin fahren?«

Cabral legte die Hände flach auf den Tisch und trommelte mit den Fingern. Der Stummel seines Zeigefingers hüpfte in der Luft und berührte nichts.

»Wir haben alle Angst, John Beck. Das sollten wir auch. Wir wissen nicht, was wir vorfinden werden, wenn wir ankommen. Wir haben in Tobago die Hälfte unserer Ladung gelöscht und aufgetankt. Wenn es in Louisiana nichts mehr für uns gibt, drehen wir um. Bis dahin haben unsere Vorgesetzten wohl ein anderes Ziel für uns.«

»Ist es okay für Sie, uns in Mobile abzusetzen?«

»Das haben wir euch gesagt«, meinte Cabral. »Und wir wollen gute Gastgeber sein. Wenn Leute wie ihr nicht das Öl gefunden hättet, hätten wir nichts zum Transportieren gehabt.«

»Technisch gesehen *finden* wir das Öl nicht. Das macht jemand anderes. Wir sind nur …«

Cabral lachte aus seinem üppigen Bauch heraus, und sein ganzer Körper wackelte. Er wedelte mit den Händen. »Ich ziehe Sie nur auf, John Beck.«

Er schob sich zurück und zeigte auf die anderen Tische, wo die meisten Männer seiner Crew und alle Kollegen von Beck aßen. Sie tauchten Löffel in Schüsseln und schlürften etwas, das wie dicker Eintopf aussah.

»Kann ich Ihnen etwas *Feijoada* anbieten? Alle essen. Nur Sie haben noch nichts gehabt.«

»Nein, danke. Ich habe keinen Hunger.«

Er hatte Hunger. Sein Magen knurrte beim Anblick der essenden Männer.

Der Kapitän stand auf und klatschte sich auf den eigenen Bauch. »Also, *ich* habe Hunger. Ich esse wahrscheinlich zwei Portionen. Sind Sie sicher, dass Sie nichts essen wollen? Man könnte meinen, dass meine Mutter es gekocht hätte.«

»Was ist darin?«

»Schwarze Bohnen und Schweinefleisch. Auch Rindfleisch. Sehr sättigend. Danach können Sie gut schlafen.«

Beck überlegte es sich anders. Er stand auf und folgte dem Kapitän zur Essensausgabe, wo Cabral ihm eine Keramikschüssel gab und sie mit einer ordentlichen Portion aus einem großen, gusseisernen Topf füllte.

»Das Abendessen ist die wichtigste Mahlzeit des Tages«, sagte der Kapitän. »Für mich ist es wie Sex.«

»Warum das?«

»Die einzige Zeit, zu der ich nicht ans Abendessen denke, ist, wenn ich gerade zu Abend esse.« Cabral lachte wieder und gab Beck einen Löffel. »Gehen Sie schon zum Tisch voraus. Ich komme gleich nach.«

Beck trug seine dampfende Schüssel zurück zum Tisch. Der Duft des Eintopfs machte ihn froh, dass er seine Meinung über das Abendessen geändert hatte. Das Aroma war berauschend.

Gabe zog einen Stuhl an seinen Tisch heran, bevor der Kapitän zurückkehrte. Er sah Beck erwartungsvoll an.

»Hey, Bruder. Was gibt's Neues? Was hat er gesagt?«

Beck rollte eine Stoffserviette auseinander und schob sie in seinen Overall. Als er das tat, stieg ihm sein eigener Körpergeruch in die Nase und er bedauerte, dass er nicht zuerst geduscht hatte. Cabral hatte jedoch gewollt, dass sie alle aßen, bevor sie irgendetwas anderes taten. Nachdem er erfahren hatte, wie sehr Cabral das Abendessen schätzte, konnte er sich vorstellen, dass ihm bei dieser Anweisung eher um seine eigenen Bedürfnisse als um die der neun Überlebenden von der Charybdis gegangen war. Aber in der Not frisst der Teufel Fliegen.

Das mussten sie zumindest nicht tun.

»Ziemlich viel«, sagte Beck. »Ich erzähle es dir und den anderen Jungs heute Abend. Ist das in Ordnung?«

Cabral kam mit einer Schüssel Eintopf in jeder Hand zum Tisch zurück, also nickte Gabe und zog seinen Stuhl zu seinem eigenen Tisch zurück.

Als Cabral sie an Bord bat, hatte er nach einem Anführer gefragt. Die anderen Männer hatten ohne Diskussion beschlossen, dass Beck dieser Mann war. Also behandelte Cabral ihn wie den Kapitän eines anderen Schiffes und erhob Beck damit über die anderen acht Männer.

Beck wartete, bis der Kapitän den ersten Löffel in den Mund gesteckt hatte, bevor er selbst den ersten Bissen nahm. Der Eintopf war heiß und verbrannte ihm die Zunge und den Gaumen. Er griff nach seinem Becher und trank den Rest des kalten, bitteren Kaffees.

Cabral lachte wieder. »Es ist heiß, nicht?«

»Ja.«

Beck wartete, bis der Eintopf abgekühlt war, und rieb mit der Zungenspitze über seinen empfindlichen Gaumen. Cabral erschien unbeeindruckt und leerte eine Schüssel, bevor Beck einen zweiten Bissen nahm.

Der Eintopf war ausgezeichnet. Seine Mischung aus Geschmacksnoten und Texturen, die dem Duft entsprach, und Beck war froh, dass er sich entschieden hatte, etwas zu essen, obwohl er sich fragte, was die Bohnen wohl seiner Verdauung antun mochten. Doch darum konnte er sich später Sorgen machen, nicht jetzt. Beck lebte im Augenblick. Er konnte sich vorstellen, dass es in der Folge des Angriffs viele so hielten.

Er saugte die Reste mit einem Stück Brot auf, dankte seinem Gastgeber und fragte: »Würden Sie mir erlauben, dass ich mir Ihren Computer ansehe?«

Cabral tupfte sich die Mundwinkel mit einer Serviette ab und nickte. »Was mein ist, ist auch dein. Von einem Kapitän zum anderen. Er ist in meiner Kabine. Nachdem Sie geduscht haben, kommen Sie zu mir auf die Brücke. Ich bringe Sie dann hin.«

Nachdem das Abendessen vorbei war, duschten die Männer von der Charybdis. Ihre Gastgeber stellten ihnen frische Kleidung und Toilettenartikel zur Verfügung. Sie gaben ihnen auch fünf Zimmer, die sich die neun Männer teilen mussten. Beck hatte seine eigene Kabine. Er lehnte sie ab und gab sie Radio, der für eine Kommunikation mit der *Celsius Manila* gesorgt hatte. Radio zögerte, akzeptierte aber schließlich.

Beck teilte sich eine Kabine mit Gabe. Als sie ihre Pritschen machten, entschuldigte Beck sich für das Abendessen. »Ich weiß nicht, wie das Protokoll ist, aber ich will nichts tun, was sie sauer machen könnte.«

Gabe ließ sich auf seine Koje sinken und lehnte sich gegen die Metallwand der winzigen Kabine. Dieses Zimmer ließ ihre Kabine an Bord der Charybdis wie die Präsidenten-Suite erscheinen. »Ich verstehe schon, Bruder. Mach dir keine Gedanken. Bei dem, was ich von eurem Gespräch mitbekommen habe, gibt es genug, worum wir uns Sorgen machen müssen.«

»Wie viel hast du gehört?«

»Ich glaube, alles. Glaubst du ihm?«

Beck setzte sich auf die Kante seiner Koje und sah Gabe an. »Ich habe keinen Grund, es nicht zu tun. Was hätte er davon? Er lässt mich seinen Computer benutzen. Ich denke, es ist das Beste, wenn ich so viele Informationen sammele, wie ich kann, bevor wir an Land gehen.«

»Sie setzen uns in Mobile ab?«

»Das hat er gesagt.«

»Da haben wir ziemlich viel Glück gehabt.«

»Wieso Glück?«

»Weil wir es tatsächlich zurück an Land schaffen. Eine Weile sah es nicht so aus.«

»Castor hat einen Fehler gemacht, zu dem Zeitpunkt zu evakuieren. Er hätte warten sollen, bis der Sturm nachlässt. Wer weiß, wie viele andere der Rettungsboote Glück gehabt haben.«

Gabe dachte darüber nach. »Stimmt.«

Beck stand auf und streckte Gabe die Hand hin. »Hey, nichts für ungut, oder?«

»Weswegen?«

»Die Sache mit dem Kapitän. Das war nicht meine Entscheidung. Ich spiele nur zum Besten für uns alle mit.«

Gabe stand auf und schüttelte Beck die Hand. »Es ist nicht nötig, dass du dich bei mir entschuldigst. Ich verstehe es. Abercrombie ist allerdings etwas angefasst. Es war ein guter Zug, dass du dein Zimmer Radio gegeben hast. Er hat es verdient.«

Beck lächelte. »Es war keine Entschuldigung.«

Sie lachten. Beck schlug seinem Freund auf den Rücken und versprach, dass er mit guten Informationen zurückkommen würde. Jede Information, die über das hinausging, was sie bisher wussten, würde gut sein.

8

TAG DER DETONATION + 2
GOLF VON MEXIKO

Die Internetverbindung war langsam. Jede Suche dauerte eine Ewigkeit. Beck saß an dem überfüllten Schreibtisch, und seine Finger schwebten über der mit Kaffeeflecken übersäten Tastatur.

Hinter ihm, auf seiner Koje, summte Cabral eine ihm unvertraute Melodie. Der Kapitän blätterte in einem Motorrad-Katalog, während Beck nach Nachrichten suchte.

Er probierte es mit den üblichen US-Zeitungsseiten. Bei allen erschienen Fehlermeldungen und die Information, dass die Server außer Betrieb waren. Selbst die lokalen Nachrichten, Channel Ten, den er manchmal sonntagabends wegen der Wettervorhersage schaute, waren offline.

Nach einem Dutzend vergeblicher Versuche befolgte er Cabrals Vorschlag und tippte in die Suchmaschine das Wort »Angriff« ein. Es war in seiner Einfachheit brillant, und Beck hätte es als Erstes versuchen sollen. Das hätte ihm Zeit erspart. Doch wie bei so vielen Dingen in seinem Leben wählte Beck den harten Weg, selbst bei etwas so Einfachem wie einem Suchwort.

Nachdem die Cursoranzeige aufgehört hatte, sich zu drehen, erschien auf dem Bildschirm eine Liste mit Artikeln über den »grundlosen« Angriff auf die Vereinigten Staaten. Er scrollte durch die Schlagzeilen und wählte einen.

Der Artikel stammte von einer kanadischen Rundfunkanstalt. Die Schlagzeile in Fettdruck lautete: *»Die Vereinigten Staaten im Dunkeln. Die amerikanische Zivilisation in Gefahr.«*

Unter der Schlagzeile befand sich ein Video-Kästchen. Er klickte auf den Play-Button in der Mitte, und die Werbung wurde ohne Ton abgespielt.

»Die Lautstärke lässt sich oben links an der Tastatur einstellen«, sagte Cabral.

Beck warf ihm einen Blick über die Schulter zu. »Danke.«

Cabral wies mit seinem Magazin auf den Computer. »Das habe ich mir noch nicht angesehen. Machen Sie es lauter.«

Nachdem die Lautstärke höhergestellt war, endete die Werbung und der Bericht fing an. Der Nachrichtensprecher namens Clem Roy saß in einem hellen, modernen Studio. Er trug einen dunklen Anzug, und sein schwarzes Haar war genauso gepflegt wie sein Schnurrbart. Roy schien das Chaos, das südlich seiner Grenze herrschte, distanziert zu sehen und berichtete mit ruhiger Stimme über die schrecklichen Umstände, während er die neuesten Nachrichten übermittelte. Beck sah auf den Zeitstempel des Artikels. Er war zwanzig Minuten alt.

»In einem exklusiven Interview berichtete der CSIS Direktor David Vigneault, dass die Regierung der Vereinigten Staaten von der Außenwelt abgeschnitten ist. Spitzenpolitiker der kanadischen Exekutive haben versucht, Kontakt sowohl mit dem amerikanischen Präsidenten als auch mit führenden Parlamentariern des Kongresses aufzunehmen. Niemand hat geantwortet. Hier ist, was Direktor Vigneault und per Zoom vor ein paar Minuten mitgeteilt hat.«

Das Bild wechselte zu einem geteilten Bildschirm, auf dem der Nachrichtensprecher und ein grauhaariger Mann mit einem freundlichen, vollen Gesicht zu sehen waren. Er trug ein Jackett und eine Krawatte, deren Knoten jedoch am Kragen gelöst war.

»Auch wenn ich nicht befugt bin, über die Geheimsachen zu sprechen, die unser Nachrichtendienst in den letzten Stunden gesammelt hat«, sagte Vigneault, *»können wir bestätigen,*

dass es zwischen unserer Regierung und der des amerikanischen Volkes keine Kommunikation gibt. Wir können auch berichten, dass andere Regierungen unserer Bündnispartner über ähnliche Schwierigkeiten berichten.«

Roy beugte sich an seinem Nachrichtenschreibtisch vor, seine Miene war ernst. »*Wann hat irgendjemand von der kanadischen Regierung das letzte Mal mit Amerika kommuniziert?*«

Vigneault schluckte. Sein linkes Auge zuckte. »*Vor dem Angriff.*«

»*Wie lange vor dem Angriff?*«

»*Diese Information unterliegt der Geheimhaltung.*«

»*Wer war für den Angriff verantwortlich?*«

»*Wir arbeiten mit anderen Geheimdiensten zusammen, um die Methode und die verantwortliche Partei zu bestimmen. Mehr als das kann ich euren Zuschauern nicht anbieten, Clem. Es tut mir leid.*«

»*Wir haben Berichte aus erster Hand gesehen, dass die Grenzübergänge zu den Vereinigten Staaten für Einreisende geschlossen wurden. Können Sie das bestätigen?*«

Vigneault nickte. »*Das kann ich. Nach Beratungen mit unserem Büro und dem des Premierministers, hat die Canadian Border Service Agency beschlossen, dass die beste Handlungsweise für unsere Bürger ist, den nach Norden gerichteten Strom nicht-kanadischer Bürger aus den USA vorübergehend zu stoppen.*«

»*Und wie lange ist vorübergehend?*«

»*Für eine unbestimmte Zeitspanne, Clem. Das heißt, bis wir glauben, dass es sicher und förderlich ist, eine Migration nach Kanada wieder zu erlauben. Zu diesem Zeitpunkt ist es das Beste für unser Volk, bei dieser verheerenden finanziellen Instabilität, der Sorge um Waren und Dienstleistungen, und den Bürgerunruhen, die in Amerika bereits beginnen.*«

Das Interview endete, und das Video zeigte nur noch mittig das Bild von Clem Roy. Er sah auf den Schreibtisch hinunter und wandte sich dann an die Kamera.

»Direktor Vigneault hat Waren und Dienstleistungen erwähnt. Das ist eine wichtige Komponente, die allen Kanadiern Sorge bereiten sollte. Denn auch wenn wir nicht das Ziel des Angriffs waren, den unsere Quellen als eine Art elektromagnetischen Impuls bestätigen, der das Stromnetz im Großteil der Vereinigten Staaten lahmgelegt hat, wird Kanada leiden, wie ich bedauerlicherweise sagen muss. Wir haben Grafik, die wir Ihnen zeigen möchten.«

Der Bildschirm wechselte zu einer Info-Grafik, die vereinfacht die Handelsdaten zwischen den beiden Nationen darstellte. Die Zahlen waren niederschmetternd.

»Die Vereinigten Staaten und Kanada handeln pro Tag mit Waren im Wert von zwei Milliarden Dollar. Das sind mehr als siebenhundertfünfzig Milliarden Dollar im Jahr. Die Importzahlen von Kunststoff allein sind enorm, ganz zu schweigen von raffinierten Kraftstoffen, Maschinen und Autos. Wie es Amerika ergeht, so ergeht es der Welt, fürchte ich.«

Das Video war zu Ende, und ein neues lud hoch. Beck klickte heraus und kehrte zu den Suchergebnissen zurück. Einige der Artikel beschäftigten sich mit Verschwörungstheorien. *Russia Today* schrieb: *»Die Blackouts in Amerika sind ein Täuschungsmanöver, um den Rest der Welt aus der Bahn zu werfen.«* Ein übersetzter Bericht des iranischen Fernsehens erklärte, der Angriff sei das Werk Allahs, und dass Amerika endlich für seine Sünden büßen müsste. Das chinesische Staatsfernsehen berichtete, dass der Westen die Schäden an der Infrastruktur übertreiben würde, um zu versuchen, der Rückzahlung von eins Komma vier Billionen Dollar zu entgehen.

Beck suchte nach einer vertrauenswürdigeren Seite und fand eine aus Irland. Er klickte auf den Link, und ein neues Video erschien unter der Schlagzeile *Amerika, das unzivilisierte Land.*

»Haben Sie das schon gesehen?«, fragte er Cabral.

Der Kapitän blickte von seinem Magazin hoch und blinzelte. Beck drehte den Computerbildschirm, damit Cabral besser sehen konnte.

»Ich glaube nicht«, sagte er. »Was wird berichtet?«

Beck drückte auf Play, und das Video begann ohne vorhergehende Werbung. Eine ältere Frau mit kurzem, blondem Haar und hohen Wangenknochen blinzelte in die Kamera. Sie sprach mit starkem irischem Dialekt, aber die Untertitel am unteren Ende des Videos halfen Beck, sie zu verstehen.

»Wir haben ein neues Video von der amerikanischen Grenze zu Mexiko. Es scheint mit einem Handy in der mexikanischen Stadt Nuevo Laredo aufgenommen worden zu sein, man sieht nördlich über den Rio Grande Richtung Texas.«

Sie brach ab, und das Video des Handys wurde abgespielt. Es war vertikal aufgenommen worden, sodass auf jeder Seite des ruckhaften, körnigen Bildes schwarze Streifen waren. Obwohl der Begleittext auf Spanisch war und Beck nicht verstand, was gesagt wurde, sprach das Video für sich selbst.

Dutzende, wenn nicht Hunderte, stürmten eine Brücke, die die Vereinigten Staaten mit Mexiko verband. In einer Positionsangabe oben rechts stand: *Zugang zu Amerikas internationaler Brücke.*

Auf den ersten Blick schien es, als würden die Menschen Mexiko verlassen und versuchen, in die Vereinigten Staaten zu kommen. Solche Videos waren allgemein bekannt. Doch je länger er zusah, desto mehr wurde ihm bewusst, dass es umgekehrt war. Die mexikanischen Behörden versuchten vergeblich, den Ansturm von Migranten, der über ihre Grenze kam, aufzuhalten. Während die meisten die Brücke überquerten, wateten einige durch den schmalen Fluss und kletterten die Uferböschung auf der anderen Seite hoch. Einige schafften es nicht.

Schüsse krachten, und das Video schwankte. Das Bild verschob sich, und die Stimme des Erzählers wurde eine Oktave höher, die bereits schnelle Sprechgeschwindigkeit beschleunigte sich noch. Mündungsfeuer blitzte auf der mexikanischen Seite des Flusses auf und Menschen fielen ins Wasser, einer nach dem anderen. Mindestens ein Dutzend fielen in dem halbautomatischen Feuer. Schreie, Kreischen und wiederholte Schüsse brachten die Männer, Frauen und Kinder nicht davon ab, die Grenze nach Süden zu überschreiten. Der Erzähler, der das Video aufnahm, schluchzte. Das Video endete und die Nachrichtensprecherin kehrte zurück, ihr Gesichtsausdruck war jetzt noch ernster.

»Was Sie gesehen haben, war das mexikanische Militär, das Feuer auf Amerikaner eröffnet hat, die versuchten, die Grenze von Texas nach Mexiko zu überschreiten. Die mexikanische Immigrationsbehörde ist nicht bewaffnet. Im Gegensatz zu Amerika, wird ihre Grenze nicht von bewaffneter Polizei bewacht, daher schickte der mexikanische Präsident sowohl reguläre Truppen als auch die Nationalgarde, um den Ansturm der Flüchtlinge zu stoppen. Hier ist eine Aufnahme von ihm früher am Tag im National Palace in Mexico City. Seine Rede ist auf Spanisch. Wir haben sie mit unserer eigenen Übersetzung synchronisiert.«

Das Video wechselte zu einer Szene im Inneren des National Palace. Der Präsident saß in einem großen Stuhl, dessen Rückenlehne mit einem goldenen Adler verziert war, und hatte die Ellbogen auf dem Kopfende eines langen Konferenztisches abgestützt. Hinter ihm befanden sich verschnörkelte Eichentüren. Die mexikanische Flagge befand sich zu seiner Linken, der Bildschirm rechts. Es war ein krasser Kontrast zu der Gewalt an seiner Grenze siebenhundert Meilen nördlich.

»Guten Abend, Mitbürger«, sagte der mexikanische Präsident. *»Ich spreche heute Abend als euer demütiger Diener zu euch, und als ein Mann, der an die Stärke und die Traditionen*

unseres großartigen Landes glaubt. Meine Aufgabe als euer Präsident ist, euch zu beschützen und euch vor den Schrecken dieser Welt zu bewahren.«

Die Stimme des Übersetzers war lauter als die des Präsidenten, aber die Übersetzung war langsam, als wäre sie in Echtzeit. Beck erhöhte die Lautstärke noch etwas.

»Viele Jahre lang hatten wir eine symbiotische Beziehung mit den Vereinigten Staaten. Wie der Fluss, der unsere beiden Nationen verbindet, fließen sie manchmal mit uns und manchmal gegen uns. Auch wenn wir nicht immer einer Meinung sind, verlassen wir uns aufeinander, und ich habe heute nur mit großem Widerwillen mehrere Zwangsmaßnahmen ergriffen. Diese Maßnahmen sind nicht dazu gedacht, unseren Nachbarn und Freund zu verletzen, sondern dazu, das mexikanische Volk zu schützen.«

Der Präsident faltete die Hände vor sich. Seine Augen bewegten sich von links nach rechts, als er von seinem Skript ablas. Er hielt inne und räusperte sich.

»Ich habe per Präsidialdekret erlassen, dass unsere Grenze zu den Vereinigten Staaten geschlossen wird. Ich tue das in Übereinstimmung mit unserem Handelspartner und Freund im Norden, Kanada. Wir können die ungefilterte Immigration von Amerikanern in unsere Länder zu so einer unsicheren Zeit nicht zulassen. Wir müssen zuerst an unser eigenes Volk denken.«

Beck starrte auf den Bildschirm. Das war surreal. Er hörte sich den Rest der Rede des mexikanischen Präsidenten an, als wäre er in einem Traum oder würde ein armselig produziertes Dokudrama sehen. Jetzt bedauerte er, den Eintopf gegessen zu haben.

»Um unsere Grenzen zu schließen, habe ich die Verlegung von dreißigtausend unserer tapferen Soldaten befohlen, die unser souveränes Land beschützen sollen. Sie haben von mir die Vollmacht, alles zu tun, was sie für nötig halten, um unerwünschte Grenzübergänger fernzuhalten, die versuchen, aus ihrem verletzten

Land zu emigrieren, ohne unsere Gesetze und Bräuche zu respektieren. Während ich hoffe, dass diese Stationierung nur vorübergehend ist, bin ich doch fest entschlossen, ein Exempel an jenen zu statuieren, die diese Warnung nicht beachten.«

Während der Präsident sprach und der Übersetzer das Spanische ins Englische übertrug, hallten die Worte in Becks Kopf wider.

Ich bin fest entschlossen, ein Exempel an jenen zu statuieren, die diese Warnung nicht beachten.

Wie sollten die Amerikaner diese Warnung überhaupt hören? Sie hatten keine Energie. Kein Fernsehen oder Radio. Sie hatten keine Möglichkeit zu erfahren, dass die Grenze geschlossen war, bis sie dort ankamen. Und dann würden sie verzweifelt versuchen, sie zu überqueren. Sie würden alles Erdenkliche tun, um ihre Familien zu retten, trotz der Gefahr.

»Und schließlich«, verkündete der mexikanische Präsident, die Hände jetzt zu Fäusten geballt, *»beende ich unser jahrhundertealtes Übereinkommen mit den Vereinigten Staaten, Wasser über die Grenze zu schicken. Wir werden dieses kostbare Gut für unser eigenes Volk behalten. Da die bereits zerbrechliche Weltwirtschaft auf die Grenze der Belastbarkeit zusteuert, müssen die Mexikaner ihre eigenen Bedürfnisse an erste Stelle stellen.«*

Das Video endete, und die irische Nachrichtensprecherin kehrte auf den Bildschirm zurück. Sie drehte einen Stift zwischen Zeige- und Mittelfinger und sah auf den Schreibtisch hinunter, bevor sie in die Kamera blickte.

»Einige Kernpunkte lassen sich aus der Rede des mexikanischen Präsidenten zusammenfassen. Er verfolgt bei Amerikanern, die vor einer zunehmend schrecklichen Situation zu fliehen versuchen, eine harte Linie. Wir haben zwar keine direkte Kenntnis von inneren Unruhen, aber der britische Geheimdienst berichtet von Satellitenbildern, die die Stationierung amerikanischer Truppen in Hauptstädten und lange Schlangen vor öffentlichen

Märkten zeigen. Eine Quelle berichtet, dass die Höflichkeitsregeln noch beachtet werden, aber wohl schnell an Bedeutung verlieren. Hier im Vereinigten Königreich gibt es ebenfalls lange Schlangen. Bestimmte Produkte sind bereits fast ausverkauft, während sich die Besorgnis um die Weltwirtschaft weiter ausbreitet. Und wie Sie gehört haben, sorgt sich der mexikanische Präsident um den Zugang zu Wasser.«

Das Video endete, und Beck klickte sich aus dem Link. Gab es überhaupt noch gute Neuigkeiten? Bot irgendein Bericht Hoffnung?

»Wir sind auf See vielleicht besser aufgehoben«, sagte Cabral. »Wenn wir irgendwann in Brasilien anlegen, steht vielleicht schon die ganze Welt in Flammen.«

Beck öffnete den Mund, um zu antworten, schloss ihn aber wieder. Stattdessen drehte er das Rädchen zum Scrollen oben an der Maus und suchte nach Informationen, die keine schlimmen Vorhersagen beinhalteten. Er entschied sich für einen Bericht aus Australien mit der Schlagzeile: *»Wer hat den Schalter in Amerika umgelegt?«*

Cabral stand auf. Er legte das Magazin auf den Schreibtisch neben Beck und zeigte auf den Bildschirm. »Den habe ich mir angesehen.«

»Was wird darin gesagt?«

Cabral legte eine Hand auf Becks Schulter. »Er ist von gestern. Sie haben ein Video, das die Art von Jets zeigt, die für den Angriff benutzt wurden, und es gibt Stellungnahmen von Staatslenkern über das, was passiert ist. Ein Teil ist interessant. Er kommt ungefähr nach der Hälfte. Das sollten Sie sich ansehen. Scrollen Sie vorwärts.«

Beck bewegte den Cursor auf die Zeitleiste des Videos und schob in vorwärts, bis Cabral ihm sagte, dass er stoppen sollte.

»Drücken Sie auf Play«, sagte Cabral. »Das sollten Sie sich ansehen.«

Beck klickte auf das Icon, und das Video startete. Ein Mann mit australischem Dialekt sprach, aber auf dem Bildschirm war etwas, das aussah wie ein Satellitenbild, das aus dem Erdorbit aufgenommen wurde.

»Dieses Video wurde an Bord der Internationalen Raumstation aufgenommen«, erklärte die Stimme. *»Es stammt von einer Kamera, die außen an der Kuppel installiert ist. Sie hat im Vorbeiflug die Nacht vor dem Angriff auf Amerika aufgezeichnet.«*

Die Darstellung auf dem Bildschirm war etwas, das Beck schon unzählige Male vorher gesehen hatte. Ein Bildschirmschoner auf seinem Fernseher zu Hause spielte diese Bilder in einer Schleife. Die westliche Hemisphäre kam ins Blickfeld.

Am Horizont tanzten die grünen Streifen des Nordlichts in der Atmosphäre des Planeten, und die hellen Lichter auf dem nordamerikanischen Kontinent leuchteten wie Sterne auf der Oberfläche. Sie sammelten sich um die Hauptstädte herum. Beck erkannte Houston und New Orleans, Atlanta und Miami, als die Internationale Raumstation die sich drehende Erdkugel umkreiste.

»Und jetzt sehen wir dasselbe Bild von letzter Nacht, der ersten Nacht nach dem Angriff«, sagte der Sprecher. *»Es bestätigt das, was wir befürchtet haben. Amerika ist ohne Energie.«*

Das Bild ähnelte dem ersten. Die Nordlichter tanzten, und die Internationale Raumstation bewegte sich auf demselben Weg ungefähr zweihundertvierundfünfzig Meilen über der Erde. Doch anstatt ein Netz leuchtender gelber Lichter verteilt über die Vereinigten Staaten zu sehen, war der Planet schwarz. Kanada und Mexiko leuchteten. Toronto, Montreal, Vancouver, Calgary, Mexico City, Tijuana, Guadaljara – all diese Städte leuchteten wegen ihrer hohen Bevölkerungsdichte. Doch nicht die Vereinigten Staaten. Es schien, als hätten sich der Pazifik und der Atlantik verschworen, das Land ganz zu verschlucken.

Becks Puls beschleunigte sich, als er das Bild in sich aufnahm. Irgendwo in dieser Dunkelheit war seine Tochter Millie mit ihrer Mom allein.

»Wie lange dauert es, bis wir im Haufen einlaufen?«, fragte er, ohne den Blick vom Bildschirm abzuwenden.

Cabral drückte seine Schulter. »Morgen, mein Freund. Wir bringen Sie morgen nach Hause zurück.«

9

TAG DER DETONATION + 3
GOLF VON MEXIKO

Der Hafen von Mobil war der einzige Tiefwasserhafen in Alabama. Es war eine schwierige Fahrt vom Golf in die Bucht von Mobile und auf den Fluss zu. Schiffe verschiedener Größen ankerten in der Hälfte der Liegeplätze. Es war spät am Tag, und Beck stand an Deck und konnte es kaum erwarten, anzulegen und an Land zu kommen.

Die anderen acht Männer von der Charybdis standen bei ihm und redeten über ihre Pläne. Beck hörte nur mit halbem Ohr zu. Sein Weg war in Stein gemeißelt. Nichts, was irgendjemand sagte, würde daran etwas ändern.

Abercrombie hatte die Hände in die Hüften gestemmt. »Ich will nach Osten, in Richtung Mississippi, wenn ich es schaffe. Dort habe ich Familie in der Nähe von Biloxi.«

Zwei andere stimmten zu, mit ihm zu reisen. Sie hatten ebenfalls irgendwo in Mississippi Familie oder Freunde und meinten, es wäre am besten, wenn sie in einer Gruppe reisten.

»Zu mehreren ist man sicherer«, sagte Abercrombie, und die anderen stimmten ihm zu.

Eine andere Gruppe hatte vor, Richtung Osten nach Florida und der Landspitze zu gehen. Es waren jüngere Männer, die nichts in Alabama hielt. Sie gingen davon aus, dass sie keine Jobs mehr hatten, und wollten sich an einem warmen Ort mit guten Stränden und besseren Fischgründen das Überleben sichern.

Beck persönlich bezweifelte, dass sie den Ernst der Lage begriffen, die sie erwartete, wenn sie an die Küste zurückkehrten, aber sie waren ihm nicht von Nutzen, also dachte er sich, dass es besser wäre, ihre kollektive Blase nicht zu zerstören oder ihnen einen Plan auszureden, der ihnen Hoffnung gab.

Außer Beck blieben noch Gabe, Radio und Rigby. Die vier Männer trennten sich von den anderen beiden Reisegruppen.

»Bleiben noch wir vier«, sagte Gabe.

Beck musterte sie. »Wir vier? Kommt ihr denn mit mir? Ihr wisst, dass ich nicht in Mobile bleibe. Ich gehe schnurstracks nach Tuscaloosa. Sobald wir an Land sind, mache ich mich auf den Weg.«

Gabe trat zurück. »Natürlich kommen wir mit dir. Du hast schon bewiesen, dass du ohne uns nicht überleben kannst.«

»Du auch?«, fragte Beck Radio.

Radio nickte. »Zweifellos. Du hast mir mein eigenes Zimmer gegeben. Das Mindeste, was ich tun kann, ist, dich auf deiner Suche zu begleiten. Außerdem, wenn ich mich richtig erinnere, macht deine Frau Debbie …«

»Ex-Frau.«

»Tut mir leid«, sagte Radio. »Macht deine *Ex*-Frau Debbie das beste Hühnchen mit Klößen, das ich je gegessen habe. Ich erinnere mich an diese Party vor ein paar Jahren. Kann es immer noch schmecken.«

»Ich weiß nicht, ob sie Abendessen für uns kochen wird.«

Radio grinste. »Ich habe nur Spaß gemacht.«

Beck lächelte. »Alles klar.«

Rigby starrte auf seine Füße. Er sah nicht auf, als er sprach. »Ich glaube nicht, dass ich mitkomme.«

Gabe sah ihn fragend an. »Warum nicht? Wohin willst du sonst?«

Er hob den Kopf, vermied aber Augenkontakt. »Ich bleibe auf dem Schiff.«

Gabe lachte. »Auf dem Schiff bleiben? Bruder, bist du dir da sicher?«

»Ich bin sicher. Ich habe den Kapitän gefragt. Er sagte, dass sie die Hilfe gebrauchen könnten. Keine Bezahlung, nur die kostenlose Fahrt nach Brasilien.«

»Sprichst du Portugiesisch?«, fragte Radio.

»Ich werde es lernen.«

Beck streckte Rigby die Hand hin. »Mach dir keine Gedanken. Du musst das tun, was am besten für dich ist. Es ist eine lange Strecke. Wenn du einen Platz in Brasilien findest und es für dich funktioniert, hast du mehr Möglichkeiten. Eigentlich wundert es mich, dass andere der Crew nicht dasselbe tun. Das ist tatsächlich ziemlich klug.«

Rigbys Miene hellte sich auf. Er sah Beck an, nahm seine Hand und schüttelte sie mit festem Griff. »Danke, JB. Das bedeutet mir viel.«

Das Gespräch ging zu Small Talk über, und Beck entfernte sich von den anderen. Er entschuldigte sich und lehnte sich an den Rand der hafenseitigen Reling, nicht weit vom Ladebaum entfernt.

Im Hafen gab es kein Anzeichen für das Chaos, das wahrscheinlich dahinter tobte. Abgesehen von der fehlenden Aktivität hätte er nicht bemerkt, dass etwas nicht stimmte. Die *Celsius Manila* fuhr den Wasserweg nach Norden hinauf und verließ die dreizehn Meter tiefe Fahrrinne. Beck beugte sich über die Reling und sah aufs Wasser hinab.

Hier war es nicht blau. Es war schlammbraun und grau. Die Luft roch nach Schiffstreibstoff und dem süßsauren Gestank von Petrochemikalien. Er war unzählige Male in diesen Hafen eingelaufen, aber nur einmal an Bord eines Schiffes. Der Hubschrauber konnte wegen Regen nicht fliegen, und ein Versorgungsschiff hatte angeboten, alle mitzunehmen, die keine Überstunden machen wollten. Beck hatte sich freiwillig gemeldet.

Er erinnerte sich an diese letzte Reise, als er diesen Wasserweg unter so ganz anderen Umständen entlanggefahren war.

Damals war seine Ankunft freudig erwartet worden. Er war zu Hause. Er hatte seine Familie gesehen, ausgeschlafen und mit seiner Frau im Bett Kaffee getrunken. Er hatte Millie von der Schule abgeholt und ihr bei den Hausaufgaben geholfen. Wie lange war es her? Fünf Jahre? Sechs? Fünf. Es waren fünf. Niedrige Büsche und biegsames Gras glitten vorbei. Träge löste sich das Kielwasser von der Hülle an der Unterseite des Tankers.

Fünf Jahre waren wie ein ganzes Leben.

Die Fahrt aufs Land war jetzt freudlos. Furcht verdrängte die Vorfreude. Er versuchte, die Gefühle zu analysieren, die in seiner Brust wirbelten.

Erleichterung, ja. Sorge, ganz bestimmt. Entschlossenheit, sicher.

Allerdings waren das keine Gefühle, sondern Seinszustände. Beck konnte seine Gefühle nicht definieren. Oder er wollte es nicht. Dieser Augenblick und die kommenden erforderten seine Konzentration. Nichts weniger. Leidenschaftslose Konzentration.

Seine Gedanken rasten, während das Kielwasser blubberte und schäumte und an die Ufer der Bucht strömte. Ein Paar Braunpelikane zog seine Aufmerksamkeit auf den Himmel. Die Vögel waren nicht anmutig, aber sie glitten mühelos über das Rispengras, das am Ufer wuchs. Einer tauchte, dann der andere. Einer flog mit etwas im Schnabel wieder hoch. Der andere erhob sich ohne Beute wieder in den Himmel. Er drehte und tauchte erneut.

Hinter den Pelikanen ging die Sonne unter. Es war schön. Feuerrot, Hellorange und sanftes Gelb verwischten am blauen Himmel Alabamas. Die Vögel glitten darüber hinweg, ihre Formen warfen wegen des hellen Lichts Schatten.

Die Welt drehte sich weiter. Die Natur bestand weiter. Das Wasser, die Sonne und die Vögel. Alle taten das, was sie schon immer getan hatten. Ebbe und Flut. Aufgang und Untergang. Zwischen den Wolken fliegen und in die See tauchen.

Im Vergleich mit diesen Dingen empfand Beck seine Probleme als unbedeutend. Er würde einen Weg finden, seine Tochter und ihre Mutter in Tuscaloosa zu erreichen. Er würde sie beschützen, und sie würden eine Möglichkeit finden, in dieser neuen Welt zu überleben.

Sie mussten einfach. *Er* musste einfach. Es gab keine andere Wahl.

Gabe unterbrach seine Gedanken, als er ihm auf den Rücken schlug. »Hey, Bruder, woran denkst du? Was geht in deinem Kopf vor?«

Wie sollte er diese Frage beantworten, ohne verrückt zu klingen? »Nichts. Ich beobachte die Vögel. Ich gönne mir ein paar letzte Minuten Ruhe und Frieden, bevor wir die Donnerkuppel betreten.«

»Die Donnerkuppel?« Gabe lachte. »John Beck bezieht sich auf einen Film? Ich will verdammt sein. Nie hätte ich gedacht, das zu hören. Ich meine, es ist natürlich ein lahmer Bezug auf einen Film, der mehr als vierzig Jahre alt ist, aber irgendwo muss man ja anfangen, oder?«

Beck legte die Hände um die Reling und spürte die raue Farbschicht unter seinen Handflächen. Er zog sich an die Reling, streckte die Arme dann ganz aus, bewegte sich vor und zurück, als würde er vertikale Liegestütze machen.

»Wirklich«, hakte Gabe nach. »Woran hast du gedacht, Bruder? Machst du dir Sorgen wegen der Videos, die du auf dem Computer gesehen hast? Ehrlich gesagt, *ich* mache mir Sorgen. Es ist, als würden wir in den Wilden Westen gehen, weißt du?«

Beck nickte. »Ich bin besorgt, ja. Doch davon lasse ich mich nicht abhalten, zu tun, was getan werden muss.« Er sah Gabe an. »Ich bin froh, dass du bei mir bist, *Bruder*. Ich würde es nicht anders haben wollen.«

Cabral gesellte sich zu ihnen an die Reling. »Haben Sie gehört, dass ich einen Ihrer Männer an Bord behalte?«

Beck sah Cabral an, dann zur Brücke im Kontrollturm hinüber. »Sollten Sie nicht das Schiff befehligen, Kapitän?«

Cabral lachte, sein Bauch wackelte. »Dafür habe ich meinen Ersten Offizier. Er macht die harte Arbeit. Normalerweise hätten wir einen Lotsen, der uns beim Navigieren hilft, aber wir sind schon so oft hier gewesen, dass mein Erster Offizier es allein schafft.«

»Ich habe von Rigby gehört«, sagte Beck. »Auch wenn er keiner meiner Männer ist, verstehe ich es. Ich freue mich für ihn, wenn es das ist, was er will. Er ist ein guter Kerl. Sie werden ihn mögen.«

Cabral lächelte. »Schön zu hören.«

Er lehnte sich gegen die Reling, sah über den Rand und verlagerte das Gesicht von einem Fuß auf den anderen. Es war offensichtlich, dass er noch etwas zu sagen hatte.

»Was ist los?«, fragte Beck.

Cabral hob eine Braue. »Was soll denn los sein?«

»Nicht so schüchtern, Kapitän. Sie haben mir etwas zu sagen.«

»Es könnte nichts sein.«

Becks Brust verengte sich. »Was ist es denn?«

»Heute Morgen hatten wir Funkkontakt mit einem anderen Schiff. Ein Frachtschiff, das gestern hier angekommen ist. Wir haben Gespräche gehört und uns eingeklinkt. Wir haben sie schon mal in einem Hafen gesehen. In Houston, glaube ich, vielleicht auch in Bayport.«

»Und?«

Gabe trat von der Reling zurück und verschränkte die Arme vor der Brust. Es war eine Verteidigungshaltung, die klar ausdrückte, dass er ebenfalls spürte, dass Cabral etwas Wichtiges zu sagen hatte und um den heißen Brei herumredete. Der

Kapitän rieb sich mit beiden Händen über den Kopf und drückte die Fingerspitzen dagegen. »Man hat zwei Boote mit euren Kameraden aufgesammelt. Sie kommen genau wie ihr von der Charybdis. Er erzählte, dass ein Chemietanker drei Boote aufgenommen hat. Sie kamen auch gestern an.«

»Also wurden wir als Letzte gefunden?«, fragte Gabe.

Cabral schob die Hände in die Taschen und hob die Schultern bis zu den Ohren. »Scheint so zu sein. Ich bin froh, dass wir euch entdeckt haben. Wir waren weiter von der Küste entfernt als die anderen. Ihr seid tiefer in den Golf abgetrieben als die übrigen.«

Becks Puls beschleunigte sich. In seinen Ohren summte es. Eine Vorahnung trieb ihm Schweiß auf die Schläfen. »Bei allem gebührenden Respekt, Kapitän, auf was wollen Sie hinaus?«

Cabrals Nasenflügel blähten sich, und er atmete tief durch. »Da war ein Mann auf dem Schiff. Er hatte einen albernen Namen, an den ich mich nicht erinnere. Aber die Crew dort hat mitgehört, wie er darüber sprach, dass er jemanden auf der Charybdis umgebracht hat.«

»Goose.«

Wiedererkennen leuchtete in Cabrals Augen auf, und er schnipste mit den Fingern. »Das ist es. Goose. Ein alberner Name.«

»Was hat er sonst noch gesagt?«

»Er hat gesagt, dass er einen Mann umgebracht hat, indem er ihn über Bord warf. Ich habe mich erinnert, wie Sie mir erzählt haben, was mit Ihnen passiert ist. Der Mann sagte, er wüsste, wo Sie wohnen, und dass der Mord an Ihnen erst der Anfang war.«

»Der Anfang von was?«, fragte Gabe.

Cabral schüttelte den Kopf. »Das wussten sie nicht. Sie haben das mitgehört, die Crew des anderen Schiffs, und sie dachten, ich sollte es wissen. Sie haben es auch dem anderen Schiff erzählt, falls einer der Männer von der Charybdis dort es erfahren müsste. Doch ich weiß, dass diese Information nur für Sie wichtig ist.«

Becks Kiefer spannte sich an, Wut wallte in ihm hoch. »Danke«, presste er zwischen zusammengebissenen Zähnen hervor. »Ich weiß es zu schätzen.«

Cabral neigte den Kopf und zog sich zurück. »Wir kommen in ein paar Minuten im Hafen an.«

Beck schloss wieder die Finger um die Reling und suchte den Horizont ab. Irgendwo im Inland waren Goose und seine Männer bereits auf dem Weg.

»Was glaubst du, wird Goose tun?«, fragte Gabe. »Ich meine, was *kann* er tun? Weiß er wirklich, wo du wohnst?«

»Ich weiß nicht, was er weiß, aber wenn er bereit war, mich wegen eines Streits umzubringen, dann ist er wahrscheinlich zu allem fähig.«

Beck wollte nicht aussprechen, was er wirklich dachte. Er hatte Angst, wenn er es laut sagte, wenn er diesen Gedanken dem Universum offenbarte, dann würde es passieren.

Er schloss die Augen, dachte an Millie und betete zum zweiten Mal in dieser Woche.

10

TAG DER DETONATION + 3
MOBILE, ALABAMA

Mobile war nicht länger Mobile. Auch wenn die Skyline, zumindest was davon zu sehen war, noch genauso aussah wie vor drei Wochen, schien ein Leichentuch über der Stadt zu hängen. Ihre Schwingung war verschwunden.

Beck hatte genauso empfunden, als er in den offenen Sarg seiner Mutter starrte. Es war ihr Körper. Dasselbe Haar, das vertraute Kleid, die glänzenden, aber dezenten hautfarbenen Pumps, die Silberkette mit dem Kreuz um ihren Hals. Doch es war nicht sie. Becks Mutter war lange fort und sah von oben auf ihn herunter. Der Körper war nur eine Hülle, der ihre Seele gefangen gehalten hatte, bis der Krebs sie befreite.

Mit Mobile war es genauso. Eine Hülle ohne Seele.

Was ihm am meisten auffiel, war die Stille. Kein Rauschen von Straßenverkehr, kein Hupen, kein geschäftiges Treiben auf den regennassen Straßen der Stadt. Selbst auf der Dauphin Street rührte sich nichts. Markisen flatterten in der leichten Küstenbrise mit einem südlichen Unwohlsein, das in diesem Teil der Stadt eigentlich unbekannt war.

Sie standen an der Ecke Dauphin und Joachim.

»Es ist irgendwie nicht mehr wie Zuhause, oder?«, fragte Gabe. »Irgendetwas stimmt nicht.«

Radio lachte leise. »Ja, die Energie ist weg.«

»Du bist *urkomisch*«, sagte Gabe. »Habe ich dir schon gesagt, wie komisch du bist?«

»Himmel«, sagte Radio. »Ich habe nur versucht, die Stimmung aufzuhellen.«

»Hör auf, es zu versuchen. Man kann das hier nicht besser machen.«

»Zuerst gehen wir zu meinem Haus«, sagte Beck. »Wir brauchen Vorräte. Seid ihr beide sicher, dass ihr mitkommen wollt? Es wird nicht einfach werden.«

Radio hob die Hand, die Miene auf seinem runden Gesicht war eifrig, aber auch erschöpft. »Ich komme mit dir, Beck. Ich kann nirgendwo anders hin.«

»Ich auch«, sagte Gabe. »Können wir auch bei mir vorbeigehen? Ich habe Sachen, die wir brauchen werden.«

Sie gingen nach Norden, alle drei Seite an Seite auf der dunklen Straße. Hinter den dünnen, schnell treibenden Wolken schien der zunehmende Mond auf sie herunter und spiegelte sich auf den übrig gebliebenen Pfützen, die wie Pockennarben auf der alten Straße glänzten. Die Innenstadt brauchte eine Erneuerung, die sie jetzt wohl nie mehr bekommen würde.

»Was hast du in deinem Haus, das Beck nicht hat?«, fragte Radio. Er ging zwischen den beiden größeren Männern und musste für jeden ihrer Schritte zwei machen. Beck fragte sich, ob der kleine Mann eine große Hilfe sein würde, wenn es keinen funktionierenden Funk gab, oder ob er sie nur aufhalten würde. Sobald ihm der Gedanke kam, verdrängte er ihn wieder. Radio war ein guter Kerl. Es hatte schon vor dem Angriff einen Mangel an wirklich guten Menschen gegeben, und Beck konnte sich vorstellen, dass diese Anzahl jetzt rasch dezimiert werden würde. Er hatte schon gehört, dass schlechte Zeiten nicht gerade den Charakter formten, sondern ihn eher zutage brachten. Hatte er das aus einem Film oder einem Buch? Wahrscheinlich aus einem Film. Beck las keine Bücher, so wie sein Zimmergenosse Gabe.

»Ich habe eine Notfalltasche, energiereiche Müsliriegel, Wassersäcke und noch alles mögliche andere, was wir auf unserem Marsch nach Tuscaloosa brauchen könnten«, antwortete Gabe. »Ich bezweifle, dass wir viele geöffnete Schnellrestaurants finden werden.«

Radio hielt mit ihnen Schritt und fiel fast, als sie um eine Ecke bogen. »Oh, ja, richtig. Du bist ein Prepper.«

Gabe runzelte die Stirn. Der Mond warf einen langen Schatten auf sein Gesicht, das seine Miene übertrieben betonte. »Mir gefällt diese Bezeichnung nicht. Außerdem würde ich nicht sagen, dass ich wirklich gut vorbereitet bin. Das meiste, was ich habe, ist für die Hurrikan-Saison. Genug, damit ich ein paar Tage ohne Strom überstehe, aber nicht Wochen oder Monate.«

»Tut mir leid«, entschuldigte sich Radio. »Ich wollte dich damit nicht kritisieren. Ich habe nur gehört, dass man Leute wie dich so nennt. Du weißt schon, eben *Prepper*. Die Leute, die auf das Ende der Welt vorbereitet sind.«

Gabe hob einen Zeigefinger. »Das Ende der Welt, *wie wir sie kennen*. Es gibt einen Unterschied zwischen einem langfristigen Stromausfall und dem Einschlag eines Asteroiden auf der Erde.«

Beck hörte zu, wie die beiden über die Feinheiten des Vorbereitetseins debattierten, während er sie zu seinem Haus in der Conception Street führte. Es war nicht wirklich sein Zuhause, sondern ein gemietetes Haus, das er monatlich kündigen konnte. Zwei Schlafzimmer und zwei Bäder für tausenddreihundertfünfzig Dollar im Monat, inklusive Gartenpflege. Allerdings war die ‚Gartenpflege' ein Witz, wenn man bedachte, dass das briefmarkengroße Gartenstück zumeist aus Dreck und Unkraut bestand. Die Mietagentur nannte es einen Bungalow. Das war großzügig. Vor fünfzig Jahren war es vielleicht ein Bungalow gewesen, jetzt waren es vier Außenwände mit fast keiner Dämmung, Fenstern, die leckten, wenn es regnete und einem Dach, dessen Verfallsdatum vor fünfzehn Jahren abgelaufen war.

Tausenddreihundertfünfzig war happig, aber es war der Preis für Becks Unwillen, einen langfristigen Mietvertrag zu unterschreiben. Er hatte die Miete zwei Jahre im Voraus bezahlt und hätte in dieser Zeit tausende von Dollar sparen können. Doch etwas daran, sich länger als dreißig Tage an diesen Ort zu binden, verursachte ihm Brechreiz. In seiner Vorstellung und in seinen Träumen wohnte er nur vorübergehend hier, denn bald würden er und seine Ex Debbie wieder zusammenkommen. Sie könnten wieder eine Familie sein.

Natürlich vertraute Beck nichts davon seinen Reisegefährten an, als sie die vordere Veranda erreichten und er die Zahlenkombination in das elektronische Schloss an der Tür eingab. Nichts passierte. Er versuchte es erneut, mit demselben Ergebnis. Dann dämmerte es ihm. Das Ding war tot. Auch wenn das Schloss mit Batterien betrieben wurde, die mit einem teuren monatlichen Sicherheitsabonnement kamen, hatte der EMP es geröstet.

»Müssen wir einbrechen?«, fragte Radio.

Beck schüttelte den Kopf. »Wartet. Ich habe es gleich.«

Er ließ sich auf ein Knie sinken, hob ein zerbrochenes Verandabodenbrett an und steckte den Arm bis zum Ellbogen in die Lücke. Er tastete einen Moment herum, bis er den versteckten Schlüssel fand. Er setzte das Bodenbrett wieder ein und fischte den Schlüssel aus dem mit einem Gummiband verschlossenen Plastiktütchen. Sekunden später schob Beck die Tür auf und gab den anderen ein Zeichen, dass sie zuerst eintreten sollten. Nachdem sie es getan hatten, suchte er die dunkle Straße ab. In keinem der Fenster brannte Licht, nicht einmal eine Kerze. Er fragte sich, ob irgendwelche von seinen Nachbarn, die er kaum erkennen würde, ganz zu schweigen davon, dass er sie kannte, noch zu Hause waren. Es sah nicht so aus. Allerdings war es Mitternacht.

Gabe wies auf die Tür, die Beck hinter sich schloss. »Das ist ziemlich schick.«

»Was?«

»Das Schloss. Ganz elektronisch und so. Ich habe darüber nachgedacht, mir so eins anzuschaffen. Ich denke, jetzt macht es keinen Sinn mehr.«

Beck stopfte den Schlüssel in seine Tasche. Die Kante war scharf und schnitt in seinen Finger. Er zuckte zusammen, riss seine Hand heraus und saugte an dem Schnitt. Blut wärmte seine Zunge und erinnerte ihn an den Nachgeschmack, wenn man eine Neun-Volt-Batterie testete.

»Alles in Ordnung?«, fragte Radio.

Beck schüttelte die Hand. »Ja. Alles klar. Ist schon komisch, dass die kleinsten Sachen am meisten wehtun.«

»Das ist tiefsinnig, Bruder«, sagte Gabe. »Ich hatte keine Ahnung, dass du ein Philosoph bist.«

Beck lachte leise und ging durch sein vollgestopftes Wohnzimmer. Er strich über die Rückenlehne des rissigen und abblätternden Sofas aus Verbundleder, das ihm schon oft als Bett gedient hatte. Die anderen folgten ihm in die Pantry-Küche, wo Beck eine Schublade öffnete und mit Besteck klimperte.

Er sah zum Kühlschrank hinüber, an dem Notizen von Millie klebten. Ihm gefiel es, sie jedes Mal zu sehen, wenn er sich etwas zu essen holte. Die Nachrichten, so albern sie waren, vertrieben ein wenig seine Einsamkeit.

»Das bin ich nicht«, antwortete er Gabe. »Ich habe es auf Twitter gelesen. Oder Facebook. Ich weiß es nicht mehr.«

»Ich werde Twitter vermissen«, sagte Radio wehmütig. »Die meisten Nachrichten hatte ich von dort.«

»Ich nicht«, sagte Gabe. »Aber Tinder? *Das* werde ich vermissen.«

Beck tastete in der offenen Schublade herum und zog ein paar Messer heraus. Er legte sie auf die geflieste Arbeitsplatte und wies mit einer schwungvollen Handbewegung darauf. Es war eine übertriebene Geste, die an den Moderator einer Gameshow erinnerte. »Nehmt euch, was immer ihr wollt. Ich habe ein paar Scheiden, in die man sie schieben kann, damit ihr euch nicht schneidet.«

Radio nahm ein Schälmesser von der Arbeitsplatte und hielt es hoch. Das Mondlicht, das durch ein Fenster über dem Spülbecken schien, spiegelte sich auf der Schneide. »Ich nehme das hier«, sagte er. »Das lässt sich leicht verstecken.«

Gabe lehnte ab. »Ich habe Messer zu Hause.«

Beck zuckte mit den Schultern. »Wie du willst. Ich gehe ins Schlafzimmer, um ein paar Sachen zu holen. Wenn ihr in die Speisekammer gehen und die unverdorbenen Lebensmittel holen könntet, wäre das toll. Ich habe in einer dieser Schubladen auch einen mechanischen Dosenöffner.«

»Ich kann nicht wirklich etwas sehen«, sagte Radio. »Hast du Kerzen?«

Beck hatte Kerzen, aber die waren für Geburtstage bestimmt und vertropften eher Wachs als Licht zu spenden. Dann fiel ihm etwas ein. »Ich habe etwas Besseres für euch. Wartet mal.«

Er ging zum Wäscheschrank neben der Küche, öffnete die Jalousientüren und langte auf ein Holzregal, das sich über die Länge des Schrankes über der Waschmaschine und dem Trockner zog. Er zog eine Schuhschachtel hervor und stellte sie auf den Trockner. In der Schachtel fand er eine mittelgroße Maglite. Er drückte auf den Einschaltknopf. Es klickte. Kein Licht.

Er öffnete das Batteriefach der Taschenlampe und sah, dass es leer war. Er wühlte im Schuhkarton herum und fand eine ungeöffnete Schachtel Batterien. Er riss die Schachtel auf und steckte drei D-Zellen ins Fach der Maglite. Noch ein Klick, und ein heller Lichtstrahl erleuchtete den Schrank.

»Hier.« Beck gab Radio die Taschenlampe. »Das sollte reichen. Unter dem Spülbecken sind Mülltüten. Zwei Rollen.

Da sollten die Konserven und die abgepackten Lebensmittel reinpassen. Denkt an die Erdnussbutter. Ich habe ein ungeöffnetes Glas.«

Die Männer durchwühlten die Regale in der Speisekammer, während Beck in sein Schlafzimmer ging. Es war kaum als Schlafzimmer zu bezeichnen. Es war ein Zimmer, in dem sein Doppelbett fast den ganzen Platz einnahm. Er schlief nur selten dort, was der Stapel zusammengelegter Wäsche auf einer Seite bewies.

Das Zimmer war wie alles andere im Haus aufgeräumt, aber nicht sauber. Zwischen diesen beiden Dingen gab es einen Unterschied, wie ihn seine Ex-Frau oft ermahnt hatte. Er konnte nicht mehr zählen, wie oft sie wegen der Feinheiten von Worten und ihrer Bedeutung Meinungsverschiedenheiten gehabt hatten.

Er dachte an sie und vermied, das Foto von ihr anzusehen, das auf seinem überladenen, aber gut organisierten Nachttisch stand. Es zeigte die drei an Deck der *USS Alabama*. Die Sonne schien ihnen auf die Gesichter, und sie lächelten. Das Wasser hinter ihnen war so blau wie der Himmel.

Beck erinnerte sich an jedes Detail dieses Tages. Es war einer der letzten Tage, an denen sie glücklich gewesen waren. Zumindest redete er sich das ein. Die Brüche waren schon lange da, bevor die Welt um sie herum zusammenbrach.

Auf den Knien fasste er unter das Bett und zog einen großen Koffer aus Hartplastik hervor. Er hob ihn über das Bett und ließ ihn auf die Matratze fallen, wo er auf einem Stapel Unterhemden landete.

In dem Koffer war eine Mossberg-Vorderschaft-Repetierflinte. Sie war ganz schwarz, leicht und hatte es in sich. Im Koffer neben der langen Flinte befand sich eine Schachtel mit 12-er-Schrotpatronen und eine Schachtel 12-er-Laufgeschosse. Beides könnte ihnen nützlich sein. Er hatte die

Laufgeschosse für Zielübungen auf dem Schießplatz gekauft, sie aber bisher nicht benutzt. Er rieb sich die Schulter und dachte an das erste Mal, als er die Waffe vor Jahren abgefeuert hatte. Die Maverick 88 war eine preisgünstige Standardwaffe, die er für die Heimsicherheit gekauft hatte. Sie fasste sechs Schuss, doch der Verkäufer sagte ihm, dass er die nie brauchen würde, wenn ein Eindringling das laute Entsichern der Vorderschaft-Repetierflinte unter dem Lauf hörte.

»Das nennt man eine Abschreckung«, sagte der Verkäufer und hakte die Daumen in seine gestärkte schwarze Hose. Er betonte die erste Silbe mit einem langen A. »Wenn der böse Bube den Hinweis natürlich nicht versteht, wird er derjenige sein, der einen üblen Tag hat.«

Er hieß Leo, so stand es jedenfalls auf dem provisorischen Namensschild, das an seinem Polohemd befestigt war. Der Name war mit schwarzem Marker gekritzelt, als ob ein Fünfjähriger einen Bleistiftschriftzug nachgemalt hätte. Leo hatte vielleicht keine schöne Handschrift, aber er hatte die Mossberg wie seine Westentasche gekannt.

Er zeigte Beck, wie man die Waffe mit Pufferpatronen lud, wie man den Lauf auseinander- und wieder zusammenbaute, und wie man den Schaft an der Schulter hielt, sodass man sich nicht verletzte, wenn man den Abzug durchdrückte.

Nachdem Beck ihm sein Bargeld und seinen Ausweis für die Hintergrundüberprüfung gegeben hatte, hielt er den Atem an.

Leo lächelte die ganze Zeit, bis er den Namen auf dem Ausweis las. Die Farbe wich aus seinem Gesicht, und die Freundlichkeit verschwand aus seiner Stimme. »Sie sind John Beck, was? Tut mir leid, aber ich muss mit meinem Vorgesetzten reden. Warten Sie hier.«

Ohne ein weiteres Wort war Leo im Hinterzimmer verschwunden, das vom Verkaufstresen durch zwei Hälften eines königsblauen Vorhangs abgetrennt war. Beck bemühte sich, durch die schmale Öffnung zwischen dem Stoff zu sehen, schaffte es aber nicht.

Eine Frau neben ihm am Tresen war von ihm zurückgewichen und legte die Waffe zurück, die sie sich angesehen hatte. Er spürte das Brennen ihres Starrens, also drehte Beck sich um und starrte sie ebenfalls an. Sie wirbelte schnell herum und verschwand. Er war an diese Reaktion gewohnt. Sie war normal für Menschen, die erfuhren, wer er war, ihn aber nicht persönlich kannten.

Mehrere Minuten später kam der Verkäufer mit einem Mann zurück, von dem John annahm, dass er der Geschäftsführer war. Sie trugen beide die gleichen Cargo-Hosen, und das Poloshirt des Geschäftsführers trug den Namen des Ladens auf der einen Brustseite und seinen eigenen aufgestickten Namen auf der anderen.

»Ich bin Steve Kremer, der Tagesmanager.« Er bot ihm seine Hand an. Sein fester Griff hatte die richtige Stärke, es war nicht das schwache Schütteln eines gleichgültigen Mannes, noch war es so übermächtig, dass es Unsicherheit zeigte. Ein ausdrucksloses Lächeln begleitete die Begrüßung. »Ich entschuldige mich, aber Leo hier hat nur seinen Job gemacht. Wir müssen sichergehen, dass wir ehrenhaft sind, keine Abkürzungen, keine Gefallen.«

Beck richtete den Blick auf Steve. »Das ist der Grund dafür, dass ich Ihren Laden gewählt habe. Das und die Sonderangebote.«

Kremers Lächeln wurde breiter. »Dann füllen Sie mal den Papierkram aus. Seien Sie ehrlich. Wir lassen das durch die NICS laufen. Wenn nichts zurückkommt, behalten wir Ihr Geld und geben Ihnen die Mossberg. Wenn Sie die Überprüfung nicht bestehen, geben wir Ihnen Ihr Geld zurück.«

»Das ist fair.«

Kremer gab ihm ein Tablet, auf dem eine elektronische Version der Hintergrundprüfung der NICS hochgeladen war. Beck klickte sich durch die Antworten und gab das Tablet zurück, als er fertig war.

»Es dauert eine Minute.« Kremer verschwand im Hinterzimmer, die Mossberg in der linken Hand.

Leo stand am Verkaufstresen, die Handflächen flach auf das Glasgehäuse gelegt, und seine Zeigefinger klopften den Takt einer unhörbaren Melodie. Wie die Frau, die gegangen war, ohne die Waffe zu kaufen, vermied Leo jeden Augenkontakt mit Beck und machte nur banalen Small Talk.

»Was ist mit den Tide? Denken Sie, die machen die LSU fertig? Die Tigers haben eine großartige Verteidigung, und Alabamas Laufspiel ist nicht mehr das, was es mal war. Dieses Jahr gibt es keinen Najee Harris.«

Beck hatte Leo nicht aus den Augen gelassen. »Oder Shaum Alexander, Mark Ingram, Derrick Henry.«

Leos Gesicht rötete sich. Sein Blick richtete sich auf die Handfeuerwaffen im Schaukasten. »Gutes Argument. Gutes Argument.«

»Ich mag die Gators«, sagte Beck. »Der Angriff ist zuschnappend, die Verteidigung ist dürftig. Sie haben Tennessee und Georgia fertiggemacht.«

Der Verkäufer rückte sein Namensschild zurecht und lachte. »Passen Sie besser auf, was Sie sagen. Das grenzt schon an Blasphemie, Mr. Beck.«

»Das wäre nicht das Schlimmste, was mir jemand vorwerfen würde.«

Erst dann richtete Leo seinen Blick wieder auf Beck. Der Mann schluckte schwer und versuchte, die Tiefe des Haufens abzuschätzen, in den er trat.

Beck ließ ihn vom Haken.

»Ich scherze nur.«

Leos Schultern sackten nach vorn, und er stieß ein Lachen aus, das fast klang, als würde es sich in einen Schrei verwandeln. »Klar, Mr. Beck. Das hatte ich mir schon gedacht.«

Steve Kremer teilte den Vorhang und tauchte aus dem Hinterzimmer auf. Er hatte nicht mehr die ausgestellte Mossberg in der Hand. Stattdessen trug er einen Behälter mit einer neuen. »Alles in Ordnung. Wie ich schon zuvor sagte, entschuldige ich mich für die Unannehmlichkeiten. Leo hat nur seinen Job gemacht. Wir sind froh, mit Ihnen Geschäfte zu machen, Mr. Beck.«

Er legte den Behälter auf den Verkaufstresen und bot ihm erneut seine Hand an. Beck nahm sie, und sie schlossen den Handel ab.

»Leo wird die Transaktion beenden, Ihnen Ihren Ausweis geben und Ihnen mit der Munition helfen, wenn es nötig sein sollte. Wir haben gerade eine neue Lieferung bekommen, also vielleicht möchten Sie welche kaufen, solange wir sie da haben. Es ist schwierig für uns, irgendetwas auf Lager zu halten. Besonders bei den Neun-Millimeter. Selbst Zielscheiben sind schwer zu bekommen.«

Beck hob eine Braue. »Sie haben eine Neun-Millimeter?«

Kremers Miene verdunkelte sich vor Argwohn. »*Brauchen* Sie eine Neun-Millimeter?«

Die Frage war bedeutungsschwanger. Kremer wusste, dass Beck keine Waffe besaß. Zumindest hatte die bundesstaatliche Hintergrundprüfung keine Waffe gefunden, die auf seinen Namen registriert war.

»Meine Frau hat eine«, erklärte er. »Eine Glock 19.«

Der Geschäftsführer musterte ihn. Die Muskeln in seinem Hals spannten sich an, ein Muskel in seiner Schläfe zuckte. Dann entspannten sich seine Züge.

»Gute Waffe. Verlässlich. Solide. Wir können Ihnen welche zurücklegen.«

Jetzt, Jahre später, hielt Beck die Glock in seiner Hand. Die Textur des Griffes war abgenutzt. Er drückte die Magazinfreigabe, prüfte, ob es voll war, und schob es zurück in den Griff. Er zog den Schlitten zurück und eine Kugel gelangte in die Kammer.

Die Seriennummer der Waffe war von dem Metalleinsatz am unteren Ende des Rahmens vor dem Abzugsbügel abgekratzt. Nur das U am Anfang der Seriennummer war noch sichtbar. Er war nicht sicher, warum der Mann, der ihm die Waffe verkauft hatte, das U nicht entfernt hatte, aber es hatte ihn nie genügend interessiert, um es in Ordnung zu bringen. Es war nicht die Art von Waffe, die er zum Schießstand mitnehmen oder jemals jemandem zeigen würde, außer er wollte ihn töten.

Beck legte die Waffe neben die Flinte aufs Bett und zog den Reißverschluss seines Overalls hinunter. Er zog sich aus, schlüpfte in eine bequeme Jeans und ein langärmliges schwarzes Shirt mit Waffelstruktur. Im Schrank fand er einen Gürtel und befestigte ein kleines Lederholster, das er in seinem Kreuz trug. Das Holster war groß genug, um den Abzug zu bedecken und so einen ungewollten Schuss zu verhindern. Er zog das Shirt über die Waffe und streifte dann eine dünne Country-Jacke über. Eine kühle Brise strich über sein Gesicht, und er roch das tote, feuchte Laub im Garten.

Ein Fenster war zerbrochen.

Zuerst war er sich nicht sicher. Doch als er sich dem Fenster in der hinteren Ecke des Zimmers näherte, das nach hinten hinaussah, knirschten Glasscherben unter seinen Füßen.

Er legte die Hände auf die Holzfensterbank und steckte den Kopf durch die Öffnung, wobei er aufpasste, dass er sich nicht an den gezackten Glasstücken schnitt, die aus dem Rahmen ragten. Die feuchte Brise trug den Geruch nasser Erde mit sich. Abgestandene Pfützen reflektierten das Mondlicht. Er rieb mit dem Daumen über die Fensterbank und spürte

Schmutz. Beck zog sich ins Zimmer zurück und strich mit den Händen über die Fensterbank. Getrockneter Schlamm klebte an dem Holz. Er rieb Daumen und Zeigefinger aneinander, und die Erde zerkrümelte zwischen ihnen. Beck verengte den Blick und suchte das Zimmer ab. Nichts Offensichtliches fehlte.

Er betrachtete prüfend den Boden und fand Stiefelabdrücke. Wie waren ihm die entgangen?

Er ging in die Hocke. Seine Rippen zwickten, und er zuckte zusammen, streckte aber trotzdem die Hand nach dem angetrockneten Schmutz auf dem Boden aus. Es waren definitiv Abdrücke, von mehr als einer Person. Auf den Knien folgte er dem Schmutz zu einer Kommode gegenüber von seinem Bett. Nur eine Sache fehlte. Ein gerahmtes Foto von Millie und seiner Ex-Frau Debbie. Es war ein kürzlich aufgenommenes Bild, und Beck hatte seine Frau gebeten, ihm einen Abzug zu geben.

Sie hatte gezögert, denn sie hatte es seltsam gefunden, dass er ein Foto von ihnen beiden wollte, weil sie nicht mehr seine Frau war. Beck hatte darauf bestanden. Sie hatte ihm gesagt, dass er sich nur selbst wehtat, wenn er davon träumte, sie zurückzugewinnen, und erinnerte ihn daran, dass das niemals passieren würde. Nie. Und wenn er damit einverstanden war, wenn er diese Tatsache für sie wiederholen und es so meinen würde, dann könnte er das Foto haben. Er hatte sich gewappnet, ihr direkt ins Gesicht gesehen und sie angelogen. Sie hatte ihm das Bild gegeben.

Dass es fehlte und alles andere unberührt war, bestätigte die Angst, die seit dem Augenblick an ihm nagte, als er das zerbrochene Fenster entdeckt hatte. Tatsächlich hatte dieses unbehagliche Gefühl an Deck der *Celsius Manila* angefangen, als Cabral Goose erwähnte. Jetzt wallte Furcht in ihm auf. Rationalisierung floss in diesem Strom mit.

Selbst wenn er wusste, wie sie aussah, würde er sie nicht finden. Oder? Er wusste nicht, wo sie wohnte. Er konnte nicht …

Dann traf ihn die Erkenntnis.

Wenn Goose schlau genug gewesen war, um zu erfahren, wo Beck wohnte und in sein Haus einzubrechen, war er einfallsreich genug, herauszufinden, wo Millie war.

Beck eilte in die Küche. Er drängte sich an seinen Freunden vorbei, ignorierte ihre Fragen und sah sich den Kühlschrank an. Sein Herz sank. Ein Klumpen bildete sich in seiner Kehle. Er war weg. Der Magnet, der Millies und die Adresse ihrer Mom in Tuscaloosa gehalten hatte, war weg. Beck schlug mit der Faust gegen den Kühlschrank und fluchte.

»Er ist auf dem Weg«, sagte er. »Er ist auf dem Weg, um Millie zu holen.«

»Wer?«, fragte Gabe.

»Goose.«

»Was?«

Gabe und Radio sahen ihn schockiert an. Entweder glaubten sie ihm nicht, oder sie weigerten sich, die Wahrheit zu akzeptieren.

»Er ist eingebrochen«, sagte Beck. »Durch ein Fenster in meinem Schlafzimmer. Und er hat nur ein Foto von Millie mitgenommen. Und er hat ihre Adresse. Sie hing am Kühlschrank. Genau hier. Am Kühlschrank. Jetzt ist sie weg.«

Er schlug wieder gegen das Kühlfach und schrie vor Frust. Gabe legte ihm eine Hand auf den Rücken. Beck schüttelte ihn ab und trat zurück. »Wir müssen gehen. Ich hole nur noch den Rest meiner Sachen. Ihr bringt das hier zu Ende. Wir holen, was immer in deinem Haus ist und machen uns auf den Weg. Wir *müssen* eher bei Millie ankommen als er. Sonst sehe ich sie vielleicht nie wieder.«

Zehn Minuten später hatte er eine Reisetasche und zwei Rucksäcke mit Kleidung, Toilettenartikeln und einem gerahmten Bild gepackt. Es war eins von Millie, allein, am Strand, und sie lächelte in die Kamera. Während das Foto purer Luxus war, brauchte er es doch ebenso sehr wie die Glock und die Mossberg.

Er brachte alles ins Wohnzimmer und stellte es auf den Sofatisch. Radio und Gabe saßen auf der Couch und stopften Zeug in die Tüten zu ihren Füßen. Er stand vor ihnen, das Mondlicht warf einen bläulichen Schimmer auf seine Freunde, und stemmte die Hände in die Hüften.

»Was jetzt?«, fragte Gabe. »Zu meinem Haus?«

»Lasst uns dieses Zeug zusammenpacken und herausfinden, wie wir es am besten tragen. Dann zu deinem Haus. Ist das in Ordnung?«

Die drei arbeiteten zusammen, um zu entscheiden, was sie am nötigsten brauchten. Es dauerte eine weitere Stunde, bis sie wieder draußen waren. Beck stand auf seiner vorderen Veranda und überlegte, was er mit dem Schlüssel in seiner Tasche tun sollte.

Würde er jemals zurückkommen? Sein Magen zog sich zusammen und er erwog seine Möglichkeiten. Er schätzte seine Chancen ein, wie er es an den Kartentischen von Biloxi getan hatte, beschäftigte sich aber nicht mit der Tatsache, dass er sich oft verrechnete und mit weniger Geld in der Tasche als bei seiner Ankunft ging.

»Geht vor«, sagte er. »Wir treffen uns auf der Zufahrt.«

Er setzte das Gepäck ab, das er trug, und zog den Schlüssel aus der Tasche. Er zog das Verandabodenbrett hoch, legte den Schlüssel an seinen Platz zurück und verschloss den Plastikbeutel mit dem Gummiband.

Das Haus gehörte nicht ihm, und Beck sah es nicht als sein Heim an. Doch es war der einzige Ort, den er hatte. Und es war besser, die Möglichkeit in Betracht zu ziehen, dass er zurückkommen würde und dann ins Haus könnte, als den Schlüssel wegzuwerfen und dann heimatlos zu sein. Auch wenn er durch ein zerbrochenes Fenster hineinklettern könnte, tröstete ihn der Gedanke, einen Schlüssel zu haben, auf seltsame Weise.

Nachdem er das Bodenbrett mit seinem Stiefelabsatz heruntergetreten hatte, gesellte Beck sich zu den anderen auf seiner kurzen, von Baumwurzeln verwüsteten Zufahrt und ging mit ihnen zur Straße. Mehrere Minuten gingen sie schweigend durch die Dunkelheit, bevor Gabe etwas sagte.

»Hey, John? Ich folge dir zwar, aber ich dachte, wir gehen zu meinem Haus.«

Beck ging langsamer und hakte die Daumen hinter die Riemen seines Rucksacks. »Das machen wir. Wohnst du nicht nördlich von hier?«

»Wir gehen nach Westen.«

Beck blieb stehen. Er runzelte die Stirn und presste die Lippen aufeinander. »Mein Fehler. Warum gehst du nicht voran? Ich bin mit den Gedanken ganz woanders.«

»Ich auch«, sagte Radio. »Ich denke über die ganzen Möglichkeiten nach.«

Gabe übernahm die Führung. An der nächsten Ecke bogen sie in eine baumgesäumte Straße ab. Einige Stellen unter den Ästen und in der Nähe der Bordsteine waren noch nass. Die Mitte der Straße war trockener, was selbst im Dunkeln zu sehen war. Sie gingen zusammen an Häusern und parallel geparkten Autos vorbei. Wenn das künstliche Licht nicht völlig gefehlt hätte, wäre die Welt ihnen ganz normal erschienen. *Wäre* war dabei das entscheidende Wort.

Sie gingen nach Norden und beschleunigten ihr Tempo. Gabe verkündete, dass es bei dieser Geschwindigkeit noch fünfzehn Minuten bis zu seinem Haus waren. Radio protestierte nicht, grunzte aber und rückte das schwere Gepäck auf seinem Rücken zurecht.

»Du hast gesagt, du würdest über die Möglichkeiten nachdenken, Radio. Welche denn zum Beispiel?«

Radios Miene hellte sich auf. »Ich mache mir im Kopf eine Tabelle. Ich habe eine Liste der Dinge, die wir wissen, der Dinge, die wir nicht wissen, der Dinge, von denen wir wissen, dass wir sie nicht wissen und dann noch der Dinge, von denen wir nicht wissen, dass wir sie nicht wissen.«

Gabe lachte, behielt das ehrgeizige Tempo aber bei. »Das habe ich schon mal irgendwo gehört.«

»Es ist eine gute Art, Informationen zu kategorisieren«, sagte Radio. »Oder eben das Fehlen von Informationen.«

Ein Hund bellte. Ein Maschendrahtzaun rasselte unter seinem Gewicht. Der Hund war nicht zu sehen, aber sein tiefes Bellen weckte die Vorstellung eines großen Tiers. Sein tiefes Knurren weckte die Aufmerksamkeit anderer Hofhunde, die im Chor mitheulten.

Die Männer gingen weiter und ignorierten die Sinfonie, obwohl Beck sich anspannte und die Finger fester um die Flinte legte. Das war eine neue Realität, in der bewaffnete Fremde nicht so leicht Durchgang fanden, auch nicht in einem Wohngebiet. Die Leute waren angespannt und kurz vorm Verzweifeln.

Es erinnerte ihn daran, womit er gerechnet hatte, als das neuartige Coronavirus, das später Covid-19 genannt wurde, in den Vereinigten Staaten aufgetreten war. Alle Arten von Untergangspropheten sagten voraus, dass dies das Ende der Welt sei, wie man sie kannte, und obwohl drakonische Lockdown-Maßnahmen vorgenommen wurden, entwickelte es sich niemals so, wie die Untergangspropheten es vorausgesagt hatten.

Toilettenpapier und Handdesinfektionsmittel verschwanden in den frühen Tagen der Covid-19-Pandemie. Nicht weil es einen Mangel daran gab, sondern weil die Menschen in Panik gerieten und es horteten. Dann konnte die Lieferkette den Andrang auf diese Produkte nicht mehr auffangen, weil niemand diese hohe Nachfrage vorhergesehen hatte. Als Nächstes wurden Desinfektionstücher knapp, dann Mineralwasser. Der Grund für die Knappheit war das Verhalten der Leute. Angst brachte Panik hervor, und Panik Verzweiflung.

Beck erinnerte sich, dass er das Ende der Pandemie herbeigesehnt hatte, obwohl gar nicht mal so sehr wegen der Leben, die sie schädigte oder vernichtete oder dem Schaden, den sie der Wirtschaft zufügte. Zur Hölle, in den frühen Tagen der Pandemie fielen mithilfe der Russen und Saudis die Ölpreise, was ihn fast seinen Job gekostet hätte. Doch vor allem sehnte er das Ende herbei, damit die Menschen nicht mehr so dumm klangen, wenn sie über das kollektive Leid klagten, das alle bis zu einem gewissen Grad fühlten. Beck hatte Blödmänner noch nie ertragen können, und der Zeitgeist interessierte ihn nicht.

Würde das wieder passieren? Wahrscheinlich nicht. Das, was die Menschen während der Covid-Lockdowns davon abgehalten hatte, wahnsinnig zu werden, waren die sozialen Medien, die Verbindung, die sie durch Zoom oder FaceTime aufrechterhalten konnten.

Jetzt, ohne diese Ablenkungen, würde es schnell sehr schlimm werden.

Sobald das Bellen in der Entfernung verklang und keine weiteren Tiere sie mit Feindseligkeit empfingen, entspannte sich Beck, wenn auch nur ein bisschen. »Radio, erklär deine Tabelle«, drängte er, während sie prüfend die Umgebung absuchten. Das würde ihn von Goose ablenken.

»Wir wissen, dass der Strom ausgefallen ist. Das steht ganz oben auf der Liste. Wir wissen, dass es keine Telefonverbindungen gibt, die Geschäfte geschlossen sind, niemand auf der Straße ist, und es keinen Verkehr gibt.«

»Alles gute Beobachtungen«, sagte Gabe. »Was wissen wir nicht?«

»Wir wissen nicht, *warum* der Strom ausgefallen ist«, antwortete Radio. »Wir denken, dass der Angriff einer feindlichen Nation der Grund dafür ist. China oder Korea oder wer auch immer. Doch das wissen wir nicht mit Sicherheit. Wir wissen auch nicht, *wie lange* es keinen Strom geben wird. Noch fünf Minuten? Eine Stunde? Eine Woche? Diese Dinge wissen wir nicht.«

»Es ist merkwürdig, nicht wahr?«, sagte Gabe. »Diese Stille. Sie ist das genaue Gegenteil eines Hurrikans. Nachdem ein Sturm über einen hinweggerollt ist, gibt es diese vorübergehende Stille, bevor es wieder laut wird. Kettensägen, Leute, die die Stromkabel reparieren, Imbisswagen, Lieferanten, Leute, die Sachen aus ihren Häusern schleppen und sie am Bordstein aufstapeln. Solche Geräusche eben.«

Die Bürgersteige waren wie leergefegt. Abgesehen von einem verirrten Ball oder einem Mülleimer, den man nach der Müllabfuhr vergessen hatte, zurückzuholen, erschien die Nachbarschaft normal. Das war anders als alles, was Beck je erlebt hatte. Seine Brust zog sich bei dem Gedanken zusammen, dass dies das neue Normal war.

Das war eine Phrase, die nicht unbedingt auf die Nachwirkungen eines tropischen Sturms zutraf. Stattdessen war es etwas, das Nachrichtensprecher und alle anderen sagten, um das Leben nach Covid-19 zu beschreiben. Das *neue Normal* war ein genauso überbeanspruchter Begriff wie *den Umständen entsprechend gut*.

Beck wurde bewusst, dass er gedanklich vom Thema abkam, ein merkwürdiger Einfall gebar den nächsten, und er versuchte, sich wieder auf Radios Vortrag über seine Tabelle zu konzentrieren. Sie waren noch einen Block von Gabes Haus entfernt, als er fertig war.

»Ich werde sie im Kopf weiter optimieren, während wir unterwegs sind. Hoffentlich wird die Liste mit Dingen, die wir nicht wissen, kürzer.«

Beck blieb vor einem zweistöckigen Apartmenthaus stehen. Wie alle anderen, an denen sie auf dem Weg hierher vorbeigekommen waren, war es dunkel. Es brannte nirgendwo Licht. Er zeigte auf das Gebäude. »Okay, ich gehe rein und hole ein paar meiner Sachen. Es ist wahrscheinlich besser, wenn ihr beide hier draußen bleibt. Ich weiß nicht, wie die anderen Mieter reagieren, wenn sie jetzt Fremde sehen, und ich weiß, dass der alte Shamus immer mit diesem Ding in der Hand die Tür öffnet.«

Gabe zeigte auf die Flinte in Becks Händen. Dann wies er auf die Zufahrt. Am Ende davon stand ein Carport.

»Außerdem habt ihr dann Zeit, meinen Truck zu beladen. Die Schlüssel liegen auf dem Hinterreifen der Beifahrerseite.«

»Truck?«, sagte Beck. »Das wird nicht funktionieren. Es könnte ebenso gut ein Eselskarren ohne Maultier sein.«

Gabe grinste. »Zwei Dinge. Erstens ist das nicht dasselbe, ich meine Esel und Maultiere. Maultiere sind nur zur Hälfte Esel.«

Beck runzelte die Stirn. »Und was ist das andere?«

»Der Truck könnte funktionieren. Es ist ein Chevy C/K Diesel von 1978. Der sollte gegen EMP immun sein, wenn es das ist, was den Stromausfall herbeigeführt hat, wie alle sagen.«

Beck war sprachlos. Er beäugte die helle Plane unter dem Carport, unter der sich vage die Form eines Pick-up-Trucks abzeichnete. Hitze stieg ihm in die Wangen. »Warum hast du nichts gesagt?«

Gabe zuckte mit den Schultern. »Ich habe mir gedacht, ich sage es euch, wenn wir hier ankommen. Kein Grund, euch Hoffnungen zu machen, bis es Zeit ist zu versuchen, den Motor zu starten.«

»Ich bin überrascht, dass du es uns nicht erzählt hast«, sagte Radio. »Wir hätten dann mehr von Becks Haus mitbringen können.«

»Wahrscheinlich nicht«, sagte Gabe scharf. »Du hattest schon mit dem Wenigen zu kämpfen, was wir dir zu tragen gegeben haben. Außerdem habe ich Vorräte in meinem Haus. Das wird schon gehen.«

Ohne auf eine Antwort zu warten, ließ Gabe sein Zeug zu Boden fallen und wandte sich dem Apartmenthaus zu. Sein Gang zur Haustür zeigte seine Frustration.

»Er hätte es uns sagen sollen«, meinte Radio. »Du hast recht gehabt.«

Beck ging zum Carport und schüttelte den Kopf. »Ich weiß nicht. Er hat ein gutes Argument. Warum hätte er uns wegen nichts in Aufregung versetzen sollen? Und du solltest vielleicht aufhören, jedes Mal so dick aufzutragen, wenn ich etwas sage. Ich glaube, das geht ihm an die Nieren.«

Während er nach Entschuldigungen für Gabe suchte, wollte Beck ihm in Wahrheit am liebsten ins Gesicht schlagen. Doch das waren die Dämonen, die ihm ins Ohr flüsterten und ihm sagten, dass er wütend sein sollte. Beck wollte nicht auf die Dämonen hören. Er brauchte Gabe. Im Moment halfen ihm nur zwei Menschen auf der Welt. Gabe war einer von ihnen, Radio war der andere.

Er brachte seine Dämonen zum Schweigen und ermahnte sich, die beiden anderen Männer zu beruhigen. Sie mussten zusammenarbeiten und sich gegenseitig den Rücken freihalten. Das Leben würde mit jedem verstreichenden Tag exponentiell schwieriger werden. Das war etwas, was sie wussten, soweit es Beck betraf. Und jedes bisschen guter Wille war wichtig.

»Also sei nett«, fügte er hinzu.

»Tue ich das?«, fragte Radio.

»Ja, tust du.«

Sie zogen die zugeschnittene Plane vom Truck, und zum Vorschein kam ein in Rot und Weiß lackierter Pick-up, der weit vom ungebrauchten Zustand entfernt war. Es war ebenso viel Rost wie Farbe vorhanden. Doch wenn er ansprang, war es vollkommen egal, wie er aussah. Einen Truck zu haben, würde die Reise nach Tuscaloosa deutlich verkürzen. Das könnte seine Familie retten. Eine der Unbekannten, die Radio vergessen hatte, in seiner mentalen Tabelle aufzuführen, war die drohende Gefahr, in der Millie und Debbie schwebten, oder der sie bereits ausgesetzt waren.

Eine nagende Angst breitete sich in Beck aus. Es war ein Unbehagen, das jede Handlung und jeden Gedanken überschattete. Bis feststand, dass seine Tochter und seine Ex-Frau in Sicherheit und in seiner Obhut waren, konnte er sich nicht voll auf etwas anderes konzentrieren.

Die Schlüssel für den Truck lagen auf dem Hinterreifen der Beifahrerseite, genau dort, wo Gabe gesagt hatte. Es gab zwei Schlüssel, einen für die Türen und einen für die Zündung, die an einer Miniaturversion eines Taschenmessers hingen, das als Schlüsselanhänger diente.

Er schloss die Fahrertür des Trucks auf und stieg hinein. Das Innenlicht ging an, und Radio grinste ihn durch die Kondensation auf der Windschutzscheibe der Beifahrerseite an. Wenn die Elektronik noch funktionierte, würde der alte Truck vielleicht anspringen. Die Fahrerkabine roch muffig, der schwache Gestank nach Schimmel war allgegenwärtig.

Beck schniefte, weil seine Nase von dem Moder sofort verstopfte. Er langte über die Sitzbank aus Vinyl und zog an dem Türgriff auf der rechten Seite. Die Tür öffnete sich und Radio stieg ein.

Radio rieb die Hände aneinander, als würde er versuchen, einen Funken für ein Feuer zu entfachen, und blies darauf.

»Versuchst du, ihn zu starten, oder willst du auf Gabe warten?«

Beck rieb mit dem Daumen über das Taschenmesser. »Wir können warten. Lass uns zuerst die Ladefläche beladen. Übrigens ist dir doch klar, dass du in der Mitte sitzt, wenn wir es schaffen, loszufahren, oder? Das gehört auf deine Was-wir-wissen-Liste. Und wenn nicht, dann sollte es so sein.«

Die Freude verschwand aus Radios Gesicht. »Warum denn das?«

»Weil du der Kleinste bist.«

Radio beäugte den Mittelplatz der Bank zu seiner Linken und seufzte. Er stieg aus dem Truck und holte ein Gepäckstück. Beck ging davon aus, dass Radio keinen Widerspruch erheben würde.

Sie luden die letzten Gepäckstücke auf die Ladefläche, als Gabe mit weiteren Sachen auftauchte. Im Mondlicht waren nur die Umrisse der Sammlung von Päckchen, Taschen und Kisten zu sehen, die er auf der Zufahrt aufgestapelt hatte, aber es war offensichtlich, dass Gabe auf die Apokalypse vorbereitet war.

»Hast du versucht, ihn zu starten?«, fragte er.

»Ich habe auf dich gewartet.«

Gabe grunzte, und sie luden den Rest des Gepäcks auf die Ladefläche des Trucks. Ein Hund bellte in der Entfernung, sein einsames Knurren hallte in der feuchten Luft wider.

Beck ging um die Fahrerseite herum, während Gabe sich hinter das Lenkrad setzte. Es war ein großes Lenkrad aus Hartplastik mit einem Hebel für die automatische Gangschaltung auf der rechten Seite der Steuerkonsole. Darunter war die Zündung. Beck gab Gabe die Schlüssel.

»Hier geht nichts«, sagte er und versuchte, den Motor anzulassen.

Er trat auf die Bremse, dann aufs Gaspedal. Der Motor sprang sofort an, ohne zu zögern. Der 327-Kubikzoll-V8-Motor grollte und klang in der ansonsten stillen Nachbarschaft extrem laut. Ein breites, zufriedenes Grinsen breitete sich auf Gabes Gesicht aus, und er bot Beck einen Fist Bump an.

»Das ist unglaublich«, sagte Beck über den im Leerlauf dröhnenden Motor hinweg. »Du hast uns gerade ein paar Tage auf der Straße erspart.«

»Spring rein, Bruder«, sagte Gabe. »Lass uns fahren.«

Beck trat vom Truck zurück und schloss die Tür. Mit neu erwachter Zielstrebigkeit lief er um das Heck des Trucks herum und öffnete die Beifahrertür. Radio war bereits im Auto. Er saß auf dem mittleren Platz und hatte die Hände im Schoß gefaltet.

Beck sprang hinein und schloss die Tür hinter sich. »Ich bleibe dicht bei der Tür, um dir so viel Platz wie möglich zu lassen.«

Beck öffnete das Fenster mit der Handkurbel und legte den Arm auf das Sims. Er trommelte aufgeregt mit der Handfläche darauf. Mit etwas Glück waren sie in ein paar Stunden vor Millies Haustür.

Gabe legte den Gang des Trucks ein und trat aufs Gaspedal. Der Truck ruckte an, und ein Riemen quietschte, bevor der Gang fasste. Er fuhr aus der Zufahrt auf die Straße. Sie bogen links ab und fuhren an dem Apartmenthaus vorbei, wobei sie die Gestalt eines älteren Mannes sahen, der auf der Haustreppe stand. Er trug einen Bademantel, der mit einem Gürtel um die Taille festgezurrt war, und eine Flinte über der Schulter. Der Mann hob grüßend die Hand und straffte dabei die Schultern.

Beck erwiderte den militärischen Gruß, obwohl er bezweifelte, dass sein Gruß dem Standard entsprach. Er reckte den Hals, um den Mann zu beobachten, bis Bäume ihm die Sicht versperrten.

»Das war der alte Shamus«, sagte Gabe. »Ich habe ihn geweckt, als ich ins Haus ging. Er hat mich vor meiner

Wohnungstür empfangen. Ich hätte ihm fast ins Gesicht geschlagen. Er hat sich an mich angeschlichen.«

»Warum hat er uns gegrüßt?«, fragte Beck.

»Ich habe ihm gesagt, dass wir uns auf den Weg machen, um deine Tochter zu suchen. Er meinte, dass das ein ehrenhafter Grund ist und wünschte uns alles Gute. Ich habe ihm meinen Schlüssel gegeben und ihm gesagt, dass er sich alles nehmen kann, was er will.«

»Und darum hat er gegrüßt?«

»Er ist ein Marine im Ruhestand. Er hat noch echtes Pflichtgefühl, auch wenn er schon ein bisschen den Verstand verliert.«

Beck sah in den Rückspiegel und erhaschte einen letzten, schattigen Blick auf den Mann. Er lächelte wegen dessen Würde vor sich hin. Und dann kam ihm ein anderer Gedanke, und sein Lächeln verschwand. Gabe sagte, dass der Mann den Verstand verlor. Abhängig davon, wie lange diese Situation anhalten würde, wann würden alle den Verstand verlieren, und diejenigen, die noch Würde hatten, würden verschwinden, ausgelöscht wie die Elektrizität, von der er fürchtete, dass sie niemals zurückkommen würde?

11

TAG DER DETONATION + 3
SÜDLICH VON CREOLA, ALABAMA

Obwohl sie keine Straßensperre erwarteten, war es genau das, was sie nach einer Stunde Fahrt vorfanden.

Die Reise war nicht vergnüglich. Es war wie eine Hindernistour durch unbewegliche Objekte. Unzählige Autos standen ohne Strom auf dem Highway, aber auf dem Highway war es um Lichtjahre besser als auf den Landstraßen. Sie versuchten beides und blieben auf der Interstate 65 stecken.

Eine Fahrt, die fünfzehn Minuten dauern sollte, nahm fünfmal so lange in Anspruch. Radio scherzte zweimal, dass zu Fuß zu gehen vielleicht die schnellere Alternative wäre. Weder Beck noch Gabe lachten beide Male nicht.

Die Straßensperre befand sich südlich von Creola in Alabama, eine Stadt mit weniger als zweitausend Einwohnern, die als Tor zum Delta des Mobile River bekannt war. In diesem Augenblick war sie nur das Tor zu mehr Tagen auf dem Weg nach Tuscaloosa.

Die Interstate 65 bog nordöstlich nach Georgia ab, an der Abzweigung, wo der Highway 43 direkt nach Norden zum Highway 20 in der Nähe von Eutaw, Alabama, südwestlich von Tuscaloosa führte. Sie wollte beim Highway 43 die 65 verlassen, aber die Nationalgarde Alabamas hatte es nicht eilig damit, ihnen grünes Licht zu geben.

Die gewundene Aufstellung von Betonbarrieren machte es unmöglich, die Sperre zu umfahren. Gabe verlangsamte den Truck und hielt vor einem Soldaten in einer Tarnfarben-Uniform. Er hielt eine Hand hoch, bis Gabe anhielt, und legte sie dann wieder auf den Lauf seines M4-Gewehrs. Ein zweiter Soldat näherte sich und machte Gabe ein Zeichen, sein Fenster herunterzukurbeln. Er richtete nacheinander den Strahl einer Taschenlampe auf sie, legte eine behandschuhte Hand auf den Sims und spähte auf die Sitzbank. Sein Blick blieb an jedem der drei Männer einen Augenblick hängen, bevor er Gabe ansah.

»Guten Abend, Sir«, sagte er mit dem langgezogenen Dialekt aus Alabama. »Ich bin Corporal Beaulieu von der Nationalgarde der Armee von Alabama mit Hauptquartier in Montgomery. Wir sind auf Anweisung des Gouverneurs Dixon hier, um Frieden und Ordnung in unserem großartigen Staat zu bewahren.«

Corporal Beaulieu sah trotz der dunklen Ringe unter seinen Augen und den Stoppeln auf den Wangen, die wirkten, als hätte sie jemand auf seiner Haut verstreut, jugendlich frisch aus. Er hatte den schmalen Körperbau eines jungen Mannes, der noch Muskeln aufbauen musste, aber das stahlharte Selbstbewusstsein von jemandem, der viel älter und erfahrener war.

Gabe ließ die Hände am Lenkrad. »Wir verstehen, Corporal, und wissen Ihre Dienste zu schätzen, besonders im Moment.«

Corporal Beaulieu war unbeeindruckt. »Ich muss Ihnen einige Fragen stellen, bevor ich Sie passieren lasse. Wenn es Ihnen unangenehm ist, meine Fragen zu beantworten, steht es Ihnen frei, umzudrehen und in die andere Richtung zurückzufahren. Ich versichere Ihnen allerdings, dass es Richtung Norden weitere Kontrollpunkte gibt, die Sie nicht umfahren können.«

Gabe warf Beck einen Blick zu, Beck nickte.

»Schießen Sie los«, sagte Gabe. »Stellen Sie Ihre Fragen.«

»Woher kommen Sie?«

»Aus Mobile.«

»Wohnen Sie dort?«

»Ja. Wir alle drei, aber nicht zusammen.«

»Wohin wollen Sie?«

»Tuscaloosa.«

»Um meine Tochter zu holen«, mischte Beck sich ein. »Sie wohnt dort mit meiner Ex. Ich will sicherstellen, dass es ihnen gut geht.«

Beaulieu hörte jeder Antwort aufmerksam zu. Es schien, dass er mehr daran interessiert war, wie sie auf die Fragen antworteten als daran, was sie tatsächlich sagten. »Wessen Fahrzeug ist das?«

Gabe nahm eine Hand vom Lenkrad und hob sie. »Meins.«

»Kann ich dafür einen Beweis sehen?«

»Klar. Die Versicherungskarte ist im Handschuhfach.«

»Haben Sie irgendwelche Waffen im Handschuhfach?«

»Nein.«

Beaulieu zeigte auf das Fach, und Beck öffnete es. Es war nicht viel darin, ein Handbuch, eine Quittung für Reifen und die Versicherungsinformationen. Beck gab sie Radio, der sie an den Corporal weiterreichte.

Beaulieu studierte die Versicherungskarte mithilfe einer Taschenlampe. »Haben Sie einen Ausweis, Mr. Vazquez?«

Gabe gab Beaulieu seinen Führerschein. Der Corporal hielt beide Dokumente in einer Hand und verglich sie, bevor er sie zurückgab.

Radio sagte zum ersten Mal etwas. »Warum gib es hier diese Barrikade?«

»Und Sie sind?«

»Ich frage doch nur.«

Der Tonfall war überraschend. Und auch wenn Beck Radios Unverfrorenheit bewunderte, kam sie seiner Ansicht nach zum falschen Zeitpunkt. Er stieß Radios Bein mit seinem an.

Beaulieu richteten den Strahl der Taschenlampe auf Radios Augen, und er schirmte seinen Blick davor ab. Er blinzelte und sagte dem Corporal seinen Namen. Dann bat er ihn, das Licht zu senken.

»Wir haben die Verantwortung, die Sicherheit und Unversehrtheit unseres Staates und seiner Bürger zu schützen. Wir sind immer bereit, immer da.«

»Was soll das heißen?«, fragte Radio. »Ich meine, was geht hier vor? Haben wir mit irgendjemandem Krieg? Wann werden wir wieder Strom haben? Sie halten uns auf dem Weg, der Tochter meines Freundes zu helfen, ohne Grund auf. Wir sind genauso Bürger wie Sie. Würden es Ihnen gefallen, wenn jemand sie auf dem Weg zu ihren Liebsten aufhalten und Sie dann wie einen Kriminellen behandeln würde?«

»Ich tue nur meinen Job.«

»Hören Sie«, presste Radio hervor. »Wir waren auf einer Bohrinsel vor der Küste. Wir haben es gerade so zurück an Land geschafft. Die letzten paar Tage waren für uns die Hölle. Jetzt versuchen wir, zu der Familie zu kommen, die wir seit Wochen nicht mehr gesehen haben. Drücken Sie mal ein Auge zu, Corporal. Erzählen Sie uns, was hier wirklich los ist.«

Beaulieu schien es in Erwägung zu ziehen. Sein Blick wurde weicher, fast unmerklich, und ein Anflug seiner Jugend kehrte zurück. Er schniefte wieder und straffte die Schultern. »Ich habe nicht die Erlaubnis, darüber zu sprechen. Ich werde Sie durchlassen, aber ich warne Sie vor drei Dingen.«

Der Corporal zögerte. Er richtete den Lichtstrahl der Taschenlampe nacheinander auf die drei, dann senkte er sie. Er trat vom Fenster zurück und legte beide behandschuhte Hände über dem geöffneten Fenster auf den Rahmen des Trucks. Er beugte sich vor und senkte die Stimme, seine Verstellung war verschwunden. »Mein Daddy war ein Raubein, genau wie sein Daddy vor ihm. Also verstehe ich euch, Leute. Macht auch bei mir mal halblang, okay? Ich will nicht hier sein. Ich will bei meinem Mädchen sein. Aber ich wurde einberufen. Der Extraverdienst sollte fürs College sein. Das ist alles, okay?«

Beaulieu sah aus, als wollte er weinen. Seine Augen glänzten im Glühen des Armaturenlichts, und er gab ihnen alle Informationen, die er konnte. Während er das tat, zeigte er hinter die Barrikade und erklärte. »Ich will, dass sie denken, dass ich Ihnen Anweisungen gebe. Darum zeige ich jetzt dorthin. Seien Sie vorsichtig, okay? Es gibt noch mehr Straßensperren. Man wird Sie durchlassen, wenn Sie sauber erscheinen, aber widersprechen Sie nicht. Es wird nicht lange dauern, bis sie mit den Quarantänen anfangen. Ich habe von Lockdowns und Ausnahmezustand gehört. Das Problem ist, dass niemand kommunizieren kann. Die Telekommunikation und das Stromnetz sind überall zusammengebrochen.«

»Überall?«, wiederholte Gabe.

Beaulieus Blick war wie ein Laserstrahl. »Überall. Und es wird nicht so bald wieder funktionieren.«

»Warum nicht?«

»Das weiß ich nicht. Ich sage Ihnen nur, sobald Sie Ihr Ziel erreicht haben, verkriechen Sie sich. Verbarrikadieren Sie sich zu Hause. Der Krieg fängt gerade erst an.«

Beaulieu richtete sich auf und schlug auf das Dach des Trucks. Dann winkte er sich durch die gewundene Barrikade, und Gabe schlängelte sich in Schrittgeschwindigkeit hindurch. Nachdem sie die Sperre, die beiden Humvees und ein halbes Dutzend anderer Soldaten, die den Kontrollpunkt bewachten, hinter sich gelassen hatten, stieß Gabe ein tiefes Seufzen aus und lachte nervös.

»Ich weiß nicht, ob ich dankbar oder entsetzt sein soll«, sagte er. »Das war krass.«

Beck schlug Radio auf die Schulter. »Und seit wann bist du *so* ein Kerl?«

Radio zuckte mit verlegenem Stolz die Schultern, ein Lächeln spielte um seine Mundwinkel.

»Ja«, sagte Gabe. »Das kam wie aus dem Nichts. Ich hätte nie gedacht, dass du gegen Autoritäten bist.«

»Ich weiß nicht, woher das kam«, gab Radio zu. »Es kam einfach raus.«

»Tja, es hat funktioniert«, sagte Gabe. »Auch wenn es seltsam wurde.«

Sie lachten, zum ersten Mal seit dem Angriff. Beck versuchte, sich zu erinnern, wann er das letzte Mal etwas lustig genug gefunden hatte, um zu entspannen und zu lächeln. Vor zwei Tagen? Vor drei? Vor einer Woche? Die Zeit floss ineinander, genau wie seine gemischten Gefühle. Radio holte ihn aus seinem vorübergehenden Tagtraum.

»Warum, glaubt ihr, hat er uns das alles gesagt? Es ist ja nicht so, dass mein Sarkasmus ihn dazu gezwungen hätte.«

»Ich glaube, es lag daran, dass wir ihm erzählt haben, dass wir vor der Küste gearbeitet haben«, antwortete Beck. »Der Mann ist noch sehr jung. Ein Corporal, richtig? Du hast einen Nerv getroffen.«

Gabe lachte leise. »Es ist trotzdem seltsam. Wie der Augenblick in einem Film, wo die Hauptfiguren einen Fremden treffen, und diese Person hat zufällig die wertvollen Informationen, die sie genau in dem Moment brauchen. Und wenn man so etwas sieht, denkt man, dass es total unrealistisch ist, dass so etwas nie passieren würde.«

»Tja, es passiert«, sagte Radio. »Und all das scheint wie aus einem Action-Film zu sein. Stimmt's nicht? Die Kampfjets, das Drama, um an Land zu kommen? Ich frage mich nur, wann wir den Gegenspieler treffen.«

Gabe nickte.

Er nahm eine Hand vom Lenkrad und zeigte zustimmend auf Radio. »Du meinst den bösen Buben, der sich auf Kollisionskurs mit uns befindet? Wir haben uns auf den Weg gemacht, er aber ebenso? Er baut seine Armee auf, oder was auch immer, und wir sind gezwungen, ihm am Ende in einem epischen Kampf gegenüberzutreten?«

»Und der böse Bube macht eine große Geste, bevor er mit Glanz und Gloria stirbt«, fügte Radio hinzu. »Oder er verschwindet mit dem Versprechen, in der Fortsetzung zurückzukehren.«

Beck schüttelte den Kopf. »Ihr seht beide zu viele Filme. Das hier ist nicht Hollywood, sondern das echte Leben, und es ist ja nicht so, dass er uns unglaublich viel gesagt hätte.«

Gabe hob eine Braue. »Denkst du nicht?«

Radio war wie Gabes Echo. »Ja, denkst du nicht?«

Beck glaubte, sich verhört zu haben. Dass Radio sich auf Gabes Seite stellte, war eine Wendung.

»Was hat er uns denn erzählt?«, sagte Beck. »Er meinte, dass wir auf weitere Straßensperren treffen würden, und dass der Strom nicht so bald wieder da sein würde. Beides ist keine riesige Überraschung.«

Gabe drückte aufs Gas, und der Truck beschleunigte. Er fuhr an einem liegengebliebenen Kombi vorbei und wechselte auf die rechte Spur. Sie holten mit dreißig Meilen pro Stunde Zeit auf. Draußen umschloss ein dichter Baumbewuchs auf beiden Seiten die Straße. Der Mond verschwand hinter dichter werdenden Wolken. Die Scheinwerfer des Trucks warfen nur einen dünnen Lichtfächer auf die Straße vor ihnen.

»Er hat auch gesagt, dass der Krieg kommt und wir uns verkriechen sollen«, sagte Gabe. »Er sagte, dass der Ausnahmezustand ausgerufen wird, zusammen mit verbindlichen Quarantänen. Ich glaube nicht, dass er das erfunden hat.«

Beck hatte dieselben Vorhersagen und Warnungen von Beaulieu gehört. Die flackernde Angst in den Augen des jungen Soldaten und das Klagen in seinem Tonfall, weil er begriff, dass sein Leben, das mit dem Abschluss in Betriebswirtschaft und seinem tollen Mädchen, nicht stattfinden würde. Nichts davon machte die Sache wahr. Nichts davon machte es zu einem *sicher wissen*. Beck hatte Mitgefühl mit dem Jungen und seiner Trauer um unverwirklichte Erwartungen. Das war einer seiner eigenen Dämonen.

Beck kurbelte sein Fenster hoch. Der Wind war zu viel für das Gespräch. Er drehte sich auf seinem Platz, sodass er seine beiden Reisepartner ansah, und lehnte sich gegen die Tür und das Armaturenbrett. Sein nächster Punkt war wichtig.

»Corporal Beaulieu hat geglaubt, was er uns gesagt hat. Ich stimme euch zu, dass er nicht gelogen hat. Zumindest denke ich das nicht. Aber er ist ein Corporal in der Nationalgarde der Armee von Alabama, nicht der Vorsitzende des Generalstabs. Und so gut er es auch gemeint haben mag, bedeutet das nicht, dass er recht hat.«

»Vorsicht ist aber besser als Nachsicht, Bruder«, sagte Gabe. »Wenn wir uns auf das Schlimmste vorbereiten, können wir auf das Beste hoffen. Ich glaube nicht, dass es andersherum funktioniert.«

Gabe hatte recht, das wusste Beck, auch wenn dieses Eingeständnis bedeutete, dass die Gefahr für seine Tochter größer sein könnte, als er befürchtet hatte. Wenn ein Teilzeitsoldat mit niedrigem Rang dachte, dass die Welt zur Hölle gegangen war und alles nur noch schlimmer werden würde, warum sollten die Durchschnittsbürger von Alabama nicht dasselbe denken? Und wenn sie das dachten, würden sie dann nicht entsprechend ihrer Verzweiflung und Angst handeln?

Die Wahrheit war, und das war ein *sicher wissen*, wenn die Menschen glaubten, dass das Ende der Welt, wie sie sie kannten, bevorstand, dann würden sie sich entsprechend verhalten, ganz egal, wie die Realität aussah. Die menschliche Natur war urweltlich. Sie war darwinistisch. Fressen oder gefressen werden.

John Beck hatte das aus erster Hand erfahren, als er Monate in verschiedenfarbigen Overalls verbracht hatte. Hinter Gittern ging es in jedem wachen Augenblick eines Tages ums Überleben. Es ging darum, sich mental und körperlich auf die schlimmste Situation vorzubereiten, die in den engen Begrenzungen eines Gefängnisses hinter jeder Ecke lauern konnte. Er verdrängte diese Erinnerungen aus seinem Kopf und beschloss, dass Vorsicht besser als Nachsicht war.

»Ihr habt recht«, sagte er. »Es ist unwichtig, ob Beaulieu recht hat oder nicht. Auf was es ankommt, ist die Wahrnehmung. Das ist die Realität.«

»Und was bedeutet das für uns?«, fragte Radio. »Was machen wir, wenn wir Tuscaloosa erreicht haben?«

Wie auf ein Zeichen beleuchteten die trüben Scheinwerfer am Rand des Highways eine Meilenmarke auf dem schmalen Grasstreifen der Straße: Tuscaloosa 166 Meilen. Birmingham 206. Bei diesem Tempo würden sie mindestens sechs Stunden brauchen, um zu Millie zu kommen. Ein Kloß bildete sich in Becks Kehle. Sein Puls beschleunigte sich, und eine dünne Schweißschicht bildete sich auf seinen Schläfen. Er wischte die Feuchtigkeit mit den Handflächen weg und seufzte.

»Das können wir uns überlegen, wenn wir ankommen«, sagte Beck. »Das Entscheidende ist, hinzukommen. Wie sieht es mit dem Sprit aus?«

»Diesel?«, sagte Gabe. »Gut. Außerdem habe ich hinten noch zwei Kanister mit fünf Gallonen. Der Truck fährt mit einer Gallone ungefähr elf Meilen. Macht zwanzig Gallonen. Der Tank war voll, als wir losfuhren.«

»Also gerade genug, um hinzukommen, und wenn wir woanders hin wollen, musst du auf deine Reserven zurückgreifen?«

»Das ist nicht so schlimm«, sagte Gabe. »Wir fahren nur dreißig bis fünfunddreißig Meilen pro Stunde, und das auf dem Highway, auch wenn wir verlassenen Autos und Trucks ausweichen müssen. Das ist in Ordnung. Außerdem besteht eine gute Chance, dass wir Diesel von liegengebliebenen Trucks absaugen können, wenn wir das auf der Weiterreise brauchen. Es ist ja nicht so, dass irgendjemand anders ihn noch braucht.«

Beck rieb geistesabwesend über die Narbe auf seinem Bizeps und schätzte ihre Chancen ein. Dass Gabes Truck nach dem EMP noch funktionierte, war unglaublich. Er lächelte bei dem Gedanken daran, aber nur kurz.

»Moment mal«, sagte Gabe und stieg hart auf die Bremse.

Beck stützte sich am Armaturenbrett ab, stieß sich aber den Kopf am Fenster an. Der Schwung riss Radio vom Sitz, und er knallte mit der Schulter gegen die Armaturen vor ihm. Dadurch schaltete sich der AM-Empfänger ein, und rauschende Statik erfüllte die Fahrerkabine.

Gabe schaltete das Fernlicht ein und drückte noch härter auf die Bremse, bis der Wagen endgültig stand. Er schaltete den Truck auf Parken. Der Motor lief im Leerlauf, die Sitzbank vibrierte, und das Trio starrte auf die Straße vor ihnen. Eine weitere Barrikade blockierte den Weg. Und diese schien nicht der Nationalgarde der Armee von Alabama zu unterstehen.

Radio schob sich auf den Sitz zurück und sah durch die Windschutzscheibe auf die Straße vor ihnen, wo bewaffnete Männer mit gezogenen Waffen standen. »Das gefällt mir nicht«, sagte er.

Beck beugte sich vor und zog die Rückseite seines Shirts hoch. »Mir auch nicht.«

12

TAG DER DETONATION + 3
HIGHWAY 43 RICHTUNG NORDEN,
MOUNT VERNON, ALABAMA

»Steigt aus dem Truck.«

Es war nicht das erste Mal, dass jemand John Beck eine Waffe an den Kopf hielt. Er war kein Fan davon. Dass ein dürrer Meth-Süchtiger war, der die Anweisung mit zitternder Hand hervorbrachte, machte alles noch nerviger.

Gabe war bereits ausgestiegen, genau wie Radio. Beide knieten auf dem Highway und hatten die Hände hinter den Köpfen verschränkt.

Vor ihnen war die Blockade. Drei hintereinander aufgereihte Autos, die den größten Teil des zweispurigen Highways einnahmen. Diese Kerle hatten sie zu ihrem Vorteil genutzt. Da es kein Anzeichen eines funktionierenden Fahrzeugs gab, nahm Beck an, dass sie zu Fuß hergekommen waren oder in der Nähe wohnten. Sie wollten den Truck und alles darin.

Auch wenn seine Reisegefährten bei der Drohung, Kugeln in den Kopf zu bekommen, sofort nachgegeben hatten, tat Beck es nicht. Er schätzte, dass sie den Abzug nur langsam drücken würden, und aus der Art, wie sie die Waffen hielten, schloss er, dass sie keine Erfahrungen hatten, die über eine gelegentliche Jagd oder das Schießen auf Zielscheiben hinausging. Er sah es in ihren Augen, an ihrem Verhalten. Die Gefahr, die von ihnen ausging, lag in ihrer Verzweiflung, nicht in ihren Fähigkeiten oder ihrem Willen zu töten. Die stahläugige Entschlossenheit von tödlichen Männern war unverkennbar und unvergesslich. Es war ein Starren, in dem kein Gewissen oder Angst vor den Konsequenzen zu finden waren. Keiner dieser drei hatte diesen Gesichtsausdruck, was selbst in der Dunkelheit offensichtlich war.

Beck saß auf der Beifahrerseite des Trucks, die Tür war geschlossen, das Fenster offen.

Der mit Läsionen übersäte Meth-Süchtige spuckte aus und wiederholte seinen Befehl mit einer gedehnten Sprechweise, die nur entfernt Englisch ähnelte. Obwohl er in Alabama aufgewachsen war, hatte Beck nie die Hinterwäldler-Version des südlichen Dialekts angenommen. Er war kultivierter. Natürlich war Kultiviertheit relativ. Niemand, den er je kennengelernt hatte, gehörte zur feinen Oberschicht. Sie war ein ganz anderer Teil der Gesellschaft, mit ihren eigenen Regeln und ihrer eigenen Art zu sprechen.

Um fair zu sein, hatte der Meth-Süchtige nicht wirklich eine schleppende Sprechweise. Ein starkes Näseln begleitete seine Worte. »Ich sagte, du sollst sofort aus dem Truck aussteigen. Sonst puste ich dir den Kopf weg.«

Beck musterte prüfend die Umgebung. Drei Männer waren zu sehen. Einer von ihnen hatte seine Waffe auf Gabe und Radio gerichtet. Einer stand direkt vor dem Truck, den Gabe im Leerlauf gelassen hatte.

Er lächelte den Meth-Süchtigen an. »Zwei Dinge«, sagte er. »Erstens wird mir die Pistole in deiner Hand nicht den Kopf wegpusten. Du könntest mich töten, wenn du sie ruhig genug halten kannst, um einen Schuss abzufeuern. Vielleicht aber auch nicht.«

Der Blick des Meth-Süchtigen huschte herum. »Ich töte dich. Ohne zu zögern.«

Beck überlegte, ob er dem Mann widersprechen sollte, entschied sich aber dagegen. Er war entweder high, was schlimm wäre, oder sein Zittern kam von Entzugserscheinungen, was noch schlimmer wäre.

»Ich wette, das wirst du nicht. Die zweite Sache ist der Truck. Soll ich den Motor abschalten? Ich meine, wenn er weiterläuft, verschwendet er nur Sprit. Ich könnte ganz leicht den Rückwärtsgang einlegen und hier verschwinden, sodass ihr nicht besser dran wärt als vorher.«

Er ging davon aus, dass seine Freunde ihn wegen der Entfernung und des laufenden Motors nicht hören konnten. Wenn es doch so wäre, hätte zumindest Radio auf die Ankündigung reagiert, dass er sie im Stich lassen würde.

Der Meth-Süchtige hatte ihn gehört. Die Frage schien ihn zu verwirren. Sein Blick irrte herum, als würde er einem Moskito folgen, und seine aufgesprungenen, blassen Lippen verzogen sich nervös. Er hielt die Waffe auf Beck gerichtet, rief aber einen der anderen zu sich.

»Hey, Biggum«, sagte er zu dem größeren der beiden anderen Männer. »Dieser hier fragt, ob er den Motor abschalten soll. Er sagt, wenn er es nicht tut, könnte er wegfahren. Außerdem verschwendet es Sprit.«

Biggum stand fast direkt vor dem Truck und trug eine Hose mit Tarnmuster, ein schwarzes T-Shirt und ein braunes Käppi, an dessen zerfranstem Rand ein Fischköder befestigt war. Er hielt eine Flinte in Taillenhöhe und schwang den Lauf in Becks Richtung, als er sprach und gegen das Licht der Scheinwerfer anblinzelte. Dass er die Flinte in Taillenhöhe hielt, sagte Beck, dass der Mann die Waffe schon einmal abgefeuert hatte, und es zu viel für ihn gewesen war. Er konnte den Rückschlag einer zwölf- oder zwanzigkalibrigen Waffe nicht aushalten und wollte vermeiden, sie an seine Schulter gestützt abzufeuern.

Beck unterdrückte ein Lächeln. Seine Instinkte waren richtig.

Die Rädchen in Biggums Hirn drehten sich unter seinem Käppi. Das war an den wechselnden Emotionen auf seinem

Gesicht zu sehen. »Du musst jetzt sofort aus dem Truck steigen. Lass das Benzin unsere Sorge sein.«

Beck zuckte mit den Schultern. »Deine Entscheidung. Ich steige aus, aber dein Freund hier muss einen Schritt zurücktreten, damit ich die Tür öffnen kann.«

Der Meth-Süchtige sah Biggum um Bestätigung bittend an. Biggum nickte. Der Meth-Süchtige trat einen Schritt zurück.

Sobald er das getan hatte, riss Beck die Tür mit aller Kraft auf. Sie knallte gegen den Meth-Süchtigen und brachte ihn aus dem Gleichgewicht. Die zitternden Finger des Meth-Süchtigen drückten den Abzug, und ein Fehlschuss knallte, als er den Halt verlor und fiel.

Biggum duckte sich reflexhaft, was Beck genug Zeit gab, sich auf den Fahrersitz zu schieben und den Truck auf Drive zu schalten. Er saß nicht ganz auf dem Fahrersitz und hatte auch nicht beide Hände am Lenkrad, drückte aber aufs Gaspedal, als Biggum aufstand und zielte. Er verschwand unter der Front des Chevys, und es rumpelte, als der Wagen über ihn hinwegrollte. Die Flinte flog ihm aus der Hand und knallte ohne einen Schuss auf den Asphalt.

Der dritte Mann, der eher noch ein Junge war, geriet in Panik. Er war starr vor Überraschung, und Gabe sprang auf die Füße und riss den Jungen zu Boden. Er landete auf ihm, und dem Jungen glitt die Waffe aus der Hand. Sie klapperte zu Boden, und Radio beeilte sich, sie aufzuheben.

Beck trat auf die Bremse und schaltete sofort den Rückwärtsgang des Trucks ein. Er trat aufs Gas, und der Truck schaukelte wieder, als er ein zweites Mal über Biggum rollte. Überzeugt davon, dass er tot war oder zumindest bewusstlos bleiben würde, schaltete Beck den Truck ab und stieg auf der Fahrerseite aus. Er ging entschlossen um die Vorderseite des Chevys herum, seine Neun-Millimeter gezogen und erhoben.

Der Meth-Süchtige lag auf dem Boden, platt auf dem Rücken. Er stöhnte, und seine Zunge hing heraus. Seine Augen waren halboffen. Irgendwie hatte er es geschafft, die Waffe festzuhalten.

Beck stellte seinen Stiefel auf das Handgelenk des Meth-Süchtigen und übte Druck aus. Der Drogensüchtige riss die Augen auf und jammerte. Das Heulen wurde zu einem Wimmern, als Beck sich bückte und ihm die Waffe wegnahm.

Er hob seinen Stiefel an, stand über dem armseligen Desperado und richtete beide Waffen auf das Gesicht des Mannes. Tränen liefen aus den Augen des Meth-Süchtigen. Seine Zähne klapperten, und er murmelte etwas, das wie eine Mischung aus Entschuldigung und Flehen klang.

In diesem Augenblick hatte Beck die Wahl. Er konnte auf seine Dämonen hören und das Leben dieses Verbrechers straffrei beenden. Das wäre schließlich gerechtfertigt. Der Kerl und seine Hinterwäldler-Freunde hatten versucht, ihn zu bestehlen. Sie hatten sein Leben bedroht, und damit auch das Leben seiner Tochter und seiner Ex-Frau.

Seine Finger ruhten auf den Abzügen, den eingebetteten Sicherungen, und Beck atmete tief durch. Er wappnete sich und atmete aus, um die Hände ruhig zu halten.

Dann siegte seine Menschlichkeit. Beck senkte die Neun-Millimeter und schob sie in das Lederholster an seiner Taille. Er drehte die andere Pistole in der Hand, schlug den Kolben gegen die Schläfe des Meth-Süchtigen und löste so Bewusstlosigkeit aus.

Er trat über den regungslosen Körper des Mannes hinweg und holte das Magazin aus der Pistole. Es war leer.

»Dachte ich mir doch, dass sie sich zu leicht anfühlt«, murmelte er und zog den Schlitten zurück. Er war ebenfalls leer. Die Kammer war sauber.

Er trat in die Lichtkegel der Scheinwerfer und gab die Waffe Radio. Sein Freund zögerte, nahm sie aber.

»Sie hatte nur eine Kugel in der Kammer«, sagte er. »Du wirst Munition brauchen. Ich habe welche auf der Ladefläche des Trucks.«

»Glaubst du, dass ich sie brauche?«

Beck lachte und zeigte auf das Gemetzel um sie herum. »Was glaubst *du* denn?«

Von der anderen Straßenseite her, auf der Fahrerseite des Trucks, rief Gabe heiser zu ihnen herüber. Er war atemlos von dem Kampf mit dem Jungen auf dem Boden.

»Was machen wir mit ihm?«

Beck zuckte mit den Schultern. »Ist er am Leben?«

Gabe runzelte die Stirn und sah sich den Jungen genauer an. Er lag auf dem Rücken, wie der Meth-Süchtige, und hatte eine Hand an die Brust gedrückt wie jemand, der unter einer Muskelerkrankung leidet. »Er atmet.«

»Lass ihn liegen«, sagte Beck. »Wir schulden ihnen nichts.«

Gabes Stirnrunzeln verstärkte sich. Er kam zum Rand des Scheinwerferlichts. Sein Gesicht war blass und glänzte vor Schweiß. »Das ist hart. Sollen wir ihn wirklich mitten auf der Straße liegenlassen? Er sieht aus, als wäre er erst fünfzehn oder sechzehn. Kaum älter. Ich bezweifle, dass das hier sein Plan war. Er hat wahrscheinlich getan, was die anderen beiden Loser ihm gesagt haben.«

Da hatte Gabe nicht unrecht. Bis zu einem gewissen Grad. Jeder musste jetzt harte Entscheidungen treffen. Nichts war mehr einfach. Klar, Erwachsene konnten Kinder zu Gewalt überreden, aber das machte sie nicht unschuldig. Der Junge, egal, wie alt er war, hatte dennoch eine Waffe auf Gabe und Radio gerichtet. Er hätte den Abzug drücken und sie töten können.

»Dann bring ihn zur Straßenseite«, sagte Beck. »Lass ihm eine Flasche Wasser da. Das bleibt dir überlassen. Doch du musst verstehen, Gabe, dass das hier zwar unsere erste gewalttätige Auseinandersetzung war, aber ich kann dir garantieren, dass es nicht die letzte war. Es wird schlimmer werden, je länger wir keinen Strom haben.«

Gabe gab Radio ein Zeichen, dass er ihm helfen sollte, und die beiden Männer trugen den reglosen Körper vom Highway herunter und zu dem schmalen Kiesstreifen. Gabe stellte eine Flasche Wasser und eine Dose schwarze Bohnen neben ihn.

Als sie wieder in den Wagen stiegen, lächelte Gabe Beck schwach an. »Diese Bohnen mag ich sowieso nicht. Davon muss ich furzen.«

Das löste die Anspannung etwas, und das Trio lachte. Gabe fuhr den Truck von den verstümmelten Überresten des verstorbenen Biggum und fuhr langsam weiter. Er kurvte vorsichtig um die Autowracks herum und lenkte dabei die Beifahrerseite vom Highway hinunter und auf eine steile Böschung. Nachdem alle vier Reifen wieder auf dem Asphalt waren, beschleunigte er, und sie ließen die Szenerie hinter sich.

Sie hatten den Meth-Süchtigen auf der Straße liegen lassen. Keiner von ihnen hatte seinen schmutzigen, skelettierten Körper anfassen wollen, doch sie hatten alle drei Waffen mitgenommen. Zwei Handfeuerwaffen und eine Flinte. Die zusätzlichen Handfeuerwaffen waren bei ihnen in der Fahrerkabine, sie hatten sie mit Becks Munition geladen. Die Flinte lag auf der Ladefläche, lehnte ungeladen an einer Seitenwand.

Die Apokalypse dauerte erst vier Tage an, und die Menschen waren schon verzweifelt.

Es war wahrscheinlich, dass sie bereits verzweifelt gewesen waren, bevor der EMP das Stromnetz lahmlegte und ihre Welt in Dunkelheit und Chaos versank. Es würde noch schlimmer werden, bevor es besser wurde. *Wenn* es wieder besser wurde. Das war sicher.

13

TAG DER DETONATION + 4
HIGHWAY 43 RICHTUNG NORDEN,
MOUNT VERNON, ALABAMA

Als sie beim Dollar General an der östlichen Seite des Highways 43 vorbeifuhren, schlug Beck vor, dass sie das Radio einschalten sollten. Es war nur AM, aber es bestand die Möglichkeit, dass sie Nachrichten mitbekamen und Informationen erlangten, die Radios mentale Tabelle ergänzen könnten.

Gabe nahm eine Hand vom Lenkrad und drehte am Einstellknopf. Statik schallte durch den Innenraum, und er drehte den Knopf, um einen funktionierenden Sender zu finden. Er machte weiter, bis eine Stimme das knisternde Rauschen durchbrach. Alle drei Männer in der Fahrerkabine neigten die Köpfe, um die Stimme zu hören. Beck rollte sein Fenster hoch.

»... Plünderungen. Die Polizei hat es nicht unter Kontrolle. Sie wird überrannt. Ich bleibe hinter verschlossenen Türen. Ich habe meine Waffen und meine Hunde. Niemand bekommt, was mein ist.«

Es gab eine Pause, und Gabe griff nach dem Einstellknopf. Radio griff nach seiner Hand, um ihn aufzuhalten. »Moment mal. Warte eine Sekunde.«

Einen Augenblick später durchbrach eine zweite Stimme die mit Unterbrechungen auftretende Statik. *»Wir haben gehört, dass sie kommen werden, um uns unsere Waffen abzunehmen. Ausnahmezustand. Die Armee geht von Tür zur Tür. Das haben wir gehört.«*

Noch eine Pause, noch mehr Statik.

»Ist das ein Radiosender?«, fragte Gabe. »Es klingt eher wie ein Amateurfunker.«

»Du hast recht«, sagte Radio. »AM-Frequenzen können Kurzwellen übertragen, also könnten wir ein Gespräch zwischen zwei oder mehr Amateurfunkern hören.«

»Wo sind sie?«, fragte Gabe.

»Wer weiß?«, sagte Radio. »Ich bezweifle allerdings, dass sie mehr als hundert Meilen von hier entfernt sind.«

Die erste Stimme sprach wieder. *»Niemand wird mir meine Waffen wegnehmen, das kann ich euch sagen. Es ist mir egal, wer sie sind. Habt ihr das vom Weißen Haus gehört?«*

Der Truck rumpelte in der Mitte des Highways entlang, die Mittellinie verschwand unter der Haube, während sie fuhren. Das Radio knisterte.

»Ich habe es gehört«, sagte die zweite Stimme. *»Aber ich glaube, dass es Gerüchte sind. Es ist erst drei Tage her. Die Regierung ist auf keinen Fall gestürzt. Auf gar keinen Fall.«*

Zu ihrer Rechten färbten die ersten Anzeichen des Sonnenaufgangs die Ränder des Horizonts. Die lange Nacht ging in den Tag über. Den vierten Tag.

»Ich habe nicht gesagt, dass die Regierung gestürzt ist«, sagte die erste Stimme. *»Ich habe gehört, dass der Präsident in einem Versteck ist. Dass sie das Weiße Haus verlassen haben und irgendwo anders sind und das Land aus einem Bunker heraus regieren.«*

Vier Tage wogen so schwer wie eine ganze Lebenszeit. Becks Nacken schmerzte. Seine Schultern trugen die Spannung des ständigen Stresses, seine Gelenke waren steif von der Anstrengung und den langen Stunden im Auto. Er drückte seine Nasenwurzel und schloss die Augen.

»Sie haben einen Bunker im Weißen Haus«, sagte die zweite Stimme. *»Dort könnten sie sein. Oder in Camp David.«*

Der Sonnenaufgang war symbolisch. Das hatte Beck schon immer gedacht. Er war das Versprechen eines neuen Tages. In seinem Licht trug er die Hoffnung, was in den kommenden Stunden passieren könnte. Am Horizont wich das Dunkel der Nacht dem Lila und Orange der Morgendämmerung.

»Ich höre alle möglichen Gerüchte«, sagte die erste Stimme. *»Ganz viele. Die verschiedensten Dinge, die ich nicht überprüfen kann. Aber wenn ich dasselbe immer und immer wieder höre, neige ich dazu, zu glauben, dass es wahr ist.«*

In diesem neuen Tag lag kein Versprechen. Das waren die Anspannung in seinen Schultern und die Verkrampfung in seinem Kreuz. Das schwere Gewicht der Angst vergällte ihm die Schönheit des Sonnenaufgangs. Übelkeit und Unbehagen regten sich in Becks Bauch. Heute würden sie Tuscaloosa erreichen, aber etwas sagte ihm, dass er nicht mit seiner Tochter wiedervereinigt werden würde.

»Ich habe genug gehört«, sagte er und fasste nach dem Radio.

Radio hielt ihn auf. »Warte noch. Wir könnten etwas Wichtiges erfahren. Denkt daran, dass es deine Idee war, Radio zu hören. Gib uns noch eine Minute.«

Wie auf ein Zeichen hin sprach die zweite Stimme. *»Hast du eigentlich von Bama gehört? Von den Problemen, die sie auf dem Campus haben?«*

Radio warf Beck einen Blick zu, der bedeutete: *Siehst du? Habe ich es dir nicht gesagt?*

Beck ignorierte ihn und konzentrierte sich auf das schwache Glühen vom Gehäuse des Radios. Seine Tochter und seine Frau wohnten zwei Blocks vom Campus entfernt.

»Ich habe gehört, dass die Dinge nicht gut stehen«, sagte die erste Stimme. *»College-Studenten halten es doch keine fünf Minuten ohne ihr Telefon aus. Kannst du dir das College vier Tage lang ohne Strom vorstellen? Sie drehen durch, habe ich*

gehört. Meuten von ihnen sind in Speisesäle eingebrochen, um Essen zu stehlen. Die Polizei kann nichts tun, um sie aufzuhalten, weil sie nicht kommunizieren können. In der Nähe des Campus hat es unzählige Einbrüche in Bars und Restaurants gegeben.«

»Das habe ich auch gehört«, sagte die zweite Stimme. *»Aber ich habe gehört, dass nicht alle Studenten sind. Es sind Leute aus der Stadt, die in Panik geraten sind, weil es seit fünf Tagen keinen Strom mehr gibt. Und niemand ist vorbereitet. Wie lautet noch mal das Sprichwort? Wir sind nur neun Mahlzeiten von der Anarchie entfernt?«*

»Dasselbe gilt für Birmingham«, sagte der Erste. *»Die Innenstadt ist ein einziges Chaos. Es hätte heute Nacht fast Ausschreitungen gegeben, ich meine letzte Nacht. Gleich ist Sonnenaufgang. Zur Hölle, ich muss los. Ich muss die Hühner füttern und nach den Ziegen sehen.«*

Sie warteten auf weitere Informationen, aber als der zweite Amateurfunker sich abmeldete, schaltete Radio die Übertragung aus. Stille breitete sich im Innenraum aus. Gabe hatte beide Hände am Lenkrad und den Blick geradeaus auf die Straße gerichtet.

Er verlangsamte, um einen verlassenen Honda Civic zu umkreisen, dessen Fahrertür offenstand, und lenkte den Wagen dann auf die Mitte des Highways zurück. Beck ließ sich in den Sitz sinken. Die Reise, so lange sie auch schon gedauert hatte, fing gerade erst an.

14

TAG DER DETONATION + 4
DEMOPOLIS, ALABAMA

Beck wollte nicht anhalten. Sie waren dicht am Ziel und bei dem Gedanken, dass Goose seine Tochter eher erreichen könnte, drehte sich ihm der Magen um. Doch sie brauchten Benzin.

Gabe hielt den Benzinkanister mit beiden Händen und neigte ihn zum Tank. »Die Chancen stehen gut, dass er zu Fuß nach Tuscaloosa geht. Mach dir keine Gedanken um etwas, das du im Moment sowieso nicht kontrollieren kannst.«

Beck starrte ihn wütend an. »Ich soll mir keine *Gedanken* machen?«

»So meine ich es nicht, Bruder. Spar dir deine Energie für die Zeit, wenn wir dort sind. Wenn wir ihn sehen, könntest du sie brauchen, richtig?«

»Richtig.«

Beck entfernte sich vom Truck. Er brauchte eine Pause. Seine Stiefel klapperten auf dem Asphalt, als er über den leeren Highway ging. Frösche quakten, Zikaden zirpten, und der Geruch nach nassen Kiefern hing in der Luft.

Er stand am Randstreifen des Highways und fing an, das *Was-wäre-wenn*-Spiel zu spielen. Es war ungesund und nicht produktiv. Doch er konnte nicht damit aufhören.

Was wäre gewesen, wenn er nicht wieder mit dem Trinken angefangen hätte? Was wäre gewesen, wenn er Debbie nicht angelogen hätte, als sie fragte, wohin er ging und was er tat? Was wäre gewesen, wenn er nie in diese Bar gegangen wäre? Die Schlägerei angefangen hätte? Was, wenn der Mann nicht gestorben wäre? Was wäre gewesen, wenn die Leute in der Bar die Wahrheit gesagt hätten? Was wäre gewesen, wenn er dem Lokalreporter nicht dieses Interview gegeben hätte, das alles nur noch schlimmer machte? Was wäre gewesen, wenn er nicht das Vertrauen zwischen sich und seiner Frau zerstört hätte?

Es waren nicht die Strafanzeigen oder die Trennungszeit, die seine Ehe beendet hatten, auch nicht das Fernsehinterview, in dem er zugegeben hatte, dass er an jenem Abend in der Bar eine andere Frau getroffen hatte. Beck hatte sogar ihren Namen vergessen.

Wie war noch mal ihr Name?

Es war nicht von Bedeutung. Sie war nicht von Bedeutung. Er hatte sich das tausendmal gesagt, es aber nie wirklich geglaubt.

Debbie hatte ihn wegen all dem verlassen. Weil sie darauf vertraut hatte, dass er ihr die Wahrheit sagte. In guten wie in schlechten Tagen. In Armut und Reichtum. In Krankheit und Gesundheit.

»Wenn ich dir nicht vertrauen kann«, hatte sie unter Tränen gesagt, »gibt es nichts mehr zu sagen, Johnny.«

Johnny. Sie war der einzige Mensch, der ihn jemals Johnny genannt hatte. Sie war die Einzige, der er es erlaubte.

Sie hatte ihm bei ihrem ersten Besuch im Bezirksgefängnis gesagt, dass sie ihn verlassen würde. Er hatte sie durch das Plexiglas angesehen, Mascara war auf ihren Wangen verschmiert. Debbie konnte ihm während dieses Besuchs nicht in die Augen sehen. Sie war noch zweimal gekommen, beide Male war ihr Anwalt dabei gewesen.

Beck hatte drei Namen auf seine Besuchskarte setzen lassen. Millie hatte ihn nie besucht, Debbie hatte es nicht erlaubt.

Debbie hatte den Anwalt nach dem unklugen Fernsehinterview angeheuert. Obwohl sie sich den Anwalt nicht wirklich leisten konnten, hatte Becks Beharren auf seiner Unschuld sie dazu veranlasst, ihn auf Kredit anzuheuern.

»Ich tue das für Millie«, sagte sie, »nicht für dich.«

Er verbrachte Monate in einer Zelle und bedauerte die ganze Zeit jede Entscheidung, die er an jenem Abend getroffen hatte. Das Schlimmste daran war, dass er nicht verstehen konnte, warum er es getan hatte. Warum hatte er die Telefonnummer der Frau angenommen? Warum hatte er sie angerufen? Warum hatte er sich mit ihr in der Bar getroffen? Und warum war er darauf eingegangen, als ein Betrunkener einen Streit mit ihm anfing?

Sicher, er war nicht derjenige gewesen, der den tödlichen Schlag ausführte. Aber die Anklage hatte ihn monatelang von seiner Frau und seinem Kind getrennt. Wenn es eine Chance gegeben hätte, den Schaden zu reparieren, das Vertrauen zurückzugewinnen, das er verspielt hatte, löste sie sich auf, während er einer beengten Zelle mit Schachbrett-Betonwänden und einer Toilette ohne Sitz lebte. Die vorgeschriebenen Lockdowns zweimal am Tag, R-Gespräche und das Privileg, in seiner Gefängniszelle fernzusehen, waren die einzigen Dinge, auf die er sich freute.

Wenn sein Anwalt nicht das Video auf einem Handy gefunden hätte, das ihn entlastete, wäre er wahrscheinlich immer noch dort. Oder schlimmer, er wäre in Holman bei den echten Mördern. Manchmal fragte er sich, ob er nicht tatsächlich dort sein sollte.

Debbie verließ ihn nicht sofort, als er entlassen wurde, aber die Blicke und das Starren von anderen Leuten in der Stadt half seiner bereits zum Scheitern verurteilten Ehe nicht gerade. Sie reichte die Scheidung ein, bekam in Tuscaloosa einen Job als Rechtsanwaltssekretärin und nahm Millie mit.

Was wäre, wenn sie ihm jetzt vertrauen könnte? Wenn er zu ihr kam und sie vor den Gefahren beschützte, die bestimmt auf sie zukamen, würde sie es sich dann anders überlegen?

Das *Was-wäre-wenn*-Spiel war sinnlos. Es konnte die Vergangenheit nicht ändern und würde wahrscheinlich auch nichts an seiner Zukunft ändern. Und selbst wenn er an jenem Abend zu Hause geblieben wäre, Millie ins Bett gebracht und sich mit Debbie auf der Couch zusammengerollt hätte, um mit ihr Wiederholungen von *Friends* zu schauen, wäre ihre Ehe dennoch zum Scheitern verurteilt gewesen.

Sein Betrug beschränkte sich nicht auf diesen einen Abend. Diese Nacht hatte das Fass nur zum Überlaufen gebracht.

Beck war unglücklich gewesen. Nicht mit Debbie, nicht mit Millie, aber mit sich selbst.

Sein Leben verlief nicht so, wie er es geplant hatte, und Erwartungen loszulassen, war schwierig für einen Mann, der dazu neigte, sich mit *was-wäre-wenn* zu beschäftigen. Tatsächlich hatten sie als Paar nie eine Chance gehabt. Nicht, als Debbie schwanger wurde, nicht, als er darauf bestand, sie zu heiraten und ihrem ungeborenen Kind ein angemessenes Zuhause zu geben, nicht, als er den Job vor der Küste annahm, um eine bessere Krankenversicherung und Bezahlung zu bekommen, und nicht, als er ihr sagte, dass er durch einen kalten Entzug trocken werden könnte.

Aber er liebte sie mehr als jeden anderen Menschen in seinem Leben. Debbie brachte ihn dazu, ein besserer Mann sein zu wollen. In ihrer Gegenwart fühlte er sich mit sich selbst wohl. Manchmal.

Sie konnte kaum etwas tun, um ihm seine Dämonen vom Leib zu halten.

Er stand am Rand des Highways, hatte sein Geschäft beendet und zog den Reißverschluss hoch. Er stapfte zum Truck zurück, wobei er sich daran erinnerte, was Debbie zu ihm gesagt hatte, als sie unbehaglich nebeneinander in der Government Street vor dem Gerichtsgebäude des Distrikts standen. Tränen liefen ihr beim Reden übers Gesicht.

»Es ist so«, sagte sie mit brechender Stimme, »dass ich dich immer geliebt habe, Johnny. Ich kann dir nur nicht vertrauen. Und das werde ich auch nie, bis du dir selbst vertraust.«

»Bis?«

Sie hatte gelacht und sich die Augen mit einem Taschentuch abgewischt, das er ihr im Gericht gegeben hatte. »Du sagst das, als ob es Hoffnung gäbe, Johnny. Wir haben uns gerade scheiden lassen.«

»Ich werde nie aufhören, zu hoffen. Du weißt, dass ich dich nicht betrogen habe. Du weißt, dass nichts passiert ist. Es ist nie etwas passiert. Ich habe immer nur dich geliebt.«

»Aber du hast daran gedacht. Und du hast gelogen. Und du hast getrunken, obwohl du gesagt hast, dass du es nicht tun würdest. Du verstehst es immer noch nicht, Johnny. Du bist dein eigener schlimmster Feind.«

Der Kloß in seiner Kehle tat weh. Er verdrängte seine Tränen. Debbie ging fort und stieg in einen Uber. Sie sah nicht zurück.

Du bist dein eigener schlimmster Feind.

Was, wenn er das nicht war?

15

TAG DER DETONATION + 4
TUSCALOOSA, ALABAMA

Tuscaloosa war ein Kriegsgebiet. Zumindest sah es so aus, wie Beck sich ein Kriegsgebiet vorstellte. Er hatte nie beim Militär gedient, aber er hatte Berichte in den Nachrichten gesehen und hatte Freunde, die in Kampfeinsätzen gewesen waren. Er hatte eine gute Vorstellung davon, wie ein Ort unter Belagerung aussah. Er hatte allerdings nie darüber nachgedacht, wie er klang, wie er roch, und wie falsch er sich in den Knochen anfühlte.

Sie hatten den Highway 43 verlassen, bevor sie zur Stadt kamen. Sie hörten auf die unbestätigten Warnungen im Radio und fuhren auf Nebenstraßen nach Tuscaloosa und dachten sich, dass es so schneller ging, weil sie dadurch auch irgendwelche Straßensperren vermieden, ob sie nun legitim waren oder nicht.

Der deutliche, beißende Geruch nach Rauch drang durch die Lüftungsschlitze des Chevys in den Innenraum, auch wenn sie die Fenster geschlossen hatten. Dinge verbrannten. Ein dunkelgelber Dunst hing tief am Himmel.

»Das ist *unwirklich*«, sagte Radio. »Es sind doch nur ein paar Tage gewesen. Wie ist das passiert? Nie in einer Million Jahre hätte ich mir vorstellen können, dass alles so schnell den Bach runtergeht.«

Gabe lachte leise. Er nahm eine Hand vom Lenkrad und gestikulierte zu nichts im Besonderen. »Den Bach runtergehen. Das ist ein Zehn-Cent-Ausdruck. Du solltest zu *Jeopardy* gehen.«

Radio verzog das Gesicht. Verärgerung breitete sich auf seiner Miene aus. »Ich mache keine Scherze. Riecht ihr das nicht? Das ist lächerlich. Wir haben vor nicht allzu langer Zeit eine Pandemie durchgemacht, und *das* ist nicht passiert. Ich meine, diese Pandemie dauerte mehr als ein Jahr, und es wurde nichts verbrannt.«

Gabe lachte wieder. Dieses Mal klang es sardonisch und fast herablassend. »Ernsthaft? Es *brannten* Dinge. Ob es nun das US-Kapitol war, oder der Target die Straße hinunter, oder die Miracle Mile in Chicago. Dinge brannten. Entweder im übertragenen Sinn oder buchstäblich.«

Jetzt lachte Radio. Sarkasmus triefte aus seiner Stimme. »Im übertragenen Sinn. *Das* ist bestimmt ein Zehn-Cent-Ausdruck.«

»Du weißt, was ich meine«, sagte Gabe. »Das Land war ein Pulverfass. Es brannte langsam, oder?«

»Aber es explodierte nicht über Nacht, wie jetzt. Das hier ist wie etwas aus einem Action-Film oder einem Schundroman, wo schnell etwas passieren muss, damit sich das Publikum nicht langweilt. Ich verstehe es nicht.«

»Schundroman«, platzte es aus Gabe heraus. »Das ist der dritte Zehn-Cent-Ausdruck in weniger als einer Minute.«

Radio antwortete nicht.

Gabe seufzte. »Hör mal, Bruder, was ich sagen will, ist, dass bei der Pandemie niemand wusste, wie lange es dauern würde, bis alles wieder normal ist. Zum Teufel, viele Menschen glaubten die ersten paar Monate nicht einmal, dass sie real ist. Also gab es abgesehen vom Toilettenpapier keinen Grund, in Panik zu geraten.«

Radio war nicht überzeugt. »Worauf willst du hinaus?«

»Ich will darauf hinaus, dass die Menschen *wissen*, dass uns jemand mit Bomben angegriffen hat. Oder sie glauben zumindest, dass das passiert ist. Der Strom ist komplett ausgefallen, und die Armee hat Straßensperren errichtet, oder? Es gibt keine sozialen Medien, kein Fernsehen, keine Verbindung zu irgendjemandem. Und das fühlt sich anders an. Es fühlt sich dauerhaft an. Die Vorstellung, dass die Menschen hart dafür arbeiten würden, sich ihren Anteil zu sichern und dafür zu sorgen, dass sie genug für sich selbst haben, um zumindest kurzfristig zu überleben, ist absolut glaubhaft.«

Beck hörte dem Gezänk nur mit halbem Ohr zu. Es war sinnlos und unnötig. Es war unwichtig, wie realistisch der Zusammenbruch der Ordnung war oder auch nicht, sie hatten die Realität direkt vor Augen. Ein Kriegsgebiet.

Für ihn war das Wichtigste, zu seiner Tochter zu kommen und die Fallstricke zwischen ihm und ihr zu vermeiden. Die Gespräche der Amateurfunker im Radio ließen vermuten, dass der Bereich um den Campus herum unhaltbar war, aber sie mussten genau dorthin, um zu Millie zu kommen. Er dirigierte Gabe durch die Seitenstraßen des Stadtviertels, und sie näherten sich langsam dem Campus. Der Rauchgeruch wurde stärker, je näher sie kamen.

Radio hielt sich die Nase zu und keuchte. »Was brennt da bloß?«

»Unsere Zukunft«, meinte Gabe.

Weder Beck noch Radio lachten, und Gabe schüttelte den Kopf. »Strenges Publikum. Ich versuche nur, die Stimmung aufzuheitern.«

Als sie sich dem Campus näherten, verstopften Menschenmengen die Straßen. Obwohl die Fenster geschlossen waren, hörten sie die dumpfe Kakophonie des Geplappers der Menge. Die Hauptmasse befand sich auf zwei Straßen entlang einer Hauptverkehrsader, aber einige waren auch in den Seitenstraßen.

Es war wie die Feier nach einer gewonnenen Meisterschaft. Alabama gewann fast jedes Jahr den Nationaltitel im Football und unvermeidlich, selbst 2020 während der Pandemie, zogen Tausende den University Boulevard entlang. Das hier war genauso, nur ohne die Begeisterung.

Sie fuhren an ein paar jungen Männern vorbei. Sie trugen übereinstimmende Schlauchtücher über Nasen und Mündern und trugen jeder einen Armvoll Lebensmittel. Radio vermutete laut, dass sie nicht dafür bezahlt hatten.

Andere schleppten einen Fünf-Gallonen-Wasserkanister. Sie trugen auch Masken.

Von seinem Fenster aus fragte Beck sie: »Was brennt hier?«

Die beiden tauschten einen Blick aus, gingen aber weiter. Einer von ihnen wies mit dem Kopf Richtung University Boulevard. »Gallettes.«

»Danke«, sagte Beck. Gallettes war eine beliebte Bar, wo vor allem die Studenten der UA abhingen. Er konnte schon nicht mehr zählen, wie viele Yellowhammer er über die Jahre hinweg aus gelben Plastikbechern getrunken hatte.

»Wie weit noch?«, fragte Gabe.

»Zwei Blocks. Bieg links ab, danach nach rechts. Sie wohnt auf der Siebten. Ein einstöckiges weißes Haus mit einer Veranda.«

Gabe beschleunigte und folgte Becks Anweisungen. Auf der Siebten verlangsamte er und fand das Haus auf der linken Straßenseite. Es war ein Haus mit zwei Schlafzimmern, das Becks eigenem ähnelte, ein Bungalow, der 1920 erbaut worden war und fast hundertfünfundachtzig Quadratmeter hatte. Viel Platz für Debbie und Millie.

Obwohl in der Nachbarschaft vor allem Studenten wohnten, war es in der Nähe des Anwaltsbüros, wo Debbie arbeitete, und die Miete war erschwinglich. Beck zahlte die Hälfte.

Er war aus dem Truck gesprungen, bevor Gabe am Bordstein ganz zum Halten kam. Debbies Auto stand in der Auffahrt. Das war keine Überraschung. Es war ein neuerer

Nissan Rogue, der keine Chance gehabt hatte, den EMP zu überleben.

Beck stürmte die Auffahrt zu der schlammigen Veranda hoch und klopfte an die Tür. Die Klingel funktionierte nicht. Er hatte vorgehabt, ihr eine dieser Ring-Video-Türklingeln zu besorgen, vergaß aber immer wieder, eine online zu bestellen und ihr zu schicken. Das hatte sich jetzt erledigt.

Als niemand reagierte, klopfte Beck erneut. Er hatte keinen Schlüssel. Debbie hatte abgelehnt, als er sie fragte.

»Hallo?«, rief er. »Deb? Millie?«

Keine Reaktion. Er versuchte, die Tür zu öffnen. Sie war abgeschlossen.

Er legte die Hände um seine Augen und drückte das Gesicht an das Seitenfenster. Das Haus war dunkelgrau durch das Licht, das durch die Fenster hereinfiel. Der Flur und das vordere Wohnzimmer waren leer. Der Teil des Hauses, den die Frauen vor allem nutzten, war nicht sichtbar. Die Küche und das Esszimmer, außerdem die beiden Schlafzimmer und das einzige Bad, befanden sich im hinteren Teil des Hauses, sie zweigten von dem Hauptflur ab.

»Willst du, dass wir mitkommen?«, rief Gabe vom Truck aus.

Beck hielt einen Finger hoch. »Noch nicht.«

Er sah zu den nächsten Nachbarn hinüber. Jemand spähte durch die weißen, zarten Gardinen, zog sie dann zusammen und wich vom Fenster zurück.

Das Fenster. Der Schlamm.

Auf der Veranda waren schlammige Stiefelabdrücke. Dasselbe unverwechselbare Muster, das er am Tag zuvor in seinem Haus gefunden hatte.

Adrenalin explodierte in seinem Körper. Wie von einer Kanone abgeschossen, rannte Beck um die Seite des Hauses herum. Er umrundete die Ecke zum Garten, rutschte auf dem matschigen Boden aus und fiel fast. Seine Stiefel schlitterten, und er half mit einer Hand nach, um im Gleichgewicht zu bleiben. Als er wieder sicher auf den Füßen war, stand er hinter dem Haus und sah das zerbrochene Badezimmerfenster.

Nein, nein, nein, nein, nein. Das kann einfach nicht passieren.

Sein Herz hämmerte, und er fluchte. Dann fand er die Hintertür, die in die Küche führte. Sie war nicht abgeschlossen. Schlammige Stiefelabdrücke zierten die Hintertreppe und führten vom Haus weg.

Beck riss die Tür auf. »Millie? Deb?«

Seine Augen gewöhnten sich an das dämmerige Licht im Haus. Er stand im Türrahmen, sein Puls hämmerte ihm in den Ohren, und er lauschte.

Alles war still.

Auf dem Boden führten schmutzige Stiefelabdrücke in unzählige Richtungen. Er trat in die Küche.

Fast atemlos ging er weiter. Der Linoleumboden war glitschig. Er blickte nach unten und sah Blut. Es sickerte hinter der Kücheninsel hervor. Sein Magen drehte sich um.

Diese Insel war eigentlich ein beweglicher Butcher Block, den Beck in ihrem ersten Ehejahr für Deb gebaut hatte. Wie alles andere hatte sie ihn nach der Scheidung bekommen.

Er flüsterte: »Deb?«

Mit angespannten Muskeln trat er um die Insel herum. Ein Mann lag mit dem Gesicht nach unten auf dem Boden, der Griff eines Küchenmessers ragte aus der Stelle zwischen seinem Hals und der Schulter.

Beck sah zum Messerblock auf der Insel. Zwei Messer fehlten. Er fasste an seine Taille und zog die Pistole, was er schon hätte tun sollen, bevor er ins Haus gestürmt war.

Er stieß die Schulter des toten Mannes mit dem Stiefel an und drehte ihn auf die Seite. Becks Kehle zog sich zusammen, als er den Mann erkannte. Es war Martin, einer von Gooses Kumpanen.

Er umklammerte die Pistole fester und stand auf. Wut explodierte in ihm. »Deb!«

Becks Ruf war so laut, so voller Mut, dass es ihn selbst erschrak. Er hob die Pistole und ging von der Küche in den Hauptflur. Er suchte die Umgebung ab, sah nichts und schob sich in den Flur, der zu den Schlafzimmern und dem einzigen Bad führte. Er trat zuerst die Tür zu Millies Zimmer auf. Sie flog nach innen, und die Zarge bekam beim Aufprall einen Riss.

»Millie!«

Ein ungemachtes Bett war ein Durcheinander von Laken und Stofftieren. Ihr Computer war aus. Staub tanzte in den Sonnenstrahlen, die durch die schmutzigen Fenster hereinfielen.

Beck trat in das Zimmer und suchte nach irgendwelchen Anzeichen seiner Tochter. Mit einer Hand schob er die Falttür des Kleiderschranks auf. Kleider und Shirts in gedeckten Farben hingen auf pinkfarbenen Bügeln. Stiefel und Schuhe bedeckten den Boden.

Er fand nichts, verließ ihr Zimmer und trat vorsichtig in den Flur. Der Boden knarrte unter seinem Gewicht. Als Nächstes kam das Badezimmer. Seine Hand schwebte über dem Türgriff. Von drinnen hörte er ein Geräusch. Schritte? Ein Gewicht in der Badewanne?

Beck spannte sich an und zögerte. Er rief wieder: »Millie? Deb?«

Die Tür explodierte zu gezackten Holzsplittern, und Beck warf sich zu Boden. Eine weitere Gewehrladung entlud sich in die Wand hinter ihm. Ein dritter Schuss zerschmetterte das Fenster in Millies Zimmer.

Er lag auf dem Rücken, die Waffe in der Hand. Er legte seinen Finger auf den Abzug und benutzte seine Füße, um sich gegen die Wand neben dem Badezimmer zu schieben. Kaum hatte er sich vorbereitet, als eine große Gestalt durch die Öffnung in den Flur stürmte.

Da er den Blick nach vorn gerichtet hatte, sah der Mann Beck nicht, der seine Waffe mit beiden Händen umklammerte und den Abzug durchdrückte. Die Kugel zerstörte das Knie des Mannes, und er brach neben Beck auf dem Boden zusammen. Die Waffe des Eindringlings schlitterte über den Boden und war außerhalb seiner Reichweite. Er umklammerte den Brei, wo zuvor sein Kniegelenk gewesen war.

Innerhalb einer Sekunde war Beck über ihm. Er legte eine Hand um die Kehle des Mannes und drückte den Lauf der Glock an die Wange des Kerls. Es zischte, und der Mann schrie von dem Schmerz, den der rauchende Lauf verursachte, auf.

Es war Shipley.

»Wo ist Goose?«, knurrte Beck.

Shipleys Augen traten durch den Druck auf seine Kehle hervor. Er konnte nicht atmen, geschweige denn sprechen.

Beck fluchte und schlug Shipley mit dem Kolben seiner Waffe auf den Kopf. Der Dreckskerl erschlaffte.

Beck wollte ihn gerade noch einmal schlagen, als ein leiser Ruf aus Debbies Schlafzimmer kam.

»Debbie?«

Ein fast unhörbares Flüstern war die Antwort. Bildete er sich ein, es zu hören?

Er hob Shipleys Waffe auf und kam auf die Füße. Debbies Tür war gerissen, und er schob sich zu der Öffnung. Er hob wieder die Pistole und schob mit der linken Hand die solide Holztür auf. Die Angeln quietschten, und Beck sah sich im Zimmer um. Er bemühte sich, seine Atmung zu kontrollieren. Einatmen durch die Nase, Ausatmen durch den Mund. Ein. Aus. Ein. Aus.

Noch ein ungemachtes Bett. Doch dieses hier sah nicht aus, als hätte jemand darin geschlafen. Die Tagesdecke lag auf dem Boden. Kissen lagen durcheinander auf herausgezerrten Laken.

»Hilfe.«

Die heisere Bitte kam irgendwo aus dem Zimmer. Er ging auf die andere Seite des Bettes.

»Hilfe.«

Beck drehte sich um und sah den Schrank. Die Tür stand offen. Vertraute Kleider hingen auf der Stange.

»Deb? Bist du das?«

»Johnny ...«

Es war Deb. Irgendwo. Nur wo?

Er suchte das Zimmer ab, jede einzelne Ecke. Er ging hinaus und überprüfte das Badezimmer. Leer.

»Debbie!«, rief er. »Wo bist du?«

Zurück im Schlafzimmer blieb er still stehen und lauschte. Wenn sie hier war und atmete, würde er sie finden. Sekunden später hörte er ein Keuchen. Es kam unter dem Bett hervor.

Er ließ sich auf die Knie sinken und legte die Waffe weg. Debbie war da. Sie lag auf dem Bauch, das Gesicht auf eine Seite gedreht.

Beck fluchte. Er zitterte und legte sich flach auf den Boden, um sie unter dem Bettrahmen hervorzuziehen. Er bewegte sie, zog sie an Handgelenken und Unterarmen, und sie stöhnte.

Debbie war bei Bewusstsein. Sie atmete, wenn auch flach.

Er setzte sich aufrecht hin und zog sie auf seinen Schoß. Blut floss aus ihrem Bauch und färbte ihr hellblaues Baumwollnachthemd dunkelrot.

Debbie war blass, ihre Lippen grau. Tränen flossen aus ihren Augenwinkeln, die in einem Versuch, sich zu fokussieren, flatterten. Sie sah zu ihm hoch, und die schwache Andeutung eines Lächelns spielte um ihre Mundwinkel. Sie öffnete den Mund, um etwas zu sagen, musste aber husten.

Beck wiegte sie auf seinem Schoß, hielt ihre Hand und streichelte ihre Wange.

»Versuch nicht, zu sprechen«, sagte er. »Spar deine Kräfte.«

Seine Brust zog sich zusammen. Tränen liefen ihm die Wangen hinunter. Er schmeckte das Salz.

»Johnny«, flüsterte sie, und ihre Stimme war wie eine sanfte Brise. »Du lebst. Sie sagten, dass du tot wärst.«

Beck schniefte. »Wer? Wer hat gesagt, dass ich tot bin?«

»Der Mann«, sagte sie. »Der Mann, der gekommen ist …«

Noch ein Husten, dieses Mal kam Blut.

Beck wischte mit seinem Ärmel sanft ihre Wangen ab. Sie schloss die Augen, öffnete sie wieder, und ihr Blick schoss herum, bis sie ihn fand.

»Sie haben sie mitgenommen«, sagte Debbie. »Ich hätte es nicht zulassen dürfen. Es ist meine Schuld. Ich habe gekämpft, Johnny …«

Noch ein Husten. Sie wimmerte. Stöhnte. Ihr Griff um seine Hand wurde schwächer. Debbie war kalt. Zu kalt.

Beck wollte nach Hilfe rufen. Es würde keine kommen. Er wollte schreien, Löcher in die Wände schlagen. Stattdessen biss er sich ins Wangenfleisch.

»Johnny, es tut mir leid. Es tut mir so …«

»Pst. Sprich nicht. Es ist okay.«

»Versprich mir … versprich mir …«

»Alles, Deb. Alles.«

Sie atmete angestrengt. Sie versuchte, sich zu räuspern. Als sie sprach, waren ihre Worte dick wie Sirup. »Versprich mir, dass du unser Mädchen findest. Kümmere dich um Millie. Bitte.«

Er umfasste ihre Hand fester und strich mit dem Daumen über ihre Wange. »Ich verspreche es. Und wenn es das Letzte ist, was ich tue. Ich bringe sie zu dir zurück und … Deb? … Debbie … sieh mich an.«

Ihre Lider flatterten, ihre Augäpfel rollten nach hinten. Ihr Körper verkrampfte sich und erschauerte. Ein letzter, tiefer Atemzug. Sie wurde schlaff und ihr Kopf fiel zurück.

Beck schrie auf. Er fluchte, zweifelte, beschuldigte, klagte.

Als er erschöpft war, sah er durch einen Tränenschleier auf. Gabe stand mit gesenktem Kopf im Türrahmen.

»Sie ist weg«, sagte er. »Goose. Er hat meine Frau getötet und meine Tochter mitgenommen.«

Gabe hob den Kopf. »Bruder, ich weiß nicht, was ich sagen soll.«

Beck schloss Debbies Augen und strich ihr über die Stirn. »Sag gar nichts. Hilf mir mit Shipley. Er hat Debbie umgebracht.«

»Radio auch.«

Beck blinzelte und schüttelte den Kopf. Er konnte auf keinen Fall richtig gehört haben. »Was?«

»Direkt zwischen die Augen. Ein Schuss. Er gab keinen Laut von sich. Fiel einfach tot um.«

Beck kam auf die Füße. Er ging durchs Zimmer. »Ihr wart doch draußen. Wie ist das passiert?«

Im Flur zeigte Gabe auf das zerbrochene Fenster. »Wir hörten den Gewehrschuss und waren auf dem Weg ins Haus. Radio bewegte sich auf das Fenster zu. Und als Nächstes sah ich ihn auf dem Boden liegen.«

Wut brodelte in ihm. Beck griff sich ins Haar und riss daran. Er knirschte mit den Zähnen und unterdrückte einen weiteren Schrei, drehte sich um und trat Shipley in den Rücken. Sein Körper zuckte, aber er war immer noch bewusstlos.

»Hilf mir mit ihm«, knurrte Beck. »Wir brauchen Antworten.«

16

TAG DER DETONATION + 4
TUSCALOOSA, ALABAMA

Es war der Wodka, der ihn aufweckte. Beck schüttete ihn auf die offene Wunde in Shipleys zerstörtem Knie und durchweichte den T-Shirt-Stauverband und die Überbleibsel seiner Hose.

Der großäugige Schrecken, als Shipley das Bewusstsein wiedererlangte und seine Umgebung in sich aufnahm, ließ Beck grinsen. Er stand über seinem Gefangenen, und sein Lächeln verwandelte sich in eine finstere Miene.

»Wo ist sie?«, fragte Beck.

Shipley verzog nur das Gesicht und grunzte.

Beck hielt ein Messer hoch und neigte es, sodass das verbliebene Tageslicht sich auf der Edelstahlklinge reflektierte. Er beugte sich zu dem Stuhl herunter, auf dem Gabe und er Shipley gefesselt hatten.

»Wo ist meine Tochter?«

Shipley öffnete die Augen und versuchte, sich zu konzentrieren. »Ich weiß es nicht.«

Obwohl Beck Gabe versprochen hatte, dass er den Mann, der für den Tod seiner Frau und das Verschwinden seiner Tochter verantwortlich war, nicht körperlich foltern würde, wollte der Dämon, der in sein Ohr sprach, ihn das Versprechen brechen lassen.

Er ging vor Shipley in die Hocke, sodass er mit ihm auf Augenhöhe war. »Erzähl mir alles. Sofort.«

Gabe stand hinter Shipley. Er legte die Hände auf die herabgesunkenen Schultern des verletzten Mannes. »Komm schon, Bruder«, drängte er. »Mach es dir selbst leicht.«

Shipley biss sich auf die Unterlippe. Tränen glänzten in seinen Augen. Schweiß durchnässte seinen Kragen. Er stand wahrscheinlich kurz vor einem Schock. Seine flachen Atemzüge waren schnell und unregelmäßig. Als er etwas sagte, verfluchte er sie.

Beck hielt die Messerspitze an die Überbleibsel von Shipleys Knie. Der Mann drückte den Rücken durch und zerrte mit aufgerissenen Augen an seinen Handfesseln.

Beck berührte ihn nicht. »Wir haben keine Zeit. Sag mir, wohin Goose meine Tochter gebracht hat. Wenn du das tust, mache ich es schnell. Wenn du es nicht tust, wird es eine Weile dauern.«

Shipley drohte, ohnmächtig zu werden. Beck schlug ihm ins Gesicht. Er blinzelte und kam wieder zu sich. Seine Miene wandelte sich zu etwas, das wie Resignation aussah. Das würde nicht gut für ihn enden.

Gabe drückte seine Schultern. »Komm schon, Bruder. Du hast seine Frau getötet. Du schuldest ihm etwas.«

Shipley schüttelte den Kopf. »Ich habe sie nicht getötet. Das war Goose. Ich schwöre.«

»Ich glaube dir nicht.«

»Wirklich«, sagte Shipley. »Ich habe sie nicht getötet. Wir sollten keine von ihnen umbringen. Das war nicht der Plan.«

Beck drehte das Messer in seiner Hand. »Was war der Plan?«

»Wir wollten etwas Spaß haben, das ist alles. Aber es ging schlimm aus.«

»Sag mir, was passiert ist.«

»Wir klopften an die Tür. Die Frau ließ uns rein, weil wir sagten, dass wir Informationen über dich hätten.«

»Was dann?«

Shipleys Worte wurden undeutlich. »Ich weiß es nicht. Sie wurde wohl misstrauisch. Ging in die Küche. Als Nächstes lag Martin am Boden, und die Frau rannte auf uns zu. Es wurde völlig verrückt. Goose feuerte auf sie und das Mädchen. Ich versteckte mich im Badezimmer. Das ist die Wahrheit. Danach habe ich nichts mehr gesehen.«

Beck glaubte ihm, aber es war ihm nicht genug. »Was hast du gehört?«

»Ich weiß nicht, Mann. Ich habe dir erzählt, was passiert ist.«

Shipley sah grau aus. Er hatte viel Blut verloren. Trotz des Druckverbands, den sie mit einem Handtuch gemacht hatten, war er in schlechter Verfassung.

»Was hast du gehört?«

Shipley schüttelte den Kopf. »Er ging ins Schlafzimmer. Nahm das Mädchen. Ich hörte sie schreien. Sie wehrte sich gegen ihn. Aber er ging. Ohne mich. Fuhr weg. Nahm sie mit …«

Seine Stimme wurde immer schwächer, als ihm das Bewusstsein schwand. Beck schlug ihn wieder.

»Wohin? Wohin hat er sie mitgenommen?«

»Nach Norden. Das ist alles, was ich weiß, okay? Seine Familie hat oben im Norden Land.«

»Alabama?«

»Memphis.«

»Wo?«

Shipley wurde wieder ohnmächtig. Er reagierte nicht mehr auf Becks Stupsen.

»Lebt er noch?«, fragte Gabe.

Beck fühlte seinen Puls. Er war noch da. Gerade so.

Gabe trat hinter dem Stuhl hervor. »Was machen wir jetzt?«

Beck stand auf. Er ging zur Kücheninsel und rammte das Messer ins Holz.

»Wir suchen nach meiner Tochter.«

»Wo fangen wir an?«

»Memphis.«

»Was ist mit Shipley?«

»Wir lassen ihn hier.«

»Was ist mit Radio und Debbie? Was willst du mit ihnen machen?«

»Wir können sie in den Garten bringen. Sie unter den Magnolienbaum beim Zaun legen. Ein Gebet sagen. Dann losfahren.«

»Losfahren?«

»Wir haben keine Zeit, um sie zu begraben. Ich muss meine Tochter finden. Du hast Shipley gehört. Goose hat ein Auto. Oder einen Truck. Oder etwas in der Art. Wir müssen ihn einholen.«

Eine Stunde später waren sie unterwegs und fuhren in nordwestlicher Richtung aus Tuscaloosa auf dem Memphis-Birmingham Expressway heraus. Gabe fuhr. Beck starrte aus dem Fenster und schwieg.

Sie lebten jetzt vier Tage in der Dystopie. Und er wäre bereits zwei Mal fast gestorben. Ein Freund war tot, grundlos ermordet. Sein Tod ging auf Becks Kappe. Genau wie der von Debbie.

Wenn er seine Dämonen ferngehalten und Goose in der Kantine ignoriert hätte, wäre nichts von all dem passiert. Er dachte an Debbie, und zwei Dinge, die sie ihm gesagt hatte, hallten in seinem Kopf wider.

Zwei Dinge. Eins bohrte ihm ein Messer in die Brust. Das andere trieb ihn an.

Du bist dein eigener schlimmster Feind.

Debbie hatte recht. Es war eine Erkenntnis, eine Mahnung und eine vorausschauende Warnung. Und da er genau das war, was sie behauptet hatte, waren seine Träume von einer Versöhnung mit seiner Frau vorbei, genau wie ihr Leben. Sie war in seinen Armen gestorben.

Und das war der Augenblick, als sie die zweite Sache flüsterte, die in seinem Kopf ständig widerhallte.

Versprich mir, dass du unser Mädchen findest.

Er hatte genug davon, die am offenen Fenster vorbeiziehenden Büsche zu betrachten, lehnte den Kopf zurück und schloss die Augen. Statik rauschte aus den Radiolautsprechern, als Gabe die Frequenzen durchsuchte.

In dem Moment beschloss Beck, dass, ganz egal, was es kostete, wie lange es dauerte und wie schlecht die Chancen standen, er seine Tochter finden würde. Und auf dem Weg würde er seine verbleibenden Tage damit verbringen, zu reparieren, was er zerbrochen hatte. Statt sein eigener Feind zu sein, würde er anderen in Not helfen.

Er würde sich reinwaschen. Im Namen seiner Frau. Im Namen seines Freundes Radio. Zu Ehren von Millie, die er bis ans Ende der Welt suchen würde.

Unzivilisiert oder nicht, Beck würde einen Weg finden.

17

TAG DER DETONATION + 4 JAHRE, 3 MONATE, 1 TAG
GRENZE ZWISCHEN TEXAS UND NEW MEXICO

Beck fuhr mit dem Finger die abgenutzte Karte entlang, die das zeigte, was einst die Vereinigten Staaten gewesen waren. Er hatte sie zur Hälfte auf einem Beton-Picknicktisch an einem Rastplatz eines verfallenen Highways gefaltet. Gabe beugte sich ihm gegenüber über den Tisch.

»Es sind jetzt vier Jahre, Beck. Wie lange willst du noch nach Millie suchen? Wann suchen wir uns einen sicheren Ort, um uns niederzulassen?«

Beck sah Gabe an, ohne den Kopf zu heben. »Wie oft müssen wir dieses Gespräch noch führen? Du bist nicht an mich gekettet. Wenn du keine Lust mehr zum Suchen hast, mach dein eigenes Ding.«

»Das meine ich nicht damit, Bruder. Ich bleibe bei dir. Aber …«

»Aber was?«

Gabe zeigte auf die Karte. »Wie viele Sackgassen waren es? Wie viele falsche Hinweise? Wieviele Mal wollen wir noch quer durch das fahren, was von diesem Land übrig geblieben ist, um nach ihr zu suchen?«

»So oft, wie es nötig ist. Wir haben jetzt eine gute Spur. Diese Lady in Amarillo sagte, sie hat eine Frau gesehen, die aussah, als könnte sie Millie sein. Sie war Richtung Westen unterwegs. Albuquerque oder Santa Fe. Das ist unser Ziel.«

»Der Mann davor sagte, er hätte sie in Amarillo gesehen. Und Fort Worth und Shreveport und Little Rock. Und dann dieses Debakel in St. Louis, weißt du noch? Die Schießerei wegen eines schlechten Hinweises? Das war schlimmer als der

Schusswechsel in Little Rock, und ich hatte geglaubt, dass *nichts* schlimmer sein könnte als Little Rock. Ich habe das Gefühl, das Einzige, was uns noch nicht begegnet ist, sind Kannibalen. Es ist endlos.«

»Kannibalen existieren nicht. Das ist ein Gerücht.«

»Es ist ein Gerücht, das wir immer wieder hören.«

»Okay, aber wenn Leute Begegnungen mit Kannibalen hatten, denke ich nicht, dass sie herumlaufen und erzählen könnten, dass sie Kannibalen begegnet sind.«

Gabe zuckte mit den Schultern. »Meinetwegen. Aber du verstehst, worauf ich hinaus will. Wir jagen vielen schlechten Hinweisen nach. Wir begegnen einer Menge schlechter Menschen. Wie in Little Rock. Wie in St. Louis.«

»Das war kein schlechter Hinweis. Es war nur …« Er suchte nach dem richtigen Ausdruck dafür. »Es war nur eine schlechte Situation.«

»Wir haben einen Mann vor den Augen seiner Frau getötet. Und wofür?«

»Er war ein schlimmer Kerl, Gabe. Er war ein Dieb und ein Mörder und …«

Gabe winkte ab. »Darum geht es nicht.«

»Genau darum geht es. Willst du mir sagen, dass du nicht mehr daran glaubst, dass wir Millie oder Goose finden? Dass es sinnlos ist?«

Gabes Miene wechselte von Verärgerung zu Mitgefühl. Beck hasste diesen Blick, der ihm sagte, dass er naiv war.

»Das meine ich nicht. Sie ist da draußen, Bruder. Ich fühle es.«

»Was willst du mir dann damit sagen?«

»Ich will so etwas Ähnliches wie ein Leben haben. Ich will Tag für Tag am selben Ort aufwachen, neben einer Frau, die mich liebt. Ich will Gemeinschaft.«

Das war viel zu verarbeiten. Auch wenn Beck es kommen gespürt hatte, was so war, war er nicht bereit, für seinen besten und einzig wahren Freund die Mission vor ihrem Abschluss aufzugeben. Er senkte den Blick auf die Karte und trommelte mit einem Finger auf der ausgefransten Faltung. Gabe seufzte, nickte und trank einen Schluck Wasser aus seiner Flasche.

»Wir sollen unseren Kontaktmann in einer Bar nicht weit von Albuquerque treffen. Das ist ein Dreitagesmarsch von hier. Er braucht Hilfe und hat Informationen. Das sind alles Brotkrumen, Gabe. Eines Tages finden wir sie. Das werden wir.«

Es war ein warmer Tag. Die Sonne strahlte von einem tiefblauen Himmel auf sie hinunter. Hohe Wolken zogen in dünnen Streifen vorbei. Die trockene Luft fühlte sich auf Becks Nacken heiß an.

Er lehnte sich auf der Betonbank zurück und faltete die Karte zusammen, wobei er vorsichtig mit dem abgenutzten Papier war, und schob sie in die Innentasche seiner Weste.

Eine Amsel zirpte sie aus einer sterbenden Fichte an. Sie flatterte mit den Flügeln, um Aufmerksamkeit zu erregen.

Beck lächelte. »Ich habe nichts für dich.«

Gabe hob eine Braue. »Was?«

Beck zeigte mit einem Finger auf den Vogel. »Ich habe mit dem Vogel gesprochen. Er flattert herum und wartet darauf, dass wir Krümel fallen lassen. Ich habe ihm gesagt, dass ich nichts für ihn habe.«

Gabe musterte den Baum eine Weile und trank noch einen Schluck Wasser. Er bot auch Beck etwas an, der ablehnte.

»Ich habe mir bei der Frage nichts weiter gedacht«, sagte Gabe. »Ich habe nur das Gefühl, dass es meine Pflicht ist, dafür zu sorgen, dass du mit deinen Erwartungen auf dem Teppich bleibst.«

Beck lachte darüber. Es war allerdings ein humorloses Lachen. »Auf dem Teppich bleiben. Das gefällt mir, Gabe. Als ob in eine Sackgasse nach der anderen zu jagen, als ob jede

Nacht daran zu denken, was mit Millie passiert sein könnte, als ob die Gewalt, die wir in den letzten vier Jahren erlebt haben, nicht genug ist, damit ich *auf dem Teppich* bleibe.«

»So habe ich es nicht gemeint.«

Beck griff nach der Flasche. Er trank einen großen Schluck und leckte sich über die Lippen. Es war in diesem Teil des Landes so trocken.

Beide Männer hatten gute Argumente. Seit mehr als vier Jahren suchten sie nach Millie und Goose. Sie waren in Memphis gestartet und waren ostwärts über die Smokey Mountains gefahren, südlich zu den Florida-Keys und zurück nach Norden.

Jede Stadt ließ sie mit leeren Händen und blutbedeckt zurück. Manchmal war das Blut ihr eigenes, manchmal das von jemand anderem. Sie halfen mehr Menschen, als sie beerdigten, und das hieß schon etwas. Trotzdem waren sie nie nahe daran, Millie zu finden. Einmal dachten sie, sie hätten Goose im Visier, aber es war eine falsche Spur. Wie so vieles, was nach dem Tag der Detonation blieb, war es eine Illusion.

Genau wie Beck hatte buchstäblich jeder, der noch am Leben war, keine wirklichen Antworten auf den Angriff, der die Vereinigten Staaten ins neunzehnte Jahrhundert zurückgeworfen hatte, und den Rest der Welt in die schlimmste globale Wirtschaftskrise in der Geschichte. Die meisten glaubten, dass es die Chinesen waren. Andere meinten, es wäre eine multinationale Anstrengung von Amerikas Feinden gewesen. Noch mehr glaubten an die Verschwörungstheorie, dass die Regierung der Vereinigten Staaten hinter dem Angriff auf das Stromnetz steckte, und dass eine geheime Verbindung in Hightech-Bunkern lebte und darauf wartete, dass der Rest der Menschheit sich selbst umbrachte.

Gerüchte und Hörensagen waren ebenso eine Währung wie Bargeld, und Bargeld war wie Gold, selbst wenn es nicht davon gestützt wurde. Aus Gründen, die weder Beck noch Gabe verstanden, war der US-Dollar immer noch etwas wert. Beck vermutete, dass es daran lag, dass der größte Teil der Gesellschaft am Tag der Detonation bargeldlos war, weil man Apps bevorzugte, um Waren und Dienstleistungen zu bezahlen. Was an Bargeld und Zahlungsmitteln noch im Umlauf war, eignete sich so gut wie alles andere zum Tauschhandel.

Transportmittel waren schwierig zu finden. Was vom Militär übrig war, hatte noch Vorräte an stabilisiertem Diesel. Auf den Rest des Kontinents traf das nicht zu. Kanada und Mexiko versanken zwei Jahre nach den Vereinigten Staaten zum größten Teil im Dunkeln. Es gab keine Angriffe, es fehlte nur an verfügbarer Energie. Ohne die Erdgasproduktion der Vereinigten Staaten schrumpften die Vorräte der Welt in sich zusammen. Und während die Infrastruktur in den meisten Teilen der Welt noch lange nach dem Tag der Detonation funktionierte, gab es nicht genug Energie, um sie am Leben zu halten.

Einige hatten Pferde, obwohl das Futter für sie teuer war. Fahrräder waren eine Möglichkeit für diejenigen, die funktionierende Getriebe und Reifen, die die Luft hielten, zusammenkratzen konnten.

Die einzige Form von Massentransportmittel waren mit Kohle betriebene Züge. Auf die Fahrpläne konnte man sich nicht verlassen, und die Reise konnte gefährlich sein. Räuber benutzten die Bahn und hielten Ausschau nach leichter Beute. Beck und Gabe vermieden Zugreisen, soweit es möglich war. Während sie von Stadt zu Stadt reisten, sahen sie in der postapokalyptischen Welt genug Gewalt, mit der sich Menschen durchs Leben schlugen, während sie den Ansässigen auf ihrem Weg zum nächsten Punkt auf Becks Karte halfen.

Was von der quasi-zivilisierten Gesellschaft blieb, war landwirtschaftlich. Mikrofarmen schossen fast überall aus dem

Boden, und Landwirte aus der Not bauten alles an, was auf dem Land wachsen wollte. Die meisten tauschten die Ernte gegen Essen oder Dinge aus, die sie brauchten und nicht selbst herstellen konnten.

Dorfmärkte quollen vor Überlebenden über, die ihre Hühnereier gegen Ziegenmilch, oder Bienenwachskerzen gegen Schweinefleisch tauschen wollten. Die Märkte waren ebenfalls gefährlich. Dort trafen Menschen mit den besten Absichten auf solche mit den schlimmsten Absichten. Beck hielt es für am besten, Menschenmengen zu vermeiden, soweit das möglich war.

Es war unglaublich, wie schnell sich die Gesellschaft in Anarchie aufgelöst hatte, und die Ordnung in Chaos. Die Menschen waren nur achtundvierzig Stunden nach dem Tag der Detonation in Panik geraten. Die Verzweiflung folgte schnell. Danach setzten die Überlebensinstinkte ein. Oder eben nicht.

Beck und Gabe hatten in den frühen Tagen unzählige Gespräche darüber geführt, wie schnell die Menschen zugunsten von darwinistischem Verhalten die Anstandsregeln aufgaben. Sie waren überzeugt, dass der Grund dafür mangelnde Kommunikation war. Menschen waren Rudeltiere. Wenn man sie isolierte, bissen sie.

Während der Pandemie 2020 war die Menschheit in Verbindung geblieben. Selbst wenn sie sich nicht persönlich sehen und nicht ins Kino oder zu Konzerten, in Bars und Restaurants durften, so konnten sie doch Zoom oder FaceTime nutzen. Sie hatten die sozialen Medien und Video-Streamingdienste. Sie konnten sich ablenken, um nicht ständig an ihre Angst vor dem Unbekannten zu denken.

Dieses Mal war es nicht so. Nicht nach dem Tag der Detonation. Keine Telefone, kein Fernsehen, kein Twitter oder TikTok, kein Licht, keine Klimaanlage und auch kein Online-Shopping.

All das verstärkte die kollektive Besorgnis. Die Menschen machten eine Bestandsaufnahme von dem, was sie nicht hatten, und ihre Urinstinkte, ihr Selbsterhaltungstrieb trugen den Sieg davon.

Wie sie auf ihren Reisen gelernt hatten, könnte ihnen ein Fremder ebenso gut die Kehle durchschneiden wie ihnen ein Dach über dem Kopf und etwas zu essen anbieten. Tatsächlich waren es meistens diejenigen, die eifrig Hilfe anboten, die am gefährlichsten waren.

Nachdem der Truck das vierte Mal liegengeblieben war, und sie gezwungen waren, zu Fuß weiterzugehen, nahmen Beck und Gabe Wege, die wenig bevölkert waren. Sie passten aufeinander auf und schliefen oft nur abwechselnd. Nur wenn eine Gemeinschaft sie um Hilfe bat, taten sie ihr den Gefallen. Und es war nicht wirklich ein Gefallen, denn in solchen Fällen wusch eine Hand die andere.

Jetzt waren sie auf dem Weg nach New Mexico. Albuquerque oder Santa Fe. Wahrscheinlich beides. Es war vergebliche Mühe, und das seit vier Jahren, aber Beck hatte Debbie versprochen, ihre Tochter zu finden. Er würde bis zum Tag seines Todes nach ihr suchen. Ob Gabe mit seiner Rationalität nun recht hatte oder nicht, er würde nicht aufhören.

Beck fragte sich manchmal, ob sie aufhören würden, selbst wenn sie erfahren sollten, dass seiner Tochter etwas Schlimmes zugestoßen war. Sobald ihr Aufenthaltsort, tot oder lebend, ein *ganz sicher wissen* war. Er bezweifelte, dass sie aufhören würden. Er und Gabe hatten jetzt einen Ruf. Und genau wie andere Gerüchte, die die Gleise oder die Nebenstraßen entlang von einem Teil des Kontinents zum anderen wanderten, waren ihre Taten legendär.

Menschen in Not suchten sie auf. Sie fanden sie an den unwahrscheinlichsten Orten und bezahlten sie, damit sie ihre Städte oder Dörfer von Übeltätern befreiten. Es war eine nie endende Aufgabe. Ein Nebenprodukt seiner Suche nach Millie und seines Schwurs, den Tod von Debbie und Radio zu vergelten, und Beck brauchte diese Herausforderung. Er brauchte eine Möglichkeit, um seine Dämonen zu exorzieren.

Also wussten beide Männer, während sie an dem Beton-Picknicktisch saßen, über ihre Zukunft diskutierten und eine Amsel ärgerten, dass das Gespräch über sich niederlassen und aufhören nur müßiges Gerede war. Zumindest war es das für Beck. Gabe schien immer weniger an ihren Lone-Ranger-Taten und mehr an nachts durchschlafen und einem Tag ohne Blutvergießen interessiert zu sein.

Beck stützte die Ellbogen auf dem Tisch ab und verschränkte die Arme. »Weißt du, wenn du hierzu keine Lust mehr hast, kannst du aufhören. Du schuldest mir nichts, Gabe. Du hast mehr als genug getan.«

Gabe runzelte die Stirn. Er rutschte herum und schüttelte den Kopf. »Ich bleibe nicht bei dir, weil ich dir etwas *schulde*. Ich bleibe bei dir, weil wir ein Ziel haben. Nicht viele Menschen in dieser Welt können das noch von sich behaupten.«

»Warum redest du dann davon, dich irgendwo niederzulassen?«

Gabe atmete die trockene, heiße Wüstenluft tief ein und stieß sie wieder aus. Die Falten auf seiner Stirn glätteten sich etwas. »Ich bin müde. So einfach ist das. Vier Jahre, Bruder. Das ist sehr viel Gehen. Manchmal fühle ich mich wie Forrest Gump, der beschlossen hat, mit dem Laufen anzufangen. Niemals anhalten, niemals zu Atem kommen. Immer einen Schritt nach dem anderen machen, immer und immer wieder.«

»Ich habe *Forrest Gump* nie gesehen.«

Überraschung breitete sich auf Gabes Zügen aus. »Wirklich? Wie ist das möglich? Jeder hat diesen Film gesehen. Du weißt schon: Mama hat immer gesagt, das Leben ist wie eine Schachtel …«

»Ich kenne das Sprichwort. Ich habe nur den Film nie gesehen.«

»Ich muss dir davon erzählen, wenn wir gleich wieder unterwegs sind. Es ist ein Klassiker.«

»Das habe ich gehört.«

Der Vogel zwitscherte, und eine weitere Amsel flog über den Himmel. Sie flatterte mit den Flügeln und landete auf einem Ast der ersten Amsel gegenüber. Der neue Vogel war größer, sein Ruf drängender und aggressiver.

Gabe zuckte mit den Schultern. »Ich denke, ich will sagen, je länger wir das hier machen, desto mehr denke ich darüber nach, es nicht mehr zu tun – und ein anderes Ziel zu finden.«

Becks anfängliche Trotzhaltung wurde milder. Was sein Freund sagte, ergab Sinn. Wenn er ehrlich zu sich selbst war, gab es Augenblicke, in denen er sich ein Leben ohne eine solche Aufgabe vorstellte, in dem er Debbie kein solches Versprechen gegeben hatte, in dem er nicht davon träumte, Rache an dem Mann zu üben, der dieses Räderwerk in Gang gesetzt hatte.

»Wie viele Menschen haben wir seit dem Tag der Detonation geholfen?«

Gabes Frage überraschte ihn. Noch erschreckender war es vielleicht, dass keiner von ihnen diese Frage zuvor gestellt hatte. Nicht einmal in vier Jahren hatten sie ihre Taten aufgelistet.

»Vor Memphis oder danach?«, fragte Beck.

»Danach. Wie viele Menschen, was glaubst du?«

»Mehr, als wir getötet haben.«

»Das ist klar.«

Beck holte seine Wasserflasche aus dem Rucksack, drehte sie auf und trank einen Schluck. Das Wasser war warm, stillte aber trotzdem den Durst. Er trank noch einen Schluck, bewegte das Wasser in seinen aufgeblähten Wangen herum und bot Gabe die Flasche an, der ablehnte.

Beck behielt das Wasser im Mund und fuhr mit der Zunge darin herum. Nachdem er es geschluckt hatte, sagte er: »Wir haben mehr als zweihundert Menschen umgebracht. Ich meine, *ich* habe mehr als zweihundert Menschen umgebracht. Zweihundertundsechs, wenn ich richtig gezählt habe.«

»Wenn du zählst.«

»Es waren zweihundertsechs.«

Die Zahl schien in der Luft zwischen ihnen zu hängen. Gabe sagte nichts, bis sie sich auflöste.

»Hundertneunundzwanzig.«

Beck richtete sich auf und straffte die Schultern. »Hundertneunundzwanzig?«

»Ja.«

»Umgebracht oder gerettet?«

Gabe lachte. »Kommt darauf an, wie man es sieht.«

Es war eine existenzielle Aussage. Konnten sie argumentieren, dass die Menschen, die sie getötet hatten, gleichzeitig Seelen waren, die sie gerettet hatten? Sie hatten sie vor dem Höllenfeuer bewahrt. So viel war wahr.

»Wir haben zehnmal so viele gerettet«, sagte Beck. »Mindestens. Wenn man zweihundertsechs und hundertneunundzwanzig addiert, ergibt das dreihundertfünf, richtig?«

Gabe nickte. »Richtig.«

»Ich denke, dass wir mindestens fünfzehnhundert geholfen haben. Wahrscheinlich mehr als das. Aber man muss bedenken, dass wir mit jedem Menschen, den wir getötet haben, die Welt für fünf andere ein bisschen besser gemacht haben. Direkt oder indirekt.«

Rationalisierung war ein guter Bewältigungsmechanismus. Dadurch milderten sich die harten Kanten der Schuld, die auf ihre Psyche einstach.

Gabe rieb sich übers Kinn und kratzte die dichten Haare in seinem Nacken. Sie waren jetzt mehr grau als schwarz und sahen irgendwie räudig aus. »Direkt oder indirekt«, sagte er. »Du hast wahrscheinlich recht. Aber ich denke, diese Korrelation ist ein bekanntes Unbekanntes. Wir können auf keinen Fall beziffern, was für eine Auswirkung wir gehabt haben. Ob nun gut oder schlecht.«

»Korrelation und beziffern. Das sind zwei Zehn-Cent-Ausdrücke. Hast du wieder im Wörterbuch gelesen?«

Gabe grinste. Er tätschelte seine Jacke und berührte die Beule in der Brusttasche.

»Jeden Tag.«

Jedes Mal, wenn sie an einer Bücherei vorbeikamen, bestand Gabe darauf, etwas Zeit darin zu verbringen. Die meisten Klassiker waren von den Regalen verschwunden. Wie große Verkaufshäuser, Lebensmittelläden und Einkaufszentren, Dinge von Wert, die innerhalb von Wochen nach dem Tag der Detonation verschwunden waren. Lebensmittel, Werkzeuge, Waffen – alles war geplündert worden.

Alles, was übrig blieb, waren Dinge, die niemand wollte. Rasenmäher, elektrische Grills, Bilderrahmen, Geschenkpapier und Elektronikgeräte blieben länger in den Regalen als Kleidung, Angelruten und Campingausrüstung.

Aus den Büchereien holten die Diebe zuerst die bekannten Bücher und Puzzle und ließen unbedeutende Bände von unbekannten Autoren zurück. Und aus irgendeinem Grund, den Gabe und Beck sich nicht erklären konnten, blieben die Nachschlagewerke relativ unberührt.

Abgesehen von Büchern über Überlebenstechniken, Erste Hilfe, Gärtnern und homöopathische Medizin, blieb alles auf den Regalen stehen. Wörterbücher, Thesauren und Grammatikbücher blieben gewöhnlich zurück.

Gabe nahm ein Handwörterbuch aus einer Bücherei in Paducah, Kentucky, mit, und einen Thesaurus aus einer in Latrobe, Pennsylvania. Er hatte den Thesaurus unterwegs verloren, trug das Wörterbuch aber in seiner Jacke über dem Herz.

Beck fuhr sich mit der Hand durchs Haar. »Bei welchem Buchstaben bist du?«

»Damit habe ich aufgehört. Ich suche mir einen zufälligen Abschnitt heraus, lese ihn und versuche, mir ein paar der Wörter zu merken. Ich benutze sie, und dadurch werden sie zu einem Teil meines Wortschatzes.«

»Ich beneide dich.«

Gabes Augen weiteten sich vor Überraschung. »Warum?«

Beck zögerte, als ihm bewusst wurde, dass er es laut ausgesprochen hatte. »Du … Du arbeitest daran, dich zu verbessern. Jeden Tag. Trotz alldem willst du besser werden.«

Gabe kniff die Augen zusammen und richtete sich gerade auf. Er steckte die Hände in die Jackentaschen. Sein Blick schweifte zum Baum mit den Vögeln. Den Blick immer noch auf den Baum gerichtet, sagte er: »Das müssen wir tun, oder etwa nicht? Wenn wir nicht auf den morgigen Tag sehen und glauben können, dass er besser wird als heute, was hat dann alles für einen Sinn?«

»Gibt es einen Sinn?«

Gabe zuckte mit den Schultern und sah Beck an. »Genau darauf wollte ich mit unserem Gespräch vorhin hinaus, Bruder. Ich frage mich, an welchem Punkt deiner Suche, unserer Suche, kein Sinn mehr dahintersteckt. Ich denke, was ich so ungeschickt zu sagen versuche, ist, dass ich müde bin. Ich bin erschöpft. Vier Jahre, Beck. Vier Jahre.«

Es ergab Sinn. Alles, was er gesagt hatte. Beck war nicht nur neidisch auf Gabes Initiative, auf seine täglichen Bemühungen, sich zu verbessern. Er beneidete seinen Freund auch um seine Selbstreflexion und um seine Fähigkeit zu definieren, was er brauchte. Beck hingegen war ein Grünschnabel, der noch an sich arbeiten musste.

Er begegnete Gabes Blick. »Ich verstehe. Du bist ein guter Freund. Der beste. Unglaublich loyal. Ich muss an all die Dinge denken, die ich dir zugemutet habe. Wie wäre es mir noch einem weiteren Versuch? Danach gehen wir unsere eigenen Wege. Du lässt dich nieder, wo immer du willst. Ich will dich nicht mit mir runterziehen.«

Gabe zog die Hände aus den Taschen und streckte die rechte Beck hin. Sie schüttelten sich die Hände. »Das ist ein Deal, Bruder. Und lass uns mal ehrlich sein, die Wahrheit ist, dass du mich nicht brauchst. Du bist zu einem ziemlich unbarmherzigen Killer geworden, eine Ein-Mann-Armee.«

Wie sollte er sich bei diesen Worten fühlen? Es war ein Kompliment, oder? Oder etwa nicht? War es eine Verurteilung?

Es war nicht wichtig.

Sie hatten noch eine letzte Mission miteinander, und dann würde es nur noch Beck sein. Und seine Dämonen.

18

TAG DER DETONATION + 4 JAHRE, 3 MONATE, 3 TAGE
ÖSTLICHES NEW MEXICO

Beck stand über der Leiche des Mannes, den er vor ein paar Sekunden getötet hatte und starrte in seine toten, leeren Augen. Er verdrängte die Schuldgefühle, die ihn jedes Mal zu überwältigen drohten, wenn er ein weiteres Leben nahm, und rationalisierte seine Tat.

»Es hieß entweder du oder ich, Bruder«, sagte er laut. »Du oder ich.«

Er holte tief Luft. Der Nachthimmel war wolkenlos, und der Vollmond warf blasses Licht über das offene Farmland. Die Luft war kalt. Bei wolkenlosen Nächten im Herbst war das so, und es war, als könnte er fast spüren, wie die Hitze des Tages aus dem trockenen Boden wich.

Vielleicht war es die Seele des toten Mannes.

Beck ging neben ihm in die Hocke und durchsuchte seine Taschen. Es gab viele Taschen. Hose, Hemd, Jacke. Keine davon enthielt irgendetwas von Wert, abgesehen von einem zerdrückten Päckchen Zigaretten. Beck hatte seit Monaten keine Zigarette mehr geraucht.

Er hielt sich das Päckchen unter die Nase und atmete ein. Das Aroma war berauschend. Aber er wollte mit dieser schlechten Angewohnheit nicht wieder anfangen. Nicht jetzt. Die Zigaretten würden ein gutes Tauschmittel für etwas Nützliches sein. Etwas, das ihn nicht auf Entzug zurücklassen würde, wenn nichts mehr davon da war.

Die Taschen hatten zwar keine große Ausbeute erbracht, aber die Waffe am Gürtel des Mannes war etwas, das Beck nutzen konnte. Ein Damascus-Jagdmesser aus Stahl, an einer Kante gezackt und an der anderen unglaublich scharf. Er nahm das Messer und die dazugehörige Scheide.

Er stand auf und sah auf die drei anderen Leichen, die auf dem Feld lagen. Zwei Männer und eine Frau. Alle lagen mit dem Gesicht nach unten in dem kurzen, von Unkraut überwucherten Gras der Wiese. Dann wandte er sich an Gabe.

»Ist alles in Ordnung?«

»Mir geht es gut, Bruder.«

»Du bist nicht verletzt?«

»Nein.«

Beck kratzte sich am Kinn. »Du hast tief und fest geschlafen. Gut, dass ich wach geblieben bin.«

»Als ob ich mir darüber Sorgen machen müsste, dass du einschläfst.«

John Beck schlief nur selten, nicht, seit das Stromnetz ausgefallen und die Welt kopfüber in die neun Höllenkreise gestürzt war. Er sprach mit Gabe nie darüber, aber offensichtlich wusste sein Freund von seiner Schlaflosigkeit.

Beck lachte. »Stimmt.«

»Was ist passiert?«, fragte Gabe. »Wo sind die hergekommen?«

»Sie haben sich angeschlichen, weil sie nicht wussten, dass ich nicht schlafe.«

»Das war genauso wie damals außerhalb von Baton Rouge«, sagte Gabe. »Weißt du noch? Wir waren bei der I-10, in der Nähe des alten Campus. Ein paar Kerle dachten, sie könnten uns überrumpeln. Das war ihr Todesurteil.«

»Daran erinnere ich mich.«

Wie konnte er es vergessen? Das war besonders brutal gewesen. Er konnte nicht mehr rechtzeitig nach seiner Waffe greifen, auch nicht nach seinem Messer. Beck hatte die beiden Männer mit bloßen Händen erwürgt. Tatsächlich hatte er ihre Luftröhren zerdrückt. Danach waren sie erstickt. Es war vorbei, bevor Gabe auch nur auf die Füße kam.

Wie in Baton Rouge hatte Beck die Augen geschlossen gehabt. Er lag auf der Seite neben ihrem verlöschenden kleinen Feuer. Die Möchtegern-Diebe hatten sich verrechnet und bezahlten es mit ihrem Leben, bevor sie es bedauern konnten.

Verrat. Betrug. Gewalt. Ketzerei. Sie waren genauso normal wie die Kälte in einer wolkenlosen Nacht. So standen die Dinge inzwischen. Das hielt ihn nachts wach, genauso wie der Unwillen, immer wieder denselben Albtraum zu erleben, der ihn verfolgte. Irgendwie funktionierte er fast ohne Schlaf durch seinen Überlebenswillen. Es war fast übermenschlich. Und darum war Beck so gefragt. Gabe war ein Bonus.

Beck drehte die Frau auf den Rücken. Ihr Mund stand offen, als wollte sie ihm etwas sagen. Was war ihr Geheimnis? Warum war sie bei diesen Männern gewesen?

Er konnte sich trotz ihres jetzigen Erscheinungsbildes und dem Loch zwischen ihren Augen vorstellen, dass sie früher einmal hübsch gewesen war. In einer anderen Welt hätte sie die Königin des Abschlussballs oder zumindest eine der Prinzessinnen sein können. Sie war im richtigen Alter. Achtzehn? Jedenfalls nicht älter als zwanzig. Sie war in Millies Alter gewesen.

Was wäre gewesen, wenn der Strom nicht ausgefallen wäre? Wenn die Welt nicht auf den Kopf gestellt worden wäre?

»Es tut mir wirklich leid, Schwester«, sagte Beck. »Ich hatte keine andere Wahl. Ich hoffe, du verstehst das. Mein Leben ist mein Leben. Es ist für mich viel mehr wert als deins. Und wenn du versuchst, mir zu nehmen, was mein ist, muss ich tun, was ich nun einmal tun muss. Bitte glaub mir, es war nichts Persönliches.«

»Ich glaube nicht, dass sie dich hören kann«, sagte Gabe.

Beck runzelte die Stirn. »Es war nicht für sie. Es war für mich. Hilfst du mir bitte mit ihr?«

Obwohl die Frau nichts von Wert bei sich hatte, waren ihre Socken noch gut, sie hatten keine Löcher. Beck zog sie ihr von den Füßen, wobei er darauf achtete, dass sich der Stoff nicht an ihren schartigen Zehennägeln verfing.

Bei den anderen Leichen fanden sie eine Papierlandkarte, zwei Streichholzheftchen und einen funktionierenden Kompass. Das war der beste Fund. Ein funktionierender Kompass war schwierig zu finden.

Als sie mit den Leichen fertig waren, stopften sie ihre Funde in ihre Rucksäcke. Sie hatten immer noch zehn Meilen vor sich, um sich mit ihrer nächsten Kontaktperson zu treffen. Also konnten sie ebenso gut jetzt aufbrechen.

Beck sah zum Mond hoch. Sein Atem bildete Wölkchen vor seinem Gesicht und löste sich in der trockenen, kühlen Luft auf. War das Leben auf der Erde noch irgendwie besser, als es vielleicht auf dem Mond wäre? Auf beiden gab es keine Menschlichkeit, beide waren kalt, beide drehten sich ohne Ziel im Weltraum.

John Beck verdrängte diese Gedanken. Ein Nihilist zu sein, brachte niemandem etwas Gutes ein. Zumindest hatte Beck ein Ziel. Er war ein Verteidiger der Schwachen, ein Beschützer der Gerechten, und ein Mörder für die, die anderen Schaden zufügen wollten. Und wenn er auch nie so edel sein würde wie ein Mann, der sich ständig selbst verbesserte, so wie Gabe, war das doch etwas.

Er stieg über die Leichen, die er verschuldet hatte, überprüfte, ob seine Waffe an seiner Hüfte befestigt war, und machte sich auf den Weg zu der provisorischen Bar. Sie mussten noch Meilen gehen, bevor sie schlafen konnten.

19

TAG DER DETONATION + 4 JAHRE, 3 MONATE, 4 TAGE
ÖSTLICHES NEW MEXICO

Beck war allein am Tisch. Er saß in der Ecke, mit dem Rücken zur Wand. Sein Blick glitt über die wenigen anderen Personen in dieser baufälligen Scheune, die als Zwischenstation zwischen Außenposten und Camps diente.

Er trank den ersten Whiskey seit Monaten. Das hatte ihn auch einiges gekostet. Was von dieser Flüssigkeit noch übrig war, war teuer, aber Beck brauchte einen Drink, und er hatte das Geld.

Dieser Ort lag am dichtesten zu dem letzten Außenposten, in dem er und Gabe Zeit verbracht hatten. Auf ihrem Weg aus der Siedlung heraus, mit Schmerzen, aber voller Energie, weil sie einen weiteren Job erledigt hatten, hatte sie ein Mann, der nach Dreck stank, in diese Richtung gewiesen. Er sagte, als er das letzte Mal dort gewesen sei, habe es noch Whiskey gegeben, aber das war einen Monat her, und er konnte ihm nicht versprechen, ob es jetzt noch welchen gab. Trotzdem mussten sie dorthin. Es war der nächste Brotkrumen auf ihrer nie enden wollenden Suche.

Die marode Scheune stand schief und wirkte, als ob ein starker Winterwind sie umwerfen könnte. Die Bretter, die als Wände dienten, waren verzogen und gerissen. Sie erinnerten Beck an die meisten übrig gebliebenen Menschen dieser Welt, durch die er reiste. Sie standen kaum mehr, waren beschädigt, und ihre Zeit neigte sich dem Ende zu.

Die Scheune hatte keine Tür, und der Boden bestand aus festgetretener Erde. Es roch nach Heu, obwohl er nirgendwo einen Halm entdecken konnte. Acht nicht zueinander passende Kartentische waren über die Breite des Innenraums verteilt. Metallstühle, solche, die man aus Sitzungsräumen in Kirchen oder Räume für Treffen der Anonymen Alkoholiker in Gemeindezentren fand, befanden sich in verschiedenen Stadien des Zerfalls. Das einzige Licht stammte von einer Kerosinlaterne auf einem der Tische, außerdem gab es ein paar Strahlen staubig-grauen Lichts, das sich seinen Weg durch die Zwischenräume und Löcher in den Brettern der Scheunenwände bahnte.

Gabe wartete vor dem Eingang. Sollte ihm irgendetwas merkwürdig erscheinen oder irgendetwas passieren, konnte er sofort handeln. Sie hatten aus Erfahrung gelernt, dass es bei einem Treffen besser war, sich aufzuteilen. Es gab ihnen Fremden gegenüber einen Vorteil.

Keiner der Menschen in der Scheune schenkte Beck die geringste Aufmerksamkeit, als er hereinkam. Er zählte sechs Leute. Vier waren definitiv Männer, die anderen konnten vielleicht Frauen sein. Er konnte es nicht sagen, nahm sich auch nicht die Zeit, es herauszufinden. Er merkte sich ihre Positionen im Raum, registrierte, ob sie bewaffnet waren oder nicht, ebenso die Farbe der Erde an ihren Stiefeln, und konzentrierte sich dann auf seinen Drink.

Es gab zwei Flaschen, als er auf den Falttisch zuging, der als Bar diente. Eine war voll, die andere war fast leer. Der Barkeeper, ein ungepflegter Mann mit kratziger Stimme, sagte Beck, dass das die letzte war. Sobald sie weg war, könnte er den Laden schließen. Beck war vollkommen egal, ob dies der letzte Schanktag der Scheune war. Heute war wahrscheinlich das erste und einzige Mal, dass er hier sein würde. In den Jahren seit dem Tag der Detonation konnte er sich nicht an einen einzigen Ort erinnern, den sie zweimal besucht hatten, außer vielleicht einem Café im Osten, das in eine Pension umgewandelt worden war. Seine Erinnerung war nicht gut genug, um es ganz genau zu wissen.

Der Barkeeper hatte ihm den Drink eingeschenkt und ihm alles Gute gewünscht, ihn außerdem gewarnt, in einem Zug zu trinken. Beck prostete ihm zu und fand den Platz in der Ecke. Er setzte sich nie mit dem Rücken zur Tür oder was auch immer als Eingang diente. Niemals. Nicht ein einziges Mal.

Er lehnte sich auf dem Stuhl zurück und kam zu dem Schluss, dass mindestens zwei der Leute in der Bar Frauen waren. Sie hatten kleine Füße. Sie hatten versucht, ihre zarten Züge hinter einem Gewirr aus Haaren zu verbergen, die wie Vorhänge unter ihren tiefsitzenden Stetsons oder Bowlers hervorragten. Es waren kluge Frauen, denn sie bemühten sich, ihre Weiblichkeit zu verbergen. Wenn sie es nicht täten, würde jemand, der größer und stärker war, sie vielleicht ausnutzen oder sie übervorteilen. Und so etwas störte Beck. Er war Menschen, die ihre Machtpositionen Schwächeren gegenüber ausnutzten, nicht freundlich gesinnt. Es war das letzte Überbleibsel von Menschlichkeit aus seiner Zeit vor der Detonation. Alles andere an ihm war in der Kälte, die durch die Auswirkungen der Detonation entstanden war, abgekühlt.

Sein Schnapsglas war halb leer. Der Geschmack des Whiskeys lag noch süßlich auf seiner Zunge und brannte auf seinen Lippen. Obwohl er das Aroma nicht einsortieren konnte, war es etwas Vertrautes. Als er den letzten Schluck herunterkippte und den Rand des Schnapsglases ableckte, näherte sich ihm ein Mann, einen Hut in der Hand.

»Sind Sie Mr. John Beck?«

Beck stellte das Glas auf den Tisch und legte seine Hand an die Hüfte. Er lehnte sich auf dem Stuhl zurück und betrachtete den Mann mit müden Augen. »Wer will das wissen?«

»Viele Leute«, sagte der Mann. »Kann ich mich zu Ihnen setzen? Ich gebe Ihnen noch eine Runde aus.«

Beck wollte keinen weiteren Drink. Der erste hatte schon seine Sinne benebelt. Das war in einer Welt, in der jede Sekunde seine letzte sein konnte, nie gut.

»Öffne deine Jacke«, sagte er.

Der Mann gehorchte und zog die Seiten seines langen Mantels auseinander. Zerfranste Hosenträger an einer Hose, die mit einer Schnur dort zusammengezurrt war, wo ein Gürtel hätte sein sollen, und ein zerfetztes T-Shirt, das mit Dreck, Blut, oder beidem befleckt war, kamen zum Vorschein. Die Hosenträger und die Schnur waren doppeltgemoppelt. Doch der Mann hatte keine Waffen.

Beck machte ihm ein Zeichen, dass er sich setzen sollte. »Ich brauche keinen Drink. Ich gehe gleich. Was willst du?« Er warf einen verstohlenen Blick zum Eingang und nickte Gabe fast unmerklich zu. Gabe kam in die Bar und hielt Wache.

Das war kein typisches Treffen für John Beck. Die Gerüchte schienen sich wie ein verborgener Schatten zu verbreiten. Sie verließen fast nie einen Teil des Landes, ohne dass jemand aus der Nähe sich ihnen als Bittsteller näherte. Die Menschen brauchten ihn immer, baten ihn ständig um Hilfe. Sie boten immer haufenweise von dem an, was als Währung galt und bezahlten nur selten. Wenn sie Informationen über seine Tochter hatten, war das Bezahlung genug.

Der letzte Job war eine Ausnahme. Sie wurden sowohl mit Informationen als auch mit Bargeld bezahlt. Darum hatte er sich den Whiskey leisten können. Er schmeckte nach Mais. *Maismaische!* Das war der Geschmack. Wie lange war es her, seit er Mais geschmeckt hatte? Beck leckte über seine Zähne und wartete darauf, dass der Mann das Gespräch begann.

»Ich wohne in einem Dorf, nicht weit von hier«, sagte er. »Es ist ein Zweitagesmarsch.«

Beck erwiderte nichts darauf. Die stillen Augenblicke in einem Gespräch offenbarten oft mehr als Reden.

Der Mann faltete die Hände auf dem Tisch. Er fuhr mit dem rechten Daumen immer wieder über seinen linken Zeigefinger. Sein Knie hüpfte auf und ab. Sein Hut lag mit der Oberseite nach unten auf dem Tisch zwischen ihnen. Durch die gerundete Krone lag er auf einer Seite der Krempe.

»Warum bist du nervös?«

Der Mann setzte sich zurück, hielt das Knie still, ließ die Hände aber dort, wo Beck sie sehen konnte. Jemand musste ihm die angemessenen Regeln für ein Treffen mit einem Mann wie Beck beigebracht haben.

»Wir liegen wie in Fesseln, Mister«, sagte der Mann. »Das sind diese *Plünderer*. Sie leben in den Hügeln um unser Camp herum. Sie kommen alle paar Wochen. Sie stehlen unser Essen, töten unsere Männer, entführen unsere Frauen und Kinder.«

Beck hob eine Braue. »Ihr besitzt Frauen?«

Das Gesicht des Mannes verzog sich vor Verwirrung, als ob Beck plötzlich angefangen hätte, Chinesisch zu sprechen. Er stammelte, bis Beck ihn vom Haken ließ.

»Du hast gesagt, dass es *eure* Frauen sind. Besitzt ihr sie?«

Der Mann schüttelte den Kopf. Er beugte sich vor und stützte sich auf den Ellbogen ab. Mit seinen verschränkten Fingern sah er aus, als würde er beten. »Nein, Freund«, sagte er. »Du hast mich ganz falsch verstanden. So habe ich es überhaupt nicht gemeint. Nein, Sir. Ich habe nur gemeint, dass sie die Frauen des Dorfes sind. Unsere Frauen. Genauso, wie wir *ihre* Männer sind. Verstehst du? Wir sind nicht so. Wir sind friedlich und versuchen, für uns selbst zu bleiben. Doch diese Plünderer lassen uns nicht in Ruhe. Sie werden von dem einohrigen Mann angeführt. Er ist derjenige, der bei ihnen das Sagen hat. Er ist der Schlimmste von allen.«

»Der einohrige Mann? Das klingt wie etwas direkt aus einem Roman.«

»Das ist kein Roman. Es ist die Wahrheit. Er hat nur ein Ohr. Die andere Seite seines Gesichts ist vernarbt. Und er ist böseste, seelenloseste Mann, dem wir je begegnet sind. Er schießt und tötet kaltblütig. Ohne Grund, ohne Warnung. Er erschießt Menschen einfach mitten auf der Straße.«

»Es klingt nur komisch.«

Der nervöse Mann runzelte die Stirn. Sein Blick schoss in alle Richtungen, suchte nach einem Platz, an dem er verweilen konnte, fand aber keinen.

Beck lächelte spöttisch. Es lag etwas Befriedigendes darin, ihn sich winden zu sehen.

»Beruhige dich, Buford«, sagte er. »Ich verarsche dich doch nur. Ich habe von deinen Leuten gehört und habe mir schon gedacht, dass es nur eine Frage der Zeit ist, bis du mich aufsuchst.«

Das Gesicht des Mannes zuckte wieder. Es verriet ihn. »Woher weißt du meinen Namen?«

Becks Schmunzeln erweiterte sich zu einem Lächeln. Er lächelte nicht mehr oft, und es war seltsam, so als würde es nicht zu seinem Gesicht gehören. Er beäugte den Hut des Mannes. »Der Name steht in deinem Hut. Buford Marks.«

Bufords Gesicht rötete sich. Er schluckte, nahm den Hut und setzte ihn sich auf den Kopf. Nachdem er ihn zurechtgerückt hatte, legte er die Hände wieder auf den Tisch.

»Ihr seid die Leute, die immer weiterziehen«, sagte Beck. »Ihr werdet von einem Ort zum anderen getrieben, weil ihr nicht kämpfen wollt. Habe ich recht? Wart ihr nicht mal in Memphis?«

Buford nickte. »Das ist jetzt vier Jahre her. Wir gingen nicht lange nach dem Tag der Detonation dort weg.«

»Das habe ich gehört.«

Buford spannte die Hände an. Er atmete kurz und heftig durch die Nase ein. »Es ist uns egal, was der Rest der Welt denkt, was heutzutage okay ist«, sagte er. »Wir wollen dabei einfach nicht mitmachen. Der Tag der Detonation hat nicht geändert, wer wir sind.«

»Ihr wart Quäker, oder?«

»Das sind wir immer noch«, sagte er. »Zumindest versuchen wir es.«

»Du verhältst dich eigentlich nicht wie ein Quäker. Damit meine ich, dass du nicht wie einer sprichst. Ich dachte, ihr benutzt alle Vor- und Nachnamen. Keine Titel. Du hast mich mindestens zweimal Mister genannt. Außerdem hast du deinen Hut aus Respekt vor mir abgenommen. Das machen Quäker auch nicht.«

Die Augen des Mannes bewegten sich unruhig, als er in Becks Gesicht nach Antworten suchte, die er nicht finden konnte. »Bist du ein Freund? Ich kann mir nicht vorstellen …«

»Nein«, sagte Beck. »Ich kannte welche im Osten. Ich hatte einen Freund, der nach Earlham in Indiana gegangen ist. Mir ist diese Religion gerade soweit bekannt, dass es gefährlich ist.«

Bufords Augen weiteten sich, und er nickte. Die Anspannung auf seinem Gesicht löste sich. »Wir haben uns angepasst, so wie die anderen. Um zu überleben. Ich habe meinen Hut abgenommen und ihn mit beiden Händen gehalten, damit du siehst, dass ich keine Waffe habe. Außerdem juckt er. Jedenfalls tun wir, was wir können, um die meisten unserer Bräuche am Leben zu erhalten, obwohl wir uns reformiert haben.«

»Ich vermute, der Tag der Detonation hat für euch nicht so viel verändert wie für die anderen, oder? Ich meine, euch fehlt die Elektrizität nicht.«

Buford nickte. »Das stimmt schon. Es hat unsere Alltagsroutine nicht verändert. Als alle andere durchdrehten, weil der Strom nicht zurückkam, blieben wir ruhig. Wir wissen, wie unsere Vorfahren gelebt haben.«

»Es hat die Alltagsroutine nicht verändert, aber die langfristigen Aussichten, oder?«

Noch ein Nicken. »So ist es. Als die Leute anfingen zu verzweifeln und herausfanden, dass wir ausreichend Vorräte hatten, kamen sie zu uns. Wir mussten wieder und wieder weiterziehen. Um ehrlich zu sein, Mr. Beck, wir haben es satt, umzuziehen und wegzulaufen. Wir können nicht noch weiter nach Westen ziehen. Dort sind die Winter zu hart, das Land zu schroff. Wir sitzen fest, wo wir jetzt sind. Darum brauchen wir deine Hilfe.«

Wir haben es satt, wegzulaufen. Das klang vertraut. Beck sah Gabe an und gab ihm ein Zeichen, sich zu ihnen an den Tisch zu gesellen.

»Du verstehst, dass, wenn du mich und meinen Freund anheuerst, du stellvertretend gewalttätig bist. Du gibst deinen Pazifismus auf. Ich werde für dich abscheuliche Dinge tun. Ich verkörpere das, was du dein Leben lang verabscheut hast.«

»Das wissen wir. Wir akzeptieren es. Wie ich schon sagte, wir müssen Kompromisse eingehen, wenn wir überleben wollen. Und wir beten, dass der Herr unser Zugeständnis versteht. Denk daran, dass Licht Gottes ist in uns allen. In jedem Menschen gibt es Güte und Wahrheit.«

»Selbst in denen, die *eure* Frauen entführen?«

Bufords Miene verdüsterte sich. »Wir brauchen deine Hilfe.«

Beck dachte über das Angebot nach. Sie brauchten einen Retter. Nicht die Art von Retter, zu dem sie beteten, sondern jemanden, dem sie gutes Geld für ihren Schutz zahlen würden. Sie brauchten und wollten einen Krieger. Jemand, der sie von den Parasiten befreien konnte, die ihr Leben unerträglich machten.

Der Tag der Detonation, der Tag, an dem der Strom für immer ausfiel, traf die Menschen auf unterschiedliche Art.

Manche machte es stärker, manche machte es schwächer. Doch es veränderte alle. Für Beck war die Veränderung deutlich merkbar, und sie wäre für jeden offensichtlich gewesen, der ihn vor dem Tag der Detonation gekannt hatte, wenn er ihn jetzt sehen würde. Sie würden ihn jetzt nicht sehen. Fast alle, die er gekannt hatte, waren tot. Wahrscheinlich. Er konnte nicht sicher sein. Allerdings war es sehr wahrscheinlich. Amerika hatte nur noch ein Zehntel der Bevölkerung, die es vor dem Tag der Detonation gehabt hatte, und das war eine optimistische Schätzung, die in Bars und an Lagerfeuern als Fakt gehandelt wurde. Er verdrängte diese Statistik, wenn er an Millie dachte. Sie war die Ausnahme. Sie war am Leben. Irgendwo.

Gabe erreichte den Tisch und setzte sich auf den Stuhl neben Beck. Bufords Blick schweifte zwischen ihnen hin und her, dann fragte er: »Ist das Gabriel?«

»Nenn mich Gabe. Gabriel war ein Engel. Davon bin ich weit entfernt.«

»Du wirst unser Engel sein, wenn Mr. Beck und du einverstanden seid, uns zu helfen.«

Bufords Knie hüpfte wieder auf und ab und brachte den wackeligen Tisch zum Beben. Er fuhr sich mit den Fingern durch den ungekämmten Bart, der auf seinem Kiefer und seinem Kinn in drahtigen schwarzen und grauen Haaren wuchs.

Beck stieß Gabe mit der Schulter an. »Was denkst du?«

»Ich war die meiste Zeit nicht hier. Ich vertraue deinem Urteil.«

»Was hältst du von unserem Freund Buford hier?«

»Er ist ein Quäker.«

»So ist es.«

Buford lächelte leicht. »Das bin ich.«

»Ich überlasse es dir, Bruder. Das ist deine Mission, deine Entscheidung.«

Beck atmete tief durch. »Okay. Zeichne mir eine Karte. Wir sind in zwei Tagen bei euch.«

Ein Lächeln spielte um die Winkel von Bufords komischem Mund. Er unterdrückte es und schüttelte den Kopf. »Ihr habt nicht nach der Bezahlung gefragt. Wollt ihr nicht wissen, was wir zahlen? Und ihr habt auch nicht gefragt, wie viele Plunderer in den Hügeln sind. Wollt ihr nicht wissen, was wir glauben, wie viele dort sind?«

Beck zuckte mit den Schultern. »Die Bezahlung ist unwichtig, außer, ich übernehme den Job. Und wie viele es sind, ist egal, bis sie alle tot sind.«

Buford lachte. Es war ein nervöses Lachen, das Beck sagte, dass der Quäker nicht wusste, ob er ihm glauben sollte oder nicht.

Beck beugte sich vor und senkte die Stimme. Er hielt den Blick direkt auf Buford gerichtet. »Ich scherze nicht. Über zwei Dinge mache ich niemals Scherze – Geld und das Töten von Menschen. Alles andere in dieser gottverlassenen Welt hat vielleicht eine Chance, lustig zu sein, aber nicht Geld und tote Menschen. Das sind immer zwei ernste Dinge.«

Buford runzelte die Stirn. »So ist es nicht, weißt du.«

»Das habe ich gerade gesagt.«

»Nein«, sagte Buford, und jedes Anzeichen von Erheiterung war verschwunden. »Nicht das Geld oder das Töten von Menschen.«

»Was dann?«

»Gott hat uns nicht verlassen.«

Beck war anderer Meinung. Die Dinge, die er seit dem Tag der Detonation gesehen hatte, und die Dinge, der er getan hatte, waren dafür ein Beweis. Doch es hatte keinen Sinn, das mit einem Gläubigen zu diskutieren.

»Meinetwegen«, sagte er. »Noch eins.«

»Was?«

Beck fasste in seine Tasche und zog ein gefaltetes Glanzpapier heraus. Ehrfürchtig öffnete er es, legte es auf den Tisch und schob es zu Buford hinüber.

Der Quäker nahm es mit beiden Händen, als wäre es ein unbezahlbares Artefakt. Er musterte das Foto. Dann sah er auf, das Foto noch in den Händen. »Wer ist sie?«

»Meine Tochter. Hast du sie gesehen?«

Buford senkte den Kopf und sah wieder das Bild an, studierte es, als versuchte er, sich jedes Detail einzuprägen. »Ich habe dieses Mädchen gesehen«, sagte er. »Zuerst vor Jahren, und dann vor nicht allzu langer Zeit.«

Beck setzte sich gerade auf.

»Was meinst du damit?«

Gabe ignorierte seine Intensität und beugte sich über den Tisch. Er kippte ihm auf seinen ungleich langen Beinen entgegen.

»Ich glaube, ich erinnere mich daran, sie in Memphis gesehen zu haben. Aber da bin ich mir nicht absolut sicher. Aber sie kommt mir bekannt vor.«

»Was ist mit vor nicht allzu langer Zeit? Wann war das? Wo war das? War irgendjemand bei ihr?«

Sie stellten die Fragen nacheinander, ohne Luft zu holen. Becks Herz hämmerte in seiner Brust. Schweiß bildete sich auf seinem Nacken und den Schläfen. Das war eine echte Spur. Nicht nur ein Brotkrumen.

Buford beugte die Schultern vor, und seine Brauen zogen sich zu einem V zusammen. Er schüttelte den Kopf. »Ich kann es nicht mit Sicherheit sagen. Sie ist jetzt älter. Größer. Ihre Wangen …« Buford berührte geistesabwesend sein Gesicht. Sein Blick wurde weicher. Der Quäker sah Beck an, nahm ihn aber nicht wahr, sondern verlor sich in einer Vision der kürzlichen Vergangenheit.

»Was ist?«, drängte Beck. »Was ist mit ihren Wangen?«

»Sie war kein Mädchen mehr. Nicht so wie auf dem Foto. Da war etwas. Ich weiß nicht, wie ich es genau beschreiben soll.«

Becks Tonfall wurde härter. »Dann sag es ungenau.«

Buford blinzelte. »Sie … ich weiß nicht. Ich kann nicht sicher sein, dass sie es war. Vielleicht sind sich andere im Dorf sicher. Ich weiß, dass auch andere diese Frau gesehen haben. Sie könnten es dir sagen.«

Beck öffnete den Mund, um etwas zu sagen. Er wollte aus Buford herausschütteln, was immer der Mann verbarg. Und da *war* etwas. Er spürte es. Gabe ebenfalls. Er stupste Beck an. Ein Signal, ihn gehen zu lassen. Sie hätten noch Zeit dafür. Zuerst mussten sie den Job erledigen. Ein letzter gemeinsamer Job.

»Geh schon«, sagte Beck. »Wir treffen uns in zwei Tagen.«

»Ich will mit euch kommen.«

»Es wäre besser, wenn du das nicht tun würdest«, sagte Beck. »Geh zurück und sag deinem Dorf, dass wir auf dem Weg sind. Sag ihnen, dass sie uns übermorgen erwarten können.«

Buford streckte ihm die Hand über den Tisch entgegen. »Übermorgen. Danke, Gabe. Danke, Mr. John Beck.«

Gabe schüttelte ihm zuerst die Hand, dann nahm Beck sie. Bufords Hand hatte dicke Schwielen.

»Noch eins«, sagte Beck zu ihrem neuesten Kunden.

»Ja?«

»Nenn mich Beck.«

»Dann Beck.«

20

TAG DER DETONATION + 4 JAHRE, 3 MONATE, 6 TAGE
IN DER NÄHE VON ALBUQUERQUE, NEW MEXICO

Beck beäugte den Mann, der Wache stand. »Wir sind wegen eines Jobs hier.«

»Wir haben keine Jobs, Mister. Sie sind am falschen Ort.«

»Sind wir das?«

»Ja.«

Der Wachmann versteifte sich. Er hob sein Gewehr, als ob die Bewegung als Drohung gemeint wäre. Beck konnte sich vorstellen, dass die Waffe nicht geladen war. Das war bei den meisten so. Munition war schwierig zu finden. Besonders für Gewehre. Besonders für Quäker.

Der Wachmann war nicht älter als die Abschlussball-Königin, die er vor ein paar Nächten getötet hatte. Wahrscheinlich jünger. Seine Augen verrieten seine Furcht, genau wie das fast unmerkliche Zittern seines Fingers am Abzug. Der Junge bluffte und hoffte, dass ein aufgeblähter Brustkorb und eine Remington die Fremden vertreiben würden. Es hatte keinen Sinn, Spielchen zu spielen. Hier ging es ums Geschäft. Je früher sie anfingen, desto besser.

»Ich bin John Beck. Das ist mein Partner Gabe. Deine Leute erwarten uns, Bruder. Wenn ich du wäre, würde ich nicht derjenige sein wollen, der den Mann weggeschickt hat, der gekommen ist, um euer Dorf zu retten.«

Die Augen des Wachmanns weiteten sich. Seine Wangen röteten sich, und Dampf drang in kurzen Stößen aus seinen Nasenflügeln.

Es war jetzt kälter als in der Nacht zuvor.

Becks Gelenke wurden vom Stillstehen steif. Seine Geduld neigte sich dem Ende. »Lässt du uns jetzt durch?«

»Woher soll ich wissen, ob du wirklich John Beck bist? Du könntest irgendjemand sein, der behauptet, dass er John Beck ist. Du könntest ebenso gut ein Kundschafter der Plünderer sein.«

»Wie alt bist du?«

»Fünfzehn.«

Beck blinzelte. »Fünfzehn?«

Es wurde immer schwieriger, das Alter zu schätzen. Je weiter sie sich vom Tag der Detonation entfernten, desto härter erschienen alle Menschen. Wahrscheinlich täuschte er sich auch beim Alter der Abschlussball-Königin. Hatte er ein Kind getötet?

»Hör mal«, sagte er. »Buford hat sich mit mir in der Bar die Straße hoch vor zwei Tagen getroffen. Er hat mit Gabe und mir geredet. Buford trägt einen Hut wie deinen. Er sagte, dass ihr alle gen Westen gezogen seid. Ihr seid in Memphis gestartet, und jetzt seid ihr hier. Plünderer machen euch das Leben schwer. Gabe und ich sind hier, um euch von ihnen zu befreien.«

Der Junge kniff die Augen zusammen. Er schwieg, war immer noch skeptisch.

»Warum holst du Buford nicht?«, schlug Beck vor. »Sag ihm, dass wir hier sind. Wir rühren uns nicht von der Stelle.«

Verwirrung breitete sich auf dem Gesicht des Jungen aus. »Wenn ich euch ins Dorf bringe, könnte es eine Falle sein. Wenn ich euch hierlasse, könntet ihr mir folgen, und es könnte eine Falle sein. In dieser Situation kann ich nur verlieren.«

Beck seufzte. Das wurde ermüdend. Er zuckte mit den Schultern. »Okay. Mach es, wie du willst.«

Bevor der Junge wusste, wie ihm geschah, schnappte Beck den Lauf des Gewehrs und zog heftig. Der Junge stolperte vorwärts, verlor das Gleichgewicht und fiel mit dem Gesicht voran in den Schmutz.

Gabe lachte leise.

Beck gab ihm das Gewehr und streckte dem Jungen eine Hand hin.

»Jetzt hast du keine Wahl mehr. In dieser Situation kannst du nur gewinnen. Lass uns gehen.«

Der Junge drehte sich herum und setzte sich auf. Sein Stolz war schlimmer verletzt als sein Körper, er zögerte, fluchte und nahm Becks Hand. Als er wieder auf den Füßen war, klopfte er sich ab und führte die beiden Besucher ins Dorf.

»Wie heißt du, Junge?«, fragte Beck.

»Lucas.«

»In Ordnung, Lucas. Wie ich vorhin schon sagte, bin ich John Beck, und das ist Gabe Vazquez. Wir sind hier, um euch zu helfen, euer Zuhause zu retten. Erzähl mir ein bisschen über das Dorf.«

Lucas beäugte die Flinte und runzelte die Stirn. »Es ist die größte Siedlung im Umkreis von fünfundzwanzig Meilen in jede Richtung. Fünfzig Menschen leben und arbeiten hier. Wir sind alle Freunde.«

»Du meinst Quäker?«

»Ja.«

»Also fünfzig Menschen?«, fragte Beck.

»Jetzt«, sagte Lucas. »Vor einem Jahr waren wir noch um die hundert. Aber die Plünderer kommen immer wieder. Darf ich euch eine Frage stellen?«

»Klar.«

»Wie ist es da draußen?«

»Wo draußen?«

»Überall außer hier.«

»Ich dachte, ihr wärt quer durchs Land gereist?«, sagte Beck. »Von Ort zu Ort, bis ihr euch hier niedergelassen habt?«

»Das taten wir. Aber überall, wohin wir kommen, scheint es genau wie vorher zu sein.«

Gabe schnaubte. »Wirklich? Memphis ist überhaupt nicht wie dieser Ort.«

Sie gingen nach Süden über den schmalen Asphalt-Highway. Unkraut wuchs an den gerissenen Rändern und schob sich durch die Spalten in der Straße. Das Unkraut und der spärliche Baumbewuchs waren die einzigen grünen Tupfer in endlosen Schattierungen von Braun.

Lucas zuckte mit den Schultern. »Es sind nicht so sehr die Orte als vielmehr die Menschen. Weißt du, was ich meine?«

Becks Antwort war sowohl eine Anmerkung wie eine Frage. »Die Menschen.«

»Ich war am Tag der Detonation elf Jahre alt. Ich wuchs in der Nähe von Pittsburgh auf, aber wir waren im Urlaub, als das Stromnetz ausfiel. Wir fanden einige Freunde und blieben in Memphis. Mein Vater meinte, dass es zu gefährlich wäre, nach Hause zurückzukehren.«

»Ich wusste nicht, dass es in Tennessee überhaupt einige Quäker gibt«, sagte Gabe.

»Es sind nicht viele, das glaube ich nicht. Aber uns gibt es dort seit dem neunzehnten Jahrhundert. Seit den Fünfzigerjahren des letzten Jahrhunderts gibt es ein Begegnungshaus in Memphis. Zumindest hat mir das mein Dad erzählt. Jedenfalls habe ich mich gefragt, wie es ist, andere Menschen zu treffen. Ist es aufregend? Oder sind alle so schlimm wie die Plünderer?«

Sein Blick schweifte nach rechts. Eine niedrige, braungrüne Bergkette erhob sich aus dem hügeligen Land des Dorfes der Quäker vor ihnen. »Das sind die Manzano Berge«, sagte Lucas. »Dort verstecken sich die Plünderer. Wir glauben, dass sie in der Nähe von Capilla Park hausen. Das ist allerdings nur eine Vermutung. Wir gehen nicht dorthin.«

»Menschen sind Menschen«, sagte Beck einfach. »Manche sind böse. Die meisten sind immer noch gut. Zumindest glaube ich das.«

Gabe grinste. »Er ist ein Optimist.«

»Und was bist du?«

»Ein Humorist.«

Lucas lachte nicht.

Zu ihrer Linken war ein Wegweiser, auf dem der Name des Dorfes stand, oder zumindest der Name, den es früher hatte.

Beck sprach ihn laut aus. »Torreon.«

Lucas sah Beck an. »So hieß das Dorf vor dem Tag der Detonation, als Navajos hier wohnten.«

»Navajos?«

»Ein Stamm der amerikanischen Ureinwohner.«

Beck lachte. »Ich weiß, wer die Navajos sind. Ich wusste nur nicht, dass sie hier gelebt haben. Wohin sind sie gegangen?«

Lucas trat gegen einen Stein, der auf dem Asphalt vor ihnen lag und schüttelte den Kopf. »Wir wissen es nicht. Die Stadt war verlassen, als wir hier ankamen. Ich wünschte, sie wären geblieben. Es wäre schön gewesen, andere Menschen zu treffen.«

»Wie nennt ihr es?«, fragte Gabe.

»Wie nennen wir was?«

»Die Stadt?«

»Wir haben keinen Namen für sie. Einige der Älteren meinten, es wäre den Navajos gegenüber respektlos, wenn wir ihre Stadt umbenennen würden. Wir nennen sie einfach Zuhause.«

Beck musterte die Landschaft. Wacholder und Rottannen wuchsen am Rand des Highways. Die Straße selbst bestand aus geborstenem Asphalt. Die Ränder des Highways verloren sich in der Erde und in niedrigen, immergrünen Büschen. Er wies mit einem Schwung der Hand auf die Umgebung. »Sie lassen dich diesen Ort ganz allein bewachen?«

Lucas lächelte schwach. »Nein. Ich habe die Nordseite auf der 55. Wir haben noch eine Wache auf der A011 Richtung Osten, der A008 Richtung Süden und zwei Wachen im Westen. Sie sind auf der A011W und der A009. Wir wechseln uns ab. Mir gefallen die beiden Posten im Westen nicht besonders. Sie machen mich nervös. Von dort kommen die Plünderer. Sie haben schon sechs Wächter umgebracht.«

»Was meinst du mit der A009 und der A011?«, fragte Gabe.

»Das sind die Namen der Straßen«, sagte Lucas. »Wir haben sie nicht benannt, das steht auf den Schildern.«

»Wohin gehen wir?«

»Zur Kirche. Sie steht in der Mitte der Stadt. Das ist der beste Platz, um sich zu treffen. Ich bringe euch hin, und dann hole ich Buford und die anderen Älteren.«

»Ich dachte, dass Quäker ihre Kirchen Begegnungshäuser oder so etwas nennen würden«, sagte Beck.

»Wir nutzen sie als Begegnungshaus«, antwortete Lucas. »Aber es ist eigentlich eine Kirche. Wir wollen gegenüber den Leuten, die vor uns da waren, nicht respektlos sein. Wir nennen es die Kirche.«

Der Rest des Weges verlief ruhig, abgesehen von dem Knirschen ihrer Stiefel auf dem Boden. Die ehemalige Stadt Torreon ein Dorf zu nennen, war wohlwollend. Was früher wahrscheinlich eine erfolgreiche Agrar-Gemeinde war, war jetzt eine windschiefe Sammlung von Schindelhäuschen und Wohnwagen. Ein Meter zwanzig hohe Zaunpfosten, unbehauen und kantig, markierten Grundstücksgrenzen und verbanden meterweise Draht, der als Zaun diente. Es ähnelte vielen anderen Siedlungen, durch die sie gekommen waren. Es war eher ein Außenposten als irgendetwas anderes. Heutzutage war allerdings jeder Ort mit flachen Wurzeln ein Dorf. Es klang besser. Weniger rustikal und einladender. Vielleicht zu einladend. Darum kamen die Plünderer immer wieder.

Sie bogen westwärts vom Highway auf eine schmalere Asphaltstraße ab. Die Straße war kurz und ging in etwas über, was wie eine Sackgasse aussah. In der Entfernung türmten sich die Berge auf. Tiefe Wolken hingen über den gezackten

Gipfeln. Die Manzanos hatten die scharfen Winkel einer neueren Formation und erstreckten sich wie eine Narbe von Norden nach Süden. Die Sandias lagen im Norden, und auf der anderen Seite des schmalen Zuges lag Albuquerque.

»Da sind wir.«

Lucas zeigte auf ein einräumiges Gebäude mit einem Kreuz auf dem bescheidenen Turm. Es war eine katholische Kirche mit einer kleinen Statue der Jungfrau Maria, die in den Stein in der Nähe des Kircheingangs eingraviert war. Neben der Kirche öffnete sich ein großes, gusseisernes Tor zu dem katholischen Friedhof von Torreon.

»Katholisch?«, fragte Gabe.

»Sie war hier, als wir ankamen«, sagte Lucas. »Wie ich schon sagte, haben wir nichts verändert. Das Haus des Herrn ist das Haus des Herrn. Wir beten alle zum selben Gott.«

Sie betraten die Kirche. Das bescheidene Heiligtum verfügte über Eichenbänke und einen schmalen Altar. An der hinteren Wand zeigte eine große Malerei die Stationen des Kreuzweges.

Lucas zeigte auf die Bank im hinteren Teil des Raumes. »Wartet hier.«

Beck gab ihm das Gewehr. »Nimm das. Die anderen müssen nicht wissen, dass wir es dir abgenommen haben.«

Lucas zögerte, nahm die Waffe aber. Er senkte den Kopf. »Danke. Ich bin gleich wieder da.«

Der Junge hielt an der Tür inne. Er drehte sich um, und auf seinem Gesicht zeichnete sich ein merkwürdiger Ausdruck zwischen Zerknirschung und Verwirrung ab. »Ich entschuldige mich«, sagte er.

Beck neigte den Kopf auf eine Seite. »Wofür?«

»Dafür, wie ich euch behandelt habe. Ich hätte wissen sollen, dass ihr hier seid, um uns zu helfen. Jemand, der versuchen wollte, uns zu verletzen, hätte keine Fragen gestellt.«

»Schon gut. Ist ja nichts passiert.«

»Es ist nur … ich kann nicht gut mit Menschen außerhalb unserer Gemeinschaft umgehen. Die Welt hier ist ziemlich klein. Eigentlich ist es überall so, wohin wir gehen.«

Beck lächelte den Jungen an und nickte. Was gab es da zu sagen? Lucas war ein typischer Teenager, der das Vertraute satthatte und sich nach etwas Neuem sehnte. Genau wie Millie, die mit sechzehn an einem Punkt angelangt war, wo sie gleichzeitig alles und nichts wusste, und Freiheit ohne wirkliche Verantwortung wollte. Trotz Lucas' mürrischem Benehmen mochte Beck ihn.

Lucas erwiderte das Nicken und ließ sie in der Kirche allein. Es roch nach Kerzenrauch und brennendem Wachs. Gabe streifte den Rucksack von den Schultern und stellte ihn auf die Bank neben sich. Er rieb sich das Kinn und atmete tief durch. »Was denkst du, Bruder?«

Beck stand zwischen den Bänken. »Worüber? Die Stadt? Den Jungen? Die Kirche?«

»Über alles.«

»Die Stadt ist wie die meisten Orte, an denen wir waren. Mir gefällt der Ausblick. Ich denke, dass man hier alle vier Jahreszeiten hat, auch wenn es trocken ist. Vielleicht liegt im Winter in den Bergen etwas Schnee. Allerdings stehe ich nicht auf die vielen Zugangsstraßen herein und hinaus. Das ist ein strategisches Problem.«

»Und der Junge?«

»Ich mag ihn.«

»Wirklich? Warum? Du hast ihm das Gewehr abgenommen, als wäre er ein Baby mit einem Lutscher.«

»Mir gefiel es, dass er uns nicht einfach beim Wort genommen hat, als wir ihm sagten, wer wir sind. Und als ich ihm das Gewehr abnahm, wusste er, dass er geschlagen war. Ich habe gesehen, wie er im Kopf die Möglichkeiten durchging. Er hat klug gehandelt, sich nicht wie ein Cowboy benommen.«

»Ich dachte, dass du auf den Cowboy-Kram stehst.«

Ihre Stimmen hallten in der leeren Kirche wider. Die hohen Decken und soliden Oberflächen waren wahrscheinlich sehr gut für Hymnen.

»Kommt darauf an«, sagte Beck. »Wenn es unvorhersehbar bedeutet, gefällt es mir nicht. Das weißt du.«

»Stimmt.«

»Was die Kirche betrifft, finde ich sie hübsch. Es ist allerdings eine seltsame Juxtaposition. Eine Navajo-Stadt mit einer katholischen Kirche.«

»Juxtaposition. Da haben wir einen Zehn-Cent-Ausdruck.«

Die Türen schwangen auf und Strahlen von Tageslicht ließen die Gesichter der Leute am Eingang verschwimmen. Nachdem sie eingetreten waren, nahmen sie die Hüte ab. Drei Männer standen nebeneinander, Lucas hinter ihnen. Ein ihnen vertrauter Mann stand in der Mitte.

Buford Marks nickte ihnen zur Begrüßung zu. »Hallo Beck, Gabe.«

Gabe stand auf und trat zu Beck in den Gang. Beide Männer sagten Hallo.

Buford wies auf die anderen. »Das ist Peter, und das ist Fred. Sie sind diejenigen, die mich losschickten, um euch zu finden und hierherzubringen.«

Peter war der Größere der beiden. Wie Buford trug er eine Löwenmähne im Gesicht – Bart, aber kein Schnurrbart. Peter wirkte jünger als Buford, zeigte aber die Belastung eines Mannes, der die Verantwortung für eine Gemeinde trug. Stressfalten hatten sich in seine Stirn und den Bereich zwischen Mund und Wangen gegraben. Zusammen mit dem Salz-und-Pfeffer Bart gaben sie ihm den Anschein einer ständig mürrischen Miene.

Fred war kaum mehr als einen Meter fünfundfünfzig groß, hatte breite Schultern und einen üppigen Bauch, der den Stoff seines Hemdes dehnte. Sein Hals war unter seinem breiten, rechteckigen, kahlen Kopf unsichtbar. Im Gegensatz zu den anderen beiden Männern hatte er keine Gesichtsbehaarung. Eine runde Brille balancierte auf der Spitze seiner Knollennase. Hosenträger hielten seine Hose oben, und seine dicken Finger sahen wie Wiener Würstchen aus. Im Großen und Ganzen sah er wie eine Elfe vom Weihnachtsmann aus.

Peter und Fred traten vor.

»Danke, dass ihr hier seid«, sagte Peter. »Ich bin – *wir sind* – dankbar. Wir haben wundervolle Dinge von euch gehört.«

Fred schmunzelte. »Ich bin nicht sicher, ob wundervoll das passende Wort ist. Ihr seid Mörder, richtig? Ihr setzt Gewalt ein, um eure Ziele zu erreichen.«

Beck und Gabe wechselten einen Blick. Gabe zögerte.

»Tja, Fred, wir sind hier, um eure Ziele zu erreichen. Können wir das ohne Gewalt?«

Freds Gesicht rötete sich. Er straffte die breiten Schultern und atmete tief durch. Seine Miene wurde noch düsterer.

Peter trat mit erhobenen Händen einen Schritt vor. »Wir wollen, dass ihr alles tut, was nötig ist, damit unsere Leute in Sicherheit sind. Es bleibt euch überlassen, wie ihr das am besten erreicht. Wir haben euch hergerufen, weil unsere Art und Weise …«

»Unzureichend ist«, sagte Buford.

Peter nickte bestätigend.

Fred kochte. Sein Kiefer spannte sich, seine Augen verdunkelten sich. »Ich bin mit eurer Anwesenheit hier nicht einverstanden«, sagte er. »Das will ich klarstellen. Die anderen haben dafür gestimmt, euch in unser Dorf zu holen. Ich bin weiterhin nicht überzeugt davon und bete, dass Licht und Güte irgendwie obsiegen. Blutvergießen, aus welchem Grund auch immer, ist ungerecht.«

»Stärke mag unterwerfen, aber Liebe gewinnt«, warf Gabe ein. *»Und er, der als Erster vergibt, gewinnt den Lorbeerkranz.«*

Fred blinzelte. Sein Kopf zuckte vor Überraschung. Er öffnete den Mund und schloss ihn wieder.

»William Penn«, sagte Gabe. »Er war deiner Meinung. Ich bin deiner Meinung. Und ich versichere dir, dass mein Freund Beck deiner Meinung ist.« Er trat zwischen den Bänken hervor und legte einen Arm um Becks Schulter. Ein breites Lächeln erhellte sein Gesicht, und er erklärte: »Wir mögen keine Gewalt. Wer mag schon Gewalt? Niemand, der bei Verstand ist, so viel ist sicher. Aber wir sind Überlebende, und wir sind bereit, die Dinge zu tun, die andere nicht tun, um zu überleben. Denkt mal an die Kerle, die die Kanalisation sauber halten.«

Fred lachte leise. »Kanalisation?«

»Ja«, sagte Gabe. »Die Kanalisation. Denkt mal darüber nach. Jemand muss sie sauber halten, sonst staut sich der ganze Dreck auf und verstopft die Röhren. Wenn man sie nicht sauber macht, wird aus einer kleinen Verstopfung ein großes Problem, und das ganze Netzwerk ist nutzlos.«

Gabe trat zwei Schritte vor und überbrückte die Distanz. Er verschränkte die Arme vor der Brust und zuckte mit den Schultern. »Die meisten Leute haben nicht den Mumm dazu, in die Kanalisation zu gehen. Vielleicht stümpern sie hier und da herum, benutzen eine Saugglocke und gießen vielleicht etwas Lauge in den Ausguss. Aber sie wollen sich nicht die Hände bis zu den Ellbogen schmutzig machen und bis zum Hals in der Jauche waten. Wir tun das. Wir sind bereit dazu, weil wir den Wert darin sehen. Für uns gilt, einer für das Team bringt einen Vorteil für alle.«

Fred sah Beck und Gabe missbilligend an, drehte sich auf dem Absatz um und stapfte aus der Kirche. Die Tür knallte, als er sie hinter sich zuwarf.

Peters Gesicht wurde rot. Er versuchte sich an einem Lächeln. »Kümmert euch nicht um ihn. Der Herr hat ihn mit Eigensinn gesegnet.«

»Segen und Fluch zugleich«, sagte Beck.

Sie sahen einander eine Weile unbehaglich schweigend an. Als es Peter zu viel wurde, faltete er die Hände vor sich und sagte: »Wir zeigen euch die Umgebung. Was du heute kannst besorgen, das verschiebe nicht auf morgen.«

Beck und Gabe schnallten sich dir Rucksäcke auf den Rücken und folgten den anderen ins Tageslicht hinaus. Der Geruch nach Erde und Wacholder traf Beck, als er auf den Asphalt trat.

Sie wandten sich nach rechts und nahmen eine Straße, die sich nach Süden wand. Peter hielt die Hände weiterhin vor sich. Seine langen Schritte erinnerten Beck an eine neugeborene Giraffe. Unsicher bei jedem Schritt, nicht im Gleichgewicht, und seine Bewegungen waren wohlüberlegt.

Er ging neben Beck und Gabe, während Buford und Lucas hinter ihnen liefen.

»Das ist die Cibola Road«, sagte Peter. »Sie bringt uns zur Hauptstraße zurück, die der Highway 55 ist. Unsere Leute wohnen in zwei Ansammlungen von Häusern. Wir lassen euch wählen, wo ihr bleiben wollt. Was ihr für am besten haltet.«

»Erzählt uns von dem einohrigen Mann«, sagte Beck. »Was hat er vor?«

Die Farbe wich aus Peters Gesicht. Er schluckte, und sein Adamsapfel hüpfte auf und ab. »Er ist ihr Anführer. Der Schlimmste der Plünderer. Die anderen tun, was er sagt. Wenn er nicht wäre, glaube ich nicht, dass sie so bösartig wären. Wenn er nicht wäre, wärt ihr vielleicht nicht hier.«

»Wisst ihr noch etwas über ihn? Abgesehen von seiner Gewalt und dem fehlenden Ohr?«

Peter schüttelte den Kopf. »Ist das nicht genug?«

Beck verstand den Hinweis. »Das ist genug. Erzähl uns mehr von der Wohnsituation.«

Peter legte eine Hand auf seine Brust, und sie erreichten das Ende der Straße. An der Kreuzung ging es nach Norden und Süden weiter. Er sah Beck an und führte sie nach Norden. »Persönlich würde ich es gern sehen, wenn ihr im Boomer bleiben würdet. Das ist der Teil der Siedlung nordwestlich der Kirche. Aber wenn ihr lieber im Coaster bleiben wollt, können wir das arrangieren.«

Gabe reckte den Hals, um an Beck vorbeizusehen und Peter ansprechen zu können. »Was sind der Boomer und der Coaster?«

Peter zeigte voraus, während sie den Highway 55 nach Norden wanderten. »Hier gibt es ein Trio von Straßen. Sie verlaufen parallel zueinander und führen nach Osten am Dorf vorbei. Die in der Mitte ist die Coaster Road. Darum nennen wir den Teil der Siedlung Coaster.«

Gabe kicherte. »Der Coaster Cluster. Dem Spitznamen könnte man viele verschiedene Bedeutungen zuweisen.«

Beck hob eine Braue. »Spitzname?«

Gabe grinste. »Das Wort des Tages.«

Die Quäker ignorierten die Abweichung und blieben an der ersten der nach Osten führenden Straßen stehen.

Peter wies mit dem Kopf darauf. »Das ist die A010. Die nächste ist die Coaster. Dann die A011. Das ist Coaster.«

Buford drehte sich und lenkte ihre Aufmerksamkeit nach Norden und Westen. »Dort entlang liegt Boomer, Torrez und Morris Streets. Die Boomer geht in die A011W, die in die Berge und zum Fourth of July Trailhead führt. Zwischen der Torrez und der Morris ist ein alter Autofriedhof. Und es muss mindestens noch ein Dutzend mehr geben.«

»Gehen wir dorthin?«, fragte Beck.

»Später«, antwortete Peter. »Lasst uns nicht den zweiten Schritt vor dem ersten machen. Wir wollen euch den Weg zeigen, den die Plünderer normalerweise nehmen, um uns anzugreifen.«

Peter wandte sich nach Süden und führte sie an der Cibola vorbei zu einer Sackgasse. Eine schmale Asphaltstraße führte nach Westen. Er führte sie in diese Richtung.

Beck holte seine Wasserflasche aus dem Rucksack und drückte warmes Wasser in seinen Mund. Er ließ es in seiner Mundhöhle, nahm die Feuchtigkeit auf, bis er es mit zwei Schlucken schluckte.

»Das ist die A008«, sagte Peter. »Sie führt in die Berge zum Capilla Peak und Osha Peak. Beim Capilla ist ein Campingplatz. Das ist ungefähr fünfzehn Meilen von hier, und wir glauben, dass sie sich dort aufhalten.«

Das langsame, aber stetige Gefälle strengte Becks Beinmuskeln an. Er trank noch etwas Wasser und steckte mit einer Hand die Flasche zurück in die Seitentasche seines Rucksacks.

Sie erreichten eine weitere Kreuzung. Diese führte erst nach Norden, dann nach Westen.

»Dieser Ort ähnelt ein bisschen einem Irrgarten«, sagte Beck. »Viele Straßen führen in unterschiedlichste Richtungen. Und es gibt kein Netz, was die Verteidigung schwieriger macht.«

Peter ignorierte die Bemerkung. »Das ist die A009. Das ist die zweite übliche Straße, die die Plünderer nehmen.«

»Kann man sie nicht einfach hier an der Kreuzung aufhalten?«, fragte Gabe. »Wenn man hier die Verteidigung aufstellt, kann man sie stoppen.«

Peter schüttelte den Kopf und zeigte die A009 hinauf. »Es gibt eine Schotterstraße, die von der A009 abgeht und sich dann wieder gabelt. Diese Gabelung führt einen zum Boomer oder zurück zur 55.«

Die Männer standen still auf der Straße. Beck drehte sich langsam im Kreis. Die Umgebung war irgendwie unwirtlich. Trockenes, heißes, unebenes Gelände. Und das Dorf befand sich nicht in höherer Lage. Das würde schwieriger werden als die meisten Jobs, die sie bisher hatten. Die meisten, aber nicht alle.

Gabe schien Becks Gedanken zu lesen. »Das erinnert mich an die Stadt in North Carolina. Black Mountain, oder? Die Stadt in einem Tal zwischen dem Highway und dem höheren Gelände?«

Beck erinnerte sich an die idyllische Stadt, die zwischen Kiefern lag. Doch mehr als der Anblick der Stadt war ihm ihr Geruch in Erinnerung geblieben. Sie hatte nach Weihnachten gerochen. In den zwei Wochen, die sie dort arbeiteten, musste er immer wieder an Millie und ihre gemeinsamen Weihnachtsmorgen denken. Ihr Einteiler mit Rentiermuster, ihre großäugige Aufregung, der zerzauste Haarknoten auf ihrem kleinen Kopf, heißer Kaffee in einem Becher, der ihn zum besten Ehemann der Welt erklärte, Debbie auf seinem Schoß, während sie Millie dabei beobachteten, wie sie das Geschenkpapier wie wild von den Geschenken riss …

»Beck?«, fragte Gabe. »Bist du bei uns, Bruder?«

Beck blinzelte. Er nickte. »Ich denke nur über die beste Herangehensweise nach. Wir müssen alle Straßen sehen, die in die Stadt hinein- und hinausführen. Baut ihr Leute Scheunen?«

Peter runzelte die Stirn und zog die Brauen hoch. »Nein, tun wir nicht. Das sind die Amish. Wir sind Quäker.«

»Was ist der Unterschied?«, fragte Gabe.

»Der Unterschied ist so groß wie der zwischen Katholiken und Baptisten«, sagte Buford. »Es ist absolut nicht dasselbe.«

Beck neigte den Kopf. »Tut mir leid, wenn ich euch gekränkt habe.«

Peter räusperte sich. »Wir sind nicht gekränkt.«

»Dann könnt ihr nicht mit Werkzeugen umgehen?«

»Das habe ich nicht gesagt. Ich habe nur gesagt, dass wir keine Scheunen bauen.«

Becks Gedanken rasten, loteten die Möglichkeiten aus. Das Samenkorn eines Plans ging auf. »Das ist gut. Zeigt uns die Straßen. Dann haben wir etwas, das wir euch zeigen müssen. Dem ganzen Dorf.«

Peter neigte den Kopf auf eine Seite. »Und was ist das?«

»Es ist einer der Gründe, weswegen wir hier sind. Meine Tochter. Ich helfe euch bei eurem Problem, ihr helft mir bei meinem.«

Peter musterte ihn, schüttelte aber den Kopf. »Ich verstehe nicht.«

»Hast du Kinder, Peter?«

»Ja. Drei Töchter und einen Sohn.«

Lucas sprach zum ersten Mal, seit sie die Kirche verlassen hatten. »Ich bin der einzige Sohn.«

Die Ähnlichkeit war jetzt offensichtlich. Lucas war genauso schlank wie sein Vater. Sie stellten beide entschlossene Mienen zur Schau, ihre Augen und die Form der Lippen waren fast identisch.

Beck lächelte den Jungen an und wandte sich dann an den Vater. »Dann verstehst du es. Und jetzt sehen wir uns diese Straßen an.«

21

TAG DER DETONATION + 4 JAHRE, 3 MONATE, 6 TAGE
TORREON, NEW MEXICO

Die Sonne stand tief am Himmel und hing über den Gipfeln der Manzano-Berge im Westen. Eine rot-orange Färbung ließ die zerklüfteten Spitzen glühen. Es war wunderschön. Doch irgendwo in dieser Bergkette war der Feind. Noch ein Hindernis zwischen Beck und Millie.

Beck musterte die düsteren Hänge der Berge und sah dann auf ein Stück Papier in seiner Hand. Er hatte eine grobe Skizze des Dorfes gezeichnet und sich Notizen über die Vor- und Nachteile des umliegenden Geländes gemacht.

Er und Gabe hatten zwei Stunden in ihrem vorläufigen Zuhause verbracht und einen ersten Plan geschmiedet.

Sie hatten beschlossen, weder im Boomer noch im Coaster eine Unterkunft zu beziehen. Beide dienten nicht ihrem Ziel. Stattdessen richteten sie sich in der Postfiliale neben der Kirche ein. Der Boden war hart, aber ihre Schlafsäcke waren gut genug.

Die Post lag auf halbem Weg zwischen allen Angriffswegen, die möglich waren. Das brachte sie in eine viel bessere Position, um zu reagieren, wenn etwas passierte. Beck hatte darum gebeten, in der Kirche schlafen zu dürfen. Peter hatte die Bitte abgelehnt.

Beck stand jetzt auf dem Friedhof. Er war eben und mit Gras bewachsen. Ein angenehmer Treffpunkt, wie Buford ihnen versichert hatte, und alle Dorfbewohner konnten teilnehmen. Selbst die kleinen Kinder konnten innerhalb des eingezäunten Geländes spielen, ohne dass sich ihre Eltern um ihre Sicherheit sorgen mussten.

Er sah von der Karte auf und in die mürrischen Gesichter, die ihn anstarrten. Gabe stand neben Beck, die Hände in den Taschen vergraben.

Fred sprach zu der Versammlung über ihre Erwartungen. »Ihr wisst alle, dass mir nicht gefällt, dass diese Männer hier sind«, sagte er. »Mir behagt es nicht, Gewalt in unser Dorf zu bringen. Das ist nicht unsere Art. Wir sind friedlich. Wir …«

»Wir brauchen Hilfe.«

Die Stimme kam von irgendwo in der auf dem Rasen versammelten Menge. Die Stimme war die einer Frau, die irgendwie gleichzeitig weich und stark war. Ihre Worte schnitten wie eine Kugel durch die trockene Luft. Fred wich einen Schritt zurück, als ob ihn der Ruf in die Brust getroffen hätte. Er öffnete und schloss den Mund.

Die Frau trat vor und sprach erneut. Dieses Mal dröhnte ihre Stimme wie Kanonenfeuer. »Mein Ehemann. Meine Kinder. Sie sind tot wegen Männern, die keinen Respekt vor dem Leben und seinem Wert haben. Ich will Vergeltung. Und wenn wir ehrlich zu uns selbst sind, wenn wir während stiller Gebete wahrhaft die Führung des inneren Lehrers suchen, dann hören wir, wie der Heilige Geist uns sagt, dass wir unseren Weg finden sollen. Mein Weg führt zu Gerechtigkeit.«

Gabe flüsterte Beck zu: »Ich mag sie.«

Die Frau zeigte auf die untergehende Sonne. »Ich entscheide mich dafür, sie bezahlen zu lassen und dem babylonischen Code König Hammurabis zu folgen. Wenn ein Mann einem anderen ein Auge aussticht, dann soll dieser sein Auge erblinden lassen. Wenn er die Knochen eines anderen Mannes bricht, dann soll dieser seine Knochen brechen.«

»Das ist nicht die Art der Quäker«, widersprach Fred. »Wir sind friedlich. Wir glauben …«

Die Frau spannte sich an. »Unser Glauben ist individuell«, unterbrach sie ihn. »Das ist der Kernpunkt der Art der Quäker.

Das wissen wir alle, und wir beten alle schweigend, weil unsere Reise von unseren inneren Regeln bestimmt wird.«

Einige nickten, während andere untereinander flüsterten.

Freds Gesicht rötete sich wieder. Er legte eine Hand auf seinen üppigen Bauch und hob die andere. »Freunde!«, rief er. »Freunde, bitte hört mir zu. Ich will nicht aufgeben, wer wir sind, damit wir überleben. Ist Überleben um jeden Preis überhaupt Überleben?«

Das Gemurmel erhob sich wieder, die Diskussionen wurden hitziger. Fred versuchte, sie zur Ruhe zu bringen, schaffte es aber nicht.

Die Frau stand mit in die Hüften gestemmten Händen da. Trotz rötete ihr Gesicht. Sie starrte Beck direkt an. Er sah ihr mehr als eine Minute in die Augen. Keiner von ihnen blinzelte. Beck lächelte. Er mochte die Frau auch.

»Entschuldigt«, sagte er und hob die Hände, um Aufmerksamkeit zu bekommen. »Entschuldigt. Ich heiße John Beck, und mein Freund hier ist Gabe Vazquez. Wir sind hier, um zu helfen. Lasst uns die Gewalt anwenden, die nötig ist, damit ihr weiter friedlich sein könnt. Wir können alle eure Bedürfnisse erfüllen. Denjenigen von euch, die nach Vergeltung suchen, werden wir sie bringen. Diejenigen, die Blutvergießen verabscheuen, sollten in die andere Richtung sehen. Missbilligt. Wir werden uns euch widersetzen, um euch zu schützen. Euer Gewissen ist rein.«

Er hatte ihre Aufmerksamkeit. Die Frau setzte sich mit überkreuzten Beinen und geradem Rücken hin. Sie hatte immer noch nicht geblinzelt.

»Wir sind hier zum Austausch von Gefälligkeiten« fuhr Beck fort. »Wir helfen euch, und ihr helft mir.« Er zog Millies Foto aus seiner Tasche und hielt es über seinen Kopf. »Das ist meine Tochter. Ich glaube, dass einige von euch sie gesehen haben könnten. Entweder in Memphis, woher ihr gekommen seid, oder unterwegs. Ich suche mit derselben Verzweiflung nach ihr, mit der ihr Frieden für euer Dorf sucht. Sie ist jetzt älter, aber stellt euch diese Sechzehnjährige mit zwanzig vor.«

Er gab Gabe das Foto. Gabe reichte es an Fred weiter und sagte ihm, er solle es herumgeben.

»Wenn wir hier fertig sind, und ihr sie gesehen habt, bitte kommt her und sagt es mir. Auch wenn ihr nur *denkt*, dass ihr sie vielleicht erkannt habt, erzählt es mir bitte.«

Fred gab das Foto einem älteren Mann, der dort saß, wo man die erste Reihe ansiedeln konnte. Der Mann sah darauf hinunter und gab es weiter. Beck musterte die Mienen, eine nach der anderen, als sie das Foto gedankenlos weitergaben. Er wappnete sich und trat einen Schritt vor. Die Hände hielt er um Geduld bittend vor sich.

»Ich habe einen Plan. Auch wenn er einigen von euch nicht gefallen wird, versichere ich euch, dass das der beste Handlungsablauf ist.«

Das Foto hatte die zweite Reihe erreicht. Fred sah Beck an, die dicken Augenbrauen zusammengezogen. »Wie ist der Plan?«, fragte er. »Und warum wird er uns nicht gefallen?«

»Gabe und ich, und ein paar von euch, die mit uns gehen wollen, werden zum Capilla Peak wandern. Wir werden die Plünderer aufscheuchen und sie dazu zwingen, das Dorf anzugreifen.«

Einen Moment saßen die Versammelten in entsetztem Schweigen da. Dann explodierten sie in nicht zu versehender Wut, die Beck Quäkern nicht zugetraut hätte. Er versuchte mehrere Male, sie zu beruhigen, damit sie ihm zuhörten. Schließlich brachte ausgerechnet Fred sie zur Ruhe und forderte Beck auf, es zu erklären.

»Wie hilft uns das?«, fragte Fred. »Das ist, als würden wir unsere Häuser in Brand setzen und dann fragen, warum sie brennen.«

Peter, der bis zu diesem Zeitpunkt geschwiegen hatte, fügte hinzu: »Du hattest recht damit, dass einigen von uns dein Plan nicht gefallen wird, Mr. Beck. Ich bin einer davon. Buford hat uns gesagt, dass ihr die richtigen Männer für diesen Job wärt. Ich stimmte ihm zu, als wir heute die Stadt in Augenschein nahmen. Aber jetzt … Ich kann nicht mehr sagen, dass ihr die richtige Wahl seid.«

Buford stand mit gesenktem Kinn neben Peter. Wie bei einem gescholtenen Kind drückte seine erschöpfte Miene seine Traurigkeit und Enttäuschung aus.

In der Menge hatte das Bild vom einen zum anderen gewechselt. Niemand nahm sich die Zeit, es genau anzusehen. Beck hob die Hände, ein Ausbruch von Wut machte sich in seinem Tonfall bemerkbar. Das brachte den Chor von Neinsagern zur Ruhe.

»Ihr habt uns hierher eingeladen«, bellte er. »Ihr habt uns um unsere Hilfe gebeten. *Ihr* seid zu *uns* gekommen, nicht andersherum. Wenn euch das lieber ist, gehen wir, das schert uns nicht. Jemand anders wird uns wollen und mir dabei helfen, meine Tochter zu finden.«

Sein Puls beschleunigte sich und hämmerte in seinen Schläfen. Eine Ader trat an seinem Hals hervor, und er rammte einen Finger Richtung Berge, die jetzt von Dunkelheit umgeben waren. Das Tageslicht war fast verschwunden.

»Sie werden wieder zu euch kommen. Und immer wieder. Was ihr dagegen unternehmt, ist eure Sache. Wir geben euch diese Nacht, um darüber nachzudenken.«

Beck gab Gabe ein Zeichen, der zu den Leuten ging, um das Foto zurückzuholen. Er gab es Beck, und die beiden machten sich auf den Weg zum Friedhofstor. Es war jetzt schwierig, etwas zu sehen, weil die Dämmerung in Schwärze überging.

Sie waren bereits durch das Tor gegangen, als eine Stimme nach ihnen rief. Sie klang atemlos.

»Warten Sie, Mr. Beck.«

Beck blieb stehen. Es war die Frau, die Gerechtigkeit gefordert hatte. Sie stand am Tor, die Hände um die Stäbe geschlossen wie eine Gefangene, die in einer Zelle saß.

Gabe und Beck gingen zum Tor zurück. Die Frau leckte sich über die Lippen und versuchte, wieder zu Atem zu kommen.

»Was willst du?«, fragte Gabe. »Mal abgesehen von Rache?«

Ihre Finger spannten sich fester um die Gitterstäbe, und sie drückte das Gesicht gegen das Eisen. »Ich will Gerechtigkeit. Das ist ein Unterschied.«

Beck trat neben Gabe. »Wie heißt du?«

»Annaliese.«

»Was willst du, Annaliese?«

»Ich habe zwei Dinge zu sagen. Beide werden euch überraschen.«

»Du wärst überrascht, wie viele Dinge es gibt, die mich nicht überraschen«, sagte Gabe. »Was ist das Erste?«

»Ich will helfen.«

»Bei was helfen?«

»Bei eurem Plan. Sie werden noch zur Vernunft kommen. Was ihr vorschlagt, ergibt absolut Sinn. Wir können nicht weiter darauf warten, dass sie hierherkommen. Das ist aus *Die Kunst des Krieges.* Den Feind angreifen, wo er unvorbereitet ist, dort auftauchen, wo man nicht erwartet wird, dann lockt man sie in eine Falle. Sie werden so wütend sein, dass sie nicht klar denken können. Sie werden ohne echten Plan angreifen. So können wir sie ein für alle Mal stoppen.«

»Ich wusste, dass ich dich mag.« Gabe grinste. »Du liest, genau wie ich.«

Ihre Züge wurden weicher. »Du liest?«

»Jeden Tag.«

Annaliese lächelte. »Lesen ist das Einzige, was mich davon abhält, verrückt zu werden. Besonders, nachdem meine

Familie …« Ihre Stimme erstickte, und sie wich vom Zaun zurück.

Beck trat näher und legte die Hände um das kalte Eisen. »Was ist die zweite Sache?«

Annalieses Miene wurde wieder hart. Sie starrte Beck eine ganze Weile an. »Ich habe deine Tochter gesehen. Ich habe sie erkannt. Und ich weiß vielleicht, wo sie ist.«

22

TAG DER DETONATION + 4 JAHRE, 3 MONATE, 6 TAGE
TORREON, NEW MEXICO

Der Traum war immer derselbe. Der Ort änderte sich, genau wie einige andere Umstände, aber das Wesentliche war ähnlich genug, dass es als wiederkehrender Albtraum gelten konnte.

Beck war allein, in einem Wald oder in einer Wüste oder an der Kante einer steinigen Klippe. Feinde umringten ihn, alle bis an die Zähne bewaffnet. Er stand mit leeren Händen da. Die Feinde, furchtlose Männer, griffen mit blitzartiger Geschwindigkeit an. Seine Bewegungen waren schmerzlich langsam.

Er konnte nicht vor ihnen weglaufen. Seine Füße würden ihn nicht schnell genug tragen, um ihren Stichen, Schnitten und Bissen auszuweichen. Seine eigenen Schläge und Tritte hatten kaum Kraft und fügten seinen Gegnern keinen Schaden zu.

Gegner. In Wirklichkeit waren sie die Traum-Manifestationen eines einzigen Mannes: Goose.

Auch wenn keiner der Männer wie Goose aussah oder wie er klang, wusste Becks Unterbewusstsein, dass sein Erzfeind tatsächlich er war.

Während er die endlosen Angriffe der unzähligen Versionen von Goose abwehrte, war Millie außerhalb seiner Reichweite. Sie war von einer Gefahr bedroht – einem Tier, einem Sturm, etwas Unsichtbarem in der Dunkelheit. Es war egal, was es war, sie brauchte seine Hilfe, und Beck konnte sie ihr nicht geben. Goose stand zwischen ihnen.

Manchmal hatte Debbie einen kurzen Auftritt. Sie verspottete ihn wegen seiner Machtlosigkeit und gab ihm die Schuld an allem Schlechten in der Welt. Nicht ein einziges Mal kam sie ihm oder Millie zu Hilfe. Sie war irgendwo in der nebulösen Nähe, eine nervige Ablenkung von der vergeblichen Aufgabe, die vor ihm lag.

Obwohl Beck in seinem Traum niemals starb, gelang es ihm auch nie, die vielen Gooses zurückzuschlagen oder seine Tochter zu retten. Es war eine Endlosschleife. Erschöpfend. Zehrend. Entmutigend. Außerdem hielt es Beck von richtigem Schlaf ab.

Er wollte nicht träumen. Niemals. Und bei den seltenen Gelegenheiten, wenn sein Körper erholsamen Schlaf forderte, bekam er nur wenig. Der Albtraum zerriss seine Psyche und öffnete Wunden, die sein Versagen als Vater und Ehemann repräsentierten.

Seine eigene Selbstsucht und die Unfähigkeit, seine Dämonen unter Kontrolle zu bringen, hatte sie in Gefahr gebracht. Debbie war tot. Millie wurde vermisst.

Was wäre wenn … Was wäre wenn …

Er war quer durch den Kontinent gereist, hatte Fremden bei ihrer Buße geholfen und gehofft, dass es ihm helfen würde, die Kanten seiner eigenen Schuld abzuschleifen, während er die energielose Welt zu einem besseren Ort für andere machte. Wenn er genug tat, klammerte er sich an den Glauben, dass seine Belohnung die Wiedervereinigung mit seiner Tochter sein würde. Oder dass er zumindest erfahren würde, was aus ihr geworden war. Oder dass er Goose finden und Rache für die Gewalt üben würde, die er ihm und seiner Familie angetan hatte. So musste das Karma doch funktionieren, oder?

Beck hätte vielleicht nicht geträumt, hätte wahrscheinlich nicht einmal geschlafen, wenn Annaliese und ihr

Eingeständnis durch die Gitterstäbe des Friedhofstors nicht gewesen wären. Was sie ihm erzählt hatte, hatte seine Gedanken zum Rasen gebracht. Er war in den Schlaf gesunken, während er über ihr kurzes Gespräch nachdachte, und das hatte ihn direkt in den Albtraum geführt.

Er wachte erschrocken auf. Sein Herzschlag raste, und das Gefühl, dass die Welt in Schieflage war, lastete auf ihm, bis er seine Umgebung erkannte und wieder zu Sinnen kam.

Vom Boden aus starrte er zu der Decke des Postamts hoch, die aus Steinwolle und Glasfaser bestand. Verschwitzt und erhitzt zog er den Reißverschluss des Schlafsacks auf und kickte das daunengefüllte Polyester von seinen Beinen. Das reichte aber noch nicht, und er zog die obere Hälfte des Schlafsacks zurück. Ein Strom kühler Luft ließ seinen Körper erschaudern. Er rieb sich die Augen mit den Fingerknöcheln, blinzelte in der Dunkelheit und dachte an das Gespräch am Tor.

»Ich habe deine Tochter gesehen. Ich habe sie erkannt. Und ich weiß vielleicht, wo sie ist.«

Beck hatte sie gemustert. Abgesehen von anderen Fähigkeiten hatte er als Überlebender durch Erfahrung gelernt, Gesichtsausdrücke gut zu lesen. Ein Lügner war ein Lügner, egal, wie die Umstände waren. Und Verzweiflung brachte sie ans Tageslicht. Annaliese war keine Lügnerin. Trotzdem wartete er darauf, dass sie ihre Eröffnung ergänzte.

Ihr Blick schweifte zu Gabe, dann zu Beck zurück. Sie suchte nach den richtigen Worten und suchte nach dem Schlüssel, mit dem sie Becks Mauer öffnen konnte.

Sie schürzte die Lippen. »Sie ist jetzt älter.«

Beck schüttelte den Kopf. »Noch ein Versuch.«

»Was ich damit sagen will, ist, dass sie älter *aussieht.* Ihr Haar ist kürzer. Es ist fast so kurz wie das eines Jungen geschnitten.« Annaliese wedelte mit der Hand vor ihrem Gesicht herum, als würde sie unsichtbares Make-up auflegen. »Ihre Haut ist auch anders, rötlicher. Sie war viel in der Sonne, ist nicht mehr so jugendlich frisch wie auf dem Bild, das du herumgereicht hast.«

»Woher willst du dann wissen, dass sie es ist?«

»Die Augen. Sie sind unverwechselbar. Dunkel. Voller Dämonen. Wie …« Annaliese zögerte. Sie sah nach rechts unten.

Beck ging hoch. Er wusste, was ihre nächsten Worte sein würden, ohne dass sie sie sagte. Aber er wollte, dass sie sie aussprach. »Wie was?«

»Wie deine. Sie hat deine Augen. Ihr seid beide verletzt worden. Du trägst viel auf deinen Schultern und auf deinem Gewissen. Du hast Menschen getötet. Habe ich recht?«

Beck antwortete nicht.

Annaliese sah wieder auf, ihre Miene hellte sich bei der Erkenntnis auf. »Ich habe recht, nicht wahr? Du trägst etwas mit dir herum, das zu schwer zum Tragen ist. Darum hilfst du uns. Und darum hast du den anderen geholfen, ist es nicht so? Wenn du gibst, dann wird dir gegeben.«

»Wir reden nicht über mich«, sage Beck. »Wir reden über …«

»Ich bin wie du«, unterbrach Annaliese. »Na ja, nicht ganz genauso. Aber ich trage auch ein Gewicht mit mir herum, das zu schwer zu ertragen ist. Darum will ich Rache. Darum will ich mit dir kommen. Ich werde nicht ruhen, bis ich die kosmische Waage irgendwie ausbalanciert habe.«

»Wir reden auch nicht über dich. Wir sprechen über meine Tochter. Wo hast du sie gesehen? Wann?«

»Ich habe sie in Memphis gesehen, nicht lange nach dem Tag der Detonation. Tausende von uns hatten Schutz bei der Pyramide gesucht. Bass Pro Shops hatten unterirdische Generatoren, die irgendwie den EMP-Angriff überstanden hatten.«

Beck nickte. »Ich habe diese Geschichten gehört. Das ist jetzt ein Basar, richtig?«

»Dann weißt du schon, dass deine Tochter dort war?«

»Ich war nicht in der Lage, es zu beweisen, aber über die Jahre hinweg haben sich Dutzende daran erinnert, sie da gesehen zu haben.«

»Sie war allein.«

Das war neu. Oder es war völliger Quatsch. Von allen Berichten, die er über die Pyramide in den frühen Tagen nach der Detonation zusammengetragen hatte, hatte keiner beinhaltet, dass Millie allein war. Und es gab keine Hinweise darauf, dass sie auf dem Basar in den riesigen Räumlichkeiten herumhing oder arbeitete.

»Allein?«

Annaliese nickte. »Ich habe sie zweimal gesehen. Einmal in einer Essensschlange, das andere Mal in der Damentoilette. Sie war allein.«

»Und du weißt, dass sie es war?«

»Ja.«

»Wie?«

»Das habe ich dir gesagt, die Augen. Man vergisst solche Augen nicht.«

Beck hing am Haken. Adrenalin flutete seine Blutbahn. Er wollte loslaufen und Millie finden. Sie hochheben, festhalten und herumwirbeln. Er wollte ihr sagen, wie sehr er sie vermisst hatte, wie sehr er sie liebte, wie leid es ihm tat und wie lange er nach ihr gesucht hatte. All das raste in unmittelbaren Blitzen durch seinen Kopf. Donner und Blitz.

»Hast du sie noch einmal gesehen? Vor Kurzem?«

Annaliese wich aus. »Vor einem Jahr. Missouri. Ich glaube, es war in St. Louis.«

Becks Magen machte einen Überschlag. Seine Aufregung verschwand, als hätte jemand den Stöpsel aus einer Badewanne gezogen.

»Ein Jahr?«

Er war vor einem Jahr in Missouri gewesen. Oder war es länger her? Er hatte dort einen Mann getötet, oder mehr als einen. Nichts davon war wichtig. Diese Information war alt, schal wie der Geschmack in seinem Mund nach einer Nacht mit viel Bourbon.

Vielleicht sah Annaliese seine enttäuschte Miene, wusste, dass sie ihre Chance auf Rache verloren hatte, und fuhr mit ihrer Eröffnung fort. Sie umfasste die Gitterstäbe, trat dichter an ihn heran, bis ihre Gesichter nur noch Zentimeter voneinander entfernt waren. Ihr heißer Atem roch nach Zitronen.

Zitronen? Wo hatte sie Zitronen gefunden?

»Vielleicht ist es weniger als ein Jahr her«, sagte sie. »Aber ich denke, dass sie immer noch dort ist. Wenn nicht, werden die Leute da wissen, wohin sie gegangen ist. Sie …«

»Leute haben mir gesagt, sie wüssten, wo sie ist.« Becks Kiefer spannte sich an, er sprach mit zusammengebissenen Zähnen. »Öfter, als ich es zählen kann. Wenn ich sie dränge, sagen sie mir, dass sie sich gar nicht mehr so sicher sind wie noch Sekunden zuvor. Du bist wie alle anderen, Annaliese.«

Er ließ die Gitterstäbe los, sah ihr aber weiterhin in die Augen. Ohne ein weiteres Wort zu sagen, drehte er sich um und ging davon.

»So ist es nicht«, rief sie ihm nach. »Ich sage dir, dass ich glaube, sie ist dort. Sie war am Leben.«

Gabe folgte ihm schweigend. Sie gingen und ließen Annaliese am Tor zurück. Mit jedem Schritt breitete sich die Wut in seiner Brust mehr aus. Seine Atemzüge wurden kürzer, seine Muskeln spannten sich an. Als er ins Postamt trat, stand er kurz vor einer Explosion.

Beck war nicht sauer auf Annaliese. Okay. Er *war* sauer auf Annaliese, musste er sich eingestehen. Aber das war es nicht, was ihn aufregte. Was ihn rasend machte, war, dass er sich darauf eingelassen hatte, zugelassen hatte, dass sie ihn an der

Nase herumführte. Er sollte es besser wissen. Zu viele Leute hatten das schon mit ihm gemacht. Ein Geben und Nehmen, bei dem es kein Geben gab. Er gab etwas, bekam aber nichts zurück. Oder sehr wenig, wenn überhaupt.

Was seine Frustration noch verstärkte, war, dass Gabe ihn auf jeden Fall verlassen würde und es berechtigt war. Sie kämpften gegen Windmühlen, suchten nach dem Heiligen Gral, jagten nach El Dorado. Ihre Suche, *seine* Suche, war sinnlos.

Bei geschätzt eineinhalb Milliarden Menschen, die vier Jahre nach dem Tag der Detonation noch übrig waren, standen die Chancen, dass seine Tochter noch lebte und irgendjemand sie getroffen hatte und danach ihm begegnete, so gering, dass sie nicht berechenbar waren.

Klar, die Anzahl noch lebender Menschen war geschätzt. Es könnte noch mehr Menschen auf der Erde geben. Doch das war es nicht, was er in jede Stadt gehört hatte, in jedem Dorf und bei jedem Außenposten. Die Prozentzahl lautete überall gleich. Nur einer von fünf Menschen, die es am Tag der Detonation gegeben hatte, lebte jetzt noch.

Beck war Optimist. Als Kind hatte er daran geglaubt, dass er der missbräuchlichen Tyrannei seiner Mutter entkommen würde. Er würde eine Ausbildung machen und gut verdienen, die perfekte Frau finden, mit der er sich ein Leben aufbauen würde und eine Familie gründen. Als er fälschlicherweise des Mordes angeklagt wurde, hatte er darauf vertraut, dass das System seine Unschuld herausfinden würde. Und schließlich, als er fast alles verloren hatte, für das er so hart gearbeitet hatte, war er sicher gewesen, dass er es zurückbekommen konnte.

Er hatte mit allem richtig gelegen, abgesehen vom letzten Punkt. Er hatte Debbie nicht zurückbekommen. Der Strom war ausgefallen, und seine Dämonen waren zurückgekehrt und jagten ihn.

Trotzdem hatte Beck die Hoffnung nicht aufgegeben. Er konnte die Dinge wieder in Ordnung bringen. Er konnte seine Tochter retten, mit ihr wiedervereint werden, sich um sie kümmern. Er konnte das einfache, einsame Leben beginnen, von dem Gabe so oft sprach. Kein Herumwandern mehr, kein Töten, keine Rache. Kein Überleben um des Überlebens willen. Das alles konnte er erreichen, wenn er nur hart genug arbeitete. Wenn er immer weitermachte.

Doch als er in dem trüben Lila der Morgendämmerung dalag, während das Sonnenlicht durch die schmutzigen Fenster filterte, zog sich Becks Kehle zusammen. Seine Brust wurde schwer, und Tränen ließen seine Sicht verschwimmen.

Es gab kein glückliches Ende. Er würde seine Tochter nicht finden. Er war dazu verdammt, wie der Ewige Jude auf der Erde zu wandeln.

Tränen bildeten sich in seinen Augen und rollten ihm über die Wangen. Er weinte still, biss sich ins Wangenfleisch, um kein Geräusch zu verursachen. Beck wollte Gabe nicht aufwecken und wollte auch nicht, dass sein Freund ihn weinen sah.

Ein Klopfen an der Tür erschreckte ihn. Er verdrängte die Emotionen und schluckte den Kloß in seinem Hals hinunter. Gabe schoss hoch und saß benommen in seinem Schlafsack. Sein Haar war vollkommen zerzaust, sein Blick nicht fokussiert, und er schien desorientiert zu sein, bis es ein zweites Mal an der Tür klopfte.

Beck stand auf. »Ich gehe hin. Ich bin wach.«

Gabe knurrte, zog sich wieder in seinen Schlafsack zurück und drehte sich auf die Seite.

Ein drittes Klopfen, drängender, ertönte, als Beck die Tür erreichte. Er zog sie auf und ein Zug kühler Luft empfing ihn. Genau wie die beiden letzten Menschen auf der Welt, die er so früh am Morgen sehen wollte.

Ihre Gesichtszüge wurden vom Lila und Orange des Sonnenaufgangs von hinten beleuchtet, aber er erkannte sie trotzdem. Fred und Annaliese. Sie standen auf der Schwelle, die Mienen erwartungsvoll, und verlangten Zutritt zum Postamt.

Beck trat zur Seite und gab ihnen mit einer übertriebenen Handgeste das Zeichen, dass sie eintreten sollten. Als sie an ihm vorbeigingen, wollte er die Tür schließen, aber eine Hand hielt ihn davon ab. Peter war mit seinem Sohn Lucas da. Hinter ihnen stand Buford. Er hielt seinen Hut mit beiden Händen. Sein Blick zuckte nervös hin und her.

»Nun«, sagte Beck. »Die ganze Gang ist hier. Und es ist wie viel Uhr? Kaum sechs Uhr morgens?«

Fred kicherte. »Du hast uns gesagt, dass wir dir am Morgen eine Antwort geben sollen. Es ist Morgen.«

»Gutes Argument. Hey, Gabe. Willst du aufstehen? Wir haben Gesellschaft.«

Gabe knurrte wieder. Er war kein Morgenmensch. Er blieb lieber bis zur Morgendämmerung wach, als bei Sonnenuntergang ins Bett zu gehen. Trotzdem warf er den mumienförmigen Schlafsack beiseite und gesellte sich zu den Lebenden.

Als keiner ihrer Besucher etwas sagte, räusperte Beck sich, um den letzten Schleim seines emotionalen Anfalls loszuwerden. »Ich erinnere mich, dass ich, bevor ich ging, von euch verlangt habe, dass ihr uns wissen lasst, ob ihr uns hier haben wollt oder nicht«, sagte er. »Für uns ist beides okay. Was immer ihr wollt.«

Ihre Gäste sahen sich alle an, als gäbe es eine Pattsituation. Schließlich sprach Annaliese.

»Da keiner der Männer es ausspucken will«, sagte sie, »mache ich es. Zuerst einmal tut es uns leid. Uns allen. Wir schulden euch eine kollektive Entschuldigung. Euch beiden, Mr. Beck und Mr. Vazquez.«

»Nennt mich Gabe.«

Er lächelte sie an. Sie wurde rot und fuhr fort. »Ihr seid hergekommen, weil wir euch darum gebeten haben, und wir wollen, dass ihr uns helft, was immer dafür nötig ist. Die Angriffe auf unser Dorf müssen aufhören. Das hier ist unser Zuhause. Wir werden es nicht aufgeben, wir werden es nicht verlassen.«

Annalieses Tonfall wurde beim Sprechen immer schärfer. Sie war in ihrem Element, fand ihre Richtung. Sie war eine starke Frau. »Wir sind zu viel gereist und sind zu weit gekommen, um dieses Land aufzugeben. Und ich zumindest weigere mich, den Ort zu verlassen, an dem meine Familie begraben ist. Also legt los. Tut das Schlimmste. Oder euer Bestes. Was immer nötig ist.«

Sie presste die Lippen zu einem dünnen Lächeln zusammen, nickte zufrieden und selbstbewusst, und sah Fred an. Als er nichts sagte, kniff sie die Augen zusammen und blickte ihn düster an. Das half.

Fred räusperte sich und schob das Kinn vor. »Ich entschuldige mich. Ihr seid hier, um zu helfen. Das nehmen wir dankend an. John und Gabe …«

»Sie können mich Mr. Vazquez nennen.«

Fred blinzelte. »Mr. Beck und Mr. Vazquez, wir bitten euch darum, unser Dorf zu retten.«

»Wir sind gesegnet, euch hier zu haben«, sagte Peter. »Wir wünschten, wir könnten ein besseres Quartier zur Verfügung stellen, und dass unsere Gemeinschaft euch gestern Abend mehr willkommen geheißen hätte. Unsere ungastliche Begrüßung tut uns leid, und wir bitten euch um eure Hilfe. Wir brauchen sie verzweifelt.«

Buford setzte sich seinen Hut auf den Kopf und strich sich durch den Bart. Ein Lächeln erhellte sein Gesicht. »Ich weiß, dass ihr beide die richtigen Männer für den Job seid, und ich – *wir* – sind dankbar für eure Großzügigkeit. Wir werden tun, was wir können, um euch zu bezahlen. Sobald die Bedrohung verschwunden ist, werdet ihr hier immer ein Zuhause haben, wenn ihr wollt. Wenn nicht, werden wir unser Bestes tun, um Sie zu Ihrer Tochter zu führen, Mr. Beck.«

Lucas meldete sich zu Wort. »Bitte, meine Herren, helft uns dabei, diese Plünderer ein für alle Mal loszuwerden.«

Beck und Gabe tauschten einen wissenden Blick. Sie lächelten.

»Das können wir machen«, sagte Beck. »Wir können euch helfen, sie loszuwerden.«

Gabe stimmte zu. »Und zwar endgültig.«

23

TAG DER DETONATION + 4 JAHRE, 3 MONATE, 6 TAGE
TORREON, NEW MEXICO

Lucas lehnte an einem Grabstein, die Fußknöchel gekreuzt, die Arme vor der schmalen Brust verschränkt. Sein Körper spannte sich an, als Beck eine Hand auf seine Schulter legte. Der Junge sah ihm nicht in die Augen.

»Es ist zu deinem eigenen Besten, und zum Besten des Dorfes, Lucas. Man braucht dich hier mehr, als wir dich dort oben brauchen werden. Du bist ein Wachmann. Du kennst das Dorf wie deine Westentasche. Hier kannst du das meiste Gute tun.«

Lucas schniefte, sammelte einen Klumpen Spucke und Rotze im Mund und spuckte aus. Er sah Beck immer noch nicht an. Dieser Wutanfall war für Beck eine Bestätigung seiner Entscheidung, ihn im Dorf zu lassen, während er, Gabe, Buford und Annaliese den Berg besteigen und die Plünderer angreifen würden.

Peter war der Erste, der Lucas davon zu überzeugen versuchte, dass dieser Plan am besten war. Er und Fred würden die Verteidigung anführen, wenn die Plünderer zurückschlagen würden. Ihre Aufgabe war es, die Dorfbewohner zu organisieren, Fallen zu stellen und dafür zu sorgen, dass dies der letzte Kampf sein würde. Peter machte seinem Sohn klar, wie wichtig es war, dass er blieb und dabei half. Wenn er eines Tages eine wichtige Stimme sein wollte, dann wird dies seine Chance, es den anderen zu beweisen.

Der Junge kaufte es ihnen nicht ab.

Beck versuchte es erneut. »Hör mal, Junge. Du willst eine Chance, eines Tages die Welt zu sehen?«

Lucas kniff die Augen zusammen.

»Ich meine, die *Welt*. Andere Menschen, die keine Quäker sind.«

Peter wollte etwas sagen, aber Beck hob die Hand und brachte ihn zum Schweigen.

»Das ist deine Chance, Lucas«, sagte er. »Eine echte Chance. Du zeigst, was du hier tun kannst, das Dorf wird gerettet und deine Leute sind in Sicherheit. Dann liegt deine Zukunft weit offen vor dir. Alles könnte passieren. Aber wenn wir versagen, wenn die Plünderer merken, dass sie hier nicht aufgehalten werden, bist du hier gefangen. Du bist ein …« Beck schnippte mit den Fingern und zeigte auf Gabe. »Wie nennt man diese herumwandernden Menschen?«

»Nomaden? Beduinen? Reisende?«

»Nomaden. Danke. Dann wirst du für den Rest deines Lebens ein Nomade sein, Lucas. Du reist dann vielleicht von Ort zu Ort, aber, wie du uns schon gesagt hast, es wird immer in dem begrenzten Umfang dessen geschehen, was du schon lange alles kennst.«

Lucas straffte die Schultern. Er setzte die Füße nebeneinander und löste die Arme. Sein Blick schien sich auf eine mögliche Zukunft zu richten, die Orte und Erfahrungen bot, die ihm wie Fantasien erschienen.

Beck spürte, dass er sich öffnete. »Wir brauchen starke, kluge, junge Männer wie dich, die sich hier um die anderen kümmern. Dich mit uns in die Berge zu nehmen, wäre eine ganz einfache Sache. Das wäre jedoch nicht klug.« Er ließ seine Worte einsinken. Ließ dem Argument Zeit, sich zu setzen, sich wie eine Waagschale zu senken.

Nach einer Weile kehrte Lucas in die Gegenwart zurück. »In Ordnung«, sagte er. »Ich mache es. Ich bleibe hier und helfe meinem Dad.«

Beck tätschelte seine Schulter. »Sehr gut. Jetzt geh und hilf Fred bei den Vorbereitungen.«

Lucas tauschte einen Blick mit seinem Vater, schob die Hände in die Taschen und ging, um sich zu einer Gruppe zu gesellen, die sich in einem anderen Bereich des Friedhofs versammelt hatte, wo Fred Hof hielt und erklärte, wie die Dorfbewohner ihr Zuhause verteidigen konnten, wenn die Zeit gekommen war.

Peter sah seinem Sohn nach und trat dichter an Beck heran. Etwas wie Ärger rötete sein Gesicht. Eine Ader trat an der Halsseite des Mannes hervor. Er sprach in gesenktem Ton, klang aber erhitzt. »Mir gefällt es nicht, was für Ideen du meinem Sohn in den Kopf setzt. Er ist alles, was ich noch habe, und ich habe kein Interesse daran, dass er irgendwohin geht, wohin ich nicht gehe.«

Beck wartete, um sicher zu sein, dass Peter nichts mehr hinzuzufügen hatte. Er atmete durch die Nase ein und stieß den Atem langsam wieder aus. »Hör mal, nichts für ungut, Peter, aber wir haben größere Probleme als deine Familie. Aber so viel will ich sagen. Ich habe deinem Sohn keine Ideen in den Kopf gesetzt. Die waren schon da. Und ich hätte ihm eine heiße Dusche und ein Jahr lang Netflix angeboten, wenn ich geglaubt hätte, dass er dann alles getan hätte, um uns zu helfen. Denk daran, du bist sein Vater. Ich bin nur ein kurzfristiger Besuch von außerhalb der Stadt, der gekommen ist, um Gewalttaten zu begehen. Du wirst mit deinem Jungen noch hier sein, wenn ich schon längst gegangen bin.«

Die Intensität von Peters Blick schwächte sich ab. »Mir gefällt es trotzdem nicht. Dieser Junge macht sich unglaubliche Illusionen, er träumt von großen Abenteuern und exotischen Orten. Doch die einzigen Abenteuer, die er finden würde, wären solche, die ihn umbringen.«

»Ich verstehe«, sagte Beck. »Glaub mir, ich verstehe deine Sorgen mehr als die meisten anderen. Du weißt doch, dass ich irgendwo da draußen eine Tochter habe. Zumindest hoffe ich, dass sie noch lebt.«

Peter runzelte die Stirn. Traurigkeit überzog seine Augen. »Du hast recht. Wir haben beide viel zu verlieren, wenn das hier nicht funktioniert. Bist du sicher, dass du willst, dass ich auch hier bleibe? Ich könnte euch helfen. Wir könnten die Plünderer aufhalten, bevor sie überhaupt hierherkommen, wenn wir genug Leute haben.«

Gabe sah Peter an. »Wie der Vater, so der Sohn. Der Apfel fällt nicht weit vom Stamm, oder, Peter?«

Peter sah an Gabe vorbei zu Lucas. Betrachtete ihn einen Augenblick. Ein leichtes Lächeln breitete sich auf seinem langen, schmalen Gesicht aus. »Ich dachte, du wärst lustig«, sagte er und ging, um sich Freds Gruppe anzuschließen.

Als er außer Hörweite war, stupste Beck seinen Freund an. »Da hat er nicht unrecht.«

»Ich habe nicht versucht, lustig zu sein. Ich habe es todernst gemeint. Diese beiden sind sich unglaublich ähnlich. Die Art, wie sie gehen, ihre Verbissenheit. Ihre …«

»Verbissenheit?«

»Das ist ein Synonym für Düsterkeit.«

»Ich weiß, was es bedeutet. Ich habe nur noch nie gehört, dass jemand das Wort in einem Satz verwendet.«

Gabe tätschelte seine Brust. »Du hängst wirklich mit der falschen Art von Leuten ab.«

»Leute, die nicht verbissen sind?«

»Touché.«

»Himmel. Jetzt sprichst du Französisch? Du hast recht. Du musst dich niederlassen. Eine holde Maid finden. Ein Café eröffnen …«

Gabe räusperte sich und wies mit dem Kopf. Annaliese und Buford näherten sich. Beide trugen Rucksäcke auf dem Rücken. Keiner von beiden war bewaffnet.

Beck murmelte: »Da wir gerade von einer holden Maid sprechen.« Er sah Gabe an, der rot wurde.

Gabe tippte sich für Annaliese an seinen nicht vorhandenen Hut und lächelte so verlegen wie jemand, der nicht wusste, wohin mit seinen Zähnen. Es war offensichtlich, dass Gabe vermied, Beck anzusehen.

»Hallo, Gabe«, sage Annaliese. »Mr. Beck.«

»Annaliese«, sagte Beck. »Ich sehe, dass du schwer beladen bist.«

Sie hakte die Daumen unter die Riemen des Rucksacks. »Wir haben es schließlich mit Tieren zu tun, Mr. Beck. Das sollte man besser vorbereitet sein.«

»Ich trage so viel, wie ich kann«, sagte Buford.

Beck zeigte auf Bufords Rucksack. Er drohte, den Mann hintenüber fallen zu lassen. »Hast du saubere Socken eingepackt?«, fragte er. »Das ist das Wichtigstes, was du abgesehen von Wasser mitnehmen kannst.«

Buford nickte. »Drei Paar, schöne dicke. Das sind die einzigen, die noch keine Löcher an den Fersen und zwischen den Zehen haben.«

»Dann lasst uns gehen«, sagte Beck. »Ihr geht voran. Sobald wir näherkommen, übernehme ich die Führung.«

Annaliese hob die Brauen. »Jetzt? In dieser Minute?«

»Ja. Besser, wenn wir einen Vorsprung haben. Wenn wir sie vor Sonnenaufgang überrumpeln wollen, wenn sie am verletzlichsten sind, sollten wir losgehen.«

Annalieses Mundwinkel verzogen sich nach unten, als hätte sie nie in Erwägung gezogen, dass sie sofort losgehen würden. Sie sah über die Schulter hinweg zu den anderen. Als sie sich wieder ihnen zuwandte, schien sie mit den Gedanken anderswo zu sein. Ihr Gesicht zeigte die vertraute Geistesabwesenheit von Überlebenden der Apokalypse. Je weiter der Tag der Detonation zurücklag, auf desto mehr

Gesichtern erkannte Beck diesen Ausdruck. Es war etwas, das mit der Erkenntnis kam, dass sich ihr Leben verändert hatte und nichts je wieder so sein würde, wie es gewesen war. Die Unwiderruflichkeit des Augenblicks traf die Leute zu unterschiedlichen Zeiten. Doch sobald es so weit war, schlug er Wurzeln. Beck fragte sich, wie lange er in Annaliese gewachsen war. Er fragte sich auch, ob es bei ihr mehr als das war. Da war etwas Dunkles an ihr, mehr als ihr Wunsch nach Rache.

»Annaliese, das ist gut«, sagte Gabe und versuchte, den Schlag zu mildern. »Bis zum Capilla Park sind es ungefähr fünfzehn Meilen. Wenn wir ein gutes Tempo vorlegen, brauchen wir fünf Stunden, sodass wir gegen Mitternacht dort ankommen. Das gibt uns Zeit, uns mit der Umgebung vertraut zu machen und uns auszuruhen, bevor wir zuschlagen.«

»Ich denke, das ergibt Sinn«, sagte sie.

Beck sah sie neugierig an. »Was hast du denn gedacht, wann wir losgehen?«

Annaliese schüttelte den Kopf. »Darüber habe ich gar nicht nachgedacht. Ich war gedankenverloren.«

Gabe schob sich dichter an sie heran. Seine Stimme wurde weicher, und man hörte sein aufrichtiges Interesse. »Woran hast du gedacht?«

Sie öffnete den Mund und schloss ihn wieder. »Nichts. Nur … nichts.«

»Ich bin ganz Ohr, wenn du den Weg den Berg hoch reden willst«, sagte Gabe. »Wir haben fünf Stunden.« Er lächelte. Es sah verlegen aus.

Sie erwiderte seinen unbeholfenen Flirt. »Vielen Dank. Das ist sehr nett.«

Buford war sprachlos. Er starrte die beiden mit verzerrter Miene an und schob den Hut auf seinem Kopf zurück. »Sollen wir gehen?«, fragte er.

Beck wies zum Tor, und Buford ließ sie heraus. Sie gingen unter dem gusseisernen Bogen hindurch und auf die Church Street. Er sah nicht zu den Dorfbewohnern zurück, als sie die Abkürzung über Cibola zur A008 nahmen. Beck fürchtete, dass er sonst zur Salzsäule erstarren würde.

Die Dorfbewohner kannten ihre Aufgabe. Sie hatten in den nächsten sechzehn Stunden viel Arbeit vor sich. Beck und Gabe glaubten, dass es so lange dauern würde, den Berg zu besteigen, ihre Aufgabe zu erledigen und zurückzukommen. Fünf Stunden hoch, sechs Stunden auf dem Berg, fünf Stunden für den Abstieg.

Vorausgesetzt, dass alles nach Plan verlief. Natürlich verlief nie alles nach Plan, aber den Dorfbewohnern eine Frist zu geben, war eine gute Idee. Es war besser, wenn sie zu früh bereit waren als zu spät.

Sie bogen auf die A008 ab, und Beck zeigte auf das rostzerfressene Schild, das schief an einem Pfosten hing. »Was hat es mit der A-Bezeichnung der Straßen auf sich? A008, A011, A010?«

Buford wischte sich die Stirn mit einem schmuddeligen weißen Tuch ab. »Das sind alles Landstraßen«, schnaufte er. »Die Staatsstraßen fangen alle mit NM an.«

»Für New Mexico«, sagte Gabe.

Beck schnaubte. »Hast du das in deinem Wörterbuch nachgeschlagen?«

Gabe lachte. »Bist du heute mit dem falschen Fuß zuerst aus dem Bett gestiegen?«

»Bett? Wann hat einer von uns das letzte Mal in einem Bett geschlafen?«

»Gutes Argument.«

Sie gingen nach Westen, auf die untergehende Sonne zu. Die trockene Luft um sie herum hatte sich schon abgekühlt. Es war die Zeit des Jahres, in der die Tage noch heiß, die

Nächte aber schon fast frostig sein konnten. Zumindest hatte Fred ihnen das gesagt. War Fred vertrauenswürdig? Konnte man irgendeinem dieser Leute vertrauen? Klar, sie waren Quäker, wodurch sie eine Art angeborene moralische Überlegenheit hatten. Aber konnten Gabe und er ihnen vertrauen?

Sie marschierten die A008 entlang. Das Gefälle zog an den Hinterseiten seiner Beine, und seine Schritte wurden länger.

Becks unmittelbare Neigung war Misstrauen, weswegen er Gabe außerhalb der verfallenen Scheune ließ, die als eine Art Zwischenstation-Kantine in der Nähe der Grenze diente. Denn so führte er sein Leben nach dem Tag der Detonation. Er vertraute niemandem außer Gabe.

Er musterte die beiden Quäker, die vor ihnen her stapften. Annaliese war ungewöhnlich zielstrebig. Eine Stunde lang behielt sie ihr Tempo bei, trank nur ab und zu einen Schluck Wasser oder machte einen zögernderen Schritt. Doch sie war wie eine Maschine, etwas trieb sie an. Annaliese verbarg etwas. Ihre Motivation, ihre Vergangenheit. Irgendetwas.

Buford war ihr genaues Gegenteil. Ihm war alles vom Gesicht abzulesen, an seiner übertriebenen Miene.

Wie eine Figur aus einem Filmklassiker war Buford das Greenhorn mit den guten Absichten. Freundlich und umgänglich, aber unsicher, könnte er mit einer Heldentat überraschen oder der unfreiwillige Grund für den Tod eines Verbündeten sein. Gewinn oder Bürde?

Während sie aufstiegen, beschleunigte sich der Untergang der Sonne hinter der Bergkette über ihnen. Sie erreichten den Wanderweg, wo der eigentliche Aufstieg Richtung Osha Peak anfing. Er lag westlich von Capilla und war der einzige direkte Aufstieg auf den Berg. Sie mussten das Gelände auf einem schwierigen Weg östlich des Campingplatzes überwinden.

Beck brachte sie zum Stehen, bevor sie um eine verwachsene Kiefer herumgehen konnten. Er legte eine Hand auf die raue Borke, um sich abzustützen, und streifte seinen Rucksack ab. Er lehnte seine Maverick 88 gegen den Stamm. »Das hier werden wir brauchen«, sagte er und fasste in seinen Rucksack. »Ich bin hier natürlich noch nie hochgestiegen, aber die Erfahrung mit anderen Wanderwegen sagt mir, dass man sich auf solchen Pfaden sehr leicht einen Knöchel brechen oder verstauchen kann. Eine falsche Bewegung, und man liegt mit dem Gesicht nach unten im Dreck. Oder schlimmer noch, man schlägt sich den Kopf an einem Stein an und bricht sich den Schädel.«

Er gab Buford und Annaliese jeweils eine Taschenlampe. Sie bedankten sich.

»Ihr müsst so kurbeln.« Er zeigte es ihnen. »Dreht den Griff, und der Dynamo lädt sich auf. Das gibt euch ein bisschen Energie. Je länger und schneller ihr dreht, desto länger habt ihr Licht.«

»Ich hatte so eine, als ich ein Junge war«, sagte Buford. »Mein Bruder auch. Wir haben damit Wettkämpfe gemacht.«

Annaliese klappte die Kurbel heraus und drehte sie. Sie testete sie. »Wettkämpfe?«

Buford drehte die Kurbel, bis der Dynamo surrte und der Lichtstrahl der Taschenlampe hell genug war, um sich von dem letzten Rest grauen Tageslichts abzuheben. Ein lächelte breit. »Ja. Wir drehten so schnell und stark, wie wir konnten, um zu sehen, wessen Licht länger durchhielt. Man hätte meinen können, es wäre eine olympische Sportart.« Er lachte, bis ein wehmütiges Lächeln die Fröhlichkeit verdrängte. Buford seufzte und ließ das Licht verglimmen.

»Was ist?«, fragte Annaliese. Sie zog die Wasserflasche aus dem Seitenfach ihres Rucksacks und trank daraus. In ihrem Rucksack befand sich eine Blase. Es war eine effiziente Möglichkeit, viel Wasser zu tragen, nahm aber im Gepäck sehr viel Platz weg.

Beck nutzte den Moment, um aus seiner Wasserflasche zu trinken. Ihm war nicht bewusst gewesen, dass er Durst hatte, bis Annaliese trank. Gabe zog ebenfalls seine Flasche hervor. Buford allerdings nicht.

»Mein Bruder.« Buford zuckte mit den Schultern. »Ich habe lange Zeit nicht mehr an ihn gedacht.«

»Ich wusste nicht, dass du Geschwister hast«, sagte Annaliese. »Was ist passiert?«

Buford stieß einen tiefen Seufzer aus, die Art von Ausatmen, die Aufmerksamkeit fordert. »Er war mein Zwillingsbruder. Neunundzwanzig Minuten jünger als ich. Aber er war mein Beschützer, war größer, stärker und sogar klüger als ich.«

Annaliese übernahm nicht die Vergangenheitsform, die Buford benutzte, um seinen Bruder zu beschreiben. Sie nahm das Ventil des Wasserbehälters aus dem Mund und schluckte. »Wie heißt er?«

»Kenneth.«

»Wo ist er?«

»Er starb nicht lange nach dem Tag der Detonation. Wir standen in einer Warteschlange vor einem Lebensmittelladen. Ein Mann …« Buford atmete tief ein.

Annaliese ließ sich von seinen offensichtlichen Emotionen nicht von ihren Fragen abhalten. Wenn überhaupt, schien das ihr Interesse noch zu verstärken. Sie kurbelte ihr Licht an und richtete den bläulichen LED-Strahl auf Bufords Brust, sodass er seine untere Gesichtshälfte beleuchtete. Sein Kinn zitterte. »Was hat der Mann gemacht?«, drängte sie.

»Der Mann schob sich vor Kenneth in die Schlange. Mein Bruder protestierte. Er war dabei nicht unhöflich, aber er forderte den Mann auf, diejenigen zu respektieren, die sich an die Regeln halten und darauf warten, an die Reihe zu kommen. Der Mann schrie Kenneth an, schubste ihn dann.«

Eine anhaltende Brise ließ das dünne Blätterdach über ihnen rascheln. Sie wirbelte zwischen ihnen herum und blies den Hügel hinunter auf das Dorf zu. Bufords Schultern erbebten. Lag es an der Kälte oder an der Erinnerung?

»Ich trat zwischen sie«, sagte Buford. »Den Rücken wandte sie Kenneth zu. Der Mann war sehr viel größer und stärker. Ich erinnere mich an seinen Griff an meiner Schulter. Es tat weh. Ich blieb ruhig und bat ihn, sich bitte an die Regeln zu halten und sagte, dass wir keinen Ärger wollten. Ich bot ihm sogar an, etwas von dem, was er wollte, für ihn zu kaufen, wenn er sich hinten anstellen würde.«

»Du wolltest Sachen für den Kerl kaufen?«, fragte Gabe. »Das ist unwirklich. Ich hätte sein Zeug genommen und es ihm sonst wohin …«

»Lass ihn ausreden«, unterbrach Beck ihn.

Annaliese bot Buford ihr Wasser an. Sie hielt ihm das Ventil hin. Er lehnte ab.

»Er nannte mich einen Verrückten. Machte sich über meinen Bart und meine Kleidung lustig. Ich sagte ihm, dass ich für ihn beten würde, was ihn nur noch wütender machte. Er schubste mich gegen die Brust, und ich fiel zu Boden.« Buford hob eine Hand zu seiner Brust, als ob er sich an den Schlag zurückerinnerte. Er blies die Wangen auf. Als er ausatmete, war sein Atem als Wolke vor seinem Gesicht zu sehen.

Plötzlich war es kälter. Die Brise musste die Vorhut einer Kältefront gewesen sein. Beck zog den Reißverschluss seiner Jacke hoch, zog die Ärmel weiter herunter und schlug den Kragen hoch.

Buford zog seinen Hut tiefer ins Gesicht. »Ich habe nicht gesehen, was mit Kenneth passiert ist. Ich lag auf dem Boden und schnappte nach Luft. Ich dachte, ich könnte sterben, obwohl er mir nur die Luft aus den Lungen gedrückt hatte. Ist euch das jemals passiert?«

Unter der breiten Krempe seines Huts hervor sah er die anderen an und suchte nach Bestätigung.

»Mir schon«, sagte Gabe. »Als ich in der Highschool Football spielte. Tight End. Ich lief in Schlangenlinien über das Mittelfeld, wenn ich nicht gerade blockte. Dadurch wurde ich zum Ziel für die Linebacker, die ihre Schultern in mich rammten. Es ist schlimm, wenn einem die Luft aus den Lungen gedrückt wird. Man meint, die Welt würde aufhören, sich zu drehen.«

Beck kannte dieses Gefühl. Unvermutet, schmerzhaft, erschreckend. Mehr als einmal war er der Empfänger eines Faustschlags oder Tritts gewesen, der ihn schwanken ließ. Er sah Buford in die Augen und versuchte, dem Mann etwas Trost zu spenden. »Es ist schrecklich«, sagte er. »Wenn es einem passiert, ist man hilflos. Es gibt nichts, was man tun kann, um sich selbst zu helfen, ganz zu schweigen davon, jemand anderem zu helfen.«

Buford schüttelte den Kopf. »Als Nächstes sah ich Kenneth auf dem Boden neben mir liegen. Seine Augen waren offen. Er starrte mich an, so wie wir es als kleine Jungen getan hatten. Wir lagen in unseren Betten und sahen uns auf diese Weise an. Aber es war anders. Sein Kopf war in einem merkwürdigen Winkel verdreht, und er bewegte sich nicht. Dann sah ich das Blut in seiner Nase. Noch bevor ich wieder atmen konnte, wusste ich, dass er tot war. Einfach so. Fort.«

Annaliese legte eine Hand auf Bufords Schulter. Er zuckte zusammen. Sie zog sie zurück. »Was ist mit ihm passiert? Was hat der Mann getan? Wurde er festgenommen?«

Ein weiterer Windstoß fuhr zwischen sie. Er ließ Bufords Hutkrempe flattern, während Annalieses Taschenlampe schwächer wurde. Sie kurbelte sie wieder an. Das Geräusch brachte Buford in die Gegenwart zurück.

»Gebrochener Hals. Ich habe nie genau herausgefunden, wie es so schnell passieren konnte. Der Mann rannte aus dem Lebensmittelladen. Niemand hielt ihn auf. Das war das Überraschende für mich. Er hatte meinen Bruder getötet und mich verletzt, und niemand tat etwas dagegen. Niemand kam uns zu Hilfe. Der Mörder kam davon. Die Polizei war so sehr mit anderen Dingen beschäftigt, dass sie sich nicht um ihn kümmerte. Wen interessierte es schon? Er war nur irgendein Quäker, nichts Besonderes. Nicht für sie.« Seine Gesichtszüge wurden härter, und er starrte Beck an. »Darum habe ich nach dir gesucht, um dich um Hilfe zu bitten. Ich hatte von Ihnen gehört, Mr. Beck. Von Ihrer Suche nach Ihrer Tochter, davon, dass sie sich an denen rächen wollen, die sie entführt haben, und auf dem Weg dahin anderen helfen. Man sagt, es ist eine Buße für den Tod Ihrer Frau.«

»Ex-Frau.«

»Ex-Frau«, sagte Buford. »Die Gerüchte sagen, dass Sie unerbittlich sein können, wenn es sein muss, und gnädig, wenn es möglich ist. Sie sind ein Mann auf einer Mission. Nichts hält Sie auf. Wenn Sie Böses sehen, bringen Sie es in Ordnung, und Sie lassen Mörder nicht davonkommen. Als Annaliese hier vorschlug, dass wir nach Ihnen suchen sollten, war ich ganz und gar dafür.«

»Moment mal«, sagte Beck. »Das war Annalieses Idee? Ich dachte, es wäre deine gewesen.«

»Es war meine Idee, Sie in der Bar zu treffen. Das Dorf dachte, ich wäre wohl die beste Person, die man schicken könnte, weil ich … nun, weil ich nun mal bin, wie ich bin.«

»Warum habt ihr nicht Annaliese geschickt?«, fragte Beck.

Annaliese schob eine Hüfte vor. »Ich stehe genau hier.«

»Okay«, sagte Beck. »Warum nicht du?«

»Ich bin eine Frau«, sagte sie. »Sie würden keine Frau schicken.«

»Sie?«, sagte Beck. »Meinst du nicht wir?«

Annaliese versteifte sich.

»Sie ist neu im Dorf«, antwortete Buford für sie.

»Neu?«

»Nun«, sagte Buford, »nicht so neu. Sie ist seit einem Jahr bei uns. Kam alleine.«

Gabe hob eine Hand. »Ich dachte, die Plünderer hätten deinen Mann und deinen Sohn umgebracht?«

»So war es auch«, sagte Annaliese. »Kurz bevor wir das Dorf erreichten. Sie griffen uns auf dem Highway an und brachten sie um. Ich kam nur knapp mit dem Leben davon. Das Dorf nahm mich auf, wie sie es bei jedem Freund tun würden.«

»Wirklich, wir würden jeden aufnehmen«, sagte Buford. »Der Herr hat seine Hand auf den Schultern aller Menschen. Manchmal führt Er uns dorthin, wo wir sein müssen, ohne dass wir wissen, warum. Manchmal eröffnet Er es uns, manchmal nicht.«

Annaliese lächelte Buford dankbar an. »Danke.« Der Augenblick war unbehaglich. Was sonst gab es noch zu sagen? Die Dinge gingen nicht auf. Es war besser, weiterzugehen, als für eine Befragung in der Kälte zu stehen.

Annaliese seufzte. »Manchmal fühle ich mich schuldig.«

Beck hob eine Braue. Er stieß den Atem aus, und eine Wolke aus Wasserdampf schwebte zwischen ihnen. »Warum denn?«

»Die Angriffe. Manche Leute machen mich dafür verantwortlich.«

Buford lachte leise. »Sie haben keine Ahnung, wovon sie reden. Du solltest nicht darauf hören.«

»Ich weiß. Es ist nur …«

Beck hakte nach. »Was?«

Annaliese sah auf, Tränen glänzten in ihren Augen. »Sie denken, dass ich verantwortlich bin. Dass, wenn ich nicht in ihr Dorf gekommen wäre, die Plünderer und der einohrige Mann sie niemals ins Visier genommen hätten.«

»Das ist natürlich absurd«, schnaufte Buford. »Wir wissen alle, dass du das Opfer warst. Du konntest nicht wissen, dass sie sich in den Bergen niederlassen und immer wieder zu uns kommen würden. Das ist das Werk des einohrigen Mannes. Nicht mehr und nicht weniger.«

Buford trat näher zu ihr und legte väterlich einen Arm um sie. Sie dankte ihm für seine Freundlichkeit.

Er sah zu Beck hinüber. »Es sind nur ein paar Leute. Schreihälse. Querdenker. Ihr könnt euch denken, wer sie sind.«

Gabe nickte. »Fred?«

»Er ist einer von ihnen«, sagte Buford. »Er war noch nie ein Fan von Außenseitern, egal, worum es ging. Ihr habt das aus erster Hand erlebt. Er ist ein misstrauischer Mann. Und der Einohrige hat ihm seine Frau genommen. Das kommt noch zu allem anderen dazu.«

Beck mochte Fred nicht, aber vielleicht war der Kerl etwas auf der Spur. Und wie konnte er einen Mann verurteilen, dessen Frau entführt worden war? War Buford das Problem hier? War es Annaliese? Er dachte an den vorigen Abend und die Meinungsverschiedenheit auf dem Friedhof zurück. Fred und Annaliese hatten sich an entgegengesetzten Enden des philosophischen Spektrums befunden.

Buford war derjenige, der zu ihnen gekommen war. Es war seine Idee gewesen, Außenseiter ins Dorf zu bringen und Gewalt anzuwenden. Was war sein Ziel?

In den Jahren seit dem Tag der Detonation, und selbst schon davor, hatte Beck hautnah erlebt, welche Rolle Manipulationen in der Welt spielten. Alles war jeden Tag Manipulation. Ein Kind, das etwas von seiner Mutter wollte oder andersherum – emotionale Manipulation. Dasselbe galt für Ehepartner oder Ex-Partner, Arbeitgeber und Angestellte. Das sollte nicht heißen, dass es keine wohltätigen, selbstlosen

Handlungen gab. Beck hatte auch das erlebt. Doch wesentlich häufiger spielten Menschen ein falsches Spiel. Die meiste Zeit über waren sie sich dessen nicht einmal bewusst. So funktionierten sie einfach. Selbsterhaltungstrieb, die Erfüllung von Bedürfnissen, und so weiter. Das war nichts Kompliziertes. Deswegen suchten die Menschen Beck und Gabe auf. Sie wollten etwas, er wollte etwas. Sie benutzten sich gegenseitig, um ihre Ziele zu erreichen. Das war normal, besonders in einer Welt, in der so wenig einen Wert hatte, aber alles unbezahlbar war. Bei solchen Übereinkünften, bei denen eine Hand die andere wusch, wusste der Manipulierende genau, was er tat und warum er es tat, genau wie die Person, die manipuliert wurde. Es war ein freier Austausch, an dessen Ende beide Parteien profitierten. Zumindest war das die zugrundeliegende Idee. Allerdings nicht hier. Das roch anders. Es fühlte sich in seinem Magen, in den Knochen und in seinen Nackenhärchen anders an.

Während sie unter dem kühlen Blätterdach des ansteigenden Pfades standen, flüsterten Becks Dämonen ihm ins Ohr. Und dieses Mal war er sicher, dass sie recht hatten.

Irgendetwas stimmte nicht. Diese Leute, dieses Dorf, spielten ein Spielchen mit ihm und Gabe. Sie steckten schon tief drin, und Beck wusste nicht genau, um was es bei diesem Spiel ging. Er wog in Gedanken die Möglichkeiten ab. Er zog einen Schluss nach dem anderen und ruderte wieder zurück. Warum fühlte sich das so falsch an?

Er könnte abbrechen und zurückgehen. Beck hätte ohne zu bedauern das Recht, umzudrehen und den Dorfbewohnern zu sagen, dass sie allein zurechtkommen mussten. Er schuldete ihnen nichts. Sie hatten ihm nichts angeboten. Er zweifelte an der Wahrhaftigkeit der wenigen Informationen, die sie ihm bezüglich Millie gegeben hatten.

Wahrhaftigkeit.

Das Wort wirbelte in seinem Kopf herum. Es war die Art von Wort, das Gabe benutzen würde.

Er schniefte und räusperte sich. Die Dämonen wollten, dass er das Spiel zu Ende spielte und herausfand, wohin es führte.

»Kommt schon«, sagte Beck. »Lasst uns weitergehen. Je länger wir hier stehen, desto steifer werden unsere Muskeln.«

Sie schulterten wieder ihre Rucksäcke, kurbelten ihre Taschenlampen an und nahmen erneut den Aufstieg in Angriff, wanderten schweigend in der Dunkelheit über den Pfad. Die blauweißen Strahlen der Taschenlampen führten sie den Berg hinauf, über freiliegende Wurzeln, weg von Felsen und Baumstümpfen.

Die Temperatur fiel. Beck bewegte die Finger, streckte sie, spannte sie an. Er hielt die Taschenlampe abwechselnd in der linken und rechten Hand, um den Blutkreislauf in Gang zu halten. Seine Handschuhe waren ganz unten im Rucksack, und es wäre nicht gut, wenn er sie trug und die Mossberg oder Glock benutzen musste.

Ein Vogel flatterte über ihren Kopf, vielleicht aufgeschreckt von ihren Schritten auf dem steilen Pfad Richtung Osha Peak. Buford atmete angestrengt, und Beck verlangsamte das Tempo, um Buford nicht in die Fersen zu treten. Der Quäker ging weiter, wenn auch etwas langsamer als zuvor. Hatte ihn seine Erzählung zu viel Kraft gekostet?

Bei Bufords Geschichte ging es um mehr als um seinen Bruder. Es war keine zufällige Geschichte. Sie war zu wohlüberlegt, um zufällig zu sein. Beck ging das Gespräch im Kopf noch einmal durch, während sie den Berg hochstiegen. Es gab viel zu verarbeiten. Klar, sein Bericht war nichts Neues. Die Leute hatten ihm überall Ähnliches erzählt. Er war Paul Bunyan und Jesse James in einem. Er und Gabe waren Robin Hood und Little John, oder Bonnie und Clyde, je nachdem, wer ihre Geschichte erzählte. Würden sie im Wilden Westen leben, hätten Autoren sie in Rundschreiben und Novellen verarbeitet.

Jeder, oder fast jeder, kannte ihre Geschichte. Zwei Männer, die einen Kidnapper jagten, eine vermisste Tochter, und ein Unrecht, das in Recht verwandelt werden sollte. Es war gut und schlecht.

Das Gute war, dass es ihnen oft die Zielstrebigkeit und das Potenzial gab, nach Goose und Millie zu suchen. Das Schlechte war, dass es sie oft zu Scharlatanen führte, die ihnen irreführende Informationen bezüglich Goose und Millie gaben. Sie ließen die Informationen wie ein Kaninchen vor einem Windhund baumeln. Erst, wenn ein Job erledigt war, erfuhren sie, dass es nur eine Ausgeburt der Fantasie von irgendjemandem war.

Es war keine Überraschung, dass Buford eine Version seiner Vergangenheit zu kennen schien, sein Lebensziel nach dem Tag der Detonation. Es war allerdings beunruhigend, dass er die Verbindung zwischen dem Tod seines Bruders und seiner Idee, ihn und Gabe anzustellen, eingestand.

Er hatte meinen Bruder getötet und mich verletzt, aber niemand tat etwas dagegen. Du lässt Mörder nicht davonkommen.

Ging es hier etwa darum? War Bufords schmerzliche Geschichte über seinen Bruder ein Eingeständnis, dass die Dorfbewohner keine echten Informationen über seine Tochter hatten? Hatte Annaliese gelogen, als sie sagte, sie hätte sie gesehen, damit Beck tief in seine Trickkiste griff und ihr Dorf rettete? Waren diese Unwahrheiten und die Motivation dahinter der Grund dafür, dass Fred so gegen ihre Anwesenheit war? Wusste er, dass das Ganze eine List war?

War das wichtig? Sie waren jetzt den halben Weg den Berg hinauf, sie konnten nicht mehr umkehren. Die Dämonen flüsterten ihm zu und drängten ihn zum Aufstieg. Empfand Gabe dasselbe, oder hatte seine Zuneigung zu der Witwe

Annaliese ihn für die mögliche Realität ihrer Situation blind gemacht?

Zu viele Fragen.

Beck hasste es, sich selbst so viele nicht zu beantwortende Fragen zu stellen. Dann neigte er immer dazu, auf die Dämonen zu hören, die immer eine Meinung hatten. Im Augenblick hörte er zu.

Es ist zu spät, um umzukehren. Wenn jemand lügt, musst du herausfinden, wer es ist. Ihn dafür bezahlen lassen. Niemand kommt damit davon, John Beck anzulügen. Niemand.

Er verlangsamte sein Tempo und ging neben Gabe her.

»Geht ihr beiden voraus«, rief er Buford und Annaliese zu. »Wir müssen etwas an unserer Strategie arbeiten. Wir holen euch ein.«

Annaliese drehte sich um hundertachtzig Grad und richtete das Licht ihrer Taschenlampe auf Beck. Bei ihm war sie nicht so vorsichtig, ihm nicht in die Augen zu leuchten. Er hob einen Arm, um seine Augen zu schützen. »Was immer Sie zu sagen haben, können Sie auch uns sagen.«

Buford blieb stehen, drehte sich um und stützte die Hände auf den Knien ab. Der Hut schob sich auf seinem Kopf zurück. Im auffächernden Strahl von Becks Taschenlampe glänzte sein Bart vor Schweiß. »Was ist los?«, schnaufte er.

Gabe runzelte die Stirn. »Was ist denn, Bruder? Stimmt etwas nicht? Das kannst du mir vor ihnen sagen.«

Beck trat zurück, eine unterbewusste Bewegung, um sich zu schützen. In diesem Augenblick war er allein. Jetzt war nicht der richtige Zeitpunkt. »Nichts Weltbewegendes«, sagte er. »Und nichts, was ich euch nicht sagen kann. Ich will nicht geheimniskrämerisch sein, ich versuche, euch nicht zu langweilen.«

Annaliese ließ den Strahl ihrer Taschenlampe auf Becks Kinn gerichtet. Je mehr Gabe sie mochte, desto weniger mochte Beck sie. Irgendetwas an ihr war faul. »Es braucht schon einiges, um mich zu langweilen«, sagte sie. »Los, erzähl es uns schon.«

Sie richtete ihren Lichtstrahl auf Gabe, dann auf Buford. Sie standen eine Weile schweigend da.

»Okay«, sagte Beck. »Es wird kalt. Da oben herrscht vielleicht Frost. Ich wollte Gabe daran erinnern, dass wir kein Feuer entfachen können, um uns zu wärmen. Wir müssen uns dagegen wappnen.«

»Warum kein Feuer?«, fragte Buford.

»Es könnte die Plünderer auf unsere Anwesenheit hinweisen«, erklärte Gabe. »Sie könnten die Flammen sehen oder den Rauch riechen. Dann würden sie wissen, wo wir sind.«

Buford verzog verwirrt das Gesicht. Ein Schweißtropfen fiel ihm in ein Auge, und er blinzelte. »Woher sollen sie wissen, dass es wir sind?«

»Nicht per se wir«, sagte Beck. »Aber sie würden wissen, dass irgendjemand in der Nähe ist. Dadurch würden wir das Überraschungsmoment verlieren. Und dann wären wir deutlich im Nachteil. Wie viele, habt ihr gesagt, gibt es von ihnen?«

»Zwei Dutzend?«, sagte Buford. »Klingt das richtig, Annaliese?«

Sie zögerte. »Klar. Das wird wohl hinkommen.«

»Wir sind vier«, sagte Beck. »Die einzige Überlebenschance, die wir bei dieser riskanten Aktion haben, ist, sie zu überrumpeln und dann abzuhauen.«

Die anderen nickten zustimmend. Annalieses Blick ruhte auf ihm. Sie kaufte ihm den Vorwand nicht ab. Gabe ebenso wenig. Er warf ihm einen Blick zu, der Beck sagte, dass sein Freund wusste, dass er etwas zurückhielt.

Beck tat so, als würde er keinen der beiden Blicke bemerken. Er ging weiter. Er und seine Dämonen würden schnell genug Antworten bekommen. Auf die eine oder andere Art.

24

TAG DER DETONATION + 4 JAHRE, 3 MONATE, 7 TAGE
OSHA PEAK, MANZANO-BERGE, NEW MEXICO

»Ich sehe ihn.«

Sie kauerten hinter einer Felskante am Rand einer Lichtung. Etwa hundert Meter von ihnen entfernt knisterte ein Lagerfeuer. Das Holz knackte in der kalten Luft, und Funken flogen wirbelnd in den Tentakeln grauen Rauchs, der sich in den Himmel erhob.

Der Mann lehnte mit dem Rücken an einem Baumstamm oder Fels. Er hatte die Arme vor der Brust verschränkt, darunter steckte ein Gewehr. Ein Hut, den er tief ins Gesicht gezogen hatte, verbarg seine Züge.

Beck musterte das Lager prüfend. In dem flackernden Licht des Feuers breiteten sich die langen Schatten großer Bäume bis zum Rand der Lichtung aus, und die sich windende Hitze bewegte sich wellenartig über den Flammen.

»Ist er allein?«, flüsterte er.

»Ich glaube nicht«, flüsterte Annaliese zurück. »Sie haben normalerweise drei Kundschafter.«

»Woher weißt du das?«

Sie sah ihn finster an. Im Dämmerlicht tanzten Schatten über ihr Gesicht und ließen sie älter erscheinen. Ihr gefielen seine Zweifel nicht. Das war offensichtlich.

Ungeduld färbte ihre Antwort ein, sie zischte zwischen zusammengebissenen Zähnen: »Wir haben es gesehen. Zuerst kommen drei Kundschafter, dann der Rest von ihnen. So handhaben sie es.«

Buford fügte hinzu: »Sie hat recht. So arbeiten sie.«

»Wo sind dann die anderen beiden?«, fragte Gabe. »Wenn es immer drei Kundschafter sind, dann …«

Der Schlag auf Becks Hinterkopf ließ seine Sicht verschwimmen. Alles verschob und verschleierte sich, als er zur Seite kippte. Ein zweiter Schlag traf ihn an der Schulter.

Er kämpfte, um bei Bewusstsein zu bleiben, während die Welt sich um ihn herum drehte. Er hörte Grunzen und Schüsse. Er spürte, wie nach Körpern gegriffen wurde. Etwas Hartes knallte gegen den Fels. Knochen? Schädel?

Um ihn herum redeten Menschen, aber die Worte waren unverständlich. Es fühlte sich an, als wäre er unter Wasser und würde versuchen, die Gespräche von Leuten an der Oberfläche zu verstehen. Dunkelheit schob sich über seine Sicht. Sein Körper lag flach auf dem Boden, der Geruch nach Erde und Kiefern stieg ihm in die Nase.

Er atmete die kalte Luft tief ein und rollte sich auf den Rücken. Reine Willenskraft ließ Adrenalin seine Blutbahn fluten und verdrängte den Schmerz in seinem Hinterkopf.

Als er sich herumdrehte, zog er die Glock aus seinem Hosenbund und schaffte es, den Schlitten zurückzuziehen. Sein Finger fand den Abzug, doch er konnte nicht zielen. Beck lag auf dem Rücken, die Ellbogen gegen den Boden gedrückt, Schwindel ließ seine Umgebung verschwommen erscheinen.

Neben ihm kämpften zwei Leute miteinander. Oder waren es drei? Er schloss die Augen und öffnete sie wieder. All das, vom ersten Schlag bis zu diesem Moment, geschah innerhalb von Sekunden. Von Millisekunden.

Beck blinzelte und fokussierte sich. Gabe lag auf dem Boden, seine Beine strampelten unter einem viel größeren Mann, dessen behandschuhte Hände um Gabes Hals lagen.

Er durfte jetzt nicht zögern. Zielen. Abdrücken. Feuern.

Der Knall war laut. Er dröhnte wie ein Donnerschlag durch die kalte Luft. Der große Mann erstarrte und ließ

Gabes Hals los. Er sah Beck an, und Verwirrung breitete sich auf seinem Gesicht aus. Er legte eine Hand auf seinen Hals, als ob er nach einem Mückenstich tasten würde, und fiel wie ein gefällter Baum. Ein anderer Fremder lag bereits auf dem Boden neben ihm, bewusstlos oder tot. Beck bewegte sich auf den zweiten Mann zu, als Buford um Hilfe rief. Mit dem Finger auf dem Abzug suchte Beck die Umgebung ab. Buford rief wieder, seine Stimme kam von der anderen Seite des Felsens.

Beck kam auf die Knie und schob sich auf den Felsen zu. Mit dem Rücken gegen den rauen, verwitterten Stein gedrückt, flüsterte er Gabe zu: »Alles in Ordnung?«

Gabe war auf einem Knie und hatte den Kopf gesenkt. Er sah wie ein Superheld aus, der nach einem fantastischen Sprung oder Fall gelandet war. Als er den Kopf hob, sah Beck, dass eins seiner Augen zugeschwollen und seine Nase zu einer Seite verschoben war und sein Mund blutete.

»Mir geht es gut«, sagte Gabe. Es klang nicht besonders überzeugend.

»Gut. Sieh nach denen, die da rumliegen. Überzeug dich, dass sie kein Problem mehr sind.«

Gabe wies auf die Männer. »Die sind beide hinüber. Ich habe den ersten ausgeschaltet, bevor du dir den zweiten vorgenommen hast. Danke, Bruder. Ich schulde dir etwas.«

»Wir sind quitt.«

Buford rief wieder. Dann schnitt eine andere Stimme seinen Ruf ab. Sie war tiefer, und jedes langgezogene Wort klang rau. »Kommt raus. Hier ist etwas, das ich euch zeigen muss.«

Gabe kam zu Beck an den Fels. Gleichzeitig spähten sie über die zerklüftete Spitze der Formation, die Waffen im Anschlag. Gabe stützte den Lauf von Becks Mossberg auf der unebenen Oberfläche ab, während Beck die Glock mit beiden Händen festhielt.

Buford stand in der Mitte der Lichtung, die Hände über dem Kopf erhoben. Das orangefarbene Licht des Feuers flackerte auf seinem Körper und warf Schatten auf die tote Erde unter seinen Füßen. Beck folgte Bufords Blick zu dem Kundschafter, der noch vor ein paar Augenblicken eine Siesta gehalten hatte.

Er stand hinter Annaliese, seinen Körper an ihren gedrückt. Ein Messer an ihrer Kehle glänzte im Feuerlicht.

Der Hut des Mannes lag auf dem Boden in der Nähe des Feuers. Ohne ihn sah er jünger aus. Wilde, hellblonde Haarsträhnen wanden sich um seine Ohren und lockten sich in seinem Nacken. Sie hingen ihm über eine Seite seines langen Gesichts. Buford machte jede Hoffnung auf einen sauberen Schuss von Beck zunichte.

Gabe richtete die Mossberg aus. Die Entfernung war zu groß, als dass die Flinte echten Schaden anrichten konnte. Er zielte trotzdem. »Ist alles in Ordnung, Annaliese?« Wut färbte seinen gleichmütigen Tonfall ein.

Der Mistkerl mit dem Messer sprach für sie. »Was glaubst du denn, wie's ihr geht? Ich glaube, im Moment nicht allzu gut.«

»Lass sie los«, sagte Gabe.

»Oder was?«

»Oder du hast nur noch fünfzehn Sekunden zu leben, Bruder.«

Der Plünderer lachte. »Du könntest mich töten, aber nicht, bevor ich der Frau ein Loch in den Hals schieße. Und dann musst du mit dem Rest meiner Leute fertigwerden, *Bruder*. Sie haben die Schüsse gehört. Sie sind schon auf dem Weg hierher. Du bist derjenige, der nur noch ein paar Sekunden …«

Beck übte regelmäßigen Druck auf den Abzug der Glock aus. Der Schuss krachte durch die Nacht, und die Kugel flog in gerader Linie auf den Plünderer zu. Der Schuss fegte durch die Luft zwischen Bufords erhobenem Arm und seinem Ohr und traf das Handgelenk des Ziels zwei Zentimeter von Annalieses Hals entfernt. Der Mann heulte auf und ließ das Messer fallen.

Buford fiel auf alle viere zu Boden. Gabe sprang auf die Füße und zielte mit der Flinte an der Taille. Gut vorbereitet schrie er Annaliese zu: »Weg da!«, und stapfte zu dem verwundeten Opfer.

Sie war zu schnell. Als der Mann zusammenklappte und sein Handgelenk umklammerte, wirbelte sie herum und trat ihm gegen die Brust, sodass er das Gleichgewicht verlor und auf den Rücken fiel. Sie hob das Knie und rammte ihren Stiefelabsatz in seine Weichteile.

Sein Heulen verwandelte sich in etwas Wildes, bevor er sich auf einer Seite liegend zu einem Ball zusammenrollte. Sie trat ihn wieder und trat zurück, als Gabe sie erreichte.

Beck ging am Rand der Lichtung entlang, die Waffe gezogen, und überprüfte die Umgebung. Der Wald um sie herum war im Moment still. Es gab kein Zeichen von sich nähernden Gefahren. Er drehte zu Buford ab und senkte die Waffe.

»Alles in Ordnung, Buford?«

Buford nickte. Er sah vor dem orangefarbenen Licht des Feuers grün aus.

»Ist einer dieser Männer der Einohrige?«

Buford schüttelte den Kopf. »Ich glaube nicht.«

»Nimm das. Behalte den Wald im Auge.«

Beck schob die Handfeuerwaffe gegen Bufords Brust, der wie ein Kind, das einen Football fängt, die Hände darumlegte. Dann stapfte Beck an ihm vorbei.

»Nicht«, sagte Annaliese. »Es ist nicht nötig, ihn zu töten.«

Gabes Miene war ungläubig. »Er hätte *dich* getötet. Wenn wir ihn am Leben lassen, bleibt er eine Bedrohung, die wir später bekämpfen müssen. Besser, wenn wir es jetzt beenden.«

Er drückte die Flinte gegen die Brust des bewusstlosen Mannes und verschob das Shirt mit dem Lauf. Der Plünderer rührte sich nicht.

Annaliese schüttelte den Kopf. »Nein. Wir könnten ihn fesseln und hier liegenlassen. Du musst ihn nicht ermorden.«

»Ich dachte, du willst Rache?«, sagte Beck. »Rache bedeutet, ihm hier und jetzt ein Ende zu machen. Was ist jetzt mit dem – wie hast du es genannt? Der babylonische Code von König Hammurabi?«

»Ihn zu töten, ist keine Rache«, sagte sie. »Es ist Mord. Ganz klar und einfach.«

Beck schüttelte den Kopf. »Da gibt es eine Überschneidung. Weißt du, was ein Venn-Diagramm ist, Annaliese?«

Sie presste die Lippen zu einer dünnen Linie zusammen. »Was?«

»Es ist eine große Anzahl Kreise. Sie überschneiden sich an bestimmten Punkten, wie die Olympischen Ringe. Erinnerst du dich daran?«

Annaliese nickte, ihr Blick schweifte zu dem bewusstlosen Mann.

Beck hielt die Hände vor sich und verschränkte die Finger miteinander. Er sah ihr in die Augen, hielt ihren Blick fest. »Wo die Ringe sich gegenseitig überlappen, gibt es eine Schnittmenge, eine Gemeinsamkeit. Mord ist der eine Ring, Rache der andere. Die beiden schließen sich nicht gegenseitig aus. Sie überschneiden sich.«

»Ich könnte ihm ins Knie schießen«, bot Gabe an. »Oder in beide. Dann wäre er kein Problem mehr.«

»Was wir auch tun«, sagte Beck, »wir müssen uns beeilen. Wir können nicht hierbleiben. Ob du den Abzug durchdrückst oder nicht, der letzte Schuss wird die Kavallerie herbeirufen. Wir müssen bereit sein.«

Gabe sah Annaliese an und wies mit dem Kinn auf den Mann am Boden. »Deine Entscheidung. Knie oder Brust?«

»*Diese* beiden Möglichkeiten schließen sich gegenseitig aus«, sagte Beck.

Annaliese fuhr hoch. Sie atmete tief ein und stieß die Luft wieder aus. Atemwolken bildeten sich vor ihren Nasenlöchern. »Knie.«

»Welches?«

Der Mann auf dem Boden zuckte zusammen. Seine Lider flackerten, und er fasst an seine Taille. Seine Hand fand den Griff einer kleinen blauen Handfeuerwaffe. Er war schnell.

Gabe war schneller. Er drückte den Lauf tiefer in die Brust des Plünderers und betätigte den Abzug.

25

TAG DER DETONATION + 4 JAHRE, 3 MONATE, 7 TAGE
ÖSTLICH VON OSHA PARK, MANZANO-BERGE, NEW MEXICO

Beck legte die Hände über den Mund und blies warme Luft auf seine Handflächen. Es war nach drei Uhr morgens, und dünne Wolkenschleier zogen vor dem hellgelben Mond vorbei. Ansonsten war der Himmel klar, und außerhalb des dunstigen Rings aus Mondlicht funkelten unzählige Sterne mit einem Licht, das Tausende oder gar Millionen Jahre alt war.

Ihm hatte es immer gefallen, in einer klaren Nacht zu den Sternen hochzusehen. Sie ließen ihn an seine eigene Vergangenheit denken und die Dinge, die er getan hatte, als dieser Funken Licht von einem uralten Stern zur Erde reiste.

Es half ihm auch dabei, seine eigenen langen Reisen in der richtigen Perspektive zu sehen. Dieser einsame Lichtstrahl hatte das Nichts des Weltraums seit fast einem Äon durchreist. Sein Leben nach dem Tag der Detonation war für die Reise des Lichts kürzer als ein Fingerschnippen.

Auf dem dunklen Himmel schienen sich Bilder von Millie zu manifestieren. Doch es waren nicht länger die deutlichen Bilder aus seiner Vergangenheit. Sie waren jetzt vage und mit Vermutungen seiner schwindenden Erinnerung aufgefüllt. Das machte die Zeit. Sie machte die Kanten weicher und löschte die feineren Details von Dingen aus: Gesichter, Stimmen, Gespräche.

Natürlich hatte er das Foto von ihr. Ein eingefrorenes Bild von Millies Aussehen in einem bestimmten Augenblick vor Jahren. Er hatte es sich eingeprägt. Und er konnte es bis zu der Anzahl sichtbarer Wimpern und der schwachen Lachfältchen um ihren Mund herum, die ihre Wangen betonten, beschreiben.

Doch er erinnerte sich nicht mehr an ihre Stimme. Selbst ihr Lachen war eine unklare Erinnerung. Und selbst, wenn er sich daran erinnern könnte, wäre es heute anders. Ihre Stimme würde tiefer sein, ihr Lachen abgeschmirgelt von den rauen Kanten des postapokalyptischen Lebens.

Als er an diese Dinge dachte, ließen die Dämonen Hitze in sein Gesicht steigen, sie hämmerten von innen gegen seine Brust und verknoteten seinen Magen.

Irgendwo hatten irgendwelche Politiker, Kriegstreiber, die gierig nach Macht, Dominanz oder Geld waren, das Leben seiner Tochter für immer verändert. Sie hatten das Leben von allen verändert oder beendet. Es schmerzte ihn, dass das Licht der Sterne über ihm ein Fenster zu dem war, was hätte sein können.

»Hey, Bruder, siehst du dir schon wieder die Sterne an?« Gabe duckte sich und senkte die Stimme. »Siehst du irgendetwas Gutes? Oder lässt das Licht die Dämonen Überstunden machen?«

Gabe kannte ihn zu gut. Er würde seinen loyalen Freund vermissen. Zweifellos.

Beck sah an ihm vorbei zu der Stelle, wo Buford und Annaliese am Stamm einer dicken Kiefer zu schlafen schienen. Wie konnten sie schlafen? Klar, die Wanderung und der kurze Zwischenfall am Osha Peak waren anstrengend gewesen. Aber es war zu kalt, um zu schlafen. Vielleicht waren sie wach und taten nur so.

Beck legte einen Finger auf die Lippen. Beck ließ sich auf den Hintern sinken und schlug die Beine unter. Er beugte sich zu ihm, und der Dampf seines Atems hüllte Becks Gesicht ein, als er flüsterte: »Ich sehe mir auch die Sterne an.«

»Ja? Und was denkst du dabei?«

Gabe blickte zum Himmel hoch. »Wie mein Leben gewesen wäre, wenn es die Chinesen nicht gegeben hätte.«

»Wir wissen nicht, ob es die Chinesen waren. Niemand hat das je bewiesen, soweit ich weiß.«

»Ist doch egal. Chinesen, Nordkoreaner, Russen, ist das von Bedeutung?«

»Nein.«

»Ich denke über die Frau nach, die ich hätte haben können. Die Kinder. Das Haus und der Spielplatz im hinteren Garten. Manchmal kann ich die Kohle im Grill riechen und spüre die feuchte Flasche Keystone in meiner Hand.«

»Keystone? Du träumst von deinem Wunschleben und trinkst Keystone?«

Gabe zuckte mit den Schultern. »Es ist ein realistischer Traum. Du weißt, dass ich keinen Import nehmen würde.«

»Stimmt. Wie ist sie so?«

»Meine Frau? Sie ist hübsch. Nicht schön. Keine schöne Frau würde mich nehmen. Aber hübsch. Das typische Mädchen von nebenan. Freundlich, verständnisvoll, geduldig … sie kommt mit mir zurecht. Das ist das Allerwichtigste. Wenn ich sie vor meinem inneren Auge sehe, hat sie kurzes, dunkles Haar und perfekte Haut. Vielleicht ein paar Sommersprossen.« Er wedelte zur Illustration mit den Fingern vor der Nase herum. Er lächelte.

»Was liegt auf dem Grill?«

»Alles Mögliche. Burger für mich. Die Kinder mögen keine Burger, also bekommen sie Hotdogs. Meine Frau ist Veganerin. Also bekommt sie einen dieser Fake-Burger, die nach Sojabohnen schmecken.«

»Sojabohnen haben Geschmack?«

»Genau.«

»Was sonst noch?«

»Mais, gewürzt und in Folie gewickelt. Etwas Gemüse am Spieß. Vielleicht ein paar Hühnerbrüste. So als Zugabe, weißt du?«

»Was ist mit gebackenen Kartoffeln?«

Gabe leckte sich über die Lippen. »Oh, ja. Gebackene Kartoffeln müssen auch sein. Auf dem Grill. Und vielleicht ein paar Ofen-Pommes für die Kinder.«

»Jungen oder Mädchen?«

»Eins von jeder Sorte. Das Mädchen ist älter als der Junge. Was gut ist, denn Veronica wollte zuerst ein Mädchen. Sie kam aus einer Familie mit Mädchen und …«

»Veronica?«

»So heißt meine Frau. Das ist der Name, den ich ihr gegeben habe. Es ist dumm, ich weiß. Doch es hilft bei der Fantasie, weißt du.«

»Es ist nicht dumm. Wie lange hast du diese Fantasie schon?«

»Vier Jahre.«

Beck runzelte die Stirn. »Wirklich? Du hast mir noch nie davon erzählt.«

Gabe zuckte mit den Schultern. »Es ist keine große Sache.«

»Natürlich ist es das«, sagte Beck. »Du hast in irgendeiner alternativen Realität Frau und Kinder und erzählst mir vier Jahre lang nichts davon?«

»Alternative Realität? Das ist lustig. Es ist wie in diesen Büchern, die ich mal gelesen habe. Es ging dabei um unterschiedliche apokalyptische Ereignisse. Dieselben Menschen haben verschiedene Katastrophen durchlebt. Es stellte sich heraus, dass es nicht wirklich dieselben Menschen waren. Es waren alternative Versionen von ihnen, in unterschiedlichen Realitäten. Wie ein Multiversum.«

»Du glaubst, dass er irgendwo alternative Versionen von uns gibt? Wie reale Versionen? Zum Beispiel eine, in der ich immer noch verheiratet bin und Millie nicht … irgendwo anders ist? In der wir alle glücklich sind, und auch du mit … wie hieß sie noch?«

»Veronica.«

»Wo du und Veronica ein gutes Leben habt, Essen auf dem Grill und ein billiges Bier in der Hand?«

Ein Lächeln spielte um Gabes Mundwinkel. »Das stelle ich mir gern vor.«

Beck wandte sich von Gabe ab und sah wieder zu den Sternen hoch. »Ich auch.«

Sie schwiegen einen Moment. Dann stupste Gabe Becks Arm an. »Was wolltest du mir vorhin sagen?«

Beck blies wieder auf seine Hände und rieb sie aneinander. Er steckte sie unter die Arme und nickte in Richtung der schlafenden Quäker. »Ich traue ihnen nicht.«

Gabe neigte den Kopf. »Keinem von beiden?«

»Nein. Irgendetwas stimmt nicht. Ich bin nicht sicher, was es ist. Aber mein Bauchgefühl sagt mir …«

»Du vertraust nie jemandem, Bruder.«

»Das stimmt nicht.«

Gabe lächelte. »In was für einer alternativen Realität lebst *du*? Natürlich stimmt das. Wann hast du das letzte Mal jemand anderem als mir vertraut? Jedes Mal, wenn wir einen Job haben, misstraust du unseren Arbeitgebern, weil du immer denkst, dass sie ein verstecktes Motiv haben. Sie sind immer darauf aus, uns reinzulegen, und sie lügen. Das ist deine Ansicht, immer.«

»Okay, in Ordnung. Meinetwegen. Das spielt keine Rolle. Ich traue Annaliese nicht.«

»Ich glaube, dass sie uns auch nicht vertraut, Bruder. Nicht, nachdem ich den Kerl auf der Lichtung getötet habe. Ich dachte, sie würde mich mit ihren wütenden Augen erdolchen.«

»Das waren keine wütenden Augen«, sagte Beck. »Das waren Tränen. Sie hat geweint, weil du diesen Mann umgebracht hast. Ich frage mich, was er ihr bedeutet hat.«

»Jetzt komm schon, du bist paranoid. Ich habe ohne Vorwarnung direkt vor ihren Augen einen Mann getötet. Das hat sie halb zu Tode erschreckt. Hast du gesehen, wie sehr sie zusammengezuckt ist?«

»Nicht so sehr wie Buford.«

»Buford hat sich in die Hose geschissen.«

»War es das, was ich gerochen habe?«

Die beiden Männer unterdrückten ein Lachen. Gabe streckte den Arm aus und legte eine schwere Hand auf Becks Schulter. »Du machst dir zu viele Sorgen, Bruder.«

»Du machst dir nicht genug Sorgen.«

»Vielleicht. Aber ich interpretiere nichts in ihre Reaktion hinein. Sie ist eine Quäkerin, sie wollte nicht, dass er stirbt. Keine große Sache. Und ihre Reaktion war normal, oder?«

»War das eine echte oder eine rhetorische Frage?«

Gabe zögerte. »Rhetorisch. Weißt du noch, was in Oklahoma City passiert ist?«

»Der Hinterhalt?«

»Ja, genau.«

»Ich erinnere mich.«

»Du warst dir ganz sicher, dass der Mann, der uns angeheuert hatte, uns ein Messer in den Rücken rammen wollte. Erinnerst du dich? Du warst hundertprozentig davon überzeugt, dass er uns nur angeheuert hatte, um uns auszurauben und umzubringen.«

Erinnerungen fluteten auf Beck ein. Der Mann hieß Booker. Er war ein guter Mensch, vielleicht der Ehrlichste von allen, die ihn und Gabe während der letzten vier Jahre angeheuert hatten. Er wollte Hilfe beim Schutz seiner Farm und hatte ihnen eine zuverlässige Information über Goose gegeben. Diese Information hatte sie nach Westen ins südliche Colorado geführt, und Richtung Süden nach Amarillo. Sie hatten weder Goose noch Millie gefunden, aber sie waren nahe dran gewesen. Sie verpassten Goose um zwei Tage in der Nähe einer Stadt namens Pritchett, bei Amarillo um drei Tage. An beiden Orten hatte er Mädchen dabei. An keinem der Orte konnte irgendjemand Millie identifizieren.

Trotz Becks Bedenken war Booker nicht der Dieb oder Mörder, für den er ihn gehalten hatte. Und der Mann hatte, ohne zu zögern, sein Leben gegeben, um Beck zu retten.

»Geh und finde deine Tochter«, hatte der Mann gesagt, als die letzten Atemzüge aus seinen Lungen rasselten. »Finde sie und halt sie ganz fest. Und dann bring diesen Hurensohn Goose um. Mir gefiel der Anblick dieses Mannes nie.«

Die Spur war seitdem kalt geworden. Genau wie Booker, der in einer Ecke seiner kleinen Ranch unter einer Zwergeiche begraben lag. Beck gefielen diese Erinnerungen nicht, sie waren wie die Gedärme des Todes, die er wie ein Netzwerk aus Highways über das Land hinter sich herzog, das einst die Vereinigten Staaten gewesen waren.

Er konzentrierte sich wieder auf die Gegenwart und verdrängte Booker aus seinen Gedanken. Gabe warf den anderen einen prüfenden Blick über die Schulter zu und schob sich näher an ihn heran. Er senkte wieder die Stimme.

»Du hattest mit ihm unrecht. Er war grundehrlich. Er starb in diesem Hinterhalt. Weißt du noch? Er hat dich vor einer Kugel gerettet.«

Beck senkte das Kinn und starrte auf seine Stiefel. »Ich erinnere mich.«

»Ich weiß zu schätzen, dass du nicht der ganzen Welt vertraust. Da gibt es auch nicht mehr viel zu vertrauen. Aber in all den Jahren, die du und ich das machen, haben die Leute, die uns angeheuert haben, uns nie betrogen. Sie mögen uns anlügen, aber nur weil sie Hilfe brauchen. Sie sind verzweifelt, das ist alles. Das macht sie nicht zu schlechten Menschen. Deswegen haben sie es nicht auf uns abgesehen.«

Gabe malte bei den letzten Worten seines Satzes Anführungszeichen in die Luft. Er wischte sich den Mund mit dem Handrücken ab und schüttelte den Kopf.

»Du musst einen Weg finden, den Menschen zu vertrauen, Bruder. Ich werde nicht mehr lange bei dir sein, sodass ich dich nicht mehr beschützen und dir Vernunft einbläuen kann.«

Es ist keine Paranoia, wenn sie es wirklich auf einen abgesehen haben, wollte Beck sagen, ließ es aber. Was hätte das für einen Sinn? Gabe hatte wahrscheinlich recht.

Es war eine Sache, wenn eine Frau – oder auch Mann – sagte, dass sie Rache wollte. Es war eine ganz andere Sache, sich auch wirklich zu rächen. Diese beiden Dinge *konnten* sich gegenseitig ausschließen, oder?

»Ich werde dich vermissen.« Beck legte den Kopf in den Nacken und sah zu den Sternen hoch. »Du hast öfter recht, als ich zugeben will.«

Gabe tat es ihm nach und legte sich ebenfalls zurück. »Das habe ich, Bruder. Ja, das habe ich.«

Ein dünner Schleier Wolken zog am Himmel über ihm vorbei. Becks Gedanken kehrten zu Millie zurück, zu Debbie, zu Goose, zu all den Dingen, die er in seinem Leben getan hatte, um an diesem Punkt anzugelangen.

Beck glaubte mit Inbrunst daran, dass Menschen ihre eigenen Unsicherheiten auf andere projizierten. Die vom Gericht angeordnete Therapie während seiner Inhaftierung hatte ihn das gelehrt. Darum war er so aufbrausend. Seine Knöpfe waren an der Oberfläche. Die Menschen fanden sie mit Leichtigkeit und drückten sie. Und jedes Mal, wenn sie sie drückten, schnappte er um sich wie ein eingesperrter Hund.

Er schnappte, knurrte und biss. Er gab ihnen, was sie wollten, darum war er seine eigene sich selbst erfüllende Prophezeiung.

Dasselbe galt für seinen Mangel an Vertrauen. Er vertraute *sich selbst* nicht, also wie konnte er anderen trauen? Hatten nicht alle ihre Dämonen? War nicht jeder allein auf dieser endlosen Staubkugel, belastet mit den Stimmen der Verdammten?

Beck brauchte auf die schlimmstmögliche Art einen Drink. Bourbon, pur. Er wollte ihn in seinem Mund halten, und seine Zunge und das Wangenfleisch davon durchweichen lassen. Er lag auf dem Boden, seine Aufmerksamkeit vage auf die funkelnden Sterne gerichtet, und schmeckte das süße Brennen. Er zog die Lippen zwischen die Zähne und stellte sich das Prickeln der honigartigen Flüssigkeit vor. Dieser Geschmack war das Produkt des Alterns. Es war ein Eindruck von dem, was gewesen war.

Seine Erinnerungen, die Sterne, der Bourbon – all das waren Besuche aus der Vergangenheit. Alle warfen Fragen auf, was hätte sein können und was einst gewesen war.

Auf so viele Arten war Beck kein besserer Mensch, als er vier Jahre zuvor gewesen war. Nicht besser als derjenige in der Bar, an dem Abend, als jemand starb. Nicht besser als der Sträfling, der sich an kalte Gitterstäbe lehnte und mit den Daumen über die rauen Farbschichten des lackierten Metalls strich.

Doch er *war* anders. Nachdenklicher, selbstreflektierender. Er wollte ein besserer Mensch sein. Er wollte sich über das Chaos der postapokalyptischen Welt erheben. Auch wenn er damit nicht immer erfolgreich war, war die gute Absicht da. Die extreme Gewalt seiner Existenz war nur ein Teil von ihm.

»Glaubst du, dass wir bereit sind?«, fragte Gabe.

Beck schloss die Augen. Die Vorbereitung blätterte durch seine Gedanken wie die Seiten eines Buches. »Wir werden es bald herausfinden.«

26

TAG DER DETONATION + 4 JAHRE, 3 MONATE, 7 TAGE
ÖSTLICH VON OSHA PEAK,
MANZANO-BERGE, NEW MEXICO

Beck kauerte sich hin. Seine Absätze gruben sich tief in die Erde. Ein Vorhang aus hohem Unkraut schirmte ihn von dem unebenen Pfad ab, der sich vom Osha Peak zum Capilla Peak schlängelte. Die frische Luft war fast eisig, und am Himmel gab es erste Anzeichen des Sonnenaufgangs. Pinkfarbene und lilafarbene Töne überlagerten die Wolken, die wie Berge aussahen, Zuckerwattespiegel der Manzanos.

Er hockte auf einer flachen Stelle unterhalb des Verlaufs des Pfades. Er hielt die Mossberg mit beiden Händen. Auf dem Metall bildete sich Kondenswasser wie Tau. Die Glock hatte er in den hinteren Bund seiner Hose gesteckt.

Zuerst dachte er, dass die Schritte, die er meinte zu hören, nur der Wind im Laub über ihm war, bis er die Stimme hörte. Sie war schläfrig und von Gähnen unterbrochen. Ein Mann redete mit sich selbst.

Beck hörte das Knirschen fester Erde unter Füßen, ein Seufzen, das Geräuschs eines Reißverschlusses, der heruntergezogen wurde. Das war sein Signal.

Er stand auf und richtete die Flinte auf den Mann, der fünf Meter von ihm entfernt pinkelte. Das schnelle Spannen der Mossberg zog die Aufmerksamkeit des Mannes auf sich. Bevor er etwas sagen, den Reißverschluss hochziehen oder das Gewehr von seiner Schulter nehmen konnte, erschien Gabe auf der anderen Seite des Pfades und hielt seine Waffe an die Schläfe des Mannes.

»Das wird jetzt passieren«, zischte Beck. »Du wirst uns sagen, wie viele Freunde du hast. Du benutzt deine Finger, um die Anzahl anzuzeigen. Wenn du nur ein Wort sagst, ein Geräusch machst oder mir auf den Fuß pisst, töten wir dich. Verstanden?«

Der Mann nickte. Mit großen Augen und zitternd teilte er mit, dass er verstanden hatte.

Aus dem Wald hinter Gabe traten Buford und Annaliese auf den Weg. Sie blieben mehrere Meter von dem Plünderer entfernt stehen. Annaliese ließ den Kopf gesenkt. Der Plünderer schien verwirrt zu sein, seine Miene war angespannt, während er auf die nächsten Anweisungen wartete.

»Wie viele seid ihr?«, fragte Beck.

Das Gesicht des Mannes rötete sich. Er hielt mit einer Hand seine offene Hose fest. Mit der anderen zeigte er die Anzahl an.

»Benutze beide Hände.«

Er zögerte und zog an seiner Hose. Als er den Mund öffnete, um zu protestieren, schüttelte Beck den Kopf.

»Sag kein Wort, Freund. Und mach dir keine Gedanken wegen deiner Hose. Du hast nichts, was wir nicht alle schon mal gesehen haben.«

Noch eine Pause. Dann ließ er seine Hose los und hielt alle zehn Finger hoch. Sein Blick schoss zwischen den vier Fremden hin und her. Dann hielt er nochmals zehn Finger hoch. Und dann noch einmal fünf.

»Fünfundzwanzig?«, fragte Beck.

Der Plünderer zögerte. Er sah Buford und Annaliese an, als ob sie die Antwort wüssten. Dann nickte er.

»Sind sie alle hier? Was ist mit dem einohrigen Mann?«

Der Mann zog verwirrt die Brauen zusammen. Er musterte die Gesichter der Fremden, als könnte er erkennen, ob sie logen. Dann spannte sich sein Kiefer an. Trotz breitete sich auf seiner Miene aus, und die Jugend des Plünderers wurde offensichtlich. Sein Gesicht war mit Bartflaum bedeckt, der fast räudig wirkte, und seine Lippen waren so aufgesprungen, dass sie fast bluteten. Seine Stirn zeigte keine Falten, und seine Augen glänzten noch mit dem Funken von jemandem, der noch Hoffnung hatte.

Es erstaunte Beck, wie die Welt nach der Detonation die Vorstellung davon verändert hatte, wie *junge Menschen* aussahen. Es war nicht mehr offensichtlich. Abgesehen von kleinen Kindern, schien jeder, der die durchschnittliche Größe eines Erwachsenen hatte, auf den ersten Blick auch ein Erwachsener zu sein. Erst wenn Beck sie genauer ansah, konnte Beck das ungefähre Alter bestimmen, und selbst dann lag er die Hälfte der Zeit daneben. Manchmal verrieten Stimmen die Menschen. Eine hohe Stimme, ohne Bass-Töne und Resonanz, konnte ihm sagen, dass jemand, den er für einen Mann hielt, tatsächlich noch ein Junge war. Der süße, gefühlvolle Tonfall einer Frau konnte offenbaren, dass sie noch ein Mädchen war. War Millie auch so? Hatte die Apokalypse, oder Goose, ihr die jugendliche Ausgelassenheit genommen? War sie jetzt eine Frau, die ihrem Alter weit voraus war? Weise oder auf zynische Art düster?

Der Mann, dieser Junge, vor ihm, hatte sich noch Überbleibsel seiner Kindheit bewahrt. In seinen Augen glänzten Tränen. Was Beck zunächst für Trotz gehalten hatte, war tatsächlich ein Plünderer, der sich gegen seine Emotionen zu stählen versuchte.

Der Junge zuckte vor ihm zurück, so plötzlich und unerwartet, dass er sich von Gabe befreite, und stach mit einem Finger in die Luft. Der Schmerz in seiner Miene verwandelte sich in Wut. »Du«, knurrte er. »Du hast gesagt, es wäre narrensicher. Du hast gesagt, dass niemand von uns verletzt werden würde.«

Das verwirrte Beck. Er hatte diesen Jungen noch nie gesehen. Er hatte nie …

Der Junge zeigte auf Annaliese. Als er mit dem Finger in die Luft stach, wich sie zurück. Einen Schritt, zwei, dann drei. Mit der anderen Hand zog der Junge wie aus dem Nichts eine Pistole. Wo hatte er sie versteckt?

Er zielte auf Gabe, während sich sein Zorn gegen die Frau richtete. »Du hast uns gesagt, wir könnten diese Scheißkerle ausschalten wie …«

Der Blick des Jungen schweifte zu Beck. »Es ist niemand hier. Alle sind weg. Sie sind auf dem Weg ins Dorf.«

»Was passiert hier?«, fragte Buford und sprach damit zum ersten Mal. »Annaliese?«

Sie standen jetzt in einem annähernden Kreis. Der Junge befand sich zwischen Beck und Gabe, Buford und Annaliese standen ihnen gegenüber. Und sie war mit einer kleinen, blauen Handfeuerwaffe bewaffnet, mit der sie auf Beck zielte.

»Annaliese?«, wiederholte Buford. »Was tust du?«

Die Frau war wie ausgewechselt, und die Rache, von der sie im Dorf gesprochen hatte, tropfte wie Gift aus ihr, als sie sprach. Ihre Mundwinkel verzogen sich nach unten, ihre Augen verengten sich zu Schlitzen. Jeglicher Anflug von Schönheit löste sich in Wut auf. »Du wehleidige kleine Ratte«, sagte sie zu dem Jungen. »Du solltest doch mitspielen. Das war der Plan. Wir wollten unseren Leuten mehr Zeit geben, weißt du noch?«

Gabe zielte weiterhin auf den Jungen. Beck hatte seine Waffe auf Annaliese gerichtet. Es war eine Pattsituation.

»Ihr solltet überhaupt nicht so weit kommen«, sagte er. »Du solltest sie doch bei Osha töten. Du bekommst den Mann, der deinen Ehemann umgebracht hat, und das Dorf hat keinen Schutz? Erinnerst du dich *daran*?«

Es war irreal.

Wie die Auflösung in einem der spannenden Thriller, die Gabe und Radio früher bis zum Abwinken auf der Bohrinsel geschaut hatten. Die bizarre Szene breitete sich vor Beck aus, als ob er nicht Teil davon wäre. Er war eher ein Zuschauer als ein Mitspieler.

»Annaliese?«, sagte Buford wieder, doch dieses Mal war seine Frage schmerzerfüllt. »Was meint er damit?«

Sie verdrehte die Augen und schnaubte. Die Waffe ließ sie auf Beck gerichtet. Die Morgenkälte verwandelte ihren Atem in Dampf. Er strömte aus ihrer Nase und drang aus ihrem Mund. »Du bist so ein Trottel, Buford. Ich habe dich so einfach manipuliert.«

Buford stotterte: »Ich … ich …«

»Du wusstest nicht, wer Beck ist, bis ich es dir gesagt habe. Ich bin diejenige, die vorgeschlagen hat, dass du sie aufsuchen sollst. *Ich* bin diejenige, die euch gesagt hat, dass sie die Plünderer davon abhalten könnten, das Dorf zu terrorisieren. Aber nicht, weil ich *euch* retten wollte.«

Erkenntnis breitete sich auf Bufords Gesicht aus, jetzt wurde es ihm klar. »Du hast uns reingelegt. Du bist eine von ihnen. Du bist eine Plünderin.«

»Wir sind keine *Plünderer*«, sagte der Junge. »Wir sind eine Familie. Wir kümmern uns umeinander, genau wie ihr. Wir sind nur nicht so schwach wie ihr Leute im Dorf. Wir nehmen, was wir brauchen. Der Mann, den du den Einohrigen genannt hast, ist brillant. Er ist ein Überlebenskünstler, der uns am Leben hält.«

Beck wollte, dass das Gespräch sich um die Gegenwart drehte. »Er hat es nicht geschafft, dass dein Mann am Leben blieb, Annaliese«, betonte er.

Ihr Gesicht verzerrte sich vor wilder Wut. Sie spuckte ihn an.

»War das ein ausgeklügelter Plan, um uns umzubringen? Warum habt ihr uns nicht gleich im Dorf erschossen, als wir das erste Mal auftauchten?«

»Im Dorf haben sie keine Waffen«, zischte Annaliese. »Es sind friedliche Idioten.«

»Ich verstehe das nicht.« Buford schüttelte den Kopf. »Wir haben dich aufgenommen, nachdem dein Mann gestorben war, wir haben dich zu einer von uns gemacht. Warum tust du so etwas?«

»Du bist so dumm, *Buford*.« Sie sagte seinen Namen, als würde er einen schlechten Geschmack auf ihren Lippen hinterlassen. »Ich habe dich benutzt. Ich brauchte eine Falle, und du warst der Köder.«

Als Buford es verstand, sackte er in sich zusammen. Er senkte den Kopf, den Blick auf den Boden vor sich gerichtet, die Lippen fest aufeinander gepresst. Seine ganze Haltung drückte Niedergeschlagenheit aus.

Annaliese kicherte und wandte ihre Aufmerksamkeit wieder dem Jungen zu. »Und du bist ein Schwachkopf. Wenn du einfach geschwiegen hättest ...«

»Wegen dir ist mein Bruder gestorben«, schnappte der Junge. »*Und* mein Cousin. Du hast gesagt ...«

»Es ist, wie es ist.« Annaliese zuckte mit den Schultern. »Solche Dinge passieren. Diese beiden sind besser, als ich gedacht hätte. Sie werden den Geschichten über sie gerecht. Der einohrige Mann hat gesagt, dass sie hart genug wären, um zu töten.«

»Woher kennt er uns?«

»Jeder kennt euch«, sagte sie. »Wir kannten euch, bevor wir euch das erste Mal getroffen haben. Als ihr die Liebe meines Lebens umgebracht habt.«

»Wo soll ich deinen Mann getötet haben?«

Annaliese zögerte. Ein boshaftes Grinsen erschien auf ihrem Gesicht und verschwand dann wieder. »Es war in Missouri, außerhalb von St. Louis. Erinnerst du dich?«

»Du hast uns gesagt, dass Plünderer deinen Mann umgebracht hätten«, sagte Gabe.

»Das habe ich nie gesagt. Ich habe gesagt, dass Übeltäter, die von unseren Freunden, den Quäkern, Plünderer genannt werden, meinen Mann getötet haben. Männer ohne Gewissen. Männer mit einem einzigen, selbstsüchtigen Ziel. So wie ihr. Ihr habt ihn umgebracht, weil er versucht hat, ein Pferd zu stehlen.«

»Er hat zwei Leute getötet, um das Pferd zu bekommen«, knurrte Beck. »Und …«

»Derjenige von euch, der ohne Sünde ist, möge den ersten Stein werfen«, sagte sie. »Geht der Spruch nicht so, Buford?«

Buford ließ den Blick auf den Boden gerichtet und sagte kein Wort.

Einen Moment lang schwiegen alle. Sie standen nur da, mit aufeinander gerichteten Waffen, und ihr Atem dampfte.

Beck brach das Schweigen. »Was machen wir jetzt, Annaliese? Was hast du vor? Du kannst nur einen von uns ausschalten, dann bist du tot.«

»Für mich ist es in Ordnung, wenn wir alle sterben. Was habe ich noch, für das es sich zu leben lohnt? Du hast mir meinen Mann genommen. Ich war schwanger. Der Schmerz über seinen Tod, der Stress, löste bei mir eine Fehlgeburt aus. Ich wäre fast am Blutverlust gestorben. Du hast nicht nur meinen Mann umgebracht, du hast mir mein ungeborenes Kind genommen.«

Das lilafarbene Licht des Sonnenaufgangs verwandelte sich jetzt in ein helles Blau. Der Himmel war glatt und wolkenlos. Der feuchte Geruch nach Tau auf Geröll lag in der eisigen Luft.

Tränen liefen Annalieses Wangen hinunter, und sie zitterte vor Wut.

Beck brauchte Zeit. Er musste herausfinden, wie er dieses Spiel gewinnen konnte, obwohl sie alle Asse in der Hand hatte und alles auf eine Karte setzte.

»Wie bist du hier geendet?«, fragte Beck abgehackt. »Wie konnte dieser Ort deiner Rache dienen?«

Sie wischte die Tränen mit ihrer Schulter weg und schniefte. »Pures Glück. Nach St. Louis sind wir eine Weile herumgewandert. Wir waren ein Dutzend. Irgendwie landeten wir in Little Rock. Wir trafen auf einige andere, die, genau wie wir, einen Zusammenstoß mit dem *berühmten* John Beck hatten. Sie erzählten, dass du und Gabe zehn ihrer Leute umgebracht habt, bevor ihr die Stadt verlassen habt. Zehn Menschen! Ihr Anführer war der Mann, den die Dorfbewohner den Einohrigen nennen. Er hat uns hierhergeführt.«

Beck dachte an sein Gespräch mit Gabe zurück, bevor sie ins Dorf kamen. Gabe hatte gesagt, dass St. Louis schlimmer war als Little Rock. Er zog beide Städte als Beispiel für die endlose Gewalt heran, die sie seit dem Tag der Detonation ausgeübt hatten.

Vielleicht hatte Gabe recht. Sie war endlos.

»Wir schlossen uns zusammen. Rivalisierende Gangs. Der Feind meines Feindes, und so weiter. Wir fingen an, nach euch zu fragen. Die Leute sagten uns, dass ihr nach Westen unterwegs wärt, also zogen wir Richtung Westen. Wir dachten uns, wenn wir schnell wären, könnten wir vor euch hier sein und euch finden. Euch ködern.«

Buford sah auf. Ein schmerzlicher Ausdruck lag auf seinem breiten Gesicht.

»Warum wir? Warum habt ihr uns behelligt?«

Sie zuckte mit den Schultern. »Ihr wart einfache Beute. Jeder in dieser Gegend wusste, dass die Quäker sich in Torreon niedergelassen hatten. Man weiß das, weil ihr friedlich seid. Ihr helft Fremden, heißt sie mit offenen Armen willkommen. Und ihr seid *unbewaffnet*.«

Gabe lachte.

Annalieses Miene verdüsterte sich. »Was ist so komisch?«

»Ich habe mich schon gefragt, wieso du Sun Tzu kennst«, sagte er. »Das schien mir nicht die Art von Literatur zu sein, die ein Quäker liest.«

Bufords Augen weiteten sich, als ihn die Erkenntnis traf. »Moment mal. Du bist nicht einmal eine Quäkerin? Du bist kein Freund?«

Annaliese stieß ein Lachen aus. »Gütiger Herr im Himmel, Buford«, spottete sie. »Du bist wirklich dumm. Nein, ich bin keine Quäkerin.«

»Aber du …«

»Ich kannte Leute … von früher. Es ist eine sehr einfache Philosophie. Bete schweigend, sei nett, töte keine Menschen. Ich brauchte nicht lange, um das zu kapieren, Buford. Und deine Leute sind so *gutgläubig*, so bereit, alles zu glauben, was …«

Buford stürzte sich mit unerwarteter Geschwindigkeit auf Annaliese. Mit einem unmenschlichen Knurren rammte er ihr seine Schulter in den Bauch und warf sie zu Boden.

In dem Augenblick erstarrte der Plünderer. Gabe drückte den Abzug durch, und der Junge fiel mit der Hose um die Knöchel zu Boden. Ein zweiter Schuss krachte in der Morgenluft und hallte wie Donner nach.

Buford sackte auf Annaliese zusammen und machte sie mit seinem Körpergewicht bewegungsunfähig. Sie grunzte und fluchte, versuchte, sich zu befreien. Sie war eingeklemmt.

Beck zielte weiterhin auf sie. Jetzt hatte er freies Schussfeld. »Hast du es so geplant?«, fragte er.

Sie fluchte und spuckte nach ihm. Ihr rotes Gesicht und die wilden Augen verliehen ihr ein animalisches Aussehen, sodass sie fast nicht mehr zu erkennen war.

»Er ist tot«, sagte Gabe. »Du hast Buford getötet.«

Die Augen des armen Mannes waren in eine unsichtbare Ferne gerichtet. Sein Mund stand offen, und Bufords Miene war nicht friedlich. Nicht wie die einiger anderer.

Beck stellte einen Stiefelabsatz auf Bufords Rücken und lehnte sich darauf. »Tut mir leid, Buford, aber ich versuche, dein Dorf zu retten.«

Annaliese grunzte und mühte sich ab. Das zusätzliche Gewicht machte es ihr unmöglich, sich zu bewegen. Ihre Gesichtszüge spannten sich an, als sie sich anstrengte.

»Sieh mal«, sagte Beck. »Wir haben keine Zeit für Spielchen. Sag mir, wo die anderen Plünderer sind und wie der Plan aussieht, dann lasse ich dich leben.«

Sie fluchte. Beschimpfte seine Mutter. Sie lag bei seiner Mom genau richtig, aber das tat nichts zur Sache. Er streckte den Arm aus und richtete den Lauf der Waffe auf ihr Gesicht.

»Was ist der Plan, Annaliese?«

Sie schnaubte, antwortete aber. »Das *ist* der Plan. Euch weglocken und töten, sodass das Dorf ohne Schutz ist und wir es endgültig übernehmen können. Sie sind schon auf halbem Weg den Berg hinunter.«

»Ich verstehe, dass du mich umbringen willst«, sagte Beck. »Aber warum die Quäker? Was haben sie getan?«

»Lass mich gehen«, grunzte sie. »Du hast gesagt, wenn …«

Der Schuss erschrak Beck, und er zuckte zusammen. Zuerst dachte er, dass Annaliese es irgendwie geschafft hatte, unter dem armen Buford hervor zu schießen, aber ihr verschwundenes Gesicht belehrte ihn eines Besseren.

Gabe stand da, den rauchenden Lauf noch immer auf sie gerichtet. Die Andeutung eines höhnischen Lächelns spielte um seine Lippen.

»Ich habe ihr gesagt, dass ich sie nicht töten würde, wenn sie uns von dem Plan erzählt«, sagte er.

»Ja, Bruder. *Du* hast das gesagt, ich nicht. Außerdem mochte ich Buford, und mir gefällt das Dorf. Eine kurze Zeit habe ich auch sie gemocht.«

Beck schüttelte den Kopf. »Sie ist keine Veronica.«

Gabe senkte die Waffe. »Nein, das war sie nicht.«

Beck atmete tief durch. Die Luft war nicht länger frisch. Ihr fehlte die Hoffnung eines neuen Tages. Dieser hier war bereits sauer.

»Komm, Gabe«, sagte er. »Wir müssen ein Dorf retten.«

Er wollte sich zum Gehen wenden, als ein hohes Geräusch seine Aufmerksamkeit weckte. Er sah Gabe an, dessen Miene ihm sagte, dass sein Freund es auch gehört hatte.

»Was war das?«, fragte Gabe.

»Ich weiß es nicht. Es klang wie …«

Da war es wieder. Dieses Mal konnte kein Zweifel mehr bestehen. Es war die Stimme einer Frau. Und sie rief um Hilfe.

27

TAG DER DETONATION + 4 JAHRE, 3 MONATE, 7 TAGE
CAPILLA PEAK CAMPINGPLATZ,
MANZANO-BERGE, NEW MEXICO

Sie fanden sieben Frauen und drei Kinder, alle spindeldürr und schmutzig, alle mit dem Gesichtsausdruck Überlebender eines posttraumatischen Schocks. Es war schlimmer als das postapokalyptische Starren, das die meisten Menschen nach dem Tag der Detonation zeigten. Das hier waren Narben, die von leeren, abwesenden Blicken in eine Vergangenheit verschleiert wurden, die die Menschen nicht verarbeiten konnten. Beck hatte so etwas schon mal gesehen. Viel zu oft. Und wenn er es sah, fühlte er sich gesegnet und betete gleichzeitig, dass dieses Schicksal seine Tochter nicht ereilt hatte.

Seine Stiefel knirschten auf der losen Erde, und er näherte sich den Frauen und Kindern mit vor sich erhobenen Handflächen. Er versuchte es mit einem Lächeln, verlegen und warmherzig. So hätte er sich auch bei einem in die Ecke getriebenen Tier verhalten und bewegt.

Wenn Beck irgendwelche Schuldgefühle gehabt hatte, weil er die Plünderer am Osha Peak, Annaliese, oder den Jungen mit der Hose um die Fußknöchel getötet hatte, lösten sie sich auf dem Campingplatz in Luft auf, als er die Gefangenen sah. Denn genau das waren sie – Gefangene. Man konnte sie nicht anders beschreiben.

Keiner von ihnen war gefesselt oder anders in der Bewegungsfreiheit eingeschränkt. Sie waren nicht in Käfigen oder Zimmern eingesperrt. Sie konnten sich frei bewegen. Dennoch taten sie es nicht. Sie blieben, wo sie waren. Tatsächlich wichen sie zurück, als er auf sie zukam, und drängten sich zu einem engen Ball zusammen, wie ein Gürteltier, das sich zum Schutz zusammenrollt.

»Himmel«, murmelte Gabe leise. »Das ist surreal, Bruder.«

Es *war* surreal. Sie hatten schon unzählige schreckliche Dinge gesehen: Blut, Gedärme, Missbrauch, Tod. Aber aus irgendeinem Grund waren diese zitternden Frauen und Kinder oben auf den Manzano-Bergen das Schlimmste.

Lag es am Gestank? An der Unterernährung? An den verzweifelten Blicken ohne Hoffnung? Beck wusste es nicht. Seine Brust zog sich zusammen, als er sich näherte. Er hob die Hände und spreizte die Finger weit auseinander.

»Wir sind hier, um euch zu helfen. Ihr seid jetzt in Sicherheit.«

Eine Frau, wahrscheinlich diejenige, die um Hilfe gerufen hatte, blinzelte und leckte sich über die aufgesprungenen Lippen. »Wer seid ihr?«

Beck berührte seine Brust mit einer Hand. »Ich bin John Beck. Das ist Gabe Vazquez. Euer Dorf hat uns angeheuert, um euch zu helfen.«

Das Gesicht der Frau verzog sich vor Verwirrung. »Dorf?«

»Torreon. Das Dorf am Fuß der Berge.«

Sie kniff die Augen zusammen und musterte prüfend die Umgebung. »Dorf?«

Das Wort war fast ein Flüstern. Etwas, das sie schon einmal gehört, aber längst vergessen hatte. Ihr Tonfall ließ vermuten, dass sie nach der Bedeutung suchte.

Eine andere Frau, jünger und klapperdürr, mischte sich ein. »Das Dorf, in dem wir lebten, bevor wir hierherkamen? Bevor der einohrige Mann uns entführt hat?«

Eine innere Uhr tickte in seinem Kopf. Sie beflügelte eine wachsende Angst. Er und Gabe mussten den Berg hinunter. Sie mussten so schnell wie möglich zum Dorf zurück. Wenn sie hier zu viel Zeit verbrachten, kamen sie vielleicht zu einem Dorf zurück, das von den Plünderern überrannt worden war. Trotzdem durfte er nicht zu sehr drängen. Die Gefangenen waren zerbrechlich. Wenn es zu viel wurde oder zu schnell ging, würden sie durchdrehen.

Was hatten die Plünderer ihnen angetan? Wie hatten sie ihnen eine solche Gehirnwäsche verpassen können?

Als ob er seine Gedanken lesen würde, sagte Gabe: *»Das Böse, das Menschen tun, überlebt sie. Das Gute wird oft mit ihren Knochen begraben.«*

Beck sah seinen Freund an, der ihm die nicht gestellte Frage beantwortete. Sie waren wirklich auf einer Wellenlänge. »Shakespeare. *Julius Caesar.*«

»Seltsames Timing«, sagte Beck.

»Perfektes Timing, Bruder. Hör mal, uns läuft die Zeit davon. Einer von uns muss ins Dorf gehen. Du bleibst hier bei ihnen. Ich werde gehen und …«

»Nein. Du bleibst hier. Du bist sanftmütiger. Außerdem habe ich uns in diese Lage gebracht. Ich gehe.«

»Sanftmütiger? Ich war heute der Mörder. Du …«

»Das steht nicht zur Diskussion. Du hast nach dem heutigen Tag andere Pläne. Das ist meine Mission. Ich gehe, keine Widerrede.«

Gabe wandte sich an die Frauen. »Wie lange seid ihr schon hier?«

Die klapperdürre Frau antwortete ihm. »Wir wissen es nicht. Einige von uns länger als andere. Sie haben uns entführt, hierher gezerrt und zum Arbeiten gezwungen.«

»Sie gaben uns Essen, wenn wir es gut gemacht haben«, sagte ein Junge. »Und manchmal haben sie uns schlafen lassen.«

Als die Sonne höher stieg und das Tageslicht heller wurde, waren die Narben der Gefangenen besser zu erkennen. Alle waren ausgemergelt, die Augen eingesunken, die Wangen eingefallen, sie hatten lange, knochige Finger und Knie, die wie große Klumpen zwischen zwei Zweigen aussahen.

Einige hatten lilafarbene Prellungen, umrahmt von Gelb auf dem Gesicht oder Hals. Ihnen fehlten Zähne, oder sie hatten lange, peitschenartige Wunden, die von den Schultern bis zu den Hüften reichten. Ihre Kleidung war kaum mehr als Lumpen.

»Mein Freund Beck geht ins Dorf zurück, um dafür zu sorgen, dass es sicher für euch ist. Ich helfe euch nach Hause.«

Gabe setzte seinen Rucksack ab und zog den Reißverschluss auf. Er holte etwas zu essen und eine Flasche Wasser heraus. Immer noch in der Hocke, bot er die Nahrung der klapperdürren Frau an. Sie nahm es nach einem misstrauischen Zögern.

»Ihr müsst etwas Kraft sammeln, bevor wir nach unten ins Dorf gehen. Also esst und trinkt etwas. Langsam, nicht zu schnell. Wenn ihr alle fertig seid, gehen wir nach Hause.«

Beck setzte seinen Rucksack auf dem Boden ab. »Nehmt ihn. Ihr braucht ihn mehr als ich. Und ich bin ohne Gepäck schneller.«

Gabe nickte. »Sei vorsichtig, Bruder. Wir sehen uns auf der anderen Seite.«

»Du auch.«

Mit der Mossberg in beiden Händen und der Glock im Hosenbund, sah Beck ein letztes Mal auf den armseligen Campingplatz zurück. Bevor er sich zum Gehen wandte, stand die verwirrte Frau, die anfänglich um Hilfe gerufen hatte, auf und lehnte sich gegen einen Baum. Sie erschien Jahre älter, als sie wahrscheinlich war. So war das in der Apokalypse.

»Danke«, brachte sie hervor. Ein Lächeln spielte um ihre Mundwinkel. »Ich danke Ihnen so sehr.«

Ein Chor des Dankes erhob sich von den anderen, die zusammengedrängt auf dem Boden saßen. Es klang wie summende Bienen. Es war aufrichtig gemeint, aber fast emotionslos. Beck nickte, lächelte dünnlippig und machte sich auf den Weg zu dem Pfad, der den Berg herunterführte. Er ließ das Ergebnis von Gewalt hinter sich und ging auf die Aussicht von Gewalt zu. Dieser Augenblick war der Mikrokosmos seines Lebens nach dem Tag der Detonation. Er verließ ein Gefecht, um sich in das nächste zu stürzen. Er wurde vom Zeugen zum Teilnehmer. Und als er seinen Freund zurückließ, der den Frauen und Kindern mit tröstender Stimme versicherte, dass alles wieder gut werden würde, schwoll Becks Wut an. Oh ja, er würde Teilnehmer sein. Bevor die Sonne wieder unterging, würde er die Anzahl Menschen, die er getötet hatte und denen er sagte, dass er keine andere Wahl gehabt hatte, erhöht haben. In dieser Welt wurden sowohl gute als auch schlechte Taten bestraft.

Und er zog es bei Weitem vor, der Bestrafende zu sein.

28

TAG DER DETONATION + 4 JAHRE, 3 MONATE, 7 TAGE
TORREON, NEW MEXICO

Der Weg den Berg hinunter ging schneller als der Aufstieg. Schmerzhafte Blasen hatten sich an Becks Fersen gebildet, und er hatte Quetschungen an den Zehen, als er den Weg zum Dorf hinunterstieg.

Er konnte nur hoffen, dass die Dorfbewohner ihrer Vorbereitungen auf den Angriff beendet hatten. Auch wenn der Angriff früher als vermutet kam, konnten sie vielleicht lange genug durchhalten, bis er zurückkam.

Beck bemühte sich, nicht auf die nagenden Stimmen in seinem Kopf zu hören. Seine Dämonen hatten ihn gewarnt, dass man Annaliese nicht trauen konnte. Böses erkannte Böses. Er hetzte den unebenen Weg hinunter und überlegte, ob irgendetwas, das Annaliese ihm erzählt hatte, wahr war. Hatte sie seine Tochter jemals gesehen?

Er wollte ihr glauben. Was sie über Millies Augen gesagt hatte – dunkel und grüblerisch – stimmte wahrscheinlich. In seinem früheren Leben hatten alle gesagt, sie wäre sein Ebenbild. Ihre Augen und ihre unnachgiebige Entschlossenheit ähnelten ihm am meisten. Wenn sie allerdings direkt neben ihrer Mutter stand, war ihre genetische Verbindung nicht zu übersehen. Auf Fotos, auf denen Debbie ein Teenager war, hätte sie Millies Zwillingsschwester sein können.

Beck wünschte, dass er diese Fotos noch hätte. Dann könnte er beide Frauen in seinen Gedanken klar sehen. Jetzt waren sie verschwommen.

Das hasste er.

Die Erinnerung daran, wie wenig klar er sich an sie erinnern konnte, verstärkte seine Wut, während er den Berg hinabstieg.

Er konnte nicht stehen bleiben. Beck lief die Zeit davon, um den Menschen zu helfen, denen er geschworen hatte, sie zu beschützen. Auch wenn es möglich war, dass die beiden toten Menschen oben auf dem Berg sich verschworen hatten, ihn unter völlig falschen Voraussetzungen hierherzulocken, hoffte er, dass es nicht wahr war.

Schweiß brannte in seinen Augen, die Blasen an seinen Zehen und Fersen schmerzten, und er hetzte weiter.

Beck musste sich auf die Gewalt vorbereiten, die ihn erwartete. Die Wut machte seinen Kopf klar. Es war kein gesunder Menschenverstand, sondern die Art von geistiger Schärfe, die ihn dazu befähigte, fünf Dinge gleichzeitig zu sehen und auf fast übermenschlichem Niveau zu kämpfen.

Er konzentrierte sich auf die Dinge, die ihm am schwersten im Magen lagen, spannte die Muskeln an und befeuerte die schwelende Wut, von der sich seine Dämonen vorzugsweise ernährten.

Er konzentrierte sich auf die beiden Frauen, die ihm jemals etwas bedeutet hatten, Debbie und Millie. Was würde Debbie jetzt von ihm denken? Würde sie von seiner Überlebensfähigkeit, seinem Streben nach Gerechtigkeit und seiner Suche nach Millie beeindruckt sein? Oder würde er sie anekeln?

Er kontrollierte seine Atmung und versuchte, seinen Puls zu verlangsamen, während er seinen Weg zum Fuß des Berges fortsetzte. Nicht mehr lange, dann war er im Dorf. Bald würde er herausfinden, was ihn erwartete.

Seine Gedanken schweiften zu dem ersten Gespräch, das sie als Geschiedene gehabt hatten. Es verfolgte ihn immer noch. Im Gegensatz zu Debbies Gesicht oder Stimme erinnerte er sich mit absoluter Deutlichkeit daran, was sie auf der Straße vor dem Gericht zueinander gesagt hatten.

»Die Sache ist die«, hatte sie gesagt, »ich werde dich immer lieben, Johnny. Ich kann dir nur nicht vertrauen.«

»Bis?«

Sie lachte und wischte sich die Augen mit einem Taschentuch ab, das er ihr im Gericht gegeben hatte. »Du sagst das so, als gäbe es noch Hoffnung. Wir haben uns gerade scheiden lassen.«

»Ich werde die Hoffnung nie aufgeben. Ich habe dich nicht betrogen. Du weißt, dass nichts passiert ist, niemals. Ich habe immer nur dich geliebt.«

»Aber du hast es in Erwägung gezogen und mich belogen. Und du hast auch getrunken, obwohl du gesagt hast, dass du es nicht tun würdest. Du verstehst es immer noch nicht, Johnny. Du bist dein eigener schlimmster Feind.«

Die Wut in seinem Bauch schwoll an. Die Dämonen flüsterten ihm ins Ohr. Sie sprachen mit einem tiefen Knurren und verhöhnten ihn.

»Du bist dein eigener schlimmster Feind.«

»Du hast gelogen.«

»Du sagst das, als gäbe es noch Hoffnung.«

Was war das Leben ohne Hoffnung? Ohne Wahrheit? Was war es, wenn man nicht an sich selbst glaubte?

Während Gabe Vazquez wegen des Fehlens einer organisierten Gesellschaft vielleicht ein intellektueller Leser mit größerem Wortschatz geworden war, war John Beck jetzt ein Philosoph. Er konnte sich nicht vorstellen, dass irgendjemand, der in der postapokalyptischen Welt lebte, introspektiver und selbstkritischer war als er.

Der philosophische Mörder. Der Auftragskiller mit einer Neigung zu Esoterik. *Esoterik.* Das war ein Wort direkt aus Gabes Wörterbuch. Es passte. Dazu war er geworden. Er war immer noch sein eigener schlimmster Feind. Er trank auch, log aber nicht. Und John Beck war voller Hoffnung. Das war das Einzige, was ihn noch antrieb. Das Einzige, was ihn tief durchatmen ließ, wenn er an einem Morgen nach viel zu wenig Schlaf aufwachte. Das Einzige, was es okay erscheinen ließ, dass er im Namen seiner Tochter ein weiteres Leben nahm. Jeder Tod, jedes Durchdrücken des Abzugs oder Umdrehen eines Halses, brachte ihn einen Schritt näher an die Wahrheit über Millie. Und wenn er Glück hatte, wenn die besten Pläne nicht schiefgehen, könnte er vielleicht auch Gerechtigkeit an Goose verüben.

Er stapfte den Berg hinunter, das Gefälle schwächte sich zum Dorf hin ab. Beck richtete seine Wut auf die andere Frau in seinem Leben, diejenige, die ihn von frühester Kindheit an auf den falschen Weg gebracht hatte, diejenige, in deren Schatten er zwei Lebenszeiten verbracht hatte, bis er sich einen Weg in die Freiheit bahnen konnte. Seine Mutter.

Im Gegensatz zu Debbie und Millie hatte seine Mutter nie an ihn geglaubt. Sie hatte nie gesagt, dass sie ihn liebte, hatte ihm nie Hilfe oder Rat angeboten. Sie war eine Zuchtmeisterin und Sadistin. Und es grenzte an ein Wunder, dass Beck ein leidlich guter Mensch geworden war. Ja, er hatte große Fehler, war aber nichtsdestotrotz gut. Sein Bestreben war immer, den Verletzlichen zu helfen und die Mächtigen zu bekämpfen.

Wie sein Leben ihm wiederholt gezeigt hatte, lief es nicht immer so, wie er es geplant hatte. Dafür gab er seiner Mutter die Schuld. Nicht für die täglichen kleinen Klagen, aber im Großen und Ganzen, für das Gesamtbild. Beck zollte ihr auch Anerkennung, denn wenn sie nicht so grausam gewesen wäre, hätte er sich nie auf die Suche nach grüneren Gefilden gemacht. Er wäre Debbie nie begegnet und hätte Millie nicht gezeugt.

In diesem Augenblick, während er das letzte Stück des Weges zum Dorf bewältigte, erinnerte er sich an den Missbrauch.

Er benutzte ihn als Antrieb. Als er Kreuzung A008 und 55 erreichte, war er bereit.

In der Ferne hörte er Schreie, Schüsse und Brüllen. Sie waren in seiner Nähe, nördlich von ihm, vielleicht auf dem Friedhof.

Beck beschleunigte sein Tempo. Joggend erreichte er die Cibola Road und lief weiter Richtung Kirche und Friedhof. Dann änderten sich die Geräusche, sie waren östlich von ihm, im Coaster.

Er blieb schweißüberströmt und schwer atmend stehen. Er rieb mit dem Finger über den Abzugsbügel und lauschte. Noch ein Schuss. Direkt voraus, aber weiter entfernt. Dann ein Feuerwechsel, der letzte Schuss hallte in seiner Nähe wider. Das war definitiv bei der Kirche.

Er hielt die Flinte an seiner Hüfte und bewegte sich vorsichtig auf die Church Road zu. Seine Atmung war kontrolliert, er näherte sich bedächtig dem Kampf.

Das Dorf hatte sich auf den Angriff vorbereitet. Jeder Abschnitt hatte seinen Schlachtplan. Beck konnte nur hoffen, dass sie bereit gewesen waren, als die Plünderer sie angriffen. Er hielt den Atem an, als er die Church Road erreichte und eine Leiche am Friedhofstor hängen sah.

29

TAG DER DETONATION + 4 JAHRE, 3 MONATE, 7 TAGE
TORREON, NEW MEXICO

Peters Gesicht war grau. Seine Zunge hing heraus, seine Augen quollen vor. Sein Körper schaukelte wegen des hängenden Gewichts an dem quietschenden Seil.

Der Mann war tot, zweifelsfrei.

Hatten die Fallen nicht funktioniert?

Becks Puls hämmerte an seinem Hals und in den Schläfen. Er atmete die trockene Luft tief ein. Die Temperatur war im Dorf höher, und die Hitze der Sonne brannte auf seinem Nacken. Er sah zum Himmel hinauf, und eine Amsel flog in einem weiten Bogen über ihn hinweg. Die Aasfresser brauchten nie lange, um einen Toten zu finden. Manchmal schwebten sie über den Lebenden, weil ihnen ihre Instinkte ein vorausschauendes Bewusstsein der Unausweichlichkeit des Todes lieferten.

Er umfasste die Mossberg fester und ging unter Peters Leichnam hindurch auf den Friedhof. Mit entschlossener Konzentration schwenkte er den Lauf hin und her und bahnte sich seinen Weg zu Gräbern von Männern und Frauen, die schon lange unter der Erde lagen.

Eine Bewegung links von ihm weckte seine Aufmerksamkeit, und er blieb stehen. Weniger als zehn Meter von ihm entfernt sprang ein Mann hinter einem Grabstein hervor. Er richtete sein Gewehr auf Beck, war aber zu langsam.

Den Finger bereits am Abzug, drückte Beck ihn durch und feuerte einen erschütternden Schuss ab. Die Mossberg stieß gegen seine Seite und die Kugel flog ihrem Ziel entgegen. Sie riss den Mann von den Füßen, und er stürzte nach hinten. Ein Fehlschuss krachte in den Himmel.

Der Mann rollte sich auf dem Boden herum, seine Schmerzensschreie klangen wie eine rollige Katze.

Aus dem Augenwinkel sah Beck ein weiteres Ziel und wirbelte mit Lichtgeschwindigkeit herum. Er lud nach und drückte den Abzug durch. Der schwere Schuss knallte in die schmale Brust eines dünnen, maskierten Manns zu seiner Linken. Er ging in die Knie und glitt zu Boden. Der Tod des maskierten Mannes war still.

Beck suchte die Umgebung ab. Keine Bewegungen mehr, keine sichtbaren Bedrohungen, keine Geräusche. Der erste Plünderer jammerte nicht mehr. Seine Schmerzen waren vorbei. Beck ließ sich auf ein Knie sinken und zog zwei weitere Patronen aus der Tasche. Er drehte die Mossberg herum und schob sie in die Kammer.

Hinter dem Schutz eines Grabsteins, dessen Inschrift zu verwittert war, um sie zu lesen, wog er seine Möglichkeiten ab. Als er über die beste Route zum Coaster nachdachte, sah er eine weitere Leiche. Dieses Mal war es kein Plünderer. Er erkannte die Frau. Sie lag auf dem Bauch, flach auf dem Boden, ihre Hände waren hinter ihrem Rücken gefesselt. Ihr Kopf war zur Seite gedreht, ihre Augen sahen durch ihn hindurch.

Sie war eine Dorfbewohnerin, die sich bei der Versammlung vor zwei Tagen extra Zeit genommen hatte, um sich Millies Foto anzusehen.

Beck seufzte. »Es tut mir leid«, sagte er laut. »Ich tue mein Bestes. Ich wünschte, ich hätte dich retten können.«

Er starrte den toten Plünderer, der in seiner Nähe lag, wütend an. »Bei dir hatte ich keine Wahl. Entweder du oder ich.«

An der Hüfte des toten Plünderers hing ein aufgerolltes Seil. Es war identisch mit den Seilen, mit denen Peter aufgehängt und die Frau gefesselt worden war. Der Grund für das Erhängen war ihm schleierhaft. Was hatte es für einen Sinn? Was für einen Sinn hatte irgendetwas hiervon?

Beck dachte an sein letztes Gespräch mit Peter. Als guter Vater wollte Peter nicht, dass Lucas von gewalttätigen Abenteuern träumte. Er wollte seinen Sohn in seiner Nähe und in Sicherheit wissen.

Genug nachgedacht. Es war Zeit, zu handeln.

Beck spähte um den Grabstein herum. Es war nichts zu sehen.

Er richtete sich auf und suchte den Rest des Friedhofs ab. Er fand drei weitere Leichen und ein offenes Grab.

Die ein Meter achtzig tiefe Grube war Teil des Plans. Vier davon waren über den Friedhof verteilt. Jede hatte eine falsche Abdeckung und an ihrem Boden warteten zu spitzen Zacken geschnitzte Stöcke.

Beck beugte sich über den Rand der offenen Grube, richtete den Lauf nach unten und sah hinein. Zwei tote Plünderer lagen darin, beide aufgespießt.

Er suchte seine Umgebung ab. Ein weiteres Paar Stiefelabdrücke zeichnete sich auf dem Boden neben ihm ab. Sie führten zum Rand der Grube und entfernten sich dann wieder von ihr. Beck folgte ihnen bis zur Kirche, wo sie vor der Treppe endeten. Er eilte zu dem Gebäude und trat die Tür auf. Sie knallte auf, und er ging mit ausgerichteter Mossberg hinein.

Das Heiligtum war leer. Und auch wieder nicht. Ein Mann saß am Altar, den Kopf gesenkt, die Hände zum stillen Gebet verschränkt. Beck ging vorsichtig den Gang entlang, die Flinte auf ihn gerichtet, den Finger am Abzug.

»Was machst du?«, fragte Beck. »Fred? Warum bist du hier drin?«

Fred öffnete die Augen.

Er hob den Kopf und blinzelte, reagierte aber ansonsten nicht darauf, dass eine Waffe direkt auf ihn gerichtet war. »Beten, Mr. Beck. Wonach sieht es denn sonst aus?«

»Warum bist du nicht da draußen? Ihr werdet angegriffen.«

Fred atmete tief durch und brachte sich mit einer Hand ins Gleichgewicht. Er versuchte, aufzustehen, schwankte aber und setzte sich wieder.

Beck trat näher. »Bist du verletzt?«

Fred nickte. »Sie haben auf mich geschossen. Ich habe versucht, Peter zu helfen. Ich … ich konnte nichts tun. Ich …« Er schloss die Augen und schüttelte den Kopf.

Und da sah Beck das Blut. Es war tief an seiner Seite, nahe der Hüfte. Es durchtränkte sein dunkles Hemd und ließ es nass und glänzend erscheinen.

Beck sah über die Schulter, entdeckte hinter sich keine Gefahr und eilte an Freds Seite. Er lehnte die Flinte an die Seite der Kanzel und schob sich näher an den verletzten Mann heran. »Lass es mich ansehen.«

Fred wehrte sich nicht. Er lehnte sich mit einem Grunzen zurück.

Beck schob Freds Hemd hoch und sah nach der Wunde. Es war ein kleines Loch, das ein Spiegelbild auf Freds Rücken hatte. Beck riss den Saum von Freds Hemd und ballte den Stoff zusammen. »Das wird wehtun. Beiß die Zähne zusammen.«

Mit einem Finger drückte er den Stoff in die Wunde an Freds Rücken. Der Quäker quietschte und atmete schwer zwischen zusammengebissenen Zähnen. Er klang wie eine Frau in den Wehen.

»Noch einmal. Dann hast du es geschafft.«

Er wiederholte den Vorgang bei dem Loch über Freds Hüfte. Obwohl sein Gesicht schweißüberströmt und schmerzverzerrt war, unterdrückte er dieses Mal das Jammern.

Beck legte eine Hand auf seine Schulter. »Es ist ein glatter Durchschuss. Du kommst wieder in Ordnung. Das Blut hat die richtige Farbe. Ich denke, du wirst wieder gesund.«

Fred lachte leise. »Gesund? Ich komme wieder in Ordnung? Nichts ist in Ordnung. Ganz egal, wie sehr ich Gott, den Herrn, anflehe …«

»Wir können unser Unglück später beklagen, Fred. Im Moment brauche ich deine Hilfe. Sag mir, was du weißt. Hat einer der Pläne funktioniert?«

Fred stützte sich auf einem Ellbogen ab und zuckte zusammen. »Das sind viele Fragen auf einmal.«

»Wo sind denn alle?«

»Sie kamen von überall. Wir waren noch nicht ganz vorbereitet. Peter und ich versuchten, die Vorbereitungen an der Cemetery Road zu beenden, als sie kamen. Sie drangen auch von der nördlichen Seite her ein. Ich glaube, sie sind im Coaster. Ich habe zwei in der Falle gefangen. Hast du sie gesehen? Ich habe sie dorthin gelockt. Einer fiel hinein und riss den anderen mit sich. So wurde ich angeschossen. Einer von ihnen konnte einen Schuss abfeuern, bevor er starb. Ich sah über den Rand und …« Er seufzte. Schweiß bildete sich auf seiner Stirn.

»Wie viele, Fred?«

»Zwei. Das habe ich schon gesagt. Beide fielen in die Grube und …«

»Nein. Wie viele andere?«

»Zwei Dutzend? Ich weiß nicht, wie viele noch am Leben sind. Es gibt wohl eine Gruppe im Norden, in der Nähe des Parkplatzes. Vielleicht, schwierig zu sagen.«

»Was ist mit dem einohrigen Mann?«

Fred schluckte. Tränen traten in seine Augen und liefen seine blassen Wangen hinunter. »Er ist derjenige, der Peter aufgehängt und dann auf Lucy und mich geschossen hat. Sie dachten, ich wäre tot. Irgendwie habe ich es geschafft, hierherzukommen und mich zu verstecken.«

»Wo ist Lucas?«

Fred verschob sein Gewicht. Er grunzte. »Coaster. Er hatte die Aufgabe, dort die Verteidigung zu übernehmen.«

Das ergab Sinn. Darum hatte Beck die Schüsse und Schreie von den Straßen östlich der 55 gehört.

»Okay«, sagte Beck. »Bleib hier. Wir werden das ein für alle Mal beenden.«

»Ich gehe nirgendwohin.«

Beck nahm die Mossberg und ging Richtung Tür. Erst jetzt bemerkte er die Blutstropfen, die eine Spur auf dem Gang bildeten. Er war fast an der Tür, als Fred seinen Namen rief.

»Mr. John Beck«, sagte Fred. »Kümmern Sie sich darum. Sorgen Sie dafür, dass sie bezahlen. Annaliese hatte recht. Hammurabi hatte recht.«

Beck nickte und sagte nichts. Er wandte sich wieder der Tür zu und ging ins Sonnenlicht hinaus.

Es funktionierte immer. Pazifisten gaben oft ihre Überzeugungen auf, wenn sie mit Gewalt konfrontiert wurden.

Schikaniert und verletzt gelangten sie zu der Erkenntnis, dass Vergeltung und Selbstverteidigung nötig waren, um das wirklich Böse unter Kontrolle zu halten.

Beck war nicht sicher, was er davon halten sollte. Er hatte Jahre seines Erwachsenenlebens damit verbracht, gegen seine Dämonen zu kämpfen, die sein schlechtes Benehmen ermutigten. Er verstand die Sehnsucht nach einem langweiligen, banalen Leben, frei von Drama und der Erfüllung von Karma.

Doch er verstand auch, wie unrealistisch dieses Ziel an einem Ort wie diesem und zu einer Zeit wie dieser wirklich war. Auch wenn Pazifismus ein wunderbares Konzept war, wie Kommunismus oder Sozialismus, oder jegliche Idee in ihrer reinsten Form, musste er sich doch der menschlichen Natur beugen.

Zwei Vögel glitten über ihn hinweg, als er Richtung Osten marschierte. Sie kreisten über ihm, als wollten sie ihn zu dem einohrigen Mann führen, flatterten dann synchron mit den Flügeln und flogen zum Friedhof zurück.

Hochkonzentriert überquerte Beck die 55 und ging auf den Coaster zu. Vor ihm flogen bei einem Schusswechsel Kugeln durch die Luft. Es krachte und donnerte. Er konnte nicht erkennen, wie viele Waffen involviert waren, aber er war sich sicher, dass es mindestens vier oder fünf verschiedene sein mussten.

Er ging um die Ecke herum und verließ die 55 Richtung Osten. In seiner Nähe zählte er drei Leichen. Zwei Plünderer, ein Dorfbewohner.

Beck stapfte an ihnen vorbei, hielt sich dicht am Rand der Straße und nutzte Häuserfronten und Wohnwagen als Deckung. Er verließ den Schutz eines Ranchhauses mit tiefgezogenem Dach und einer Verkleidung aus Asbest, als zwei Leute aus einem extrabreiten Wohnwagen ungefähr zwanzig Meter von ihm entfernt kamen.

Einer von ihnen war ein Plünderer. Eine Frau. Sie hatte ein junges Mädchen am Hals gepackt und zerrte sie die Betonstufen hinunter, die von der Tür des extrabreiten Wohnwagens in den schmuddeligen kleinen Vorgarten führten.

Als das Mädchen die letzte Stufe erreichte, schubste die Plünderin sie hart, und das Mädchen fiel. Sie fing sich mit den Händen ab, landete auf dem Kies und verbarg das Gesicht am Boden.

Beck kochte bereits vor Wut. Ihm gefiel die Vorstellung nicht, dass Frauen verletzt, geschweige denn getötet wurden. In seinem früheren Leben hatte er, auch wenn er wütend war, einer Frau nie etwas angetan. Niemals. Nicht einmal die

Dämonen konnten ihn dazu bewegen, diese Ritterlichkeit, der er sich verschworen hatte, aufzugeben. Allerdings kam niemand, der ein Kind verletzte, in den Genuss dieser Ritterlichkeit. Das war schlicht unmenschlich. Solche Leute waren Zielscheiben, sie waren Opfer.

Beck machte vier große Schritte auf die Plünderin zu, die immer noch auf der Treppe stand. Sie zielte mit einer Pistole auf das Mädchen. »Steh auf«, befahl sie. »Ich habe keine Zeit für so etwas.«

»Hey, du!«, rief Beck der Plünderin zu, als er sich ihr näherte. Sie war auf ihre Beute konzentriert und hatte ihn noch gar nicht bemerkt. Er entsicherte seine Flinte. Das war ein unverkennbares Geräusch, und seine Stimme brachte ihm die ungeteilte Aufmerksamkeit der Plünderin ein. Sie Frau wirbelte herum und schwang die Pistole in dem Augenblick zu Beck, als er den Abzug durchdrückte. Er war weniger als zehn Meter von ihr entfernt, als er feuerte. Das Schrot verteilte sich auf Gesicht, Hals und Brust der Plünderin.

Sie ließ die Pistole fallen, fiel von der Treppe auf den Boden und stieß mit dem Kopf gegen die Seite des extrabreiten Wohnwagens. Dann schlug er auf dem harten Boden auf, von dem er einmal abprallte. Ihr Körper zuckte noch zweimal, lag dann still. Sie war tot.

Das Mädchen, das immer noch auf dem Boden lag, fing an zu weinen. Es war ein leises Weinen, aber sie zitterte, und Tränen liefen über ihr junges Gesicht.

Beck winkte sie zu sich und drehte sich, um die Umgebung abzusuchen. Er fand keine Bedrohung. Das Mädchen rührte sich nicht. Beck ging zu ihr und hockte sich neben sie.

»Alles in Ordnung«, sagte er. »Ich habe dich jetzt. Niemand wird dir wehtun.«

Er streckte ihr eine Hand hin, und sie musterte sie, bevor sie sie ergriff. Sie zog, und Beck stand zusammen mit ihr auf, half ihr auf die Füße. »Wie heißt du?«, fragte er mit leiser Stimme.

»Rebecca.«

»Rebecca, ich bin John Beck.«

Sie wischte sich Rotz von der Nase. »Ich weiß.«

»Wie alt bist du?«

Sie blinzelte. Alle Anzeichen von Angst verschwanden und machten Verwirrung Platz. »Wie alt bist *du* denn?«

Beck hätte fast geantwortet. Stattdessen wies er auf die anderen Häuser in der Straße. »Ist sonst noch jemand hier?«

»Ich glaube, sie sind alle im Coaster.«

»Wie viele?«

Sie hielt vier Finger und einen Daumen hoch. Dann sah sie zu der toten Frau am Ende der Treppe ihres Zuhauses hinüber und legte den Daumen an die Handfläche.

»Noch vier«, sagte Beck. »Kein Problem. Du gehst wieder rein …«

»Ich komme mit dir.«

Beck musterte die ängstliche Miene des Mädchens. Ihr Kinn zitterte.

»Okay«, gab Beck nach. »Du kommst mit mir, machst aber genau das, was ich dir sage.«

Sie nickte. »Ich bin erst mal einverstanden. Später können wir ja noch über die Vereinbarung reden.«

Beck lächelte. Freches Ding. Das gefiel ihm.

Es erinnerte ihn an Millie. Rebecca war jünger, als Millie jetzt war. Sie könnte sogar jünger sein, als Millie am Tag der Detonation war. Das war heutzutage schwierig einzuschätzen.

Beck drehte die Flinte um und schob eine weitere Patrone in die Kammer. Er wischte sich die Stirn mit seinem Arm ab und ging Richtung Coaster. Statt die Straßen zu nehmen, ging er zwischen zwei Häusern hindurch direkt Richtung

Norden und hörte über den hämmernden Puls in seinen Ohren hinweg Schreie.

Als er den Coaster erreichte, hielt er sich dicht an einer Hauswand. Ein paar Kugeln zischten an seinem Kopf vorbei und bohrten sich in die Verkleidung hinter ihm. Er duckte sich hinter einen sterbenden Wacholderbusch und blickte hinter sich, um sich zu vergewissern, dass es Rebecca gut ging. Sie lag auf dem Bauch und hatte die Hände über den Kopf gelegt.

Weitere Schüsse rasten an ihm vorbei. Die Verkleidung explodierte, und ein scharfkantiges Stück schnitt ihm den Nacken auf. Er fasste hin und zog die Finger blutig zurück.

Beck drehte sich zu dem Ursprung der Schüsse um. Zwischen den Wacholderzweigen hindurch sah er drei Leichen auf der Straße liegen. Zwei waren definitiv Plünderer, vielleicht auch alle drei.

Drei Schüsse pfiffen über seinen Kopf hinweg. Hinter ihm splitterte Glas, und er duckte sich wieder.

Der Schütze oder die Schützen mussten auf der gegenüberliegenden Straßenseite sein. Auf keinen Fall konnten sie das Haus in diesem Winkel treffen und dicht bei ihm auf seiner Seite des Coasters sein.

Beck tippte Rebecca auf die Schulter. Sie hob den Kopf, und er machte ihr ein Zeichen, dass sie sich auf die andere Seite des Hauses rechts von ihnen zurückziehen würden. Sie krabbelten beide auf allen vieren, um einer weiteren Kugelsalve zu entgehen. Jeder Kugelhagel hallte in der trockenen Morgenluft wider.

Sie umrundeten den hinteren Teil des Hauses und tauchten auf der anderen Seite langsam wieder auf. Jetzt befanden sie sich am östlichsten Rand des Coasters. Es wurden erneut Gewehrschüsse abgefeuert. Eine Salve nach der anderen.

Sahen sie ihn nicht? Glaubten sie immer noch, er wäre auf der anderen Seite des Hauses?

Beck hielt sich dicht an der Verkleidung. Er blieb auf halbem Weg stehen und bot Rebecca die Flinte an. Sie schüttelte den Kopf. Er hielt ihr die Waffe hin, und sie nahm sie. Er zog die halbautomatische Glock aus seinem Hosenbund und machte kleine Schritte auf die Straße zu, den Rücken gegen das Haus gedrückt. Blut durchtränkte den hinteren Teil seines Kragens und ließ seinen Nacken feucht werden. Beck ignorierte den Schmerz und konzentrierte sich darauf, die verbliebenen Bedrohungen zu finden. Erneut donnerten Gewehrschüsse. Es klang weiter entfernt.

Auf wen zielten sie jetzt? War noch jemand anderes hier?

Er kauerte sich hin und spähte um die Hausecke. Mündungen blitzten auf der gegenüberliegenden Straßenseite auf. Beck kniff die Augen zusammen. Ihm direkt gegenüber war Lucas. Der Junge hatte sein Gewehr geschultert. Er lag in einem Schusswechsel mit jemandem zwei Häuser weiter. Oder mit zwei Gegnern. Es sah aus, als würden zwei blitzende Mündungsfeuer auf Lucas gerichtet sein.

Beck wollte dem Jungen ein Zeichen geben, aber das war nahezu unmöglich. Aufgrund ihrer Positionen wurde ihm klar, dass Lucas derjenige gewesen war, der auf ihn gefeuert hatte. Er war der einzige der drei bewaffneten Verteidiger, der aus einem solchen Winkel auf ihn geschossen haben konnte. Wenn Beck jetzt irgendetwas tat, um seine Aufmerksamkeit auf sich zu ziehen, war es wahrscheinlich, dass der Junge eine weitere Kugel auf ihn abfeuern würde, bevor er erkannte, wer er war. Er musste vorsichtig sein.

Ein weiterer schneller Blick um die Hausecke herum zeigte ihm, dass einer der Plünderer in Bewegung war. Er nutzte seinen Partner als Rückendeckung und rückte gegen den jungen Lucas vor. Der Junge steckte in Schwierigkeiten.

Beck fluchte laut. »Tut mir leid«, entschuldigte er sich bei Rebecca für das schlimme Wort. »Bleib hier.« Er überprüfte das Magazin der Glock. Es war voll. Er trat hervor, richtete die Handfeuerwaffe auf das Ziel in der Nähe von Lucas, und fing an zu rennen.

Dabei stieß er einen gutturalen Schrei aus, der die Aufmerksamkeit des Plünderers auf ihn zog. Er blieb sofort verblüfft und verwirrt stehen. Er zögerte eine Millisekunde. Das war lange genug.

Beck drückte den Abzug durch. Wieder und wieder. Viermal, fünfmal.

Sein erster Schuss ging weit daneben. Der zweite traf den Plünderer in die Schulter. Der dritte in den Arm, der vierte in die Seite, der fünfte in die Brust.

Der Plünderer tanzte wie eine Marionette an losen Schnüren, sein Mund klappte weit auf. Seine Augäpfel rollten zurück, und er brach auf der Straße zusammen.

Beck richtete seine Aufmerksamkeit auf den Mann, der ihm Rückendeckung gegeben hatte. Lucas mischte jetzt auch mit. Er war bei Becks Angriff nachgerückt, und jetzt waren sie beide im Vorteil. Wie ein einzelner, verbleibender Bauer, der zur Dame wurde, hatten sie das Blatt gewendet.

Der Plünderer hatte eine gute Deckung hinter einem Elektroschaltkasten im Vorgarten eines heruntergekommenen Bungalows. Er schoss zweimal auf Beck und verfehlte ihn beide Male. Als er für den zweiten Schuss hervortrat, landete Lucas einen sauberen Treffer in seinen Hals.

Der Mann ließ seine Waffe fallen und schlug eine Hand über die Wunde, als ob das den Blutstrom stoppen würde, der aus seinem Körper schoss. Es half gar nichts. Er verzog das Gesicht, versuchte, auf den Beinen zu bleiben, und fiel nach vorn auf den Schaltkasten.

Beck und Lucas trafen ein paar Meter von dem toten Mann entfernt aufeinander. Sie nickten sich gegenseitig anerkennend zu.

»Ich dachte, ich wäre erledigt«, sagte Lucas. »Ich habe einige von ihnen erwischt, habe sie hier in die Sackgasse gelockt, wie ich es tun sollte. Ich hatte sie in der Falle, aber Fred und mein Dad tauchten nicht auf, um ihnen den Rückweg abzuschneiden. Ich fing an, mir Sorgen zu machen.«

»Nun«, sagte Beck, »jetzt ist alles wieder in Ordnung. Wo sind die anderen?«

Lucas schluckte hart und schüttelte den Kopf. »Wie ich schon sagte, Mr. Beck, ich weiß nicht, wo Fred und mein Dad sind. Sie sollten hier sein, wissen Sie? Ich glaube, die anderen sind nördlich von hier, in der Nähe des Parkplatzes. Dort sollten die letzten der Plünderer sein.«

Rebecca tauchte wie aus dem Nichts mit Becks Flinte in der Hand auf. Obwohl die Waffe fast so groß war wie sie selbst, trug sie sie mit überraschendem Selbstbewusstsein.

Lucas runzelte die Stirn. »Becca? Was machst du hier?«

»Meine Mom ist tot. Mr. Beck hat mir geholfen. Ich bleibe bei ihm. Vorläufig.«

»In Ordnung«, sagte Lucas. »Denke ich.«

»Ich brauche deine Erlaubnis nicht, Lucas. Ich bin vierzehn.«

Vierzehn. Erst vierzehn und schon mitten in die Hölle geworfen. Wie alt war sie am Tag der Detonation gewesen? Neun? Zehn?

Lucas lächelte das Mädchen an. Dann wurde seine Miene wieder ernst. »Was jetzt? Holen wir meinen Dad und gehen Richtung Norden? Dort ist der einohrige Mann. Sie können sie abwehren, bis wir eintreffen. Wir haben da oben beim Parkplatz gute Leute.«

Beck brachte es nicht übers Herz, Lucas die Wahrheit zu sagen. Nicht jetzt. Nicht mitten im Gefecht.

»Wir gehen jetzt sofort hin. Wir müssen den einohrigen Mann finden und es beenden.«

Lucas nickte. »Okay. Ich habe ein gutes Gefühl dabei. Wir werden sie heute aufhalten. Für immer.«

Der Junge schien ihm irgendwie älter zu sein. Größer, selbstbewusster. Er nutzte den Moment, wich nicht zurück. Trotz seiner Unerfahrenheit würde er überleben. Beck sah sich selbst in dem Jungen. Lucas erinnerte ihn an sich selbst in den frühen Tagen der Apokalypse. In diesen Wochen und Monaten, als er und Beck nach Memphis unterwegs waren, dann nach Osten, Süden und schließlich wieder nach Westen reisten.

Sie hatten mehr Glück als Verstand gehabt. Trotzdem härteten sie durch die Erfahrung ab, und sie lernten aus ihren Fehlern. Sie waren der lebende Beweis für den Spruch: *Was dich nicht umbringt, macht dich härter.*

Beck hatte keine Ahnung von Kriegsführung gehabt und den Gefahren nach dem Tag der Detonation naiv gegenübergestanden, soweit sie über das hinausgingen, was er von Haus aus kannte, und er hatte seine Zukunft unrealistisch optimistisch gesehen. Es war jetzt vier Jahre her, und er machte immer noch Fehler, doch sie machten ihn stärker. Lucas schien dieses Potenzial auch zu haben.

Sie gingen die Hauptstraße hinunter Richtung Norden. Rebecca blieb neben ihnen und schwang die Flinte, als wäre es ihre eigene.

Lucas schritt selbstbewusst dahin. Vielleicht stand der Junge unter Schock. Beck fragte sich, ob ihm das, was passiert war, wirklich bewusst war. Verstand Lucas tatsächlich den Ernst des Ganzen?

»Hast du früher schon mal jemanden getötet?«, fragte er, während sie ihr Tempo beibehielten.

Bevor Lucas antworten konnte, bedauerte Beck seine Frage schon. Natürlich hatte er noch nie jemanden umgebracht. Lucas war ein Quäker, ein Pazifist. Die Waffe, die er auf Patrouille dabei hatte, war ein Requisit und diente zur Abschreckung. Sie war kein Werkzeug.

Ohne seinen Schritt zu verlangsamen, warf Lucas Beck einen Blick zu. »Nein. Nicht vor heute.«

»Es wird wehtun, wenn es vorbei ist. Wenn das Adrenalin aus deinem Körper verschwindet und du allein mit deinen Gedanken vor einem Lagerfeuer sitzt, wirst du ihre Gesichter sehen. Sie werden dich verfolgen.«

Lucas ging weiter und ließ den Blick auf den Weg vor ihnen gerichtet. »Das werde ich schon schaffen. Jeder muss irgendwann erwachsen werden, Mr. Beck. Jeder muss am Altar der Apokalypse ein Opfer bringen. So sind die Dinge nun mal. Selbst bei uns Quäkern. Wir können nicht erwarten, in einer Welt zu überleben, in der alle anderen nach ihren Regeln spielen und wir nach unseren. Wir können nicht die Augen verschließen und die Hände hinter dem Rücken verschränken.«

In der Ferne, aus der Richtung, in die sie gingen, erschallten Gewehrschüsse. Es war eine Schießerei, die eines Kriegsschauplatzes würdig war. Zumindest entsprach sie dem, was Beck sich unter einem Kriegsschauplatz vorstellte. Er war kein Soldat, kein Veteran, der zum Wohl der Freiheit der Nation diente, bereit, sich für Menschen zu opfern, die er nie zuvor gesehen hatte.

Der Kampf klang intensiv. Wie viele Waffen? Wie viele Feinde? Ein Dutzend? Mehr? Wie konnte er die Kinder mitten hineinführen? Doch hatte er überhaupt eine andere Wahl?

Er sah Rebecca an und zeigte auf die Flinte in ihrer Hand. »Ist es okay für dich, das Ding zu tragen? Sie ist größer als du, kleines Mädchen.«

Becca umfasste die Waffe fester und runzelte die Stirn. »Ich bin *kein* kleines Mädchen. Wie ich schon sagte, ich bin vierzehn, und jetzt Waise. Darum trage ich für mich selbst die Verantwortung. Ich tue, was ich will.«

»Ich gebe meinen Fehler zu. Du bist eine Frau, Rebecca. Ich entschuldige mich.«

»Sie brauchen sich nicht zu entschuldigen«, sagte sie. »Machen Sie es einfach von jetzt an richtig, Mr. Beck.«

»Nenn mich Beck.«

»Tut mir leid, Beck.«

»Du brauchst dich nicht zu entschuldigen. Mach es einfach von jetzt an richtig, Frau.«

Ein Lächeln breitete sich auf ihrem Gesicht aus. Lucas sah sie an und lachte leise. Es war ein guter, aber seltsamer Augenblick auf ihrem Weg zum Kampf. Beck versuchte, seine Wut wiederzufinden. Er brauchte diese Hitze.

Sie standen an der Ecke Boomer Road und 55. Zwei Blocks westlich, zwischen den sich kreuzenden Straßen Torrez und Morris, befand sich eine Ansammlung verlassener Autos. Der Plan war, die Plünderer von einer Stelle zur anderen zu locken, von Westen nach Osten, dann nach Norden, von der Kirche zum Coaster und dann zu den alten Autos südlich der Boomer Road.

Schüsse krachten. Dem Klang nach zu urteilen, kamen sie aus verschiedenen Waffen. Einzelne Schüsse, kein automatisches Feuer. Beck versuchte, die toten Plünderer zu zählen, die sie hinter sich gelassen hatten, konnte aber keine genaue Zahl ermitteln. Er hatte keine Ahnung, wie viele Plünderer sie erwarteten, wenn sie in die Schlacht eintraten.

»Bleibt unten, wenn wir uns den Autos nähern«, sagte Beck. »Wir gehen aus Süden darauf zu. Auf diese Weise sind wir hinter den Plünderern. Hoffe ich jedenfalls. Wenn der Plan funktioniert hat, können wir sie zwischen den anderen Dorfbewohnern und uns in die Zange nehmen. Wir *können* es heute beenden, Lucas.«

»Was soll ich tun?«, fragte Rebecca.

»Bleib bei mir. Ich sorge für deine Sicherheit.«

»Ich sorge für *deine* Sicherheit«, sagte sie.

»Okay, also los. Wir sorgen gegenseitig für unsere Sicherheit und beenden es.«

30

TAG DER DETONATION + 4 JAHRE, 3 MONATE, 7 TAGE
TORREON, NEW MEXICO

Sie wappneten sich und rückten nach Westen vor. An einer Gabelung gingen sie nach Süden. Gewehrschüsse dröhnten. Die Geräusche des Schusswechsels wurden lauter, als sie sich der Morris Road am Rand des Parkplatzes näherten.

Becks Herzschlag dröhnte ihm in den Ohren, sein Adrenalinspiegel stieg. Das alles war die vertraute Mischung aus Angst und Aufregung, mit der Zugabe spürbarer Rage, die er aus den Gedanken an seine Tochter, an seine Ex-Frau und an die Menschen zog, die er bei seinem Bemühen, die Dinge richtigzustellen, hatte töten müssen.

Das alles war sein Werk. Er wusste, dass es sein Fehler war, aber er gab seinen Dämonen die Schuld. Er verfluchte sie und nutzte seine Wut, um direkt auf die Gefahr zuzumarschieren. Sein Ziel war nicht grundsätzlich Erlösung. Es war Rache. Und die war genauso boshaft wie die verdrehte Gerechtigkeit, nach der Annaliese erfolglos gesucht hatte. Und was hatte es mit diesem einohrigen Mann auf sich? Worauf war er wirklich wütend?

Beck entdeckte die Dächer von zwei verrosteten Minivans und beeilte sich, um sich hinter ihren alten Rahmen Deckung zu suchen. Lucas und Rebecca drängten sich hinter ihn, die Gesichter angespannt vor Angst. Beck übernahm die Spitze und schob sich zur Front des Vans.

Das Gewehrfeuer war jetzt lauter, und Beck meinte, mindestens fünf Waffen unterscheiden zu können, auch wenn der beengte Raum des Parkplatzes es schwierig machte, ihren Ursprung zu ermitteln.

Er erinnerte sich vom Plan her, dass die meisten Frauen und Kinder sich in ein paar Häusern an der A011 westlich der Boomer versteckt hatten, genau wie einige der älteren Männer. Sie waren die letzte Verteidigungslinie. Dadurch blieben weniger als ein halbes Dutzend Quäker, um die Plünderer in Schach zu halten.

Ihre Aufgabe war nicht, auf die Plünderer zu schießen und sie zu töten. Sie mussten als Ablenkung ihre Waffen abfeuern, um die Angreifer am Vorrücken zu hindern.

Soweit Beck sagen konnte, war Lucas der Einzige, der aktiv Plünderer getötet hatte. Die anderen hatten es auf passive Weise getan, mit Fallen, durch Tricks – nichts, was die Quäker mit eigenen Händen tun mussten, um aktiv den Tod eines anderen Menschen herbeizuführen.

Das blieb ihm überlassen.

In der Hocke schob er sich um die Motorhaube des Vans herum und blieb geduckt zwischen den beiden rechteckigen Scheinwerfern. Von dieser Position aus entdeckte er die ersten beiden Plünderer. Beide feuerten aus dem Inneren des Laderaums eines SUV ohne Türen. Sie lagen dicht nebeneinander und zielten mit ihren Waffen gen Norden.

Beck war ungefähr dreißig Meter von ihnen entfernt. Soweit er beurteilen konnte, konnten sie ihn nicht sehen. Sie konzentrierten sich auf das Ziel, das sie zu eliminieren hofften. Die Männer schossen abwechselnd. Beck wartete. Irgendwann mussten sie nachladen. Selbst, wenn nur einer von ihnen keine Munition mehr hatte, würde ihm das die Unterbrechung geben, die er brauchte.

Er wies auf die Jugendlichen und flüsterte: »Ihr bleibt hier. Ich schalte die beiden im SUV aus. Wenn ihr seht, dass es mit diesen Männern vorbei ist, kommt zu mir zum SUV.«

Sie nickten bestätigend und blieben tief geduckt an der Seite des Minivans. Beck bewegte sich auf den SUV zu.

Er suchte die vollgestopfte Umgebung ab. Das hier war auch ein Friedhof. Doch statt unterirdischer Leichen gab es hier ein überirdisches Mausoleum aus unterschiedlichen Metallhüllen. Eine Bewegung hinter dem SUV erregte seine Aufmerksamkeit. Ein Aufblitzen, dann war sie verschwunden.

Er richtete den Blick auf die beiden bewaffneten Männer. Einer von ihnen lehnte sich zurück und griff in seinen Rucksack.

Nachladen.

Beck schätzte die Entfernung ab. Er überprüfte sein Magazin, schob es zurück und spannte den Kiefer an. Er stand auf und rannte auf den SUV zu, die Neun-Millimeter auf den Plünderer gerichtet, der ihm am nächsten war. Er überbrückte schnell die Entfernung und pirschte sich an sein Opfer heran. Zwanzig Meter. Fünfzehn. Zehn. Fünf. Den Finger auf den Abzug und durchdrücken. Drücken. Drücken. Die Erschütterung der Schüsse war über dem Dröhnen seines Pulsschlags in den Ohren kaum hörbar.

Dem ersten Plünderer wurde gar nicht bewusst, was ihn traf. Der zweite schaffte noch einen schnellen Blick, sein Gesicht verzog sich verwirrt. Seine Augen weiteten sich, als er begriff, und in der nächsten Sekunde löschte Beck das Leben aus ihnen. Er feuerte zwei weitere Schüsse ab, um ganz sicher zu sein. Er ließ das Magazin aus der Glock rutschen, schob ein neues, volles hinein und winkte die Jugendlichen zu sich heran.

Sobald sie sicher mit ihm im SUV waren, warf Beck die Leichen zu Boden, schob die Glock in seinen Hosenbund und hob eins der Gewehre auf. Er lud es zu Ende. Es erstaunte ihn, wie viel Munition in der Apokalypse immer noch im Umlauf war.

Er erinnerte sich an die Munitionsknappheit in Sportwarenläden und online, wann immer die Legalisierung von Waffen Gesprächsthema war, oder als die Covid-Pandemie die Menschen fürchten ließ, dass es bald keine Möglichkeit mehr geben würde, etwas von Wert zu kaufen. Neun-Millimeter-Kugeln oder Munition für eine Zwölfkaliber waren fast unmöglich zu finden. Aber irgendwie hatte das Ende der Welt einen Überfluss an Munition hervorgebracht. Kugeln gab es überall. Beck dachte nie darüber nach, warum und wie das der Fall sein konnte, aber er wusste jede Kugel zu schätzen, die er fand.

Das lange Gewehr war alt und abgenutzt, der Schaft glatt gescheuert. Es hatte einen Kammerverschluss und Platz für zehn Kugeln. Es fühlte sich gut in seinen Händen an, und er drückte es gegen die Schulter, um sein Gewicht zu spüren.

»Geht es euch beiden gut?«, fragte er.

Die Kinder nickten. Lucas war auf den Knien und duckte sich unter die Rahmen der scheibenlosen Fenster, die sich an den hinteren Seiten des langen SUVs befanden. Rebecca saß im Schneidersitz neben ihm und hatte die Mossberg über ihre Beine gelegt.

»Überleben und vorrücken«, sagte Beck. »Überleben und vorrücken.«

»Wie bei dem Basketball-Turnier«, sagte Lucas.

»Dem was?«

Links von ihnen krachten Schüsse. Eine Kakophonie von Knallen und Dröhnen.

»Der März-Wahnsinn. College-Basketball. Mein Dad und ich haben es uns früher jedes Jahr angesehen. Wir haben gesetzt, und der Verlierer musste eine Woche lang die Arbeit des anderen machen. Man sagte damals ein Spiel nach dem anderen. Ein Trainer nannte es überleben und vorrücken.«

Ein Anflug von Traurigkeit überkam Beck. Das Bild von Peter, der am Friedhofstor hing, blitzte vor seinem inneren Auge auf. Er verstärkte den Griff um das Gewehr. »Daran erinnerst du dich, was?«

»An etwas.«

Beck versuchte zu lächeln. Er war ziemlich sicher, dass es verzerrt aussah. Sie hatten keine Zeit für Erinnerungen, keine Zeit, darüber zu reden, dass Lucas' Vater tot war. Nicht jetzt. Sie mussten vorrücken.

»Wir reden später weiter über Basketball«, sagte er. »Im Moment bleibt ihr beiden hier drin in Deckung. Ich spähe unser nächstes Ziel aus. Dann folgt ihr beide mir, genau wie beim letzten Mal.«

Lucas runzelte die Stirn. »Ich kann helfen.«

»Ich auch«, sagte Rebecca.

»Ihr helft doch. Ihr seid Augen und Ohren für mich. Wenn irgendjemand sich von hinten an mich heranschleicht, haltet ihr ihn auf. Verstanden?«

Sie nickten gleichzeitig. Beck kroch nach hinten von der Ladefläche des SUVs. Seine Stiefel knirschten auf zerbrochenem Glas, und er hielt nach dem nächsten Ziel Ausschau. Vorrücken und überleben.

Als das Glas hinter ihm lag, ließ er sich auf ein Knie sinken und drehte sich nach links, auf den Ursprung des Beschusses zu. Er fand nichts. Er richtete sich auf und ging in der Hocke zu einem alten Pick-up Truck. Er drückte den Rücken gegen die Stoßstange und riskierte einen weiteren Blick. Eine Kugel zischte von rechts kommend an ihm vorbei. Zehn Meter hinter ihm splitterte Glas. Noch ein Schuss, und eine Kugel schlug schwer neben einem silbernen Camaro neben ihm ein.

Das gab ihm einen Hinweis darauf, wo sich der Schütze befand. Er war allein, stand neben einem F-150 und drückte ein Gewehr an die Schulter, das er direkt auf Beck gerichtet hatte.

Ohne nachzudenken, tauchte Beck nach links ab, und eine Kugel zischte an ihm vorbei. Etwas biss ihm ins rechte Bein, als er auf dem Boden auftraf. Es tat weh, schränkte seine

Bewegungsfreiheit aber nicht ein. Beck ignorierte das Pochen und drehte sich hinter einem El Dorado mit platten Reifen, der ihm Deckung gab, auf die Seite. Zwei weitere Kugeln knallten in den Truck. Beck fluchte. Schweiß brannte in seinen Augen, Durst trocknete Zunge und Wangenfleisch aus.

Er saß in der Falle.

»Hey, du da! Beim Chevy!« Die Stimme des Plünderers war rau. Er schrie: »Geh und hol ihn dir! Er kann nirgendwohin!«

»Welcher Chevy? Hier gibt es ungefähr tausend Chevys.«

Die zweite Stimme war höher und weicher. Ein Junge? Eine Frau?

»Der braune Truck mit den platten Reifen. Geh und …«

Der Mann beendete seinen Satz mit einem Grunzen. Dann kam Stille.

Die zweite Stimme klang zögernd. Besorgt. »Mr. Charlie?«

Weitere Schüsse krachten. Diese waren weiter entfernt, vielleicht zwanzig oder fünfundzwanzig Meter. Doch immer noch nah genug, dass Beck die Vibration des Knalls in der Brust spürte.

»Mr. Charlie? Wo bist du? Mr. *Charlie*?«

Charlie, der Plünderer mit der rauen Stimme, würde nicht antworten. Beck rollte sich aus dem Schutz des El Dorados, kam auf ein Knie und richtete mit einer flüssigen Bewegung das Gewehr auf die junge Stimme. Er war zwölf oder dreizehn, auf keinen Fall älter. Tränen hatten saubere Linien in den Schmutz gezogen, der seine eingefallenen Wangen bedeckte. Beck nahm den Finger vom Abzug. Das Kind war unbewaffnet. Ein Revolver lag in einer Urinpfütze auf dem Boden zu seinen Füßen. Die Vorderseite der Hose des Kindes war dunkel, Nässe hatte sich in seinem Schritt und an seinen Beinen ausgebreitet.

Beck wollte seine Waffe sinken lassen. Eine aufblitzende Bewegung lenkte seine Aufmerksamkeit von dem Jungen weg nach rechts. Dort stand Lucas. Sein Blick schoss zwischen dem Jungen, Beck und etwas anderem hin und her.

»Ich habe ihn erledigt, Beck«, sagte er. »Ich habe den Plünderer erledigt.«

Rebecca tauchte hinter ihm auf. Sie hielt die Mossberg wie ein Stück Feuerholz vor ihrer Brust.

»Kommt hierher«, sagte Beck. Er winkte sie zu sich heran, weg von dem offenen Raum zwischen einem Dodge Charger und einem BMW-Cabrio.

Sie gehorchten und kamen an seine Seite. Das vollgepinkelte Kind tat es ihnen nach.

Beck hob eine Hand. »Whoa, Junge, bleib, wo du bist.«

»Ich habe keine Waffe, Mister. Ich habe sie fallen lassen. Das hier ist nichts für mich. Mr. Charlie sagte, er könnte einen Soldaten aus mir machen. Ich bin aber kein Soldat, Mister. Ich …«

Beck legte einen Finger auf die Lippen, und Pissy hielt die Klappe. Er runzelte die Stirn und sah auf seine Hose hinunter. Als er den Kopf wieder hob, war sein Gesicht gerötet.

»Tut mir leid. Ich weiß nicht … ich habe nicht … es ist …«

»Mach dir deswegen keine Gedanken, Junge«, sagte Beck. »Das kann jedem mal passieren.«

»Kannst du mir helfen? Ich will nicht mehr bei diesen Leuten bleiben.«

Lucas ging in die Hocke. »Was für Leute?«

Der Junge drehte sich zur Seite und zupfte an seinem Hosenbund. Er schniefte. »Sie haben mich geholt.«

Lucas runzelte die Stirn. »Sie werden dich nicht noch mal holen. Okay? Aber du musst uns helfen.«

Beck unterdrückte ein Lächeln. Ihm gefiel, wie Lucas dachte.

Er war klug.

»Helfen?«

»Ja«, sagte Lucas. »Sag uns, wo die anderen sind, und wie viele es sind. Solche Sachen. Dann können wir sie aufhalten und dir helfen.«

»Werdet ihr sie töten?«

Beck und Lucas tauschten einen Blick.

»Manchmal muss man das tun«, sagte Rebecca. »Das steht in der Bibel, weißt du. Töten ist okay, wenn es anderen hilft.«

»Ich glaube nicht, dass das genauso in der Bibel steht«, sagte Beck.

Rebecca warf ihm einen bösen Blick zu. »Was steht da dann?«

Beck zuckte mit den Schultern. »Etwas in der Art steht da überhaupt nicht. Kind, wir tun, was wir tun müssen, okay?«

»Wie heißt du?«, fragte Lucas.

»Ronnie.«

Lucas legte eine Hand auf Ronnies Schulter. »Okay, Ronnie. Wenn du uns hilfst, helfen wir dir. Alles wird wieder gut.«

Wer war dieser junge Mann? Er ähnelte in keiner Weise dem stümperhaften Wächter des Außenbezirks, den Beck vor ein paar Tagen kennengelernt hatte. Er war selbstbewusst, gelassen, beruhigend.

Beck erinnerte sich an einen Spruch, bei dem behauptet wurde, dass eine Krise den Charakter nicht bildete, sondern zum Vorschein brachte. Von den vielen Lehrsprüchen, die er in seiner Kindheit und während seines Erwachsenenlebens im Süden gehört hatte, traf dieser wohl am meisten zu. Er hatte es immer und immer wieder erlebt. Normale Menschen, ohne besondere Fähigkeiten oder Talente, wurden zu Helden, wenn der Moment gekommen war.

Auch wenn Lucas nicht unbedingt ein Held war, so hatte er doch Charakter. Beck fragte sich, wie lange die Fähigkeit des jungen Mannes, unter Zwang zu handeln, andauern würde. Wenn er erst einmal Zeit gehabt hatte, über die Gewalt des

Tages nachzudenken, die Bedeutung von Töten, von Leben nehmen, erfasst hatte, konnte Lucas dann noch ein so erfolgreicher Überlebender der Apokalypse sein? Oder ein Kreuzritter?

Das war es, was Beck selbst war, oder? Ein Kreuzritter? Ein Mann, der gegen Windmühlen kämpfte und danach strebte, Unrecht um jeden Preis zu rächen? Jemand, der seine eigene Seele der Verdammnis preisgab, in der Hoffnung, andere zu retten? Jemand, der eine aussichtslose Sache weiterverfolgte, obwohl alles auf die Hoffnungslosigkeit der Mission hinwies?

Vielleicht war Lucas auch ein Kreuzritter. Vielleicht wäre der Tod seines Vaters, von dem der Junge noch nichts wusste, der Auslöser.

»Beck«, sagte Lucas, »hast du uns gehört? Ronnie hat gesagt, dass der einohrige Mann in der Nähe ist. Er hat drei Männer bei sich. Sie sind die letzten der Gang.«

»Ich habe es gehört«, log Beck. »Ich habe nur nachgedacht.«

Rebecca lachte. »Jetzt? Du suchst dir *jetzt* aus, um nachzudenken?«

In ihrer Stimme war eine Aufsässigkeit, die er vorher nicht gehört hatte. Vielleicht war sie auch eine Kreuzritterin. Gewalt machte die Menschen wohl dazu.

Beck grinste. »Ich habe darüber nachgedacht, wie wir es anstellen. Wie wir es beenden.«

Lucas hob die Brauen. »Und?«

»Ich habe einen Plan. Er wird funktionieren. Es endet heute.«

31

TAG DER DETONATION + 4 JAHRE, 3 MONATE, 7 TAGE
TORREON, NEW MEXICO

»Du schaffst das«, sagte Beck. »Geh einfach mit erhobenen Händen hin. Sag ihnen, was ich dir gesagt habe. Dann folgen wir dir, okay?«

Ronnie nickte.

Unter den Tränenspuren und dem Schmutz bedeckten Sommersprossen sein Gesicht. Es war schon merkwürdig. In einem Augenblick sah er wie zwölf aus. Im nächsten wirkte er wie ein Mann am Ende eines langen, anstrengenden Lebens.

Beck versuchte zu lächeln. Es fühlte sich seltsam an. Also setzte er eine ernste Miene auf. »Du schaffst das, Ronnie. Wir glauben an dich.«

Er wusste allerdings nicht, ob Ronnie auch an sie glaubte.

»Okay.« Ronnie seufzte. »Du willst, dass ich euch zu ihnen führe und bei ihnen bleibe, bis ihr kommt und mich holt?«

»Ja.«

Ronnie sah ihn mit großen Augen an und blinzelte. Er rümpfte die Nase und verzog die Lippen zu einem Schmollmund. Das Kind dachte über seine Möglichkeiten nach. »Das ist alles? Kein Töten? Kein Stehlen?«

»Kein Töten, kein Stehlen. Du sollst nur zu ihnen gehen. Wir kommen und holen dich. Du wirst in Sicherheit sein.«

»Ich bin jetzt in Sicherheit«, sagte Ronnie.

Beck unterdrückte ein sardonisches Lachen. Das sollte Sicherheit sein? Gewehrschüsse knallten wie Feuerwerkskörper am vierten Juli, und sie kauerten auf einem Friedhof und versuchten, den Anführer einer mörderischen Bande aufzuspüren. Das war sicher? Offenbar war alles relativ.

»Du wirst sicherer sein, wenn das hier vorbei ist«, sagte Lucas. »Viel sicherer.«

Das schien Ronnies Sorgen zu beruhigen. Sein Widerstand ließ nach, und er ging auf das nördlichste Ende des Parkplatzes zu. Es war die letzte Stelle, an der sie die Plünderer aufhalten konnten, bevor sie durchbrachen und zu den Frauen und Kindern vordrangen.

Kinder.

Ronnie war ein Kind. Er zupfte an seiner Hose und zuckte zusammen, weil die nasse Unterhose unbehaglich für ihn sein musste. Durch die Bewegung wurde noch mehr Gestank freigesetzt.

Armer Junge.

Nichtsdestotrotz ging er weiter. Er schlurfte durch den Staub, immer weiter voran. Mit einem letzten Blick über die Schulter verschwand er bei der Stoßstange auf der hinteren Fahrerseite eines alten, zweifarbigen Broncos.

Beck biss sich auf die Lippe und rieb sich über die stoppeligen Wangen. Sein Magen schmerzte. Sie schickten ein Kind in die Höhle des Löwen. Verdammt, *sie*, das beinhaltete zwei weitere Kinder.

Er schluckte die Schuldgefühle herunter, ignorierte die Dämonen, die ihm ins Ohr zischten, und gab Lucas und Rebecca ein Zeichen, dass sie ihm folgen sollten.

Sie schlängelten sich geduckt zwischen den Autos hindurch. Becks Kreuz schmerzte von der Bewegung, aber es tat längst nicht so weh, wie eine Kugel in den Kopf zu bekommen, also blieb er unten und folgte Ronnie, bis der Junge zwischen einem VW-Bus und einem Econoline Van stehen blieb.

Beck befand sich hinter einem Stapel Autotüren. Es lagen fünf übereinander, die somit eine perfekte Deckung bildeten.

Er spähte um eine Seite herum. Ronnie klopfte an die Tür des Vans. Sie glitt auf.

Zuerst konnte Beck die Gestalten im Van nicht erkennen. Die andere Seite war offen, und Sonnenlicht strahlte in die Fahrerkabine, sodass die Gesichter der Leute im Schatten lagen. Dann stieg ein Mann aus dem Van aus und drehte sich zur Seite. Sein rechtes Ohr fehlte. Der Mann hatte den Kopf gesenkt, aber durch seine Bewegungen war offensichtlich, dass er mit Ronnie sprach. Der einohrige Mann war gebräunt und kahlköpfig. Sein Körper war drahtig, aber im Gegensatz zu vielen heimatlosen Überlebenden der Apokalypse war er muskulös. Seine Trizepse spannten sich unter den kurzen Ärmeln seines engen T-Shirts.

Schwarze Tätowierungen zierten beide Arme und eine Seite des Halses. Es waren billige, selbstgemachte Tattoos, die Beck im Gefängnis gesehen hatte. Einige waren Bilder, andere gekritzelter Text. Der Mann hatte ganz klar Probleme, die er zu lösen versuchte. Oder auch nicht.

Dann änderte sich der Plan. Alles änderte sich.

Der einohrige Mann winkte das Kind in den Van, warf einen Blick über die Schulter und suchte die Umgebung ab. Der Mann sah Beck direkt an, schien ihn aber nicht zu bemerken.

Becks Welt wurde auf den Kopf gestellt. Seine Sicht verschwamm, sein Herz hämmerte. Er sank zu Boden, saß benommen da und versuchte zu verarbeiten, was er gesehen hatte.

Als hinter ihm Gewehrschüsse knallten, hörte er es nicht. Er war an einem anderen Ort, Hals über Kopf, und unfähig, sich wieder zu besinnen.

»Was ist los?«, fragte Lucas. »Hast du den einohrigen Mann gesehen?«

Bilder und Streits aus der Vergangenheit schossen Beck durch den Kopf. Er versuchte zu verarbeiten, was er gerade gesehen hatte, diesen Zufall zu begreifen. Doch es war kein Zufall. Das war Teil des Plans. Das war, was Annaliese ihnen eröffnet hatte. Das war die Falle, die Beck und Gabe gestellt worden war.

Lucas befreite ihn mit einem Schütteln aus dem Schock. »Was ist los? Was hast du gesehen?«

Beck blinzelte und versuchte, sich zu konzentrieren. Er verwandelte seine Verwirrung in Wut, die Wut in rasenden Zorn. Tausend Möglichkeiten gingen ihm durch den Kopf, als er seine Annäherung an den einohrigen Mann, die Plünderer und das Dorf neu überdachte.

»Töte den einohrigen Mann nicht«, sagte er.

Lucas blinzelte. »Was?«

»Töte die anderen, wenn du willst. Nicht ihn. Er gehört mir. Ich will ihn lebend.«

In Lucas' Augen schimmerte Verwirrung. »Wovon redest du?«

»Ich glaube, er verliert den Verstand«, sagte Rebecca.

»Ich verliere nicht den Verstand.«

»Was ist es dann?«, fragte Lucas. »Was hast du gesehen?«

Beck überprüfte das Magazin in seiner Neun-Millimeter. Er schob das Kinn vor und stählte sich. Im Kopf hatte er alles aufgelistet, was er durchgemacht, was er überlebt hatte, alles, was er und seine Dämonen getan hatten, um zu diesem Moment zu gelangen. Und dieser Moment war nicht so, wie er ihn sich vorgestellt hatte. Nicht ein einziges Mal hatte er diesen Ausgang vorhergesehen.

Lucas drückte seine Schulter. »Beck! Himmel, was ist *los*?«

»Ich habe gerade den Mann gesehen, der meine Tochter gekidnappt hat«, brachte Beck zwischen zusammengebissenen Zähnen hervor.

32

TAG DER DETONATION + 4 JAHRE, 3 MONATE, 7 TAGE
TORREON, NEW MEXICO

Er hatte Tattoos, er war kahlköpfig, braun gebrannt, älter und dünner. Aber John Beck hätte ihn überall erkannt. Goose, der Mann, der versucht hatte, ihn zu ertränken, der seine Ex-Frau getötet, seine Tochter entführt, und ihn zu einem Leben als moralisch zwiespältiger Kreuzritter gezwungen hatte, war nur wenige Meter von ihm entfernt. Und er würde bezahlen. Er würde sterben, aber zuerst würde Beck die Chance nutzen, wertvolle Informationen aus ihm herauszuholen.

Lucas' Gesicht verzog sich vor Verärgerung. »Warte mal, was?«

»Ich muss das allein machen. Ihr solltet nicht hier sein.«

»Das sind vier Männer, du nur einer. Das schaffst du nicht allein.«

»Ich habe schon schlechter dagestanden, Junge.«

»Ich bin kein Junge, Mr. Beck.«

Beck zögerte. »Okay, du bist kein Junge mehr, du bist ein junger Mann. Ein Teil davon, ein Mann zu sein, bedeutet, dass man weiß, wo man am meisten gebraucht wird, und man tut, was man tun *muss*, und nicht unbedingt das, was man tun *will*. Verstanden?«

Lucas dachte darüber nach und wägte sein Argument ab. Nach einem Moment löste sich die Spannung in seinen Schultern und seinem Kiefer, und er nickte. Zuerst langsam, dann schneller, als er sich seiner Entscheidung sicherer wurde.

»Verstanden. Es geht nicht um mich. Es geht um Rebecca. Ich muss mich um sie kümmern. Kein Problem.« Er legte eine Hand auf die Schulter des Mädchens.

Rebecca schüttelte sie ab und schob eine Hüfte vor. »Ich bin keine Porzellanpuppe. Ich brauche keinen Mann *oder* einen jungen Mann, der auf mich aufpasst.« Sie lieferte die Retourkutsche mit dem ganzen Schwung ab, zu dem ein Teenager-Mädchen fähig war. Und das war viel. »Ich dachte, dass wir das geklärt hätten. Das Letzte, was ich will, ist, dass ich das immer wieder erklären muss.«

»Okay«, lenkte Beck ein. »Wie wäre es dann, wenn du auf Lucas hier aufpasst? Ihr beide haltet euch gegenseitig den Rücken frei. Seid die Augen und Ohren füreinander. Haltet nach …«

Rebecca verdrehte die Augen. »Schon verstanden. In Ordnung. Lass uns gehen, Lucas.«

Ohne ein weiteres Wort marschierten die beiden Jugendlichen in die Richtung, aus der sie gekommen waren. Beck betete, dass sie zum Coaster gehen würden, ohne einen Umweg an der Kirche entlang oder über den Friedhof zu machen. Das wäre desaströs für Lucas, der nach dem heutigen Tag schon genügend Probleme haben würde, mit denen er fertig werden musste.

Zufrieden, dass die Kids in Sicherheit waren, konzentrierte Beck sich auf den Van. Er atmete ein letztes Mal tief durch und rannte auf den Van zu. Als er ihn erreichte, ließ er sich auf die Knie fallen und richtete die Glock in einem Winkel von fünfundvierzig Grad aus. Dann klopfte er mit dem Griff seiner Waffe an die Tür.

Die Schüsse, die von drinnen kamen, hörten einen Moment auf, und die Tür schwang auf. Goose stand direkt rechts von ihm, die Hände am Türrahmen abgestützt. Er war unbewaffnet und bemerkte Beck nicht, der weit unter seinem Augenniveau war.

Beck zögerte nicht. Er feuerte zwei Schüsse ab, einen in jedes Bein. Goose schrie vor Schmerz auf und fiel aus dem

Van. Er brach auf dem Boden neben Beck zusammen und umklammerte seine zerschmetterten Knie.

Beck hatte bereits das nächste Ziel ins Auge gefasst. Mit vier schnellen Schüssen mähte er die anderen im Van nieder. Dann schoss er ein zweites Mal auf sie, um sicher zu sein, dass sie nicht länger eine Gefahr waren.

Ein paar Schüsse verbeulten die Seite des Vans. Eine weitere Kugel flog an Becks Kopf vorbei. Die Quäker erwiderten immer noch das Feuer. Sie mochten zwar naiv und ohne jeden Argwohn sein, aber sie konnten trotzdem von Schüssen getötet werden. Oder auch Ronnie.

Das Kind kauerte in einer Ecke des Ladebereichs. Er hatte die Knie an die Brust gezogen und die Hände über die Ohren gelegt. Er schaukelte vor und zurück, seine Augen waren fast ganz zugekniffen. Er würde sich in einer Minute um das Kind kümmern. Zuerst hatte er Wichtigeres zu tun.

»Quäker! Dorfbewohner!«, schrie Beck durch die offene Ladeklappe. »Hier ist John Beck! Wir haben es geschafft! Hört auf zu schießen!«

Der letzte Schuss hallte wider, und Beck drehte sich zu Goose um. Der Fluch seiner Existenz lag auf dem Bauch, das Gesicht im Schmutz. Er zog seine nutzlosen Beine hinter sich her und versuchte, Distanz zwischen sich und Beck zu bringen.

Beck leckte sich über die trockenen, aufgesprungenen Lippen und blieb vor Goose stehen. Goose blickte nicht auf. Er grunzte mit schmerzverzerrter Miene, auf seinem Gesicht mischte sich Spucke mit Tränen und Schweiß.

»Du bist also der einohrige Mann? Mir gefiel *Goose* besser.«

Goose hörte zu kriechen auf. Sein Rücken hob und senkte sich unter seinen angestrengten Atemzügen. Er stützte sich auf einem Ellbogen ab und sah hoch. Ein Speichelfaden zog sich zum Boden herunter und er blickte Beck in die Augen.

Zuerst hatte er Mühe, Beck wiederzuerkennen. Verwirrung breitete sich auf seinem Gesicht aus, bevor sich seine Augen weiteten, die Farbe aus seinem Gesicht wich, und er verstand. »John Beck? Ich dachte, ich hätte dich umgebracht. Du bist im Golf ertrunken.«

»Nein, das hast du nicht. Ich bin nicht ertrunken.«

»Also sind die Gerüchte wahr. Ich habe sie nicht geglaubt. Ich dachte, es wäre eine Legende. Ich dachte, es müsste ein anderer John Beck sein. Auf keinen Fall konntest du es sein. Aber diese Leute redeten über dich, als wärst du real, als ob du diese Menschen in St. Louis umgebracht hättest, und ich wollte unbedingt herausfinden, ob es stimmt. Es ist alles wahr. Du bist real. Ich war sicher, es wäre nur Blödsinn.«

»Du hast es dreimal verbockt, Goose.«

Beck setzte sich im Schneidersitz vor sein Opfer. Goose schüttelte den Kopf, vielleicht spürte er, was passieren würde. Er beäugte die Glock. »Tue es einfach. Beende es. Mit zwei kaputten Knien bin ich so gut wie tot.«

Goose rollte sich auf den Rücken. Er schloss die Augen und hustete. Der Husten verwandelte sich in ein Lachen. Es war wahnsinnig. Das Lachen eines verrückten Mannes, der im Kopf unendliche viele Möglichkeiten durchgespielt hatte, aber sich weigerte, zu akzeptieren, dass sie alle dasselbe Ergebnis hatten.

»Tu es einfach«, schnappte er. Adern traten an seinem Hals und seiner Stirn hervor. »Tu es. Beweise mir, dass du eine Killermaschine bist, so wie alle behaupten.«

Beck schüttelte den Kopf und stand auf. Er ging um Goose herum, bis er neben seinen Beinen stand. »Beantworte mir zuerst ein paar Fragen. Wenn du das tust, beweise ich dir, was immer du willst.«

Goose antwortete nicht.

Beck stellte eine seiner Stiefelspitzen auf Gooses linkes Knie und übte Druck aus. Der Schrei, der darauf folgte, war urtümlich und unmenschlich. Beck lief ein kalter Schauer den Rücken herunter. Er wartete, bis sich der Schrei zu einem Wimmern verringerte.

»Wo ist meine Tochter?«

»Ich weiß es nicht.«

Noch mehr Druck auf sein Knie. Dieses Mal knirschten Knochen unter seinem Gewicht. Der Schrei war noch lauter. Schweiß bedeckte Gooses kahlen Kopf und sein Gesicht.

»Wo ist meine Tochter?«

»Ich schwöre es, Beck. Ich weiß es nicht. Sie ist weg. Sie ist schon *lange* weg.«

»Wie lange?«

Goose atmete heftig durch den Mund ein und aus. »Seit Jahren, Mann. Sie verschwand eine Woche, nachdem ich sie entführt hatte. In Memphis. Sie ist vor vier Jahren in Memphis verschwunden.«

»Ich glaube dir nicht.«

Beck hob den Stiefel, und Goose bettelte ihn an. Er wedelte mit der Kraft, die ihm verblieben war, mit den Händen.

»Ich schwöre, Beck. Ich schwöre. Siehst du das hier? Das hat *sie* getan.« Er zeigte auf die Stelle seines Kopfes, wo früher sein Ohr gewesen war. Eine dicke, schlecht verheilte Narbe war alles, was geblieben war, wie ein Gehörschutz aus beschädigter Haut.

Beck trat einen Schritt zurück. »Millie hat dir das Ohr abgeschnitten?«

»Mit ihrem kleinen Buck-Messer. Die Schmerzen waren …«

»Sie ist entkommen?«

»Bist du taub? Ja, Mann. Sie hat mich überrumpelt, als ich schlief. Hat sich an mich rangepirscht. Ich wusste nicht einmal, dass sie dieses Messer hat. Sie nahm mir mein Ohr, Mann. Schnitt es ab und nahm es mit. Sie ist ein krankes Gör, Beck. Du hast ein krankes Kind.«

Beck grinste. Er konnte nicht anders. Millie war diesem menschlichen Abschaum entkommen, und sie hatte einen Tribut gefordert. Gut für sie.

»Wohin ist sie gegangen?«

»Komm schon, Mann. Beende es einfach. Ich habe deine Fragen beantwortet. Töte mich und …«

Beck trat auf Gooses Knie. Sein Körper verkrampfte sich, und er wurde vor Schmerz bewusstlos. Weniger als eine Minute später war Goose wieder bei Bewusstsein und wimmerte.

»Das war für Debbie, meine Ex. Und jetzt sag mir, wohin Millie gegangen ist.«

»Zurück nach Alabama. Sie ist zurück nach Hause gegangen, Mann. Sie hat nicht geglaubt, dass du tot bist. Sie wollte nach dir suchen.«

Beck trat wieder zurück. Millie war nach Hause gegangen? Um ihn zu suchen?

Und er war nicht dagewesen. Er war gegangen. Warum hatte er nie daran gedacht, zurück nach Alabama zu gehen, zu ihrem Haus in Tuscaloosa oder seinem in Mobile?

Die Dämonen schnatterten auf seinen Schultern. Sie flüsterten in sein Ohr, erinnerten ihn daran, wer er war, warum er niemals gut genug war, warum er bei allem versagte, auf was es wirklich ankam.

All das Blutvergießen, das er hätte vermeiden können, wenn er geblieben wäre, wo er war. Millie wäre zu ihm zurückgekommen. Natürlich hätte sie das getan. Sie war seine Tochter. Sie war zäh, widerstandsfähig und klug. *Natürlich* war sie entkommen und nach Hause gegangen. Wie konnte es sein, dass er nie auf diesen Gedanken gekommen war?

Becks Körper spannte sich an. Er ballte seine freie Hand zur Faust und umklammerte mit der anderen die Glock. Er trat breitbeinig über Goose, stand direkt über ihm, streckte den Arm aus und zielte mit dem Lauf zwischen Gooses Augen.

»Bitte«, sagte Goose. »Ich habe dir gesagt, was du wissen wolltest. Jetzt …«

»Ist sie noch am Leben?«

»Keine Ahnung, Mann. Es ist vier Jahre her. Zur Hölle, ich glaubte nicht, dass *du* noch lebst, und jeder auf beiden Seiten des Mississippis kennt deinen Namen. Wie soll ich etwas über sie wissen?«

Beck legte auch die andere Hand um die Glock und bereitete sich darauf vor, zu schießen. Er legte einen Finger auf den Abzug. »Bist du bereit, für das zu zahlen, was du mir und meiner Familie angetan hast? Und allen anderen Familien, denen du wehgetan und die wegen dem, was du getan hast, gelitten haben?«

Goose schloss die Augen. »Ja. Bitte.«

»Gut. Auf drei.«

»Danke.«

Beck musterte die verstümmelte Haut auf der Seite von Gooses Kopf. Das hatte Millie getan. Sie hatte sich selbst gerettet. Er lächelte und übte leichten Druck auf den Abzug aus.

»Drei … zwei … eins …«

Er ließ den Abzug los und die Waffe sinken, dann trat er von Goose zurück und wandte sich ab.

»Hey!«, sagte Goose. »Was machst du denn?«

»Ich lasse dich bezahlen.«

Beck entfernte sich von Goose und ignorierte sein Flehen um Gnade. Er drehte sich nicht um. Er verließ den Parkplatz und ging auf den Highway 55. Während Gooses Schreie in der Ferne widerhallten, marschierte er nach Süden, zu Lucas, Rebecca und Gabe und den geretteten Frauen und Kindern.

Er fing an, eine Melodie zu pfeifen, die er nicht kannte, die ihm aber irgendwie vertraut war. Ein paar große Amseln schwebten an ihm vorbei und flogen zum Parkplatz.

Amseln, genau wie John Beck, fanden immer den Tod, auch wenn sie nicht danach suchten.

33

TAG DER DETONATION + 4 JAHRE, 3 MONATE, 9 TAGE
TORREON, NEW MEXICO

»Bist du sicher, dass du bleiben willst?«

Beck konnte Gabe nicht ansehen. Sie hatten gemeinsam so viel durchgemacht, und der Gedanke, dass sie nicht mehr Seite an Seite sein würden, war surreal.

Gabe nickte. Er lächelte. »Ich bin sicher. Ich brauche einen Ort, an dem ich mich niederlassen kann. Und sie brauchen jemanden, mit einigen besonderen Eigenschaften.«

»Okay, also Liam Neeson.«

»Ist das ein Bezug auf einen Film?«, fragte Gabe. »Tatsächlich ein Bezug auf einen Film von dem großartigen John Beck?«

Beck lachte und zog den Rucksack höher auf seine Schultern. »Ziemlich bald werde *ich* ein Wort des Tages haben. Mein Wortschatz wird explodieren.«

»Bist du sicher, dass du gehen musst?«

»Ja, ganz sicher. Ich muss sie finden, Gabe. Nichts hat sich verändert.«

»Was ist mit dir, Lucas? Du und Rebecca, ihr könntet bei mir bleiben. Wir könnten unsere eigene verkorkste kleine Familie haben.«

Lucas schüttelte den Kopf. »Danke für das Angebot, Mr. Gabe. Doch jetzt, da mein Dad fort ist, gibt es hier nichts mehr für mich.«

»Dasselbe gilt für mich«, stimmte Rebecca zu. »Keine Mom, kein Grund, im Dorf zu bleiben. Ich muss meine Flügel ausbreiten.«

Gabe zuckte mit den Schultern. »Ich kann nichts tun, um eure Meinung zu ändern?«

Sie standen gemeinsam draußen vor der Kirche. Die meisten Dorfbewohner hatten sich dort versammelt. Sie standen Schulter an Schulter, einige hielten sich an den Händen. Fred war mit seiner Frau da, der stillen, dünnen Frau, die Beck oben auf dem Berg getroffen hatte. Er hatte einen Arm um ihre Taille gelegt, und sie legte den Kopf an seine Schulter.

Beck spürte, dass die Dorfbewohner auf eine Rede warteten. Das passierte jedes Mal, wenn er eine Gemeinschaft rettete. Es war Teil des Rituals. Er gab nach.

»Ihr seid in guten Händen«, sagte er. »Gabe hier wird alles in seiner Macht Stehende tun, damit ihr eure Lebensweise beibehalten könnt, und er wird alle zukünftigen Gefahren abwehren. Sobald alle wieder gesund sind, könnt ihr weitermachen. Keine Angst mehr, keine Plünderer mehr.«

Sie waren wie gelähmt. Niemand sagte etwas. Niemand rührte sich. Sie hörten zu, saugten alles in sich auf.

»Ich weiß, dass ihr diese Woche einige Freunde verloren habt. Das tut mir sehr leid. Ich wünschte, wir hätten es verhindern können, aber ich weiß, dass ihr Trost in dem Glauben findet, dass sie alle jetzt an einem besseren Ort sind. Wenn ihr mich jemals wieder brauchen solltet, weiß ich, wo ich euch finde.«

Die Seltsamkeit des Angebots schien den Dorfbewohnern zu entgehen.

Gabe lachte leise. »Also geht es auf nach Alabama?«, fragte er. »Zurück nach Hause?«

Beck nickte. »Dort hat alles angefangen.«

»Sei vorsichtig.«

Jetzt lachte Beck. »Natürlich. Ich bin ein Mann auf einem Kreuzzug. Niemand kann mich aufhalten.«

Sie verabschiedeten sich unbehaglich, und Beck führte die beiden Teenager nach Norden auf die 55 in Richtung

Interstate. Die Sonne stand im Osten über den Bergen. Der Himmel war hellblau, dünne, faserige Wolken zogen in großer Höhe wie Kondensstreifen vorbei.

Keiner sagte etwas, bis sie die Interstate erreichten und die Sonne in ihrem Rücken stand. Die Luft war trocken und für den frühen Morgen bereits warm. Rebecca strich mit den Daumen über die Riemen ihres Rucksacks und seufzte.

»Was ist?«, fragte Beck. »Bist du schon müde?«

»Wohl kaum.« Rebecca schnaubte. »Es ist nur komisch.«

»Was ist komisch?«

»Ein Kreuzritter zu sein.«

»Was ist damit?«

»Ich kann dir gar nicht sagen, wie oft ich meine Mom nach unserem Ziel gefragt habe. Ich war neun, als der Strom ausfiel und die Welt sich veränderte.«

»Du warst neun?«, fragte Lucas.

»In der fünften Klasse. Sozialkunde. Wir sahen uns ein YouTube-Video über das Dorf Jamestown an und wie alle dort verschwunden sind. Im Zimmer wurde es dunkel, und die Lehrerin sagte, es würde nur eine Minute dauern, bis der Strom wieder da wäre. Aber er kam nie wieder.«

»Ich hatte Sportunterricht«, sagte Lucas. »Völkerball. In der Sporthalle wurde es dunkel.«

»Was ist mit dir?«, fragte Rebecca Beck. »Wo bist du gewesen?«

»Ich war auf einer Ölbohrinsel. Aber Moment mal. Du hast davon geredet, eine Kreuzritterin zu sein. Beende diesen Gedanken.«

Rebeccas Gesicht rötete sich. »Oh, ja. Meine Mom und ich haben darüber geredet, dass es keine Ziele mehr gab. Ich sagte, dass die Welt sinnlos wäre, und sie sagte, dass das nie der Fall wäre, dass es immer einen Sinn in allem gab. Sie sagte, ich würde mein Ziel irgendwann finden. Ich würde auf ein großes Abenteuer gehen, und ich würde großartige Dinge vollbringen.«

»Das hat sie gesagt?«, fragte Lucas.

»Ja, hat sie.«

»Mein Dad war genau das Gegenteil. Er hat mir gesagt, dass der Sinn meines Lebens wäre, im Dorf zu bleiben und meine Leute zu beschützen. Er wollte *nicht,* dass ich in der Welt herumziehe.«

»Ich habe meiner Mom gesagt, dass ich eines Tages eine Kreuzritterin sein würde.« Rebecca lächelte. »Ich habe gesagt, dass, wann immer auch die Zeit kommen würde, ich alles tun würde, um dieses Schicksal zu erfüllen. Ich denke, dass dieser Tag heute ist. Heute ist ein guter Tag.«

Beck lächelte vor sich hin, während sie gingen. Es *war* ein guter Tag.

Er war am Leben, er hatte eine weitere Gemeinde vor dem Bösen gerettet, seine eigenen Dämonen waren still, und irgendwo da draußen war seine Tochter.

Er würde Millie finden. Das war sein Schicksal. Das war *sein* Kreuzzug.

– E N D E –

DANKSAGUNGEN

Ich verbringe viel Zeit an meinem Computer. Schreiben, überarbeiten, plotten. Und das verlangt meiner Familie unglaublich viel Geduld und Unterstützung ab. Ich könnte es nicht ohne sie schaffen, und ich stehe wegen ihrer Nachsicht und ihrer Ermutigung auf ewig in ihrer Schuld.

Ich schulde auch dem Team aus Profis Dank, die mir dabei halfen, dieses Buch zum Leben zu erwecken. Felicia Sullivan und Sabrina Jean haben ihre Aufgabe, das Manuskript zu verbessern, wundervoll erledigt. Und Pauline Nolet gab ihm mit ihren Expertenaugen den letzten Schliff. Hristo Kovatliev hat mit dem Originalcover ein wahres Wunder vollbracht und ist ein talentierter Künstler, der meine Ideen immer zum Leben erweckt. Stef McDaid von Write Into Print ist ein fantastischer Partner, wenn es darum geht, ein Manuskript wie ein echtes Buch aussehen zu lassen. Und Kevin Pierce, die Stimme der Apokalypse, hat der Geschichte und den Charakteren mit seinen exzellenten Schilderungen Gewicht verliehen.

Danke auch an Ryan Dixon für ihre Einblicke und Hilfe bei der Welt der Ölförderung vor der Küste. Ihre Hilfe war unschätzbar, und etwaige Irrtümer in meinem Buch stammen von mir, nicht von ihr.

Ich weiß die beständige Unterstützung meiner Autoren-Freunde zu schätzen, die immer so freundlich sind, Werbung für meine Werke zu machen. Steven Konkoly, Nicholas Sansburge Smith, A.R. Shaw, Franklin Horton, Rhett Bruno, Steve Beaulieu, Jack Carr, Russell Blake, ML Banner, Geoff Hopf und die guten Leute bei Hybrids Anonymous.

Ich danke auch euch Lesern. Ich bin dankbar für eure Unterstützung, eure Ermutigung und eure Zeit. Keine meiner Geschichten würde ohne euch existieren. Und jetzt geht und kauft Buch 2.

ROBERT
McCAMMON

DIE GRENZE

Eine düstere, epische Saga über das Ende der Welt und die Hoffnung auf einen Neuanfang.

LUZIFER
VERLAG